Bernard Minier

Bernard Minier, né en 1960, originaire de Béziers, a grandi au pied des Pyrénées. *Glacé* (2011), son premier roman, a reçu le Prix du meilleur roman francophone du Festival Polar de Cognac et figure dans la liste des 100 meilleurs polars depuis 1945 du *Sunday Times*. Son adaptation en série télévisée par Gaumont Télévision a été diffusée en 2017 sur M6 puis sur Netflix. Après *Le Cercle* (2012), *N'éteins pas la lumière* (2014), *Une putain d'histoire* (2015, Prix du meilleur roman francophone du Festival Polar de Cognac), *Nuit* (2017), *Sœurs* (2018), *M, le bord de l'abîme* (2019), *La Vallée* (2020) et *La Chasse* (2021), il a publié *Lucia* en 2022 et *Un œil dans la nuit* en 2023. Ses livres, traduits en 27 langues, sont tous publiés aux Éditions XO et repris chez Pocket.

Retrouvez toute l'actualité de l'auteur sur :
www.bernard-minier.com
www.facebook.com/bernard.minier

W0403472

LA CHASSE

ÉGALEMENT CHEZ POCKET

Glacé
Le Cercle
N'éteins pas la lumière
Une putain d'histoire
Nuit
Sœurs
M, le bord de l'abîme
La Vallée
La Chasse
Lucia

BERNARD MINIER

LA CHASSE

XO
EDITIONS

Le Code de la propriété intellectuelle n'autorisant, aux termes de l'article L. 122-5, 2° et 3° a, d'une part, que les « copies ou reproductions strictement réservées à l'usage privé du copiste et non destinées à une utilisation collective » et, d'autre part, que les analyses et les courtes citations dans un but d'exemple et d'illustration, « toute représentation ou reproduction intégrale ou partielle faite sans le consentement de l'auteur ou de ses ayants droit ou ayants cause est illicite » (art. L. 122-4).
Cette représentation ou reproduction, par quelque procédé que ce soit, constituerait donc une contrefaçon, sanctionnée par les articles L. 335-2 et suivants du Code de la propriété intellectuelle.

Référence de l'œuvre citée page 460 :
Fédor Dostoïevski, *Les Frères Karamazov*,
traduit par Henri Mongault, Gallimard,
« Folio classique », 1994.

© XO Éditions, 2021

ISBN : 978-2-266-32290-4
Dépôt légal : mars 2022

Seule l'implacable lucidité vis-à-vis de soi-même
peut donner le droit de juger les autres.

Christa WOLF

AVERTISSEMENT

Il apparaîtra sans doute aux lectrices et aux lecteurs que les sept agressions au couteau en un seul week-end dans le centre-ville de Toulouse ne peuvent être qu'issues de l'imagination débordante de l'auteur. Il n'en est rien. Ces sept agressions, sans lien entre elles, en à peine plus de quarante-huit heures, ont bien eu lieu. Je les ai simplement déplacées dans le temps, puisque cela s'est passé en juin et non en octobre 2020. De même, la « lune des chasseurs » existe bel et bien, mais ceux que passionnent ces phénomènes auront constaté que je l'ai décalée d'une petite semaine pour les besoins de la fiction. Enfin, de nombreux faits, anecdotes sur la situation dans les banlieues et dans la police sont inspirés d'événements réels et de témoignages authentiques, seulement travestis pour les besoins du récit et par respect pour les personnes concernées. En revanche, l'histoire principale, celle de « la chasse », est entièrement issue de mon imagination. Car telle est la mission de l'auteur de fiction : inventer des histoires plus vraies que la réalité elle-même. Aussi, « toute ressemblance avec des personnes existantes ou ayant existé », etc.

Il ne cria pas. La bouche ouverte, il respira calmement. La pluie tombait sur lui ; elle coulait dans ses yeux, sur sa nuque, le long de son dos, sous la tenue de combat. Il sentait les mille petites coupures dues aux pointes acérées qui entraient dans sa chair, la déchiraient millimètre par millimètre. Il avait le cou, les joues, les bras et le torse emprisonnés dans le fil de fer barbelé. Son pouls battait tout contre une des pointes, qui appuyait à son tour sur sa carotide. Le lacis des pointes en acier galvanisé formait une prison redoutable.

Sans bouger, il les regarda descendre la colline. Marcher vers lui. C'est étonnant à quel point on peut avoir les idées claires dans ces moments-là. Comme quand, en Afghanistan ou dans la forêt congolaise, avec ses hommes il était cerné par des ennemis plus nombreux, drogués et prêts à mourir. Ceux qui s'approchaient n'étaient pas drogués, ni prêts à mourir, c'était leur civilisation qui se mourait. Celle qu'il avait défendue toute sa vie. Il était du mauvais côté de l'Histoire, il le savait, mais ça n'avait plus aucune espèce d'importance à présent. Il avait son destin en main – c'était le cas de le dire : il sentit les pointes s'enfonçant dans ses paumes, le sang qui gouttait... Il lui suffirait de tirer d'un coup sec et tout serait fini. À quoi pensait-il en cet instant ? Il pensa que cette époque n'était plus la sienne, de toute façon...

Pleine lune

Pleine lune. Comme dans ces films de série Z qu'il affectionnait. Des histoires avec des zombies ou des vampires. Pas de vampires ici. Ni de zombies. Mais bien pire. C'était derrière lui : pas loin. Quelque part dans la forêt.

Il respirait mal sous ce truc en peau.

Il avait eu le temps d'entrevoir leurs visages, après qu'on l'eut sorti du coffre de la voiture, clignant des yeux, aveuglé par l'incendie des torches et des phares. Une fraction de seconde, pas plus. Suffisamment pour lui permettre de comprendre. Une lueur dans leurs regards lui avait dit que ce n'était pas un jeu. Ou que, si c'en était un, c'était un jeu… *mortel.*

Ils l'avaient laissé prendre un peu d'avance. L'obscurité peuplait la forêt. Il s'était dit qu'il avait une chance. Tu parles.

Où il se trouvait, il n'en avait pas la moindre idée. On l'avait gardé prisonnier dans un endroit qui puait le crottin, les bêtes, le cuir, où tintaient des objets métalliques derrière une porte, où il entendait les hennissements des chevaux et le choc mat des sabots frappant le sol. Il ne connaissait ce bruit que par la télé. Il n'avait jamais vu un cheval de sa vie.

Puis on l'avait enfermé dans le coffre d'une voiture grand modèle, qui sentait le neuf. Et on avait roulé, peut-être une heure, peut-être deux. Avant de le libérer au milieu de la forêt. La forêt recouvrait les collines, la nuit recouvrait la forêt, la peur recouvrait ses pensées. Sa peur avait un son – celui de sa propre respiration terrorisée et de son cœur qui battait –, elle avait une odeur – celle de sa transpiration et de cette chose puante sur sa tête –, elle avait une couleur : noir, noir de la forêt, noir de l'âme de ces hommes, noir de sa propre peau.

Courir... Sauter, grimper, tomber, repartir...

À bout de souffle, accrochant des branches au passage, franchissant des ruisseaux qui murmuraient sous les feuilles, trébuchant dans l'obscurité sur une racine ou un rocher. Il ne s'était pas encore tordu une cheville, mais ça n'allait pas tarder. Le truc qu'on lui avait mis sur la tête l'asphyxiait et il n'était pas parvenu à le retirer à cause de la courroie serrée sous son menton. Il n'y avait même pas d'orifice pour la bouche. Et ça chlinguait le fauve, le vomi, là-dessous. Il clignait des yeux à cause des gouttes de sueur qui lui brûlaient la cornée. Il avait les jambes de plus en plus lourdes et un point de côté : une douleur qui lui comprimait les organes juste sous les côtes. Il n'était pas habitué à courir. Encore moins en pleine forêt. Lui qui ne connaissait que sa cité, ses cages d'escalier, ses coursives et ses points de *deal*. Il suait comme un porc. Pourtant, il était nu. Ses testicules ballottaient entre ses cuisses pendant qu'il courait de plus en plus maladroitement, ses pieds et ses genoux meurtris par les cailloux. Il aurait dû avoir froid, par cette nuit glaciale de la fin octobre. Mais la course et la trouille lui faisaient bouillir le sang, tandis que des panaches de buée s'élevaient autour du machin passé sur sa tête, dans la clarté cendrée de la lune.

Soudain, il découvrit au-dessus de lui, par les trous de la chose en peau, entre deux murailles d'arbres hautes et noires, une grande lueur éblouissante, une sphère de lumière vaporeuse qui éclatait dans le ciel nocturne, tel un puissant projecteur. Un halo iridescent pour le guider. Il reprit espoir. Un espoir insensé. Il y avait quelqu'un, une maison… *du secours…*

Il entendit de nouveau les voix d'hommes derrière lui, en bas de la pente, dans les ténèbres d'où il venait. La terreur ressurgit. Il en eut presque la nausée. Il accéléra, mais l'acide lactique accumulé dans ses quadriceps le ralentissait. Il pria pour ne pas avoir de crampe – pas maintenant ! Son sang se ruait dans ses artères. Hémoglobine, leucocytes, lymphocytes. Le sang, c'était la vie.

Et il voulait vivre. Il adorait la vie.

2 h 30 du matin. Il roule sur la petite route de plus en plus étroite à mesure qu'elle grimpe et descend les collines de l'Ariège, loin au sud de l'agglomération toulousaine. S'enfonçant dans la forêt. En ressortant pour longer des prairies et des fermes isolées. Avant de s'y enfoncer de nouveau.

Il faisait nuit noire. Le jour ne se lèverait pas avant plusieurs heures.

Il avait terminé son service à l'hôpital et il rentrait chez lui. Quand il arriverait, sa femme et ses gosses dormiraient et, quand ils se lèveraient, c'est lui qui dormirait du sommeil du juste. *Du juste ?* Ça restait à voir. Les mains sur le volant, il renifla le col de sa chemise. Il lui avait offert le même parfum qu'à sa femme, mais elle en mettait trop.

La nuit et les bois défilaient, noirs comme le péché, tandis qu'il enfilait les virages. Il était seul sur la route. Le spectacle de la forêt et des tournants s'enchaînant dans la lueur des phares avait quelque chose de dangereusement hypnotique.

Il avait hâte d'être rentré. Ses yeux commençaient à ciller. *Dans moins de quinze minutes, tu seras dans ton lit.* Il les ouvrit grand, secoua la tête, remua la mâchoire et monta le volume. Seulement vingt bornes séparaient la maison de Christine de la sienne, mais il avait mis de la musique pour lutter contre l'endormissement. Des vieux morceaux comme les Traveling Wilburys, Dylan, Harrison, Tom Petty, Roy Orbison et Jeff Lynne : le bon son, quand il n'était pas encore saturé d'électronique et bousillé par des DJ à peine pubères.

Ç'avait été une longue nuit à l'hôpital, mais les deux dernières heures dans les bras de Christine lui avaient fourni une récréation bienheureuse et exténuante.

Il l'avait connue sur Tinder. Une appli qui lui avait permis à plusieurs reprises de faire des rencontres, mais qui l'emplissait en contrepartie d'un sentiment de culpabilité et de salissure. À quoi ça rimait ? Quel était le sens de tous ces « swiper » et ces « matchs » ? Il hébergeait une petite voix critique qui lui disait qu'entre le porno et les sites de rencontre, les relations amoureuses – les siennes en tout cas – ressemblaient de plus en plus à une foire aux bestiaux.

Nous ne sommes plus seulement ceux qui consomment, nous sommes les produits consommés, pensa-t-il. *Consommables et jetables...*

Il savait ce que ce genre de réflexion, de même que celle sur la musique, signifiait : *qu'il se faisait vieux*. Qu'il n'avait que quarante ans mais pensait déjà comme un vieux, comme ses parents – paix à leur âme – avaient pensé avant lui. C'est ce que sa femme et ses enfants ne cessaient de lui répéter. Seule Christine flattait son ego en lui disant qu'il avait un sacré corps pour un mec de…

Merde !... Quelque chose venait de surgir des bois, bondissant sur la route droit devant lui.

Un cerf ! Un putain de cerf ! Il jura. Vit trop tard les grands bois majestueux de l'animal qui se jetait devant ses phares pour traverser la chaussée. Il écrasa la pédale de frein, les fesses décollées du siège, mais ne put éviter le choc. À l'ultime instant, avant d'être heurté par la voiture, le cerf tourna son regard vers lui, et il entrevit deux yeux pleins de frayeur, deux yeux presque humains, dans l'incendie des phares.

La collision fut terrible.

Elle secoua la voiture tout entière au moment où il parvenait enfin à piler, dans le hurlement des pneus et la gomme abandonnée sur l'asphalte – et le corps du grand animal fut dans un premier temps précipité sur le capot avant de retomber devant le pare-chocs, sur la route.

Déjà il ouvrait la portière, il descendait. Il marchait vers l'avant du véhicule. Portant son regard au-delà du capot enfoncé, il vit la forme allongée sur le bitume, dans le flot de lumière qui étirait une ombre immense et noire de l'autre côté du corps.

Il ouvrit la bouche, en manque d'oxygène. Ses pupilles se dilatèrent. Il était sûr qu'il n'oublierait jamais cette image.

Car ce n'était pas un animal qui gisait sur la route : c'était un homme.

Lundi

1

Nuit. Forêt. Phares. La lune au-dessus. Des arbres dans les phares. Quantité d'arbres. Et fort peu de maisons. Plutôt, de loin en loin, une ferme. Isolée. Solitaire. Ils avaient été tirés de leur lit à 4 heures du matin.

— C'est vert ici, commenta Samira.

Il n'y eut pas d'autre commentaire. Servaz avait été arraché à un cauchemar dans lequel il dînait en compagnie de tous les morts qu'il avait croisés dans sa vie de flic, quand le téléphone avait vibré sur sa table de chevet. C'était Chabrillac, le nouveau patron de la police judiciaire. Le procureur de Foix avait appelé au beau milieu de la nuit le magistrat de permanence au parquet de Toulouse, lequel venait de saisir la PJ pour une mort suspecte intervenue sur les routes de l'Ariège. Un jeune homme renversé par une voiture vers 2 h 30 du matin. Apparemment, il avait surgi de la forêt devant le véhicule, le chauffeur n'avait rien pu faire.

— Un accident de la route ? avait dit Servaz, perplexe, encore dans les vapes, en regardant l'heure.

— Il portait une tête de cerf… il était blessé et on a toutes les raisons de croire que… hmm… qu'il fuyait quelque chose… *ou plutôt quelqu'un…*

Servaz s'était aussitôt senti parfaitement réveillé.

— Un accident de la route ? avait répété Samira, incrédule, quand il l'avait jointe cinq minutes plus tard.

— Un accident ? avait dit Vincent peu après, en murmurant pour ne pas réveiller Charlène.

Samira Cheung et Vincent Espérandieu : les deux meilleurs éléments de son groupe d'enquête. Il avait eu du mal à les faire accepter au début. Samira ressemblait à une gothique énervée et Vincent à un jeune homme un peu trop maniéré. À leur arrivée, Servaz avait assisté à une réaction en chaîne de sous-entendus, ragots, quolibets plus ou moins homophobes ou sexistes. Il y avait mis le holà. Il avait aussi confié de plus en plus de responsabilités à l'un comme à l'autre. Il savait reconnaître un bon enquêteur quand il en voyait un. Cela faisait douze ans à présent que Samira et Vincent avaient rejoint son groupe. De l'eau avait coulé sous les ponts. Il saisit la Thermos de café que Samira, assise à l'arrière, lui tendait. Remplit son propre gobelet. Abaissa la vitre puis son masque, et but une gorgée, tandis que Vincent conduisait. Se penchant, il leva les yeux vers le ciel nocturne à travers le pare-brise. Une lune ronde et souriante les accompagnait.

Ils ralentirent en apercevant la lueur des gyrophares à une centaine de mètres, dégoulinant des grands arbres. Vincent freina. Servaz fut surpris par le nombre des véhicules. Il vit des silhouettes derrière les rubans jaunes. Des lumières très vives et une tente. Elle trouait la pénombre d'une note plus claire. Ils se rangèrent sur l'accotement herbeux.

— On n'est pas les premiers, constata Espérandieu, les mains sur le volant, c'est jour d'affluence chez les pandores, on dirait.

— Qu'est-ce qu'ils foutent ? demanda Samira en s'inclinant entre les sièges. Ils nous saisissent ou ils refilent l'affaire à la gendarmerie ?

— En tout cas, j'ai rarement vu autant de monde pour un simple accident de la route, dit Vincent.

Quand ils descendirent, la couverture nuageuse s'était reformée, la lune avait disparu. L'éclair des gyrophares les aveugla, tandis qu'ils se dirigeaient, une main en écran, vers le ruban antifranchissement. Servaz songea que la vie était comme ces gyrophares : une lueur entre deux éternités de nuit. Elle brille un court moment puis s'éteint. Et la seule chose qui demeure, c'est le souvenir de cette lueur. Qui finit par s'éteindre, lui aussi.

Il nota que les gendarmes, les premiers arrivés, avaient travaillé rapidement et sérieusement. Ils avaient divisé l'espace en trois zones dont les limites invisibles étaient cependant matérialisées par la présence dans chacune de professionnels différents : la zone n° 1 était celle de l'accident proprement dit, avec la voiture encore examinée par les techniciens de scènes de crime en combinaisons blanches ; la zone n° 2, dans les bois, celle par où, sans doute, le jeune homme était arrivé, et d'autres tenues de cosmonautes la passaient au peigne fin ; enfin, dans la zone n° 3, se rassemblaient, à l'écart, le reste des effectifs et les magistrats.

Il se fit la réflexion que la zone n° 1 avait dû être polluée par l'intervention des secours. En même temps, ce n'était pas à proprement parler une scène de crime. L'essentiel était ailleurs : *dans les bois*... Là où le jeune homme avait été poursuivi, traqué, si tel était bien le cas.

Quoi qu'il en soit, ils avaient mis le paquet, avec leur tente, leurs projecteurs, le nombre inhabituel de techniciens et de gradés... Il sentit l'adrénaline courir dans ses veines, sa curiosité croître encore : *quelque chose se passait ici*. On ne sortait pas autant de personnes de leur lit sans raison.

S'avançant vers le groupe des gendarmes et des magistrats, il reconnut, parmi les silhouettes que fouettait le brasier des gyrophares, le nouveau procureur de Toulouse, Guillaume Drecourt, précédemment en poste à Besançon. Il avait récemment déclaré à un journaliste local qu'il avait hésité dans sa jeunesse entre suivre des études de droit et devenir coach sportif. Et que donc il avait l'esprit d'équipe. Restait à voir si cet *esprit d'équipe* s'étendait à la police.

De son côté, le proc le regardait approcher avec un intérêt qu'il ne cherchait pas à dissimuler. Yeux gris. Perçants. Lunettes rondes au-dessus du masque.

— Commandant, dit-il.

— Monsieur le procureur.

— Monsieur le procureur, dit à son tour l'officier de gendarmerie présent à côté d'eux, on a déjà commencé les constats, on attend votre décision...

Le proc dévisagea l'officier puis Servaz.

— Commandant, dit-il, on m'a parlé de vous et de votre groupe.

— Voici le capitaine Espérandieu et le lieutenant Cheung, répondit l'intéressé. Est-ce qu'on peut avoir un topo ?

Ils se tournèrent vers l'officier de gendarmerie, qui montra l'accotement près de la voiture accidentée.

— Le garçon a surgi des bois, là-bas, dit-il à travers son masque. Le conducteur (l'officier de gendarmerie désignait un homme qui buvait un gobelet de café fumant, assis sur une chaise pliante, sous la tente qu'illuminaient les lanternes) n'a pas eu le temps de s'arrêter. Il l'a percuté et le corps a été projeté sur la route. Il portait une… *tête de cerf*, avec une fermeture Éclair sur la nuque et une courroie sous le menton.

Servaz tressaillit.

— Une tête de cerf ? Où est-elle ? voulut-il savoir.

— Les urgentistes ont dû la lui enlever quand ils ont essayé de le ranimer. Ils l'ont sûrement contaminée par la même occasion. Elle a été placée sous scellés. Elle est encore là-bas, sous la tente. Les secours ont aussi abondamment piétiné la zone n° 1.

Un vrai chantier, pensa Servaz en regardant autour de lui, une fois de plus surpris par le déploiement des forces de l'ordre. Ils avaient sans doute relevé les empreintes et l'ADN des ambulanciers pour les éliminer le moment venu des traces récoltées sur les zones 1 et 2.

— Quand le gamin a jailli dans ses phares, le conducteur a d'abord cru qu'il s'agissait d'un animal. Il est en état de choc, poursuivit l'officier.

— Qu'est-ce qu'il faisait sur la route à une heure pareille ?

— Il était de nuit à l'hôpital. Il est infirmier. Il rentrait chez lui…

— On m'a dit que le gosse était en train de fuir… On sait ce qu'il fuyait ?

— Vous verrez…, dit le gendarme. En tout cas, c'est une… hmm… *affaire sensible.*

— Ah bon ? Pourquoi ça ?

— Vous verrez…, répéta-t-il.

Servaz imagina la scène. Nuit. Phares. Forêt. Une silhouette à tête de cerf bondit devant une voiture, telle une créature mythologique ; le conducteur n'a pas le temps de l'éviter. Il est surpris, mais aussi fasciné, tétanisé par cette apparition. Servaz frissonna. Il eut soudain envie d'en fumer une, sortit son paquet de la poche de son manteau, se souvint qu'il portait un masque. Époque de virus. Punitive, mortifère, purificatrice, qui avait trouvé son symbole : le masque. Posé comme un bâillon, comme le signe de reconnaissance d'une société muselée, hygiénisée, et aussi perdue et aux abois…

— Monsieur le procureur, qu'est-ce qu'on fait ? insista le représentant de la gendarmerie. L'heure tourne. Mon service est prêt à…

— Puisque vous étiez là les premiers et que vous avez déjà recueilli le témoignage du conducteur, je vous saisis de l'enquête sur l'accident de la route proprement dit, lui répondit le proc. En revanche, je charge officiellement le groupe du commandant Servaz d'enquêter sur tout ce qui relève des chefs éventuels d'enlèvement, de séquestration, d'actes de torture et de tentative de meurtre sur ce gosse une fois qu'il aura été identifié. Je vais ouvrir une information. Je compte sur vous pour travailler en bonne intelligence.

Servaz vit le regard de l'officier de gendarmerie se durcir.

— Vincent, dit-il, vois avec l'Identité judiciaire et assure-toi qu'ils prennent des photos de sécurité de tous les indices. Samira, c'est toi qui vas servir de procédurier. Tu récupères les scellés, tu constitues un album photo de la scène de crime, tu vérifieras que les PV sont inattaquables.

— Ils le seront, le rembarra l'officier de gendarmerie. Mes hommes n'ont pas pour habitude de foirer les constats, commandant.

— J'en suis sûr, répondit-il diplomatiquement.

Il fixa la voiture accidentée. Quelqu'un était accroupi devant, près du corps. Quelqu'un qu'il connaissait : le Dr Fatiha Djellali. Légiste à l'unité médico-judiciaire du CHU de Toulouse. Professionnelle jusqu'au bout des ongles. Compétente. Dévouée. Une bonne nouvelle…

Il remonta le col de son manteau. La température était tombée pas loin de zéro. Bientôt novembre. Mois des morts et des chrysanthèmes. Début des dépressions saisonnières.

Il se fit remettre une combinaison, des gants et des surchaussures avant d'entrer dans la zone n° 1 et de marcher en direction de la légiste. Il plissa les yeux ; les phares de la voiture, toujours allumés, l'éblouissaient – mais il commençait à distinguer les détails. Le corps nu couché sur le côté, à même l'asphalte. Penchée sur lui, genoux pliés, le Dr Djellali était en train d'examiner son dos à l'aide de ce que Servaz savait être, pour avoir déjà vu la légiste à l'œuvre, une torche de plongeur. Étanche, ultrapuissante et d'une grande autonomie. Soudain, il comprit pourquoi le gendarme lui avait dit qu'il s'agissait d'une affaire sensible. Ce n'était pas seulement un jeu d'ombre et de lumière, non : *le jeune homme avait la peau noire.*

— Salut, dit-il.

— Salut, Martin.

Elle ne leva même pas la tête, tout entière à sa tâche. Ils avaient failli sortir ensemble peu de temps avant qu'il ne rencontre Léa. Servaz avait hésité. Fatiha Djellali était une femme des plus attirantes et d'un abord très agréable. Mais c'était aussi, comme la surnommaient certains flics, la « Déesse des morts ». Comme lui, elle vivait dans leur commerce. Comme lui, elle ramenait à la maison des images. Il n'était pas sûr que partager le quotidien de cette femme aurait été la meilleure manière de lutter contre ses propres fantômes, de les tenir à distance. Et puis, Léa était entrée dans sa vie, avec sa gaieté, son énergie, son humanité, sa rectitude, et elle avait mis tout le monde d'accord[1].

— Tu en penses quoi ? demanda-t-il.

— Sans m'avancer, je dirais qu'il a été tué sur le coup en heurtant le sol. Mais il a d'abord été percuté par la voiture avant de retomber sur la chaussée : il y a du sang sur le capot et le pare-chocs. Et il a les pieds meurtris : il a dû courir un bon moment dans la forêt.

Il plissa les paupières en tournant son regard vers l'embrasement des phares. Reporta son attention sur les mains du garçon, autour desquelles la légiste avait passé des sachets transparents.

— Quelqu'un a pris ses empreintes digitales ?

Elle secoua la tête :

— Pas encore. Pas question d'effectuer un quelconque prélèvement ou la moindre opération susceptible

1. Voir *Sœurs* et *La Vallée*, XO Éditions et Pocket.

de provoquer une contamination accidentelle tant que je n'aurai pas examiné la pulpe de ses doigts et curé ses ongles.

Il connaissait sa rigueur et son intransigeance en la matière.

— On aura sûrement besoin de ses empreintes pour l'identifier si on ne trouve ni vêtements ni papiers, objecta-t-il. On pourrait utiliser une technique « non destructive », comme des poudres qui n'affectent pas l'ADN. Ou même une simple photographie…

— Martin, en l'état actuel des choses, personne ne touche à ce corps à part moi, trancha-t-elle. On les relèvera juste avant l'autopsie. Mais personne ne touchera ces mains tant que je n'aurai pas examiné les doigts et les ongles, c'est compris ? Je ne me suis pas levée si tôt pour rien.

Du Fatiha Djellali tout craché. Elle avait son propre protocole et personne ne pouvait y déroger. Il avait connu des légistes moins scrupuleux. Il réprima un soupir. En général, il se réjouissait qu'elle fît preuve d'un tel professionnalisme mais, cette fois, il aurait bien aimé gagner du temps.

— Pleine lune, dit-elle soudain.

— Oui, j'ai remarqué, fit-il en levant les yeux vers le ciel nocturne.

— La lune des chasseurs…

Il tressaillit de nouveau.

— Quoi ?

— Notre pleine lune, cette nuit : elle s'appelle la lune des chasseurs, expliqua-t-elle. C'est comme ça qu'on appelle la pleine lune d'octobre parce que jadis elle facilitait la chasse de nuit aux oiseaux migrateurs.

Traditionnellement, elle fait suite à la pleine lune des récoltes, en septembre. Sauf que 2020 est vraiment une année exceptionnelle à tous points de vue : nous avons treize pleines lunes au lieu de douze. Dont deux en octobre. La lune des chasseurs, répéta-t-elle.

Il se souvint que, dans la mythologie grecque, Artémis, déesse de la chasse, était aussi associée à la lune. Il fut parcouru d'un frisson.

— Tu crois que c'est une coïncidence ? demanda-t-il.

— Ça, c'est pas mon boulot de le dire. C'est le vôtre.

— D'après ce que j'ai entendu, il aurait fui quelque chose ou quelqu'un… Il aurait été en somme… *chassé*… Tu sais d'où vient cette hypothèse ?

Elle hocha la tête :

— Regarde.

Elle orienta le pinceau de la torche vers l'une des omoplates. Il avait une blessure à l'épaule gauche, en dessous de la clavicule : une pointe de métal en ressortait. Elle étincela dans le faisceau surpuissant. Servaz s'accroupit à son tour.

— C'est quoi ça ? Une flèche ?

— *Plutôt un carreau d'arbalète…*

Il sentit les poils sur sa nuque se hérisser.

— Pas banal, hein ? ajouta-t-elle. Et ce n'est pas tout…

Elle posa sa torche sur le sol, saisit le corps aux épaules.

— Aide-moi.

Il l'aida à le retourner, lentement, précautionneusement. Ils le couchèrent sur le dos, sur la bâche étalée à même les gravillons et le bitume.

Elle éclaira en premier lieu le visage, bien que les phares l'illuminassent déjà.

Servaz se figea. Des pupilles mortes. Des yeux qui avaient à peine eu le temps de voir la vie avant de la quitter : ce gamin n'avait pas plus de vingt ans. Fatiha Djellali fit glisser le faisceau de la torche le long du menton et de la gorge jusqu'à la cage thoracique, qui affleurait distinctement sous la peau, car le garçon était de constitution maigrelette.

Servaz prit un air surpris, et même carrément sidéré. Il essaya de ne pas penser, de ne pas échafauder d'hypothèses à ce stade, de ne pas tirer de conclusions prématurées.

Quelqu'un avait gravé sur la poitrine du jeune homme le mot :

JUSTICE

2

Ils progressaient difficilement. Entre taillis et arbres. Samira l'avait rejoint et ils suivaient le chemin qu'avaient délimité dans la forêt les techniciens de scènes de crime en tendant de tronc en tronc deux longs rubans jaunes et brillants vaguement parallèles. Ils se tenaient à l'extérieur des rubans. Là où ils ne risquaient pas de piétiner des indices. Entre les deux lignes jaunes, des projecteurs éclairaient des taches de sang et des branches cassées signalées par des cavaliers en plastique, jaunes eux aussi, numérotés. Tout était humide ; au bout de trente mètres, les jambières de son pantalon furent trempées. Un peu plus loin, on avait dû manquer de câble pour alimenter les projecteurs, car des ballons lumineux les remplacèrent. Ils avaient été montés au bout de mâts, reliés à des batteries au sol, trouant l'obscurité comme des lunes mortes.

Puis, au bout de cinq cents mètres environ, il n'y eut plus ni ballons ni rubans. À partir de là, les techniciens, à court de matériel, s'étaient contentés de déposer des cavaliers en plastique là où ils avaient repéré des traces. Les balises jaunes dessinaient ainsi un chemin plus clair à travers la forêt obscure tels les cailloux du Petit Poucet.

Ils atteignirent bientôt un ruisseau, qui coulait au bas d'une pente escarpée, et ils aperçurent entre les buissons deux techniciens qui éclairaient l'autre rive de leurs lampes. Servaz vit des traces de pas profondes dans la boue. De pieds nus, mais aussi de semelles. Les TIC les photographiaient et les mesuraient. L'un d'eux se releva et passa près d'eux. Peut-être retournait-il là-haut chercher un kit de moulage.

Servaz montra sa carte.

— Que des hommes adultes, déclara le second technicien en désignant les traces. Je dirais entre six et dix. Plus le garçon aux pieds nus…

Il portait une combinaison à capuche et un masque blancs, des surchaussures et une double épaisseur de gants de nitrile bleu, et il avait l'air là encore d'un explorateur perdu sur une planète hostile.

— Ça continue plus loin ? demanda Servaz en écartant une branche et en posant un pied prudent sur une pierre plate au milieu du courant.

L'eau chantait et dansait, scintillante dans le faisceau de la torche. Le ruisseau creusait un tunnel dans la végétation.

— Oui, il y en a environ pour un kilomètre…

Soudain, Servaz avisa sur un rocher voisin ce qui ressemblait à une grenouille morte. À plat ventre, ses grandes pattes postérieures formant deux angles droits, elle ne bougeait plus. Il fut étrangement fasciné, perturbé par le petit batracien. Fascination d'autant plus étonnante qu'il venait de voir un cadavre sur la route. Comme si l'insignifiante créature revendiquait sa place dans la grande chaîne de la vie et de la mort.

Ils reprirent leur progression. Le feuillage formait un plafond presque impénétrable au-dessus de leurs têtes mais, par moments, la lune parvenait à se glisser entre les feuilles. Ici, loin en contrebas de la route, il n'y avait aucun bruit. Il fut frappé par ce silence. Enfin, ils les virent. Les autres techniciens en combinaisons blanches, au centre de la clairière.

La lune la baignait.

Il régnait en ce lieu circulaire, ouvert sur le ciel nocturne, au cœur de la forêt, une horreur diffuse, et Servaz sentit une sourde angoisse le gagner.

— Qu'est-ce que vous avez ? demanda-t-il en dégainant encore une fois sa carte.

— Les traces s'arrêtent là, dit l'un des cosmonautes. C'est à partir d'ici qu'il a commencé à courir. Il a fui dans la direction d'où vous venez, ajouta-t-il en indiquant la forêt noire derrière eux.

Le technicien montra ensuite le paysage coloré en bleu, le décor fantastique, onirique de la clairière, l'herbe couchée en plusieurs endroits et l'allée obscure qui s'enfonçait dans les bois de l'autre côté.

— Plusieurs véhicules ont stationné ici. Ils sont arrivés par là. Ce chemin aboutit à une autre route. La victime devait se trouver à bord de l'un d'eux…

— Combien de véhicules ? voulut savoir Servaz.

Il avait abaissé son masque sous son menton et s'appliquait à rallumer une cigarette éteinte. Il avait arrêté de fumer deux ans plus tôt, avant les meurtres d'Aigues-Vives[1], mais l'affaire – et cette cigarette que la psychiatre Gabriela Dragoman lui avait glissée dans

---

1. Voir *La Vallée*, XO Éditions et Pocket.

la bouche – l'avait fait rechuter. Il n'avait plus essayé d'arrêter depuis.

— Je dirais trois…

— Il y a moyen de connaître les marques et les modèles ?

Servaz devina que, sous son masque, l'homme grimaçait.

— Sur l'herbe humide, l'exploitation des traces de pneus va être compliquée, dit ce dernier. On aura peut-être plus de chance avec l'allée là-bas : elle est gravillonnée, mais il y a de la boue à certains endroits. L'idéal serait qu'on trouve des débris d'optique ou une trace de peinture, mais faut pas rêver. De toute façon, on va envoyer tous les éléments exploitables au département véhicules et on verra bien.

Le cosmonaute pivota sur lui-même et désigna ses deux acolytes, qui évoluaient avec précaution, comme s'ils se trouvaient eux aussi sur une planète à l'atmosphère raréfiée. Servaz éprouva un léger vertige ; il y avait, dans le spectacle de cette clairière, quelque chose de profondément perturbant. Bien entendu, c'était peut-être tout simplement le fait de penser à ce qu'avait enduré le garçon.

— En tout cas, un grand nombre de personnes ont piétiné ici récemment, continua le technicien. On a quelques traces de semelles : rien que des pointures d'hommes adultes…

Servaz hocha la tête.

Les *chasseurs*… Il songea au gamin terrorisé qu'on avait sorti d'un des véhicules en pleine nuit. Au milieu de ces hommes qui s'apprêtaient, selon toute évidence, à le… *chasser*. À l'horreur qui avait dû être la sienne. Ses tempes battirent. Au cours de ses nombreuses années dans la police, il avait eu l'occasion d'observer toutes sortes de caractéristiques humaines mais, dans le cas présent, il se demanda quel genre d'individus était capable de changer un être humain en… *gibier*.

Ils retournèrent en haut de la colline interroger le conducteur de la Volvo.

— Je… je… je ne roulais pas vite, je vous assure, dit l'homme sous la tente, assis sur son siège pliant. J'avais mis de la musique. Pour pas m'endormir… C'est toujours sur des routes qui nous sont familières que les accidents surviennent.

Sa main tremblait autour du gobelet fumant. Selon les gendarmes, son alcootest était négatif.

— Ce pauvre garçon, bafouilla l'homme, les paupières rougies. Qui a pu faire une chose pareille ?

— Quelle chose ? dit Samira.

— Eh bien… lui mettre cette tête d'animal… le traquer dans les bois…, répondit l'homme.

— Qu'est-ce qui vous fait croire qu'on le traquait ? lui demanda-t-elle.

L'homme leva vers elle un regard effarouché, parut déconcerté par son look gothique – elle était enveloppée dans une longue parka doublée en fausse peau de mouton, ses yeux rehaussés d'un trait épais d'eye-liner sous une longue mèche d'un noir aile de corbeau qui recouvrait presque tout son front et il y avait un crâne dessiné sur son masque en tissu. Il écarquilla les yeux, médusé :

— J'en sais rien… Il… il courait… dans les bois… à 3 heures du matin… Et il avait l'air… il avait l'air si terrorisé… dans les phares.

— Il a peut-être simplement eu peur d'être renversé par votre voiture, non ? objecta-t-elle. Vous êtes sûr que vous n'alliez pas un peu trop vite ?

L'homme secoua vigoureusement la tête :

— Non, non ! Je n'allais pas trop vite ! Avec la nuit et la fatigue, j'étais bien en dessous de la vitesse réglementaire. Je suppose que vous avez les moyens de vérifier ça, n'est-ce pas ?

Son ton était suppliant.

— En effet, répondit Samira. C'est ce que nous allons faire. Vous avez déclaré aux gendarmes que vous rentriez de l'hôpital.

— Oui…

— On vient d'appeler l'hôpital : il y a un trou de deux heures trente dans votre emploi du temps.

L'homme se décomposa.

— J'ai fait un petit somme dans la voiture avant de prendre la route. J'étais… euh… fatigué…

— Vous êtes à vingt minutes de chez vous, dit Samira. Vous auriez pu le faire dans votre lit. Vous êtes marié, je vois, ajouta-t-elle en pointant du doigt son alliance.

— C'est… exact.

Sa voix tremblait à présent.

— Il y a un long cheveu, là, sur votre épaule…

L'homme sursauta :

— Hein ? Quoi ?

Paniqué, il baissa les yeux sur son manteau en louchant. Il ne vit rien car il n'y avait rien.

— Vous étiez où pendant ce trou de deux heures ?

Samira avait parlé d'une voix claire et froide, l'homme lui jeta un regard désespéré.

— Avec une amie… Je vous en prie : n'en parlez pas à ma femme…

— Votre… *amie*… elle pourra confirmer ?

Il hocha la tête, renifla.

— Oui… oui… Je suis désolé… Je risque quoi pour avoir menti ?

— C'est ce qu'on verra, les interrompit l'officier de gendarmerie qui s'était approché. Il est 5 h 38 et vous êtes placé en garde à vue à compter de ce jour, 26 octobre, ajouta-t-il à l'intention du conducteur.

— Quoi ? glapit celui-ci.

— Ne vous bilez pas, lui dit Samira, c'est la procédure.

— Si vous avez d'autres questions à lui poser, faites-les-nous passer, leur déclara l'officier.

Bonjour la collaboration entre services…

— Commissaire…, dit l'homme en direction de Servaz, comme s'il allait de soi que c'était lui le plus gradé de tous.

— Commandant, rectifia Servaz. Oui… ?

— Ses yeux… *Je les ai vus dans les phares*… Quand il a tourné la tête, je veux dire… quand il a été surpris par la voiture… Il avait déjà peur à ce moment-là… pas de la voiture : *d'autre chose*… Une peur comme je n'en avais encore jamais vu.

Servaz se figea. Il laissa les paroles de l'homme entrer en lui. Cela faisait un moment que ça ne lui était pas arrivé. De sentir ce picotement familier le long de l'échine. Des individus qui chassaient non pas seuls mais en meute, *comme des loups*… Un jeune homme nu, coiffé d'une tête d'animal…

Il repensa soudain à cette lugubre tête de cerf enveloppée dans une housse en plastique transparent, posée sur une table sous la tente, qu'il avait contemplée un peu plus tôt. Aux bois qui ornaient son front, ramifiés et terminés par des andouillers qu'il avait caressés à travers le plastique. Aux oreilles dardées et pointues. Au poil soyeux, d'un fauve brillant tirant sur le roux. La tête ne comportait ni mufle ni naseaux. À leur place, un simple capuchon de peau avec des orifices pour les yeux et le nez. Et il avait imaginé en la regardant la bête fabuleuse vivant et respirant avant de devenir cette chose. Comme il avait imaginé le garçon vivant, imaginé ce qu'il avait dû éprouver avec ce truc lourd passé sur sa tête, tandis qu'il courait pour échapper à ses poursuivants.

Il avait dû s'étouffer, être au bord de l'asphyxie, car les trous pour les narines étaient petits et il n'y en avait pas pour la bouche.

Servaz frémit. C'était le Mal dans son expression la plus pure qui était à l'œuvre ici. Il en reconnaissait chaque signe.

Il était 5 heures passées de quarante-trois minutes, ce matin du lundi 26 octobre.

3

Ils furent de retour au commissariat à 8 heures précises. Il régnait une effervescence inhabituelle au deuxième étage. Et Servaz fut surpris par l'affluence matinale.

Il vit par les portes ouvertes un paquet de monde en audition. Il y avait, comme d'habitude, de la tension dans l'air, de l'agressivité, des gardés à vue qui crachaient leur morgue à la face des flics pendant que des avocats exigeaient en retour qu'on respectât leurs clients.

— C'est quoi, toute cette agitation ? demandèrent-ils à un collègue de la division des affaires criminelles, qui passait un coup de fil dans le couloir.

Le flic rangea son téléphone.

— Vous n'êtes pas au courant ? Le week-end a été chaud. Sept agressions au couteau sans lien entre elles rien qu'entre vendredi et dimanche : du côté du quartier de Bellefontaine, la nuit dernière, un homme qui sortait du métro a été agressé par un groupe d'individus alcoolisés. Frappé dans le dos, hospitalisé en urgence. Samedi, derrière la médiathèque, en plein après-midi, un autre a reçu deux coups de couteau. Vendredi, un mineur a blessé deux hommes place Arnaud-Bernard. Dans le même temps, avenue des Minimes, un type a été grièvement blessé à la gorge et au thorax.

Il comptait sur les doigts des deux mains.

— Encore le même soir, deux types se sont mutuellement poignardés au cours d'une rixe rue de l'Ukraine. Deux garçons ont aussi été agressés quai de la Daurade, tôt samedi matin : apparemment, on en voulait à leurs téléphones portables.

Il fit courir son regard de ses doigts à Servaz.

— Et, pour finir, dans la nuit de samedi à dimanche, rue Georges-Brassens, une altercation entre voisins s'est terminée par un coup de couteau dans la poitrine... On a un record, là, je crois bien. La plupart des enquêtes ont été refilées à la Sûreté urbaine, les autres ont atterri chez nous.

Les records sont faits pour être battus, pensa Servaz. Partout dans le pays, c'était la même rage désinhibée, le même effondrement de l'autorité. Une vraie guerre, qui avait lieu tous les jours dans la rue. Une guerre perdue d'avance tant que les flics seraient livrés à eux-mêmes, méprisés ou abandonnés à leur sort par les juges, sous-équipés, et honnis par certains de ceux qu'ils étaient censés protéger...

— J'ai aussi deux viols et trois agressions sexuelles, intervint une collègue des mœurs en sortant de son bureau. Comment je fais avec les dizaines de dossiers que j'ai déjà en souffrance ? Les victimes m'appellent tous les jours pour savoir si ça avance. Je leur dis quoi ?

— On devrait inviter les politiciens et certains donneurs de leçons à venir passer quelques jours ici, conclut Samira.

Tous la fixèrent. Elle avait retiré sa parka fourrée et en plein jour sa tenue ne passait pas inaperçue : le mot HELL s'étalait en lettres brillantes sur son pull noir, son pantalon de cuir était renforcé de genouillères et de molletières pleines de zips, d'œillets et de boucles, et elle était perchée sur des Dr. Martens à semelles outrageusement surcompensées, un ensemble qui la faisait ressembler à une adepte du BDSM.

Servaz pénétra dans son bureau, suivi de ses deux adjoints, leur donna ses consignes pour entrer la procédure dans le LRPPN – le logiciel de rédaction de la procédure de la police nationale, dont la troisième version était à peine moins bancale que les deux précédentes. Au fil des ans, la procédure pénale n'avait cessé de s'alourdir, la paperasse de manger leur temps de travail, au détriment de l'enquête, du terrain.

Il commençait à se demander s'il était encore fait pour ce métier. Il était entré dans la police par vocation. Pendant près de trente ans, il n'avait pas hésité à passer des nuits entières dans sa voiture, à sacrifier sa vie personnelle, toujours en poursuivant le même but : mettre hors d'état de nuire les individus les plus dangereux et les plus nuisibles pour la société. Mais aujourd'hui les règles avaient changé : on attendait d'eux qu'ils fassent la même chose depuis un bureau, avec des interrogatoires impossibles à mener à force de garde-fous, des exigences intenables et souvent contradictoires. Une enquête criminelle, c'était le job le plus complexe et le plus exigeant qui soit ; un avocat rusé ou un magistrat indélicat pouvaient ruiner en un clin d'œil des mois d'efforts et, comme si ça ne suffisait pas, on multipliait les obstacles, les empêchements. Résultat, les statistiques étaient sans ambiguïté : les trafics explosaient, le taux d'homicides était le plus élevé d'Europe, deux fois supérieur à ceux de l'Espagne, de l'Allemagne et même de l'Italie voisines, n'en déplaise à *Gomorra*.

Servaz trouva un cachet de paracétamol et de codéine dans un tiroir. Il avait la migraine. Heureusement qu'il avait fait un stock avant que le médicament ne soit plus disponible que sur ordonnance. Alors que l'impunité régnait chez les délinquants, à force d'interdictions et d'injonctions on infantilisait le reste de la société.

— Un gamin *noir*, à qui on a mis une tête d'animal, et qu'on a de toute évidence *chassé* la nuit dans les bois comme du *gibier* : vous imaginez si la presse s'empare de ça ? lança soudain une voix depuis la porte. On a intérêt à faire de cette enquête une priorité si ce satané merdier se confirme…

Il leva la tête. Chabrillac, leur nouveau patron, un homme dans la cinquantaine, vêtu d'un costume trop étroit pour ses larges épaules et sa carrure de rugbyman. Sa bedaine évoquait cependant davantage le rugby tel qu'on le pratiquait au siècle dernier. Des sourcils noirs et épais, des pupilles en têtes d'épingles et un air perpétuellement chagrin. Il avait remplacé Stehlin, parti finir sa carrière sous le climat plus doux mais pas moins criminogène de la Côte d'Azur.

Servaz aimait bien Stehlin, qui n'avait pas hésité à prendre des décisions risquées quand le besoin s'en était fait sentir.

Il n'avait pas encore jaugé le nouveau divisionnaire. Selon certains, il se montrait grossier avec ses subordonnés, selon d'autres, c'était un pur produit de la bureaucratie, tatillon et prompt à ouvrir le parapluie. Les collègues l'avaient déjà affublé d'un sobriquet : « Hulk ». De son côté, Servaz attendait de voir.

— J'ai demandé que l'autopsie soit effectuée le plus vite possible, annonça « Hulk ».

Il jeta un coup d'œil soupçonneux à la tenue de Samira. Après avoir haussé un sourcil, il reporta son attention sur Servaz.

— Commandant, vous avez bien conscience qu'il s'agit d'une affaire extrêmement sensible. À partir de maintenant, toutes vos autres tâches sont secondaires.

Il les regarda tous les trois, un par un – Samira, Vincent et Martin –, puis se tourna solennellement vers la porte.

— Lieutenant ! Vous pouvez venir ?

Ils virent apparaître un jeune homme. Cheveux blonds et yeux bleus. Bronzage de surfeur.

— Je vous présente votre nouveau collègue : le lieutenant Raphaël Katz, dit Chabrillac. Le lieutenant nous arrive tout droit de Cannes-Écluse, d'où il est sorti deuxième de sa promo.

Il marqua une pause, histoire de leur laisser le temps d'assimiler l'information.

— Comme vous le savez, cette année la sortie de promotion a été retardée par la crise sanitaire. Vu son classement, le lieutenant avait le choix d'affectations plus… hmm… prestigieuses, mais il a choisi Toulouse.

Je compte sur vous pour lui faire le meilleur accueil. (Il se tourna vers le jeune policier.) Vous serez placé sous les ordres du commandant Servaz, lieutenant, comme vous en avez émis le souhait.

Chabrillac sortit. Servaz fixait le nouveau venu, perplexe. Depuis quand un élève de l'école de police, même avec d'excellentes notes, élisait son groupe d'enquête ? Le jeune lieutenant blond les salua d'un signe de tête, à défaut de poignée de main.

— J'ai beaucoup entendu parler de vous, commandant, dit-il. À l'école, on avait un prof un peu anticonformiste – le seul qui s'autorisait à sortir des clous –, il aimait à citer vos enquêtes en exemple une fois le cours terminé et en petit comité…

— Pas pour leur côté académique, j'imagine.

Katz dut sourire derrière son masque. En tout cas, ses yeux riaient.

— Non, en effet. Mais c'est précisément leur côté iconoclaste, votre regard neuf sur les choses, votre… *anticonformisme radical*, pour le citer, qui l'intéressait. À travers vous, il nous apprenait à remettre en question les vieux schémas, à aller plus loin que les évidences. Mais, bien entendu, il le faisait discrètement.

— Mm-mm, fit Servaz qui connaissait le côté déconnecté de la réalité des cours enseignés à l'école de police.

Il jeta un coup d'œil à Samira – qui couvait le nouveau venu d'un regard à la fois indécis et évaluateur. Servaz devina que, pour ce qui était du physique, elle lui avait déjà attribué une bonne note. Athlétique, le lieutenant Katz portait beau pour ce qu'ils en voyaient.

Servaz était sûr qu'il y avait une belle gueule sous ce masque.

— J'ai demandé à être affecté à Toulouse parce que j'ai grandi dans la région, expliqua-t-il, mais j'avais aussi le… secret espoir de travailler avec vous…

Servaz prit un air étonné :

— Qui veut encore être policier en 2020 ? réagit-il. Et parmi ceux qui le veulent, qui veut encore bosser en PJ ? Trop de travail, une procédure pénale trop pesante, trop d'heures sup pour trop peu de résultats, être disponible H24, sacrifier sa vie personnelle, se taper des tonnes de paperasse : ça n'attire plus les jeunes à la sortie de l'école aujourd'hui…

Il dévisagea Katz :

— Et vous pourtant, avec vos notes, vous demandez la PJ…

— Comme je l'ai dit, commandant, à l'école de police vous êtes une véritable légende. Travailler avec vous, c'est comme un rêve qui se réalise. Je sens mon taux de sérotonine qui grimpe en flèche, là, ajouta-t-il.

Servaz haussa un sourcil.

— Votre quoi… ?

— Mon taux de sérotonine… Vous savez que chez les homards la chimie du cerveau diffère considérablement entre un homard vaincu et un homard vainqueur ? En cas de victoire, le taux de sérotonine augmente fortement, alors que le taux d'octopamine diminue. En cas de défaite, c'est exactement l'inverse. Un fort taux d'octopamine produit des homards déprimés et peureux – alors qu'un fort taux de sérotonine produit des homards sûrs d'eux, détendus et fougueux.

— Putain, murmura Samira dans le dos du nouveau venu, assez fort pour être entendue.

Katz se retourna. Il détailla Samira de haut en bas avec cette nuance de perplexité que l'allure de la Franco-Sino-Marocaine provoquait toujours la première fois. La plupart des gens la dissimulaient. Pas lui. Katz était un homard sûr de lui, bourré de sérotonine…

— Je vais chercher mes affaires ! dit-il, enthousiaste, en se dirigeant vers la porte.

Dès que le blond fut sorti, elle considéra Servaz puis Vincent :

— Des… *homards* ?… Sans déconner ? Putain, on a hérité d'un premier de la classe. Et en plus, il ressemble à un nazi…

Servaz fronça les sourcils.

— Quoi ? Qu'est-ce que j'ai dit ? J'ai dit qu'il ressemblait à un nazi, pas qu'il en était un…

4

Sous les rayons du scialytique, le corps était dépourvu d'ombres portées, chaque détail de son anatomie, chaque pore de sa peau, chaque pli aussi net et visible qu'un cratère lunaire sous la lumière du soleil. Il était 17 h 30. Ils avaient passé la journée à se répartir les tâches et à expédier les affaires courantes en attendant l'appel de la légiste.

Soudain, dans les haut-parleurs, retentirent les premières notes d'une musique sauvage, grandiloquente, avec des chœurs et une voix de femme en arrière-plan. Raphaël Katz et l'officier de gendarmerie se figèrent.

— Bordel ! dit le jeune lieutenant.

Il retint son souffle.

— *Eclipse*, Pink Floyd, dit-il encore. La version de Hans Zimmer pour le film *Dune*... C'est... dingue !

Dans la seconde suivante, son beau visage encadré d'une chevelure d'un noir de jais, Fatiha Djellali fit une entrée aussi solennelle qu'une vestale romaine portant le feu sacré. Elle s'avança dans la vive clarté et la musique, et même Servaz ne put s'empêcher d'avoir la chair de poule. Il leva les yeux vers Katz, celui-ci était très pâle.

— Première autopsie ? demanda-t-elle au jeune enquêteur en coupant la musique.

Katz hocha la tête. Le Dr Djellali regarda Servaz :

— Martin, si je ne te connaissais pas, je dirais que ça ressemble à un bizutage.

Et comment, que c'en est un, songea-t-il. Il savait que la musique ferait son petit effet. C'était la seule bizarrerie du Dr Djellali, cette mise en scène de mauvais goût. Sans doute sa façon à elle de se préparer, de se concentrer, comme un boxeur avant de monter sur le ring. Il savait aussi que Katz avait déjà assisté à une autopsie à l'école de police, mais dans un amphithéâtre, c'est-à-dire loin du corps, et sans les odeurs.

— Les empreintes…, dit-il.

— Ça vient, répondit-elle.

Le Dr Djellali retira les sachets transparents autour des mains. À l'aide d'une brosse, elle procéda en douceur au curage des ongles, puis au prélèvement de l'ADN sur la pulpe des doigts, aussitôt mis sous scellés, avant de relever les empreintes digitales. Une fois les relevés effectués, elle tendit les fiches décadactylaires à son assistant, un grand type barbu et mutique, qui se dirigea sans un mot vers un ordinateur posé sur une paillasse.

Elle mit en route l'enregistreur.

— Nous commençons l'examen externe du corps. Il mesure un mètre quatre-vingt-deux, pèse soixante-neuf kilos, très mince, peau sombre à très sombre, absence de tatouages et de malformations, mais on constate… oui… de nombreuses blessures et coupures à hauteur des jambes, des bras et du torse…

Elle les décrivit une par une, les mesura, attendit que le photographe de l'Identité judiciaire présent les eût mitraillées sous tous les angles.

— Ces blessures ont sans doute été provoquées par des branches ou des pierres pendant qu'il courait dans la forêt. On effectuera des prélèvements qui devraient nous le confirmer.

Elle s'approcha de la tête de la jeune victime, la prit entre ses mains gantées et la remua doucement pour éprouver la rigidité du cou. La peau du visage était arrachée côté gauche, laissant la chair à vif, le blanc des yeux injecté.

— Cheveux bruns, courts, frisés, énonça-t-elle. Barbe de trois à quatre jours. Épiderme arraché, abrasions et érosions multiples au niveau du temporal, du malaire et du maxillaire inférieur gauches…

Servaz jeta un coup d'œil à Raphaël. Celui-ci suivait les évolutions du Dr Djellali autour de la table sans moufter, mais ses iris étaient devenus bleu-noir.

— Aucune de ces blessures n'a été mortelle, continua Fatiha Djellali en s'écartant. La mort est survenue, de toute évidence, lors du choc avec le sol… ou peut-être avec la voiture…, ajouta-t-elle en fixant cette fois l'officier de gendarmerie.

Elle souleva de nouveau la tête de ses mains gantées, avec un soin extrême, tâta les cervicales à l'arrière.

— L'examen de la boîte crânienne, de l'encéphale et des cervicales nous le confirmera.

Armée d'un stylo-lampe, elle se pencha ensuite sur les yeux jaunes, la bouche, les dents, les fosses nasales et les oreilles, palpa le cou, se tourna vers la poitrine. Servaz la vit se redresser, marquer une pause. Il fallait la connaître comme il la connaissait pour deviner l'imperceptible émotion présente dans sa voix lorsqu'elle exhala un soupir et dit :

— Je parierais que ce truc a été fait avec un fer chauffé… comme pour le bétail…

— Quoi ?

Il se pencha à son tour sur les petits bourrelets de chair racornie qui formaient les lettres du mot JUSTICE.

Elle le regarda.

— Ça demande confirmation, mais ça y ressemble fort. En tout cas, ça a été fait *ante mortem*… *Ce pauvre garçon a été marqué au fer comme du bétail…*

Elle relâcha l'air de ses poumons. Au cours de sa carrière, elle avait assisté à d'innombrables témoignages de la stupidité, de la cruauté et de l'égoïsme de l'espèce humaine. Mais elle ne s'habituait toujours pas à ses démonstrations les plus extrêmes. Se retournant vers une table roulante pleine d'instruments coupants qui brillaient dans la lumière du scialytique, elle les manipula, les tria nerveusement, et Servaz entendit le métal tinter sur du métal.

Immobile, il retenait son souffle, méditant en silence cette révélation. Il songea à ce qu'elle impliquait. Sa crainte, sa conviction de plus en plus fortes qu'ils étaient devant un crime hors normes. Il eut soudain envie d'être ailleurs. Il savait combien ce genre d'affaire pouvait laisser des traces.

— Docteur…, bafouilla l'officier de gendarmerie derrière eux.

Dans leur dos, sa voix tremblait légèrement :

— Docteur, commandant…, gémit-il tandis qu'ils se retournaient. Le mort : *il s'est réveillé !*

5

Servaz tourna son regard vers la table d'autopsie. Il fut saisi d'un vertige, eut la sensation que ses poumons se vidaient d'un coup, expulsaient tout l'air qu'ils contenaient. L'officier disait vrai : non seulement le mort semblait les contempler, mais il s'était… oui… *réveillé*.

Le Dr Fatiha Djellali s'était retournée elle aussi. Elle écarquillait les yeux par-dessus son masque.

— Putain de merde !

Ce fut tout ce qu'elle trouva à dire. Comme dans un épisode de *The Walking Dead*, le mort était revenu à la vie ! Il se tortillait sur la table, ses pupilles affolées roulaient en tous sens.

Il essayait de dire quelque chose, mais n'y arrivait pas.

Fatiha se rua sur le corps, dont une jambe tressautait convulsivement, tandis que les doigts du mort-vivant tapotaient sur le métal de la table comme s'ils cherchaient un rythme. Un long gémissement lui échappa. Quelques mots se glissèrent hors de ses lèvres.

Servaz crut comprendre : « le coq… »

C'était absurde, ça n'avait aucun sens : *le coq* ? Il devait vouloir dire autre chose. Mais quoi ? Ou bien était-ce un nom, un patronyme : *Lecoq* ?

Servaz demeurait pétrifié devant ce stupéfiant spectacle. Il n'avait jamais rien vu de pareil. Comment était-ce possible ? Il avait l'impression d'être plongé dans une version contemporaine d'*Herbert West, réanimateur*. Il avait assisté à des dizaines d'autopsies : c'était la première fois qu'il voyait un mort ressusciter !

Mais, déjà, le mort-vivant était retombé sur la table et, les deux mains croisées sur la poitrine du garçon, Fatiha Djellali pompait désespérément pour le ramener à la vie.

— Bon sang ! souffla Katz à côté de Martin d'une voix ténue comme un fil.

Servaz vit qu'il était blême.

— Appelle la réa ! lança-t-elle à son assistant. Dis-leur d'envoyer une équipe en salle d'autopsie, immédiatement !

Le barbu courut vers le téléphone. Fatiha pompait vigoureusement sur le torse du ressuscité. Puis elle retira son masque, se pencha pour effectuer un bouche-à-bouche, recommença, encore et encore, jusqu'à ce qu'une équipe d'urgentistes fasse irruption dans le sous-sol et prenne le relais. Un laps de temps irréel, durant lequel Servaz eut l'impression d'être en apesanteur.

Fatiha Djellali s'écarta. Elle le regarda, dévastée.

— Trop tard, dit-elle. Ils ne le ramèneront pas, cette fois.

Martin la contemplait sans bouger. Incapable du moindre geste.

— Qu'est-ce qui s'est passé ? demanda-t-il d'une voix blanche.

Elle hésita.

— C'est très rare, mais c'est déjà arrivé. La victime est déclarée morte, car son métabolisme mime la mort : son corps est froid, il ne réagit plus aux stimuli, le souffle et le pouls sont inexistants. Le décès est constaté.

Elle était d'une pâleur de craie.

— Il se peut qu'il ait été en hypothermie… ou en état de catalepsie… Il y a des cas de personnes qui se sont réveillées à la morgue plusieurs heures après, comme ici. Ça figure dans la littérature médicale.

— Mais il est mort, cette fois ?

À côté d'eux, les urgentistes étaient en train de choquer la dépouille avec les défibrillateurs, qui émettaient leurs bruits caractéristiques de charge et de chocs électriques.

— Oui, j'en ai peur… De toute façon, on en aura la confirmation dans quelques minutes… La plupart des cas ne survivent pas à cette… *résurrection*. Le sang a cessé d'irriguer les tissus trop longtemps, les organes ont subi des dommages trop importants. Lorsque le sang se remet à circuler, il se crée une réaction inflammatoire en chaîne d'un organe à l'autre. Une réaction fatale le plus souvent. C'est ce qui vient d'arriver à ce pauvre garçon. C'est affreux…

Il la vit s'appuyer, chancelante, à une paillasse. Il la soutint en lui prenant le bras. Il se fit la réflexion que Fatiha Djellali avait l'habitude de frayer avec les morts, de leur ouvrir le ventre, de plonger ses mains dans leurs viscères – *pas de les voir mourir devant elle.*

— Putain, je crois que je vais sortir prendre l'air, souffla Raphaël, qui avait viré au vert, se rappelant à leur bon souvenir.

Sans attendre de réponse, il quitta précipitamment la salle. Fatiha le regarda s'éloigner, puis posa les yeux sur Martin.

— Pour une première, il est servi…, dit-elle.

Servaz opina silencieusement, lui prit la main. La serra. Elle répondit à ce geste en étreignant la sienne en retour. C'était une drôle de sensation que ce toucher mutuel à travers du latex et la main de la légiste était froide d'avoir été en contact avec le corps. Leurs regards restèrent rivés l'un à l'autre l'espace d'une seconde.

Le téléphone de Martin vibra dans sa poche. Il le sortit. Chabrillac.

— Oui ? dit-il.

— Vous en êtes où de l'autopsie ? demanda le divisionnaire.

— On a eu… un contretemps, répondit-il.

Un silence.

— Dès que vous aurez fini, rentrez fissa. On vous attend pour une réunion en urgence.

— Pourquoi ? Qu'est-ce qui se passe ?

— Le gamin, ses empreintes viennent d'être identifiées : on a un problème.

6

Il était 23 heures et des poussières quand le groupe d'enquête s'enferma dans la salle de réunion du deuxième étage. Raclements de chaises. Toux. Papiers froissés. Mauvais café. Étaient également présents le directeur de la police technique et scientifique, ainsi que deux autres flics : l'un des Stups, l'autre de la brigade des mineurs.

Deux minutes après tout le monde, Chabrillac fit son entrée, veste sur l'épaule, dénouant sa cravate en un geste que Servaz jugea être celui d'un acteur médiocre. Il se plaça sans s'asseoir à une extrémité de la table, les mains sur les hanches. Comportement territorial. Affirmation de son autorité. Posture classique. Il embrassa ensuite l'assistance du regard.

— Bon, le gosse a été identifié. Il s'agit de Moussa Sarr, dix-huit ans. (Il marqua une pause.) Ce gamin a un pedigree digne d'un beagle pure race : trafic de stupéfiants, agressions, soupçonné d'au moins quarante cambriolages, trois séjours au centre spécialisé de Lavaur…

On aurait dit un éleveur de chevaux à Deauville exposant les qualités de son yearling. Servaz se frotta les paupières. L'autopsie interrompue avait repris une heure après, le temps que deux autres médecins constatent le décès. Elle avait duré trois heures de plus. Le Dr Fatiha Djellali avait diagnostiqué une mort par traumatisme crânien, réaction inflammatoire post-traumatique et arrêt cardiaque. En sortant de l'unité médico-judiciaire, au deuxième sous-sol de l'hôpital, Martin avait passé un coup de fil à Léa pour lui annoncer qu'il ne savait pas quand il rentrerait.

— Très bien, avait-elle dit d'une voix nerveuse.

Elle avait dû deviner à la sienne qu'il était tendu et, depuis l'affaire d'Aigues-Vives deux ans plus tôt, elle craignait toujours que ses enquêtes n'eussent des répercussions sur leur vie personnelle.

— Je suis fatiguée, avait-elle ajouté. La journée a été longue. J'ai couché Gustav. Je comptais te parler de quelque chose d'important ce soir, mais ça attendra demain…

Il avait perçu un certain embarras.

— Important… c'est-à-dire ?

— Oui, important pour tous les trois. Mais on en parlera demain, Martin. Il n'y a pas le feu. Si je dors, tu trouveras ton dîner dans le frigo.

Pas sûr que j'aie très faim, avait-il songé. Qu'avait-elle voulu lui dire par « important pour tous les trois » ? Tout à coup, il s'était senti en alerte. Il y avait quelque chose de nouveau dans la voix de Léa.

— Puis, un jour, finis les cambriolages, poursuivit le divisionnaire à la cantonade, Moussa se lance dans le trafic de stupéfiants. En janvier 2019, lors d'une descente de police, il est arrêté dans un local-nourrice du quartier des Mazades, où la BAC saisit plus de quatre mille euros en liquide, dix kilos de cannabis, de la résine, des ecstas, des cagoules et des munitions. Son avocat fait valoir que le local n'est pas à son nom et qu'il était juste là pour… humm… *jouer à la console.* (Chabrillac leva les yeux de ses papiers, constata qu'il avait réussi à leur arracher quelques sourires sous les masques.) Ben, croyez-le ou non, ça a marché : il a été relâché « faute de charges suffisantes », *dixit* le juge.

Un murmure parcourut la petite assemblée.

— Deux mois plus tard, rebelote : il se trouve mêlé à une très sale affaire. Cette fois, c'est du sérieux. Et c'est là que ça se corse : *à la fois pour lui et pour nous…*

Il observa une nouvelle pause théâtrale. Servaz devait bien admettre qu'avec ses manières de bateleur il avait réussi à capter leur attention.

— Alors que Moussa Sarr est retourné au lycée, une jeune fille l'accuse de viol en réunion…

Le divisionnaire retroussa ses manches sur ses avant-bras poilus.

— Les faits sont graves : la fille est mineure, elle a été déshabillée et violée par une vingtaine de types au bas mot à l'arrière d'une voiture. Il est le seul qu'elle a reconnu : elle était sortie avec lui peu de temps avant. Elle explique qu'il lui avait filé un rencard ce jour-là et qu'elle est tombée dans un piège. Le gamin crie son innocence. Cette fois, il est mis en examen et placé sous mandat de dépôt. Au tribunal, ses avocats font tout pour décrédibiliser le témoignage de la fille, salissent sa réputation, expliquant que c'est une gamine aux mœurs légères, qu'elle était consentante et aussi qu'elle était *stone.* Qu'elle a juste eu des remords après coup. Mais les marques sur le corps, les blessures vaginales et anales faites par un objet qui n'a jamais été identifié et constatées par un médecin ne plaident pas en faveur de cette version. Moussa Sarr, le seul agresseur qu'elle ait reconnu, continue de clamer son innocence et refuse de donner ses complices. Il écope de huit ans ferme, le tarif moyen pour un viol. Avec le jeu des remises de peine, il peut espérer sortir dans quatre ans. Quatre ans de zonzon à son âge, c'est pas un cadeau… Mais notre jeune Moussa a une putain de chance, oh oui…

Chabrillac savait ménager ses effets. Tous autour de la table étaient maintenant suspendus à ses lèvres. Et, visiblement, le divisionnaire adorait ça.

— Presque immédiatement après son incarcération, il est remis en liberté sur décision de la présidente de la chambre de l'instruction après que ses avocats ont déposé un référé-liberté…

Nouveau murmure autour de la table. Servaz se souvenait de cette histoire : au printemps dernier, peu de temps après le confinement, la présidence de la chambre de la cour d'appel chargée de superviser le travail des juges d'instruction toulousains avait changé de tête. Et la nouvelle présidente avait d'emblée frappé les esprits en libérant coup sur coup, dès son arrivée, plusieurs individus mis en examen pour des faits graves.

Le pool des avocats de Toulouse – qui se plaignaient jusqu'alors de la sévérité des juges de la liberté et de la détention – s'était réjoui de cette soudaine et inattendue libéralité judiciaire. Les flics, eux, s'étaient dit que les voyous devaient être en train de sabler le champagne et que cette arrivée laissait augurer des lendemains difficiles pour les services d'investigation de la ville.

— Sarr n'est pas libéré parce que les charges sont trop légères, ou parce que sa culpabilité n'est pas prouvée. Non, non...

Cette fois, Servaz sentit que l'impatience et l'exaspération commençaient à les gagner.

— Non, il l'est à cause d'un vice de procédure : le magistrat instructeur a oublié de prévenir le curateur de Moussa – en l'occurrence son frère aîné – lors de la mise en examen...

Fin et explosion de la salle. Exclamations. Chahut. Servaz hocha la tête. La curatelle était une mesure de protection juridique, sorte de tutelle allégée, dans laquelle le curateur conseillait et contrôlait la personne protégée – considérée comme incapable de se prendre en charge – dans ses actes les plus lourds de conséquences, par exemple passer devant un juge, tout en la laissant libre de ses mouvements dans les autres actes de la vie quotidienne.

— Et maintenant, on le retrouve mort après avoir été chassé comme du gibier dans les forêts de l'Ariège, avec le mot JUSTICE sur la poitrine, lança le divisionnaire. Vous voyez où je veux en venir ?

Les deux poings serrés sur la table, bras tendus, il se pencha vers eux :

— Comme si quelqu'un avait rendu la justice à laquelle il a échappé... *Et qui, si nous ne trouvons pas le coupable rapidement, sera accusé d'avoir fait ça ?*

— Les parents de la victime ? suggéra quelqu'un.

— Exact. Et qui d'autre, d'après vous ? N'oublions pas non plus que si les chaînes d'info et les réseaux sociaux s'emparent du truc, cette histoire va enfler comme la grenouille qui veut se faire plus grosse que le bœuf. Vous voyez le merdier ?

— Oui, on voit, confirma sobrement Samira.

— Commandant, dit le commissaire, satisfait de son petit numéro, en se tournant vers Servaz, si vous partagiez avec nous les résultats de l'autopsie ?

— Lune des chasseurs, dit Martin.

— Quoi ?

— C'est la première chose que le Dr Djellali a dite : *c'est la lune des chasseurs*...

Il vit la mine ahurie de Chabrillac. Leur résuma la soirée. Il n'eut pas besoin d'en faire des caisses pour que leurs mirettes s'agrandissent quand il leur décrivit l'épisode du mort qui se réveille. Encore une fois exclamations et stupeur. N'eut pas à en faire des tonnes non plus quand il leur expliqua que le mot JUSTICE avait sans doute été tatoué sur la poitrine du jeune homme avec un de ces fers chauffés au rouge comme on en voit dans les films de cow-boys. Il sentit que cette conviction qu'il avait eue, dès l'examen du corps sur la route, que le Mal dans son expression la plus pure était à l'œuvre ici, ils la partageaient à présent avec lui.

— Le gamin avait aussi un carreau d'arbalète planté dans l'épaule, continua-t-il. Il a l'air de fabrication standard. Il a été envoyé au labo pour déterminer sa provenance et surtout l'endroit où il a été acheté.

Dans la salle, on aurait pu entendre une mouche voler.

— Une arbalète ? répéta Chabrillac.

— Il y a eu un cas à Clichy en 2018, intervint Vincent Espérandieu qui avait cherché sur Internet et dans le

SALVAC, le système d'analyse des liens de la violence associée aux crimes. Un homme a tiré un carreau dans la tête de son demi-frère avec une arbalète qu'il venait d'acheter. Il avait aussi acheté une tronçonneuse pour découper le corps, un congélateur de six cents litres pour le mettre dedans et du bromazépam pour endormir la victime avant de la tuer. Il y a eu aussi un cas en Allemagne en 2019, dans une charmante auberge de Passau, continua-t-il. Un homme et une femme allongés sur un lit, vêtus de noir, se tenant par la main, tous deux criblés de carreaux d'arbalète. Sur le sol de la même chambre, une autre femme, morte elle aussi, avec une flèche dans le cou. Et à six cents kilomètres de là, dans l'appartement de cette troisième victime, les corps sans vie de deux autres femmes. Un vrai polar. Et on a un dernier cas qui remonte à mai 2009 en Normandie : un crime conjugal.

— Ça confirme l'hypothèse de la chasse, avança Samira. *C'était un gibier pour eux...*

Servaz éprouva un picotement dans la nuque. Sentit les battements de son cœur s'accélérer. Il songea avec un frémissement à ceux qui se cachaient derrière tout ça, repensa à ce que lui avait dit le technicien dans la clairière : des hommes adultes. Et trois véhicules. Plus le gosse courant nu dans la forêt. En pleine nuit. Il eut un nouveau frisson.

— Ils n'ont pas eu de chance, dit-il soudain en élevant la voix. La probabilité qu'une voiture passe sur cette route à cette heure-là était extrêmement faible.

Il marqua une pause.

— Qu'auraient-ils fait si cette voiture n'avait pas heurté Moussa Sarr ? Si aucune voiture n'était passée ?

Selon le conducteur, Moussa Sarr avait peur *avant* même de découvrir le véhicule... Une peur comme le chauffeur « n'en avait encore jamais vu », ce sont ses mots. On peut certes mettre ce témoignage sur le compte de l'émotion. Mais il y a fort à parier que, sans cette voiture, ses poursuivants auraient rattrapé Moussa, qu'ils l'auraient tué et qu'ils auraient fait disparaître son corps. Et on n'en aurait plus jamais entendu parler.

— Où voulez-vous en venir, commandant ? demanda Chabrillac d'une voix prudente, comme s'il redoutait la suite.

— Ils étaient très organisés... Ils avaient repéré cette clairière au milieu de nulle part et difficile d'accès pour les voitures... Ils avaient peut-être même des guetteurs : selon les TIC, ils étaient au moins une demi-douzaine, et au moins trois voitures. Et il y a cette tête de cerf... Rien dans cette histoire n'est banal ni fortuit.

— Et alors ?

— Alors, s'ils n'en étaient pas à leur coup d'essai ? Si ce n'était pas la première fois qu'ils... *chassaient* ?

De nouveau, pendant une poignée de secondes, il n'y eut plus aucun bruit dans la salle. D'autres personnes chassées comme du gibier... L'image fit courir un vent d'effroi à travers l'assistance. Servaz pensa au gamin se réveillant sur la table d'autopsie, les yeux fous, et son estomac se serra.

— Bordel..., fit quelqu'un d'une voix sinistre.

— Dans ce cas, il faut voir si, parmi les disparitions dans la région, il n'y en a pas qui ont le même profil que ce gosse, suggéra Espérandieu.

Servaz se rendit compte que la tension était à son comble.

— Du calme, tempéra Chabrillac en levant ses grandes mains. Du calme… Rien pour le moment ne vient étayer cette hypothèse.

— Mais elle ne peut être totalement écartée, répliqua Samira, qui avait posé ses bottines à semelles surcompensées sur la table et s'était renversée sur sa chaise.

Balayant l'objection de la jeune femme d'un geste agacé, le divisionnaire consulta sa montre :

— Il est tard et nous avons suffisamment de pain sur la planche comme ça. Il nous reste une poignée d'heures pour tout mettre au clair avant d'annoncer la mort à la famille. Évidemment, cette histoire de « mort qui se réveille » à la morgue ne doit pas sortir d'ici. Le service médico-judiciaire ne balance jamais d'infos à la presse ? La légiste est fiable ? demanda-t-il en s'adressant à Servaz.

— Une vraie tombe. Aussi discrète que ses morts.

Il devina quelques sourires derrière les masques, mais la tension ne retomba pas. L'appréhension leur ôtait toute envie de plaisanter, comme c'était le cas d'ordinaire : tous avaient conscience que les prochaines heures et les prochains jours allaient être agités.

— Bien, commandant, je vous laisse répartir les tâches. À la première heure demain matin, vous irez trouver la famille.

Il marqua une pause, fit du regard le tour de la table, s'arrêtant sur chacun, avant de reprendre :

— Vérifiez tout deux fois. Rédigez des rapports impeccables. Passez-y la nuit s'il le faut. Parce que cette affaire, croyez-moi, ça va faire un boucan de tous les diables. Oh oui. C'est un cyclone qui se prépare.

Plutôt une tempête de merde, pensèrent-ils.

Mardi

7

Ils franchirent le périph. Direction le Mirail. Un quartier à l'ouest de la ville. Un quart d'heure plus tard, ils se garaient devant un square, au pied des grandes barres d'immeubles.

Le ciel était limpide, lumineux ; le froid les mordit quand ils descendirent de voiture. Ils avaient emprunté la vieille Clio de Samira. Les immats des véhicules banalisés du commissariat – dont le parc n'avait pas été changé depuis trois ans – étaient connues des voyous qui tenaient les barres. Et il y avait longtemps que la police ne s'aventurait plus dans le coin sans l'appui des cow-boys de la BAC ou des treillis bleus de la BST, la brigade spécialisée de terrain.

Servaz se fit la réflexion que les premières victimes de cette situation étaient les habitants eux-mêmes. Des gens qui n'avaient pas les moyens d'aller vivre ailleurs, qui rentraient épuisés, tard le soir, de leur travail, qui devaient montrer patte blanche aux dealers et qui, très souvent, se levaient aux aurores pour aller nettoyer les bureaux de ceux-là mêmes qui, habitant des quartiers plus paisibles, professaient une compréhension de bon aloi et trouvaient aux membres de ces gangs toutes sortes d'excuses, dont la première, celle d'avoir grandi dans un tel environnement, était certes recevable.

Ils marchèrent rapidement entre les arbres, à travers les pelouses du square : les *choufs* – les très jeunes guetteurs sur les toits et les coursives – avaient un sixième sens pour repérer les flics en civil. Ils n'étaient que deux, Samira et lui. Pas besoin d'attirer l'attention. Ils s'engouffrèrent dans le hall. Heureusement pour eux, il était tôt et les points de *deal* comme les barrages filtrants à l'intérieur des immeubles n'étaient pas encore en place.

Ils n'eurent pas besoin du code : la porte vitrée était bloquée en position ouverte. Le hall, désert. Servaz appuya sur le bouton de l'ascenseur. Pas de réaction. Les néons du hall clignotèrent. La lumière du matin traçait des diagonales blondes à travers les vitres, et Samira se dit qu'avec les arbres dehors et le lac artificiel ç'aurait pu être un endroit presque agréable. Ça l'était peut-être, à certains moments de la journée. Il appuya de nouveau. Rien. Ils empruntèrent la cage d'escalier. Une barrière métallique comme en utilisent les forces de l'ordre traînait au bas des marches. Plus tard elle servirait aux dealers pour filtrer l'accès et stopper les importuns.

Servaz tendit l'oreille en montant. Difficile de distinguer, parmi les nombreux bruits qui descendaient des étages, celui qui pouvait représenter un danger.

Des voix s'élevèrent à l'intérieur de l'appartement quand ils sonnèrent. Ils entendirent des pas : quelqu'un venait. Le battant s'ouvrit sur un homme dans la trentaine vêtu d'un sweat à capuche et d'un jean noirs, chaussé de sandales de sport. Servaz le reconnut. Il avait vu sa photo dans le dossier qu'il avait parcouru cette nuit avant de dormir quelques heures, les bras croisés sur son bureau. Chérif Sarr. Le frère. Le curateur de Moussa.

Sarr aîné avait un regard aussi meurtrier et aigu qu'une paire de dagues, des pupilles étincelantes, un visage à la mâchoire puissante et une longue barbe noire taillée en carré. Les muscles de ses épaules, de sa poitrine et de ses bras, ronds et saillants, gonflaient son sweat-shirt.

Servaz lui présenta sa carte. Chérif Sarr n'y jeta même pas un coup d'œil, préférant regarder Martin dans les yeux, le visage dur et dépourvu d'expression. Servaz se raidit. Quelque chose clochait : Chérif Sarr savait visiblement à qui il avait affaire. Et surtout, *il s'attendait à leur visite.*

Il maintint la porte ouverte sans un mot. Samira et Martin s'avancèrent. On entendait l'écho d'une télévision dans un appartement voisin, à travers les cloisons minces. Un salon au bout du couloir. Une femme dans la cinquantaine sanglotait, les traits ravagés par le chagrin, et un homme du même âge qu'elle, en costume-cravate, se tenait debout au milieu de la pièce. À leurs attitudes et à leurs positions, Servaz comprit qu'ils n'étaient pas mari et femme. Du reste, il avait lu dans le dossier que Moussa Sarr avait été élevé par sa mère.

L'homme en costume les observait d'un air réprobateur, en pinçant les narines comme s'il avait reniflé une mauvaise odeur. Il ne semblait pas véritablement affecté, affichant plutôt une peine de circonstance.

Avocat, pensa Servaz. Pourquoi était-il là ? Pour s'assurer que la police faisait bien son travail ?

— Madame, je vous présente mes condoléances, commença-t-il. Puis-je savoir qui vous a prévenue ?

Une voix féminine râpeuse comme du papier de verre s'éleva alors sur sa droite, à la limite de son champ de vision, en même temps qu'une toux rauque de fumeuse :

— C'est moi, commandant.

8

Esther Kopelman. Cinquante-trois ans. Reporter à *La Garonne*. Il avait souvent croisé sa route. Elle avait toutes les qualités d'une bonne journaliste : pugnace, coriace, fouineuse, ne se contentant pas d'infos de seconde main. Elle passait régulièrement des soufflantes à ceux de ses collègues qui écorchaient les noms, martyrisaient la syntaxe ou confondaient rumeurs et faits.

Bourreau de travail, indépendante, elle avait aussi les défauts de ses qualités, s'asseyant joyeusement sur le secret de l'instruction comme sur la présomption d'innocence une fois acquise la conviction d'une culpabilité.

Côté physique : un mètre cinquante-deux sans talons, une face large et plate, des cheveux bouclés, à l'évidence teints dans un marron qui évoquait le cirage à chaussures, abusant du rouge à lèvres comme du crayon à sourcils.

— Bonjour, Esther, dit Servaz.

— Salut, Martin.

— Qui vous a dit ? demanda-t-il.

Elle toussa de nouveau, une toux grasseyante :

— Vous ne pensez pas sérieusement que je vais répondre à cette question ?

À la différence des trois autres, elle portait un masque. Elle l'avait cependant abaissé pour siroter une tasse de café qu'elle tenait par l'anse tandis que, de sa main libre, elle maintenait en dessous la soucoupe en porcelaine. Servaz aurait parié que personne n'allait leur en proposer un.

— Qu'est-ce qui est arrivé à Moussa ? attaqua d'emblée l'homme en costume. Est-il exact, comme nous l'a dit Mme Kopelman, qu'il a été… pourchassé par des individus dans la forêt et renversé par une voiture ?

Pris de court, Servaz cligna des yeux. Il jeta un coup d'œil à la mère, hésita.

— Qui veut le savoir ? demanda-t-il.

— Maître Fonbelle, répondit l'avocat en tirant sur sa cravate et en toisant le policier. Je défends les intérêts de la famille.

Servaz dévisagea le conseil, puis tourna de nouveau son regard vers la mère. Les yeux larmoyants de celle-ci s'arrêtèrent un instant sur Samira ; elle parut déroutée par ce qu'elle voyait. Servaz fit signe à sa coéquipière. C'est elle qui parla. Elle leur décrivit l'accident, la poursuite dans les bois, omit le fait que Moussa avait le mot JUSTICE marqué au fer sur la poitrine, qu'il s'était réveillé sur la table du légiste et qu'on lui avait passé une cagoule en forme de tête de cerf.

Servaz observa la réaction de Mme Sarr. Sa douleur était aussi vaste qu'un océan de larmes. Elle porterait cette image en elle – son fils chassé comme du gibier, courant dans la forêt – jusqu'à la fin de ses jours. Pour elle, Moussa ne cesserait jamais de courir dans cette forêt. C'est ainsi que le deuil fonctionne. C'était l'un des aspects les plus éprouvants de ce métier. Être le porteur des mauvaises nouvelles. Celui qui mettait fin à toute forme de joie et d'espoir.

À son tour, Samira présenta ses condoléances à la mère et au frère. Elle pivota pour regarder celui-ci. Aussitôt, Chérif Sarr toisa la fliquette avec un mépris extrême, une répulsion presque physique, une haine de classe, de principe. Pas seulement parce qu'elle était arabe et flic – parce qu'elle était *arabe, femme et flic*. Et, à ce titre, doublement méprisable pour un Chérif Sarr. Elle se refusa à baisser les yeux. Servaz surprit une rage énorme, incendiaire, dans ceux du frère aîné.

— Vous avez un suspect ? voulut savoir l'avocat.

— On ne fait que commencer, maître.

— C'est vrai qu'il avait le mot JUSTICE marqué sur la poitrine ? lança Chérif Sarr d'une voix pleine de fureur.

Servaz sursauta. La mère fondit en larmes. L'avocat fit un pas vers elle, mais Chérif traversa rapidement la pièce pour écarter le baveux et prendre sa mère dans ses bras. Il se tourna vers eux sans cesser de l'étreindre, ses pupilles brûlaient.

— C'est sûrement un coup des keufs, cracha-t-il. Tout le monde sait que la police est raciste. À cause de vous, mon petit frère a bien failli pourrir en prison alors qu'il était innocent !

— Vous l'avez tué ! hurla soudain la mère. C'est la police qui a tué mon fils ! Vous êtes des meurtriers, des assassins !

Servaz resta muet, tétanisé comme s'il avait reçu une gifle. Même s'il la comprenait, cette colère. À l'instar de nombre de ses collègues, ne se sentait-il pas furieux chaque fois que des flics confortaient l'image d'une police structurellement raciste, déshonorant ainsi l'ensemble d'une profession ? Il se tourna vers la journaliste :

— C'est vous qui leur avez mis cette idée en tête ?

Esther Kopelman demeura silencieuse, l'observant d'un air impénétrable. Il s'adressa alors à la mère :

— Je veux vous parler, hors de la présence de ces personnes, lui dit-il, ainsi qu'à Chérif.

Il désigna du menton l'avocat et la reporter.

— Pas question, je reste, trancha le baveux.

Servaz réprima un soupir. La mère de Moussa Sarr se tourna vers Esther Kopelman. Celle-ci inclina la tête, reposa sa tasse sur la table du coin salle à manger.

— Madame Sarr, je vous renouvelle toutes mes condoléances. Je suis vraiment, sincèrement désolée. Vous avez mon numéro. Chérif, prenez soin de votre mère.

Elle se dirigea vers la porte, saluant Servaz au passage.

— Quand est-ce que vous l'avez vu pour la dernière fois ? demanda-t-il.

La mère lui jeta un regard méfiant, hostile, hésita.

— Vendredi… Ou jeudi… Jeudi, répondit-elle.

Ils étaient assis dans les canapés et les fauteuils du salon.

— Et quand est-ce qu'il vous a appelée pour la dernière fois ?

— Je ne me souviens plus… La semaine dernière… Il ne m'appelait pas souvent.

— Il vous a appelée ce week-end ?

Elle tamponna ses yeux avec un mouchoir.

— Non.

— Donc, vous étiez sans nouvelles de lui depuis jeudi ?

Sur le canapé, la mère se tortilla, hocha la tête.

— Et ça ne vous a pas inquiétée ?

— Moussa était majeur, intervint Chérif, assis dans un fauteuil à droite de Servaz. Il ne dormait pas toujours ici. Il disparaissait et il reparaissait. Ça n'avait rien d'inhabituel.

— Et il dormait où quand il ne dormait pas ici ? s'enquit doucement Samira.

Chérif Sarr répondit sans la regarder, fixant uniquement Martin :

— Chez des potes à lui… chez des meufs… je sais pas trop… Je vous le répète : Moussa était assez grand pour se gérer tout seul.

— Pourtant, vous étiez son curateur, fit remarquer Servaz.

Chérif soupira. Sa réticence était palpable.

— C'est la juge qui m'a désigné… C'est cette connerie de justice, avec leurs règles débiles. On se demande où ils vont chercher des trucs pareils…

— Et vous vous souvenez de la dernière fois qu'il vous a parlé ?

De nouveau, Chérif les fusilla du regard.

— Pourquoi toutes ces questions ? Je vous l'ai dit : cherchez plutôt de votre côté… *Vous l'avez tué*, répéta-t-il. Vous ou un de vos collègues… Et maintenant, vous faites semblant d'enquêter… Mais je sais que c'est juste pour la forme, pour pouvoir dire : « Vous voyez, nous avons enquêté. » Je sais que l'affaire sera vite classée…

— Répondez.

Chérif renifla, hésita :

— Jeudi soir. Il m'a appelé pour me dire qu'il ne rentrait pas, qu'il dormait chez des potes. C'est les vacances. Il n'avait pas cours.

— Il avait des ennemis ?

Les pupilles de Chérif s'étrécirent.

— Putain, combien de fois il faut vous le dire ? Vous : les keufs, cracha-t-il de nouveau. C'est des fils de pute de keufs qui ont fait ça…

Ils ignorèrent l'insulte.

— Et à part nous ?

— Qu'est-ce que vous pensez de la famille de cette fille qui l'accuse de l'avoir violée ? proposa le jeune homme froidement.

Pas si bête, se dit Servaz.

— Quand est-ce qu'on pourra récupérer le corps ? demanda la mère. Il aurait déjà dû être enterré…

— Bientôt, éluda Servaz.

Il se leva.

— On va examiner sa chambre, si vous le permettez. Qui est entré dedans depuis jeudi ?

— Moi, répondit la mère faiblement, pour ramasser son linge sale et pour faire le ménage…

Elle se mit à pleurer et Chérif vint s'asseoir près d'elle.

Les posters aux murs représentaient des rappeurs au torse musculeux, couverts de breloques en or, tels des demi-dieux antiques qu'on aurait coiffés de casquettes *snapback*, des affiches de concerts, de puissantes et rutilantes voitures de sport contre lesquelles s'appuyaient des filles en bikini.

Toute une grammaire du désir et du manque, un univers chimérique, une réalité factice destinée à masquer l'autre réalité : celle du béton, de la frustration, de ces franges périurbaines reléguées loin du centre où on parquait les jeunes comme Moussa en espérant que leur rage n'arriverait pas jusqu'aux beaux quartiers. Mais on pouvait toujours interposer des boulevards périphériques, des rocades, des *no man's lands*, le fleuve de la colère finissait par sortir de son lit. Quand vous vous sentez marginalisé, écarté, dévalué, culpabilisé génération après génération, comment ne pas accueillir en soi la haine et le désir de vengeance ?

Servaz et Samira avaient passé des gants de nitrile bleu et ils soulevaient oreiller et matelas, s'agenouillaient pour regarder sous le lit, ouvraient les tiroirs du petit bureau, la penderie, examinaient les étagères.

— Je me demande, dit Samira en contemplant une affiche de *Grand Theft Auto V*, quelle est la probabilité qu'un gosse qui joue depuis son plus jeune âge à des jeux vidéo ultraviolents où il faut tuer, frapper et voler pour gagner des points, qui écoute des rappeurs qui se prennent pour des gangsters et qui se vantent de choses qu'ils n'ont pas faites, un gosse qui sait de surcroît qu'il n'a aucun avenir et qu'il est beaucoup plus facile de se faire du blé en entrant dans le business plutôt qu'avec un job normal, job qu'il aura de toute façon plus de mal à obtenir que n'importe quel jeune de son âge qui vient d'ailleurs… je me demande quelle est la probabilité qu'un tel gosse tourne mal, et celle qu'il tourne bien ?

Bonne question, pensa Servaz.

— Attention, j'aime le rap et les jeux vidéo, nuança-t-elle en poursuivant sa fouille. Y a du rap avec du contenu, des garçons et des filles qui ont vachement de talent… Et je suis pas assez débile pour penser que jouer à ces jeux suffit à faire de vous un psychopathe.

Elle examina un tiroir, montra à Servaz trois clés USB et un disque dur externe, les glissa dans un sac faradisé pour pièces à conviction électroniques qu'elle avait sorti de sa poche.

— N'empêche. Ces faux gangsters de mes deux qui jouent aux caïds pour vendre leur musique, ces bouffons qui mettent la cervelle des mômes à l'envers, c'est eux qu'il faudrait foutre en taule…

Sa voix tremblait de fureur.

— On se concentre, suggéra Martin.

— Mouais… On embarque la console de jeux aussi ?

Il s'interrompit pour jeter un coup d'œil à la PS4 sur le bureau.

— Oui. Il pourrait y avoir des données Internet, des fichiers ou des contacts à l'intérieur.

Samira glissa la console dans un grand sac rectangulaire. Elle alluma l'ordinateur portable. Mot de passe. L'éteignit, le referma et le glissa dans un autre sac gris métallisé.

— Regarde, dit-elle.

De sa main gantée elle brandissait un livre en édition de poche. Un coran. Elle l'ouvrit, le feuilleta. Il était copieusement annoté. Sur la page de garde était écrit, au stylo : *Chérif Sarr.*

Servaz consulta sa montre. 9 h 30. Il jeta un coup d'œil par la fenêtre. Il était temps de mettre les bouts.

— Je vous tiendrai personnellement au courant des avancées de l'enquête, dans la mesure où ce que je vous dirai ne compromettra pas la suite de nos investigations, dit-il à la mère. Vous pouvez passer au commissariat quand vous voulez. Vous me demandez, je descendrai vous chercher…

Il lui tendit sa carte. Elle le remercia du bout des lèvres. Dans un coin, Chérif Sarr les observait.

Dehors, des nuages couleur acier avaient gagné tout le ciel au-dessus des immeubles, voilant le paysage d'une cendre grise et lui refusant cette gaieté que le soleil confère même aux endroits les plus sinistres.

Ils marchèrent jusqu'à la Clio garée un peu plus loin. Esther Kopelman fumait au pied d'un arbre, à proximité. Elle les regarda approcher, les paupières plissées derrière le ruban de fumée de sa cigarette, son masque sous le menton.

— Pas d'info à me donner, commandant ?

Samira déverrouilla la voiture en ignorant la journaliste.

— Pas à ce stade, répondit-il. Sauf si vous me dites qui vous a rencardée…

— Désolée, commandant. J'ai une éthique.

— Première nouvelle…

— Vous devriez pas traîner dans le coin, leur lança la journaliste adossée au platane en levant prudemment les yeux vers les coursives. Y a du mouvement là-haut… Je crois que vous avez été repérés.

— Et vous, Esther, vous n'avez pas peur de vous balader toute seule dans le secteur ?

— J'évite de sortir ma carte de presse… De toute façon, personne ne s'intéresse à une dame d'âge mûr trop maquillée et fumant clope sur clope.

Il rit.

— Allez, Martin, donnez-moi juste un petit os à ronger… Et je ferai un papier objectif, vous avez ma parole.

Servaz soupira et contourna la voiture.

— Ça nous aiderait qu'on ne tape pas toujours sur les mêmes pour une fois, dit-il.

— C'est les braves gens de ce quartier qu'il faudrait aider, rétorqua Esther Kopelman. Tout le monde les a abandonnés.

Il hocha la tête.

— Au revoir, Esther, dit-il en ouvrant sa portière.

— Allez… vous ne voulez vraiment pas savoir *avec qui le gamin a été vu récemment* ?

Servaz s'immobilisa.

— C'est quoi, cette histoire ?

— Donnant-donnant, commandant.

Elle leva les yeux vers les balcons.

— Faites gaffe ! cria-t-elle brusquement.

Servaz suivit le regard de la journaliste. Il bondit en arrière. Le pare-brise de la Clio explosa bruyamment sous l'impact d'une boule de pétanque lancée des étages. Une boule qui, avec cette vélocité, aurait pu lui fracasser le crâne.

— Putain ! rugit Samira, furieuse.

Une deuxième boule vint aussitôt s'enfoncer dans le toit de tôle avec un bruit de métal torturé, y creusant un petit cratère. Des cris descendirent des coursives. Ils virent des silhouettes jaillir des immeubles plus loin. Aucune ne portait de masque et on discernait des bouches ouvertes sur des hurlements. Les silhouettes se mirent à courir dans leur direction.

— Faut qu'on dégage ! hurla Samira.

— Le gamin, dit Servaz précipitamment en direction de la journaliste, il avait une tête de cerf sur lui…

— Une tête de quoi… ?

— *De cerf !* Un genre de truc en peau avec une fermeture Éclair ! Alors, c'est quoi votre info ?

Esther Kopelman écarquilla les yeux. L'espace d'un instant, elle parut véritablement déroutée. Soudain, dans un fracas assourdissant, un lave-linge vint exploser sur la chaussée à moins de quatre mètres de la Clio. Des jets d'objets divers suivirent. Boulons, bouteilles, cailloux. Servaz dut se baisser pour en éviter un qui passa tout près de son visage.

— Faut s'en aller ! aboya Samira.

Il ne put s'empêcher de penser à ce qui s'était passé trois semaines plus tôt à Herblay, en région parisienne : deux collègues extraits de force de leur voiture, roués de coups, *massacrés*, boîte crânienne défoncée, artère fémorale sectionnée, avant de recevoir six balles tirées de leurs propres armes de service dans le bas-ventre et les genoux… Le 18 juillet à Lyon, c'était une jeune gendarme qui était tuée après avoir été traînée sur plus de huit cents mètres par une voiture. Aucun flic de ce pays ne pouvait éviter d'y songer chaque fois que la situation se tendait. L'information avait fait à peine trois minutes dans les journaux télévisés et ces victimes-là avaient été très vite oubliées. Contrairement à d'autres. Servaz regrettait que des actes d'une aussi indicible sauvagerie suscitassent moins d'intérêt dans la presse et soulevassent moins d'indignation sur les réseaux sociaux et chez certains politiques et artistes que ceux de policiers racistes et violents, qu'il aurait personnellement envoyés en prison, tant leurs actions lui faisaient honte. Il regrettait qu'il y eût une hiérarchie dans l'indignation comme dans la haine. Mais il savait que c'était dans l'ordre des choses. Depuis toujours, dans les films comme dans la littérature, le flic était l'ennemi de classe, le bras armé de l'État, le symbole de la répression. Et, de fait, c'est ce qu'il avait été pendant des siècles et continuait d'être en certaines occasions.

Esther Kopelman s'écarta prudemment de l'arbre. Samira avait mis le contact ; elle passa rapidement en marche arrière, se pencha vers Servaz. Des jeunes couraient vers eux, à moins de trente mètres.

— Allez, Martin, monte !

Erik Lang, un écrivain soupçonné de plusieurs meurtres, lui avait dit un jour : « Vous faites un sale métier. » Servaz se souvenait pourtant d'avoir vu dans un petit cinéma art et essai ce film, *L'Horloger de Saint-Paul*, où un personnage disait : « Donnez un permis de port d'arme et un revolver à un ouvrier, il devient un flic. » Il savait également que la solidarité comme la compassion s'arrêtent toujours aux limites du clan, du groupe, de la fratrie, de la famille spirituelle. Elles vont rarement au-delà. En fait, jamais…

Un pavé entra dans l'habitacle par le pare-brise fracassé et atterrit sur la banquette arrière. Pendant ce temps, la journaliste s'avançait vers sa voiture avec un sang-froid sidérant, comme si tout ça ne la concernait pas.

— Moussa Sarr, leur lança-t-elle en s'éloignant, il a été vu à plusieurs reprises en compagnie d'un homme qui n'était pas de la cité. Le genre avec du fric. *Un Blanc*…

9

Nuit du lundi 26 octobre. Ariane écoute le silence. La peur est toujours là. Aussi présente. Aussi forte. Elle ne peut empêcher son cœur de s'affoler.

Il n'y avait pourtant aucun bruit dans la maison qui justifiât sa terreur nocturne, mais l'absence de bruit n'était-elle pas plus inquiétante que le bruit lui-même ? *Tout* était désormais terrifiant pour Ariane. Une voix d'homme inconnue à travers une porte, par exemple. Ou des pas derrière elle dans la rue. À la fac, un de ses amis lui avait parlé de la Nakba, un mot arabe qui signifiait « catastrophe » ou « cataclysme ». Il lui avait dit qu'il désignait historiquement l'exode de 700 000 Palestiniens chassés de leurs terres après les guerres israélo-arabes de 1948. Elle avait retenu le mot. *Nakba*... En se faisant la réflexion qu'elle avait connu sa propre « Nakba ». Son propre cataclysme.

Elle eut soudain envie qu'on soit déjà le matin. Le matin était le rivage qu'elle cherchait à atteindre chaque soir quand la nuit tombait. Jour après jour. Tel un nageur à bout de forces. Mais, avant cela, il fallait traverser la nuit. Avec elle revenait le souvenir de leurs cris, des rires, de leurs mains sur elle, de leurs haleines chaudes sur son visage, de tout…

Elle sentit une larme couler. Eut envie de vomir. Mais c'était la peur qui l'emportait. Dans cette chambre au bout du couloir, au premier étage, elle s'éprouva tout à coup vulnérable. Quand elle était petite, elle faisait souvent des cauchemars. À l'adolescence, elle avait lu qu'il existait dans le folklore japonais une créature qui se nourrissait de rêves et de cauchemars. Le *baku*. Elle adorait tout ce qui avait trait à la culture japonaise. Les *mangas*, les *animes*. Elle ignorait jusqu'à l'année dernière qu'il existait de vrais *bakus*, des individus qui se nourrissent des cauchemars des autres – et qui les créent aussi.

Elle se leva. Sortit de la chambre. Remonta le couloir et entrebâilla la porte à l'autre bout.

Profondément endormis, ses parents n'entendirent pas le gémissement du battant. Leurs respirations étaient si calmes. Ils étaient allongés dans le grand lit défait, à un bon mètre de distance l'un de l'autre, son père sur le dos, sa mère sur le côté, aussi exposés que des antilopes dans la savane.

La lune se glissait entre les rideaux, éclairait leurs visages si pâles. Aussi pâles que des… morts. L'espace d'un instant, Ariane les imagina allongés dans leurs cercueils, l'un à côté de l'autre, et sa peau se couvrit de chair de poule sous son pyjama. Elle eut un haut-le-cœur, se demandant ce qu'elle deviendrait si papa et maman mouraient. Qui la protégerait alors ? Qu'adviendrait-il d'elle dans cette grande maison vide, à la merci des fauves qui rôdaient dehors ? De tous ces prédateurs en chasse, en quête d'innocence comme la sienne…

Elle alla sur la pointe des pieds jusqu'au fauteuil, dans l'angle près de la fenêtre. S'y pelotonna. Attrapa le plaid et s'en couvrit jusqu'au menton. Regarda les visages inertes de ses parents. Elle ferma les yeux. Sa respiration se fit plus lente, plus profonde. La seconde d'après, elle dormait.

Les voix la réveillèrent. Aussitôt, elle eut peur. Elle regarda autour d'elle. Elle était toujours dans le fauteuil. Ni papa ni maman ne l'avait réveillée. Ce n'était pas la première fois, tant s'en fallait, qu'ils la trouvaient là depuis la Nakba. Elle considéra la pendule Directoire sur la cheminée en marbre de Carrare.

Il était presque 11 heures du matin, ce mardi. Elle se souvenait d'avoir quitté sa chambre vers 4 heures. Elle avait dormi sept heures d'affilée dans ce fauteuil. Elle se leva avec difficulté. Sentit des coups d'aiguille dans ses genoux et ses fesses ankylosés quand elle se déplia. Tendit l'oreille. Les voix provenaient du rez-de-chaussée. Elle capta celle de son père parmi elles et son palpitant se calma : un échange amical, sans menaces ni insultes, bien qu'elle ne parvînt pas à entendre ce qui se disait. Enveloppée dans le plaid, elle sortit de la chambre pieds nus, s'approcha de l'escalier à la rampe dorée. Les voix montèrent, plus nettes, jusqu'à elle :

— Un seul de ces barbares a été condamné, était en train de dire son père.

— Moussa Sarr…, dit une voix d'homme inconnue.

— C'est ça. Mais il a été libéré par cette juge… pour un vice de procédure… Vous vous rendez compte ? Après l'enfer qu'il a fait subir à ma fille !

— Moussa Sarr est mort, dit la voix.

— Comment ? demanda son père.

Un voile de sueur glacée tomba sur son visage. Son cœur parut vouloir se hisser dans sa gorge, comme si elle allait le recracher d'un instant à l'autre. Elle fila dans sa chambre, claqua la porte, se jeta sur son lit, se recouvrit du drap, de la courtepointe et de tous les oreillers disponibles. Couchée en chien de fusil dans cette caverne de tissu, isolée du monde extérieur, elle laissa son pouls qui battait dans son cou ralentir et la terreur la quitter lentement.

— Il a été… pourchassé dans une forêt en Ariège la nuit dernière et, en voulant échapper à ses poursuivants, percuté par une voiture, répondit Servaz.

— *Pourchassé* ? répéta Clovis Hambrelot en écarquillant les yeux. Par qui ?

Servaz fixa le père d'Ariane.

— Ça, c'est ce que nous essayons de déterminer. Nous n'en sommes qu'au début de l'enquête. Vous-même, monsieur Hambrelot, vous auriez une idée de l'identité de ces gens ?

Clovis Hambrelot jeta un regard en coin à Samira, s'éclaircit la gorge :

— Non… Mais, évidemment, ce n'est pas moi qui vais pleurer la mort de ce jeune homme…

— Vous êtes pour la peine de mort, monsieur Hambrelot ?

— Pourquoi cette question ?

— Répondez.

— Non. Je suis contre. Tout ce que je demandais, c'est que cette ordure se retrouve en prison pour très longtemps, lui et ses complices. Au lieu de ça, il était libre comme l'air et ses avocats ont passé leur temps à salir la réputation de ma fille.

Clovis Hugues Hambrelot. Fondateur et P-DG de C2H Aviation, une entreprise sous-traitante d'Airbus. Par voie de conséquence, pour employer un euphémisme cher aux économistes : en difficulté. Depuis que les avions étaient cloués au sol dans leur très grande majorité et que les aéroports sonnaient le creux, le carnet de commandes d'Airbus était aussi vide que le désert de Gobi. C2H Aviation fabriquait des pièces détachées d'avion et l'avionneur représentait 80 % de sa clientèle. Dans les allées de l'usine basée à Blagnac, à peine cinq machines sur trente fonctionnaient, le stock de pièces détachées prenait la poussière sur les étagères et les trois quarts des salariés étaient au chômage partiel. Comme pour les centaines d'entreprises sous-traitantes d'Airbus dans la région, la crise sanitaire avait mis un coup d'arrêt brutal à une décennie de prospérité, alors que six mois plus tôt la boîte croulait sous les commandes.

— Vous avez parlé à d'autres personnes de ce qui est arrivé à votre fille ? demanda Servaz.

Le père d'Ariane acquiesça d'un hochement de tête. Il portait ce matin-là un pull et un jean griffés. Ses pieds nus étaient posés sur un tapis Keshan qui devait valoir son prix. Servaz lui donnait dans les quarante ans.

— Bien sûr, dit-il.

— À qui ?

— À mes avocats, aux policiers qui ont mené l'enquête, à des amis, aux journalistes…

Servaz pensa soudain à la phrase d'Esther Kopelman : « Moussa Sarr a été vu avec un grand type, le genre avec du fric, un Blanc… »

— Est-ce que vous avez déjà rencontré Moussa Sarr en dehors du tribunal ? demanda-t-il. Est-ce que vous vous êtes rendu dans son quartier, monsieur Hambrelot ?

— Hein ? Non !

— Vous êtes chasseur ? voulut savoir Samira.

— Quoi ?

— Vous m'avez entendue.

— Non…

— Est-ce qu'on pourrait parler à votre fille, monsieur Hambrelot ? dit Servaz.

— Elle est encore très fragile, même si ça fait plus d'un an maintenant. Elle voit un psychologue et un psychiatre toutes les semaines. Elle…

— C'est important.

Elle avait dix-neuf ans. Une beauté discrète. Des traits purs mais sans grand relief, une peau diaphane, de lourds cheveux châtains réunis en un chignon flou et d'immenses yeux clairs, transparents, *apeurés*…

Elle était encore en pyjama, un plaid autour des épaules.

Samira aurait parié que ce n'était pas le genre de fille que les garçons remarquent en premier dans un groupe, mais plutôt celle sur laquelle s'attarde l'étudiant en lettres, le matheux, le garçon doué et timide. Parce qu'il se dit que, bien qu'elle soit belle, il a quand même peut-être une chance.

Il apparut cependant très rapidement que personne n'aurait sa chance avant longtemps avec Ariane Hambrelot. Que le monde dans son ensemble était devenu à ses yeux un endroit coupant, meurtrissant, hostile, plein de dangers, de pièges et de prédateurs. Que le simple fait d'y évoluer lui était une torture et une source d'angoisses permanente.

Ils n'avaient de leur côté aucunement l'intention de lui remémorer le viol : toutes les infos – y compris son témoignage recueilli par une policière spécialisée – figuraient dans la procédure.

Tout ce qu'ils avaient besoin de savoir pour l'instant, c'était si Moussa avait tenté de la recontacter après sa remise en liberté.

Assise au fond de son lit, un oreiller serré contre son ventre, elle était très pâle. Quelques larmes roulaient encore sur ses joues. L'espace d'une seconde, Servaz craignit qu'elle ne se remette à pleurer. Il la vit faire un geste de dénégation. Quand elle répondit, ce fut sans les regarder, en fixant un point dans la chambre, mais d'une voix ferme :

— Non, dit-elle. De toute façon, j'ai fermé tous mes comptes : Snapchat, TikTok, Instagram…

— Il ne t'a pas appelée non plus ? demanda doucement Samira, assise au bord du lit, alors que Servaz restait debout à distance, près de la porte.

— Non. La dernière fois que je l'ai entendu parler, c'est… au… tribunal.

Un chuchotis aussi ténu qu'un fil de soie, un murmure remontant du fond de la gorge, un souffle expiré avec difficulté.

— Merci, dit Samira en se levant.

Ils ne la virent pas qui fixait leur dos tandis qu'ils s'éloignaient, puis la porte fermée une fois qu'ils furent sortis.

Ils émergèrent de la grande demeure fin de siècle à la façade mangée par le lierre trois minutes plus tard. Au pied des marches du perron, un faune se tenait sur une jambe au sommet d'une fontaine circulaire, et Servaz se fit la réflexion qu'il ressemblait assez malencontreusement, compte tenu des circonstances, à un satyre. Au-delà de la fontaine et de l'allée gravillonnée qui la ceignait s'étendait un étang bordé de grands peupliers.

Leur voiture de fonction était garée derrière un cabriolet Porsche 78 Boxster gris. Sur leur droite, un jardinier tondait les pelouses, chevauchant un petit tracteur rouge. La crise sanitaire avait peut-être mis C2H Aviation à genoux, mais on continuait d'entretenir le domaine.

— C'est plutôt rupin ici, fit observer Samira.

Ils marchèrent sur le gravier qui crissa sous leurs semelles.

— Moussa a été chassé par des prédateurs, ajouta-t-elle. Mais Ariane Hambrelot aussi a été victime de fauves, d'une forme de… prédation. La chasse est le dénominateur commun ici.

Il hocha la tête. Il faisait beau, le soleil brillait. Le paysage autour d'eux était un Watteau ou un Fragonard. *Mais il y a des ténèbres qu'aucun soleil ne peut dissiper*, songea-t-il. Les mêmes images revinrent encore une fois le hanter : un gamin courant nu dans la forêt, la nuit, coiffé d'une tête de cerf ; une jeune fille innocente hurlant, suppliant et pleurant, livrée à d'autres animaux ; des adultes armés d'arbalètes, excités comme une meute de chiens par l'appel de la chasse ; des rituels sombres, ancestraux, des désirs de vengeance dans des cœurs endurcis.

— Ça ne fait que commencer, dit-il.

10

Bureau du divisionnaire, pas loin de midi, le même jour.

— Pourquoi vous êtes allés là-bas tout seuls ? Pourquoi vous n'avez pas demandé des renforts ? Résultat : un véhicule de plus à l'atelier.

— C'était ma voiture perso, patron, fit remarquer Samira.

— Pourquoi vous avez pris votre voiture perso ? voulut savoir le divisionnaire en fronçant ses sourcils épais et noirs.

— Parce que personne n'a jugé bon de changer les plaques des véhicules maison depuis belle lurette et que ça revient à se pointer avec le pare-soleil POLICE baissé, répondit-elle du tac au tac. Et vous savez comment ça se passe…

Servaz vit Chabrillac se rembrunir. Il n'aimait pas être remis à sa place par un subordonné.

— Comment ça a été avec la famille ? relança-t-il. Ils n'étaient pas remontés ?…

— *Remontés* ? répéta Samira. Ils nous ont accusés de l'avoir tué !

Chabrillac blêmit. Il devait se dire que, si l'affaire venait à être médiatisée, la police mise au banc des accusés, il n'y aurait plus personne, à part les habituels commentateurs télévisuels un peu trop fans de la loi et de l'ordre, pour avoir le cran de prendre leur défense.

— On a aussi trouvé une journaliste sur place, ajouta Servaz. Esther Kopelman, de *La Garonne*. Une fouineuse. Quelqu'un l'a rencardée…

— Comment ça ?

— Elle était au courant pour le mot marqué sur la poitrine du garçon, dit Samira. L'info a fuité. Soit ici, soit à l'hôpital…

Une ombre de contrariété passa sur les traits sévères du divisionnaire.

— Donc, ça va se retrouver dans le journal… Merde ! On va devoir donner une conférence de presse. Commandant, je compte sur vous pour me fournir du concret. Du solide.

Servaz fit la grimace. Ben voyons, comme s'il n'avait que ça à faire. Il ne cessait de repenser à ce qu'avait dit la journaliste au sujet de cet homme blanc, étranger au quartier, que Moussa avait rencontré.

Il était midi passé quand il se présenta avec Samira et Raphaël Katz au lycée Jean-Mermoz, l'un des trois établissements secondaires du Mirail. La mère de Moussa Sarr leur avait expliqué qu'après avoir été libéré, son fils était retourné au lycée sur ordre de son grand frère Chérif, en première économique et sociale.

Ils furent accueillis par le chef d'établissement. L'homme disert, petit, crâne dégarni, se montra très affecté par la mort de Moussa, tout en reconnaissant qu'il était loin d'être un lycéen exemplaire. Il leur fit traverser une cour vide : les élèves comme les profs étaient en vacances depuis le 17. Dans le bureau du proviseur, Servaz réitéra la demande qu'il avait déjà faite par téléphone, à savoir rencontrer les professeurs du jeune homme.

— Trois professeurs ont accepté de venir, répondit le proviseur. Ils ne devraient pas tarder. Les autres sont en vacances de la Toussaint ou injoignables…

Servaz se retint de faire remarquer qu'un élève était mort. Il hocha la tête.

— Vous avez leurs numéros ?

— Bien sûr.

Un téléphone sonna sur le bureau du proviseur.

— Ils sont arrivés, dit-il quand il eut raccroché. Allons-y.

Il se leva, les conduisit à la salle des profs, où l'accueil fut nettement plus tiède. Pendant une poignée de secondes, les trois enseignants présents, mutiques, les fixèrent avec hostilité, comme on regarde une troupe d'occupation.

Ils demandèrent à s'entretenir avec chacun d'eux séparément. Pas de réponse. Servaz choisit de prendre ça pour un oui. On leur donna un petit bureau à côté de la salle.

Le premier enseignant desserra à peine les dents derrière son masque. Servaz sentit la colère monter.

— Je ne comprends pas, dit l'homme à un moment donné en les toisant sévèrement, je croyais que Moussa était la victime : vous en parlez comme d'un suspect…

Son mépris pour tout ce qui relevait de l'institution policière était patent.

— Est-ce que vous avez déjà rencontré Moussa en dehors du lycée, dans sa cité ? voulut savoir Servaz.

L'homme eut une seconde de perplexité, il adressa au flic un regard condescendant :

— Non. Jamais. Pourquoi ?

— Merci, dit Servaz simplement.

L'homme soupira.

— Et c'est tout ?

— Oui.

Il haussa les épaules, se leva. La femme qui lui succéda fut encore moins coopérative : chacune de ses réponses, aussi laconique qu'il était possible, fut prononcée sur un ton d'une agressivité qui frôlait la grossièreté pure et simple. Servaz ne s'y habituait pas. Pourquoi son métier déclenchait-il des réactions aussi épidermiques chez certaines professions ? Il était lui-même fils d'enseignant, et il avait toujours vu celle de son père comme le métier le plus noble qui soit.

Elle leur déclara que Moussa était un élève moyen avec des notes moyennes et qu'« il n'avait pas non plus un comportement spécialement exemplaire, mais rien d'étonnant quand on a grandi dans un quartier comme celui-ci, sans horizon, sans espoir de changement, et en subissant quotidiennement des contrôles de police humiliants… ça n'en faisait pas pour autant un délinquant, pas vrai ? ». Ces mots, accompagnés d'une œillade qui semblait suggérer que c'étaient eux, les responsables. De nouveau, Servaz se sentit en colère.

— Qu'est-ce qu'ils ont tous ? demanda Katz, quand elle eut quitté la pièce.

Samira gloussa.

— Bienvenue dans la police…

La personne suivante s'appelait Mona Diallo. Elle enseignait l'histoire et la géographie. Mona avait à peine trente ans. Elle avait un visage à l'ovale parfait, une peau très sombre et un regard vif, attentif et dépourvu d'animosité derrière ses lunettes sans monture. Elle salua chacun d'eux avant de s'asseoir. Elle semblait très affectée.

— Parlez-nous de Moussa, dit Servaz en se penchant par-dessus la petite table de travail.

— Ces derniers temps Moussa avait peur, déclara-t-elle d'emblée.

Servaz se redressa.

— Peur ? Comment ça ? Peur de quoi ?

— Je ne sais pas…

— Qu'est-ce qui vous fait dire ça ?

— Je ne sais pas, répéta-t-elle, les yeux embués. Son langage corporel, sa façon de se comporter… Je le lisais dans ses yeux en classe : il avait l'air aux abois. Il n'était pas comme d'habitude. Je connais Moussa depuis qu'il est petit, il a grandi dans mon quartier. Quelle tragédie…

— Mmm. Puisque vous le connaissiez, ça ne vous ennuie pas de nous en dire plus ?

Elle considéra tour à tour Servaz puis Samira, assis face à elle de l'autre côté de la table, tandis que Raphaël Katz demeurait debout près de la fenêtre, à l'écart.

— Moussa était un gamin qui avait plein de qualités, mais qui a mal tourné, comme tant d'autres ici…

— C'est-à-dire ?

Mona Diallo haussa les épaules.

— Je suis sûre que je ne vous apprends rien, que vous avez passé en revue ses états de service…

— En effet… Pourtant, les professeurs qu'on a interrogés avant vous nous ont dit que c'était un gamin « normal », sans histoire…

Mona Diallo soupira, hésita :

— Ce que je vais vous dire ne doit pas sortir d'ici, d'accord ? Si on me pose la question, je nierai l'avoir dit…

Servaz hocha la tête, soudain aux aguets.

— Il y a dans ce lycée comme ailleurs de nombreux professeurs qui défendent la liberté d'expression et qui combattent contre vents et marées l'obscurantisme. Mais bon nombre de mes collègues « blancs » craignent d'être accusés de racisme ; ils pratiquent systématiquement la culture de l'excuse à l'égard de ces gamins. Ce n'est jamais leur faute. Quoi qu'ils fassent. C'est la faute de la société, du libéralisme, du racisme, des flics…

— Et vous ne croyez pas qu'ils ont raison ? répliqua Samira, étonnée par ce discours. Que si ces gosses avaient grandi ailleurs, loin de ces ghettos, loin des trafics, de l'argent facile, avec les mêmes chances et la même éducation que les autres enfants, ils seraient plus nombreux à rester dans le droit chemin ?

Mona Diallo fixa Samira sans se démonter :

— J'en suis convaincue, répondit-elle fermement. Mais ce n'est pas par réalisme que certains de mes collègues réagissent ainsi, c'est par idéologie. Au nom de l'idéologie qu'ils ont absorbée à dose massive depuis l'université, ils sont prêts à excuser les pires crimes, à légitimer la violence du fait de l'injustice originelle subie par ces jeunes parce qu'ils ont grandi dans ce quartier et parce qu'ils ne sont pas blancs.

— Frantz Fanon, dit Raphaël Katz.

Mona Diallo parut découvrir sa présence. Elle acquiesça :

— Pour nombre de mes collègues, il est établi que la France est structurellement raciste, que sa dette envers les descendants d'esclaves ou de colonisés – c'est-à-dire envers les gens comme moi – est inextinguible. Ce qu'ils ne comprennent pas, ou ne veulent pas comprendre, c'est que les premières victimes de la situation actuelle, ce ne sont pas les bourgeois blancs des beaux quartiers, ce sont les habitants d'ici, les filles d'ici, les garçons d'ici. Pour éviter de faire le jeu des extrêmes, ils aseptisent leur discours en permanence... Vous connaissez la phrase de Camus : « Mal nommer les choses...

— ... c'est ajouter au malheur du monde », compléta Katz.

Elle plongea son regard dans celui du flic blond :

— Il y a dans ce lycée des garçons qui parlent de brûler les homosexuels... Il y a des filles qui parlent de la supériorité de la race noire... Il y a, à deux cents mètres d'ici, une salle de sport qui refuse les juifs et les femmes. Mon frère y était inscrit. Il m'a raconté que, quand une femme se présentait, on lui répondait qu'on ne prenait plus de licenciés pour l'année. Il a fini par partir à cause de tout ce qui se disait sur les juifs dans les vestiaires. Dans de nombreux établissements, ajouta-t-elle, il y a des choses qu'on ne peut plus enseigner sans subir des intimidations de la part de certains élèves comme de leurs parents : la Shoah bien sûr, mais aussi l'évolution des espèces, la création de l'Univers, l'éducation sexuelle, la théorie du genre…

Servaz hocha la tête. Comme tout le monde, il avait été profondément choqué par ce qui était arrivé à cet enseignant, Samuel Paty, dix jours plus tôt, et peut-être plus encore par les milliers de salopards qui avaient applaudi à son assassinat sur les réseaux sociaux, et par certains politiques qui, sans aucune décence, le cadavre encore chaud, se vautrant dans la lâcheté et l'opportunisme, avaient commencé à suggérer qu'il avait peut-être blessé certaines catégories de personnes.

— Je croise tous les jours des parents démissionnaires. Quand leur enfant s'est mal comporté, ils disent : « Punissez-le, c'est votre travail. » Ou bien, si le prof est blanc, ils l'accusent de racisme. Ou, si je suis en face d'un homme, il arrive qu'il me rétorque que ce n'est pas à une femme de lui dire comment éduquer son fils. Il y en a même qui refusent de me serrer la main. Moussa aurait pu être un bon élève, c'était un garçon intelligent, ajouta-t-elle, revenant au lycéen.

— Il a été accusé de viol…

— J'ai entendu parler de ça… Je ne sais pas… Ce que je sais, c'est qu'il était mêlé aux trafics et aussi que, depuis peu, il était en contact avec les salafistes par l'intermédiaire de son frère.

— Chérif est salafiste ?

Elle hocha la tête.

— Oui. Je fais partie d'une association, dit-elle. « Un jeune, un avenir ». On essaie de tirer ces jeunes des griffes des trafiquants et des intégristes par la musique, les arts, le partage. On leur apprend à décrypter l'actualité autrement qu'à travers les grilles de lecture religieuse, racialiste ou communautaire. On leur dit pourquoi les vidéos qui circulent sur Internet ne montrent pas forcément la réalité. J'avais convaincu Moussa de venir nous voir. Mais, ces derniers temps, il ne venait plus, il tenait un discours de plus en plus misogyne et identitaire… Si nous ne sommes pas capables d'offrir à cette jeunesse autre chose que des existences au rebut, sans véritable avenir, elle continuera de basculer du côté des extrémistes…

Elle eut l'air très abattu tout à coup.

— Bon nombre de mes élèves se vantent de ne pas être français. Une fois, j'ai eu le malheur d'en parler en conseil de classe, et de dire que, pour ma part, j'étais fière d'être française. Certains profs me sont tombés dessus comme si j'avais dit des horreurs. Comme si j'étais une néocolonialiste. Du côté des dominants. Un type qui enseigne la philo à Toulouse-II a déclaré devant un parterre d'étudiants que – je cite – « l'important, c'est d'avoir des manières *hostiles* d'exister et de vivre par rapport aux héritages de ce qui a détruit nos ancêtres », et il a ajouté : « *La kalachnikov plutôt que l'arc.* » Ce type est chargé de cours à la fac !

— Moussa a été vu à plusieurs reprises en compagnie d'un homme adulte qui n'était pas du quartier, vous avez une idée de qui ça peut être ?

— Non. Pas la moindre.

— Et vous ne croyez pas à cette histoire de viol, n'est-ce pas ? insista Samira.

Mona Diallo la dévisagea, secoua la tête :

— Moussa n'était pas un saint. Il a trempé dans pas mal de combines. Mais ce viol… non, ça ne lui ressemble pas. Ou alors, il a été poussé par d'autres.

Elle les regarda par-dessus ses lunettes :

— Il y a quand même une chose dont je suis sûre : ces derniers temps, Moussa avait peur.

11

Il était 5 heures de l'après-midi quand il entra dans la salle de réunion après avoir passé sa figure sous l'eau froide. Depuis combien d'heures n'avait-il pas dormi ? Ils étaient tous harassés, mais on ne lisait pas le moindre signe de lassitude sur leurs visages : il régnait dans la salle une atmosphère électrique. Travailler sur une telle affaire, c'était comme disputer la Coupe du monde de football pour une équipe nationale. Personne ne voulait être sur le banc.

— Vous avez tous beaucoup de travail, déclara Servaz d'emblée, alors on va essayer d'aller vite.

Le groupe s'était encore étoffé. Des flics des Stups, de la financière, du commissariat du Mirail. Il annonça que le procureur de la République avait ouvert une information judiciaire. L'instruction avait échu au juge Nogaret, de permanence ce jour-là. Servaz avait fait la grimace en l'apprenant. Nogaret était un carriériste notoire, encarté dans un syndicat de magistrats très politisé, et il abhorrait les flics.

— En premier lieu, une chose : dès demain cette histoire va faire la une des journaux régionaux, voire nationaux. On a tous les ingrédients dont la presse et les chaînes d'info sont friandes. Tout à l'heure, une conférence de presse sera donnée au palais de justice par le proc. Il faut à tout prix qu'on contrôle l'information. Ça veut dire que chacun de vous autour de cette table doit faire attention à ce qu'il dit et à qui il le dit.

Il parcourut du regard les visages tournés vers lui. Combien de réunions comme celle-ci avait-il présidées ? Combien d'enquêtes, de mystères résolus ?

Il avait traqué l'un des tueurs en série les plus redoutables qu'ait connus ce pays, des étudiants et des enfants assassins, un couple monstrueux, un amateur de serpents, une tueuse spationaute… Parfois, il avait envie de laisser tomber, que quelqu'un prenne la relève. Mais que savait-il faire d'autre ?

— Je ne vous apprends rien : à ce stade, nous allons devoir explorer de nombreuses pistes. Pour l'instant, aucune n'est privilégiée. On ne sait même pas où, quand, ni comment Moussa a été enlevé. Tout ce qu'on sait, c'est qu'il a été vu par sa famille jeudi pour la dernière fois. Et que personne parmi ceux qu'on a interrogés ne l'a vu depuis. Il faut reconstituer son emploi du temps entre jeudi soir et la nuit de dimanche à lundi où il a été percuté par cette voiture…

Un des OPJ présents pianota sur le clavier d'un ordinateur portable. Une carte des départements de la Haute-Garonne et de l'Ariège apparut sur le mur derrière lui, une carte où on avait mis en évidence le quartier du Mirail, à l'ouest de Toulouse, et la petite départementale ariégeoise où on avait retrouvé Moussa Sarr.

— Et il y a bien sûr la question du mobile, poursuivit Servaz. À ce sujet, le mot sur sa poitrine semble nous proposer une piste… Moussa Sarr, comme vous le savez, avait une quarantaine de cambriolages à son actif, il était accusé de viol, il était aussi impliqué dans le trafic de stupéfiants. Je vais donc laisser la parole aux Stups, dans un premier temps.

Le type des Stups se leva. Petit, baraqué, blouson de cuir, crâne rasé et yeux clairs. Il ressemblait au flic de la série *The Shield*.

— La réalité, commença-t-il, c'est que le cas de Moussa est loin d'être une exception. Des garçons de son âge dans la nature avec des dizaines de délits à leur actif, des gamins de dix-sept ou dix-huit ans qui conduisent sans permis alors qu'ils ont déjà été condamnés pour refus d'obtempérer ou même pour port d'armes, il y en a plein les rues…

L'OPJ pianota une nouvelle fois sur le clavier et un plan lumineux de Toulouse s'afficha sur le mur. Deux quartiers étaient mis en évidence : les Izards et encore une fois le Grand Mirail.

— La drogue fait tourner les cités. Les gosses commencent à douze ans à faire le *chouf* pour cent cinquante euros la journée. De l'argent facile. À dix-huit ans, ils conduisent des caisses de location et ont des armes sur eux. À vingt, ils gagnent vingt mille euros par mois. Ils n'ont pas peur du ballon : ils risquent tous les jours leur peau dans des guerres pour le contrôle des territoires.

Le flic des Stups avait une nuque de taureau et ses trapèzes soulevaient le col de son blouson de cuir. Il devait passer des heures à la salle de gym. Il se disait qu'il avait chopé un jour, en allant pisser dans les toilettes d'une discothèque, un jeune trader en train de se faire une ligne au vu et au su de tous, et qu'il lui avait éclaté la figure contre le lavabo jusqu'à ce que ce dernier soit devenu entièrement rouge.

— La drogue, c'est la « mère de toutes les batailles », mais on l'a déjà perdue : la plupart des violences urbaines sont liées au trafic, le blanchiment d'argent infecte l'économie réelle et bien des élus locaux rechignent à perturber cette économie souterraine parce que ce qu'ils veulent avant tout, c'est le calme dans leur ville, ne pas attirer l'attention des médias.

Il haussa les épaules.

— Les enlèvements sont monnaie courante dans les cités, les petits caïds n'hésitent pas à kidnapper leurs ennemis. Cependant, concernant Moussa, je ne crois pas à un règlement de comptes. Cette… *chasse* dans les bois, c'est nouveau, c'est spécial. Je n'ai jamais rien vu de pareil, ajouta-t-il, et son front se plissa. Les caïds ne s'emmerdent pas avec de telles mises en scène : une rafale de kalach sur un parking et *adios*. De temps en temps, ils torturent un type, mais je ne les vois pas monter un coup de ce genre. En plus, Moussa avait décroché. Ou alors, il passait sous les radars.

Le flic se pencha sur l'ordi et un visage apparut. Regard dur. Barbe noire taillée en carré. Lèvres serrées. Chérif Sarr.

— Mais il a un frère qui fricote avec les salafistes : Chérif. Ancien délinquant lui aussi. On sait depuis Mohamed Merah que la prédication et le deal sont étroitement liés.

Une femme dans la trentaine se leva. Grosses lunettes, joues creuses, cheveux secs et ternes. Elle était maître de conférences à l'université Toulouse-I Capitole, avait écrit plusieurs ouvrages sur la sociologie des trafics en France mais aussi sur les groupes identitaires, et ce n'était pas la première fois qu'elle leur servait de consultante.

— Dans les cités, commença-t-elle, les caïds qui tiennent les trafics financent l'intégrisme. La vente de stupéfiants aux *kuffar*, c'est-à-dire aux mécréants, est considérée comme *halal*, licite, car elle finance la cause et elle affaiblit l'ennemi. Les jeunes sont la cible privilégiée des intégristes, qui cherchent à les embrigader, à imposer la charia dans les quartiers et à y établir une frontière socioculturelle avec le reste de la société. Le salafisme imprègne le milieu toulousain. Chérif Sarr lui-même est inscrit dans le FSPRT, le fichier des signalements pour la prévention de la radicalisation à caractère terroriste. Ce fichier compte 22 000 individus, qui n'ont pas tous le même degré de radicalisation. Si le niveau est élevé, la surveillance sera assurée par la DGSI. Ce n'est pas le cas de Chérif. Et il n'est pas non plus fiché S. Il s'agit plutôt de signaux faibles. Mais si Chérif Sarr fréquente une mosquée connue pour ses prêcheurs radicaux, ce n'était pas le cas de son petit frère. Pour ce que nous en savons, Moussa n'était pas du tout là-dedans.

Servaz pensa au coran trouvé dans la chambre du jeune homme. La femme fit un signe et un cliché de la tête de cerf apparut, puis un autre du carreau d'arbalète planté dans l'épaule de Moussa.

— Par ailleurs, je ne vois aucune symbolique religieuse dans ce crime. Certes, on peut considérer qu'il a une dimension rituelle. Comme beaucoup de chasses, en somme. Mais si je devais relier cette ritualisation et le mot JUSTICE à quelque chose, ce serait plutôt à un groupe épris d'ordre et de traditions françaises. La chasse au cerf est pratiquée par des gens qui, pour la plupart, sont nostalgiques d'une époque où les traditions et l'ordre ancien prévalaient. En même temps, leur cible n'a certainement pas été choisie au hasard. Ils devaient avoir des informations sur Moussa.

— L'info de sa libération était dans le journal, dit quelqu'un.

— Sans doute. Mais pourquoi lui plutôt qu'un autre ?

— Excellente question, dit Servaz. À propos de rituel, ajouta-t-il en se tournant vers le directeur de la police scientifique, on a analysé la tête de cerf ?

Celui-ci opina :

— Oui, et je l'ai soumise à un spécialiste des cervidés de l'Association nationale des chasseurs de grand gibier. Il n'y a aucun doute : il s'agit bien d'une tête de cerf élaphe, *Cervus elaphus*, dont on a conservé la peau, les bois en partie, et qui a été renforcée avec des empiècements de cuir à l'intérieur, pourvue d'une fermeture Éclair à l'arrière et d'une courroie au-dessous. Il s'agit d'une pièce unique, de fabrication 100 % artisanale.

Le patron de la police technique et scientifique les regarda.

— Soixante mille, dit-il, c'est le nombre moyen de cerfs élaphes abattus chaque année en France. Soixante mille… Ne croyez pas que les populations diminuent pour autant. Selon ce spécialiste, le cerf occupe actuellement plus de la moitié des forêts françaises, contre moins de 20 % il y a trente ans. Et, contrairement à ce qu'affirment certains, le grand gibier prolifère : il n'y en a jamais eu autant. Tout ça pour vous dire qu'il va être très compliqué, voire impossible, de remonter la trace de ce cerf et de trouver où et quand il a été abattu.

Mauvaise nouvelle, pensa Servaz. Il avait cru que la piste du cerf les mènerait quelque part. Mais il constata avec soulagement que le groupe travaillait vite. Cela montrait leur motivation.

— On tient quand même quelque chose, ajouta le chef de la police scientifique, de ce ton destiné à retenir l'attention de tous.

Gagné. Ceux qui murmuraient dans leur coin firent silence. Tous les regards se braquèrent sur lui.

— Accouche, dit Servaz.

— Une autre source possible d'ADN : un cheveu coincé dans la crémaillère, à l'arrière. Il n'appartient pas à la victime. Maintenant, je ne veux pas vous donner de fausses espérances : l'ADN de cheveu, comme vous le savez, déçoit souvent, contrairement au sang, au sperme, à la salive et même aux os et aux dents. Le matériel ADN des cheveux se trouve dans la racine, les tiges sont du matériel mort. Le taux de succès est très faible, inférieur à 10 %.

— Comment tu sais qu'il n'appartient pas à la victime ? le reprit Servaz.

Le chef de la PTS sourit derrière son masque :

— Parce que, en attendant d'en savoir plus, on l'a surnommé « le Rouquin ».

12

Il rentra épuisé, ce soir-là. La conférence de presse s'était conformée aux usages du genre, livrant un minimum d'informations sur l'enquête tout en donnant l'impression que les choses avançaient. Une nouvelle fois, c'était Esther Kopelman qui, parmi le panel des journalistes présents, limité à cause des règles sanitaires, s'était distinguée en levant la main.

— S'agit-il, selon vous, d'un crime raciste ?

Et voilà. La balle était lancée. Elle n'allait pas tarder à rebondir du côté des quartiers, des associations.

Il embrassa Léa qui lisait dans le salon.

— *Les Impatientes*, Djaïli Amadou Amal, dit-il en jetant un coup d'œil à la couverture du livre. Ça parle de quoi ?

— De l'effroyable condition des femmes au Sahel : de la polygamie, des mariages forcés, arrangés, des viols, des violences domestiques, du patriarcat…

— Encore l'Afrique : la semaine dernière tu lisais *L'Enfant peul*.

Elle lui sourit. Il remonta le couloir jusqu'à la porte de Gustav. L'ouvrit doucement. Son fils dormait sur le côté, le pouce dans la bouche, jambes repliées. Ses petits pieds avaient repoussé la couette.

Servaz regarda son garçon de neuf ans.

Nous sommes fragiles, se dit-il. Un million de choses peuvent mal se passer d'un million de façons différentes. La santé, la paix, la concorde sont difficiles et se gagnent tous les jours. La violence, la haine et la guerre sont des états par défaut.

Sur le mur, près du lit, il y avait un dessin d'enfant qui représentait une femme aux longs cheveux rouges en blouse blanche, avec en dessous le mot *Maman*. Servaz sentit ses yeux s'embuer. Ce n'était pas tout à fait exact : Léa n'était pas sa vraie maman et Gustav n'avait commencé à l'appeler ainsi que depuis quelques mois. Rien d'étonnant. Léa Delambre savait y faire avec les mômes : elle était médecin au pôle enfants de l'hôpital Purpan à Toulouse, spécialité gastro-entérologie, hépatologie et nutrition. Elle était entrée dans la vie de Martin deux ans auparavant, Gustav à peine un an avant elle[1].

Il avait vécu si longtemps seul après son divorce qu'à près de cinquante-deux ans il n'en revenait toujours pas d'avoir fondé, pour la deuxième fois de son existence, une famille.

Il referma la porte, hésita. Il avait besoin d'une douche. Non, il avait *envie* d'une douche. Mais une question le taraudait.

Il regagna le salon, remarqua qu'Anastasia, la baby-sitter, avait une fois de plus oublié ses écouteurs sur la table basse. L'avant-veille, avant qu'il soit appelé

1. Voir *Nuit* et *La Vallée*, XO Éditions et Pocket.

au milieu de la nuit, Léa et lui étaient sortis écouter l'Orchestre national du Capitole, qui avait avancé sa représentation à 18 heures à cause du couvre-feu, et dont le premier violon était à la fois leur voisin de palier et le père de la baby-sitter en question.

Ses jambes ramenées sous elle sur le canapé, tournant le dos à la bibliothèque, Léa, enveloppée dans une robe de chambre blanche, épaisse et moelleuse, était encore plongée dans sa lecture. Ses cheveux fauves tombaient sur le molleton blanc. Le peignoir était suffisamment ouvert pour qu'il devinât qu'elle ne portait rien en dessous hormis une de ses culottes noires Calvin Klein. En temps normal, la pensée de son long corps souple et chaud aurait peut-être suffi à l'émoustiller, mais pas aujourd'hui.

Il vit en passant que la télé était allumée, son coupé, sur une chaîne d'info, et que Léa la surveillait du coin de l'œil. Il reconnut le visage à l'écran. Autobronzant, cheveux jaunes laqués en forme de ridicule casque à visière, sourire de requin, regard froid. On était le 27 octobre. L'élection approchait. Pas ici, mais en Amérique. Tous les sondages donnaient Trump perdant. Mais ils s'étaient largement trompés la dernière fois, non ? Trompés parce que l'époque était devenue imprévisible. Quelle est notre époque, d'ailleurs ? se demanda-t-il. Celle de l'hystérie et des bouffons. Celle du manichéisme. Celle des réseaux sociaux et de leur folie. Certainement pas celle de la raison.

Puis le présentateur apparut et, au bandeau en bas de l'écran, Servaz comprit qu'il était en train de parler des annonces que devait faire le président français le lendemain et de la possibilité d'un *nouveau confinement.*

— C'était quoi ce truc important que tu voulais me dire ? demanda-t-il en se laissant tomber dans l'un des fauteuils.

Elle leva vers lui ses beaux yeux verts, reposa son livre sur la table basse d'une manière faussement négligente destinée à masquer, il le devina, sa nervosité. L'éclat de la lampe près du canapé soulignait ses pommettes hautes et son nez légèrement retroussé.

— Ça peut attendre demain, dit-elle d'un ton hésitant. Tu as l'air… épuisé.

De nouveau, la tension dans sa voix. Il se sentit devenir nerveux à son tour.

— Non, ça a l'air important. Cette chose qui nous concerne tous les trois…

— C'est toi qui es chargé de l'enquête sur ce gamin alors ? éluda-t-elle. Ils en ont parlé sur France 3.

— Pas moi, mon groupe, rectifia-t-il. Oui, je risque d'être pas mal absent dans les jours à venir.

Il se rendit compte que la fatigue le submergeait, assis dans le fauteuil. Mais aussi que ce que Léa avait à lui dire ne lui plairait sans doute pas, pour qu'elle reculât ainsi devant l'obstacle.

— Mmm. Tu vas encore te faire happer par ton enquête, dit-elle, comme la dernière fois, tu vas… Mais je suis mal placée pour te faire des reproches, ajouta-t-elle, soudain embarrassée, et de nouveau il fut sur ses gardes.

— Bon, alors, dit-il, de quoi tu voulais me parler ?

Elle se redressa en position assise. Genoux serrés. Chevilles croisées. Servaz tiqua. Il avait appris à observer les pieds et les jambes de ses interlocuteurs. Les pieds mentaient rarement. Léa était stressée.

— D'abord, je veux que tu saches que je suis heureuse avec toi… Et que… je t'aime… et j'aime aussi Gustav… énormément… Je tiens à vous deux…

Ça partait mal. Il eut l'impression qu'on lui versait du liquide réfrigérant dans l'estomac.

— C'est quoi, ce préambule ? rétorqua-t-il, les yeux plissés.

— J'ai été contactée par un ami. Il travaille à Médecins sans frontières…

Elle lui jeta un regard chargé d'incertitude.

— Il m'a proposé une mission en Afrique. Au Burkina Faso. Il y a eu là-bas, avec la spirale de violence qui touche le nord du pays, les massacres perpétrés par les djihadistes et les représailles intercommunautaires, plus de 500 000 personnes déplacées fin 2019, près de 800 000 cette année. Il leur faut plus de personnel soignant sur place. Il s'agit de venir en aide à des personnes qui sont dans le plus complet dénuement. Les besoins sont immenses pour assurer les soins de base et les soins secondaires. Et, parmi ces centaines de milliers de réfugiés, il y a beaucoup d'enfants…

Servaz la regardait fixement.

— Tu lui as dit non, j'espère, souffla-t-il. Tu lui as dit que ça n'était pas possible en ce moment…

Elle baissa les yeux, noua un peu plus ses chevilles.

— J'ai… j'ai dit que j'allais réfléchir… J'ai dit qu'il fallait d'abord que j'en parle avec toi et avec l'hôpital.

— Et avec Gustav, riposta-t-il, incrédule, avec une acrimonie qu'il regretta aussitôt.

— S'il te plaît, laisse-moi finir. Il ne s'agit que de quelques mois, un an tout au plus.

— *Un an…* ?

Il n'en crut pas ses oreilles.

— Tu penses sérieusement à partir là-bas alors ?

Elle le fixa d'un air impénétrable. Sans répondre. Mais la réponse était oui. Il le lisait dans ses yeux.

— J'arrive pas à le croire…, dit-il en secouant la tête.

— Martin, ces gosses, ils…

— Ne me parle pas de ces enfants. Ici aussi, il y a un enfant, je te rappelle. Qui a besoin de toi. Qui t'appelle « maman »…

— Ne fais pas ça…

— Faire quoi ? dit-il. Je suis égoïste, c'est ça ? Tu n'es pas heureuse ici avec nous ? Il doit bien y avoir quelqu'un d'autre qui peut y aller à ta place… Et c'est dangereux, tu y as pensé ?

— Personne ne pourra s'occuper de ces gosses mieux que moi, se justifia-t-elle.

Il eut envie d'élever la voix mais n'en fit rien. Lequel de nous deux est le plus égoïste ? se demanda-t-il. Elle, avec sa croisade ? Ou lui qui ne voulait pas prendre le risque d'une séparation ? Il eut soudain une vision de l'Afrique. Un cliché à la *Out of Africa*. Des fauves dans la brousse. Des couchers de soleil somptueux sur la savane. Et Léa entourée de toubibs jeunes et célibataires sous des tentes de fortune. Partageant leurs repas, leurs déceptions et leurs joies. Communiant avec eux dans la fierté d'accomplir une tâche noble, indispensable. Des mois comme ça à se côtoyer, à faire de plus en plus connaissance, à se rapprocher… Loin de la France, sur un continent magique.

La magie de l'Afrique…

Il se sentit jaloux, tout à coup. Jaloux d'un futur qui n'existait pas encore.

Il savait que ça ne ressemblerait pas à ça. Ce serait selon toute évidence un camp à la limite de l'insalubrité. Dans la boue, au milieu des mouches, des malades innombrables, de la malnutrition, des cris, des pleurs, des diarrhées, des fièvres. Des enfants morts. Des drames. Ce serait comme vouloir vider un puits sans fond. Il n'empêche. Une profonde inquiétude le gagna.

— Tu reviendras changée, dit-il. À ton retour, tu ne seras plus la même.

Un silence.

— Je n'ai pas encore pris ma décision, Martin…

— Tu en es sûre ?

Il se leva. Fila dans la cuisine. Ouvrit la fenêtre et alluma une cigarette. C'était toujours ainsi. Ce que la vie vous donnait, elle vous le reprenait tôt ou tard. Ce qu'il désirait le plus lui avait toujours été enlevé. Pour quelque obscure raison, tous ceux à qui il tenait finissaient toujours par le quitter. Il ne croyait pas au destin. Cela avait donc à voir avec sa propre nature.

Il tira sur sa clope, écoutant la nuit toulousaine. Elle était pleine de bruits qui n'évoquaient pas la savane, et pourtant des fauves y rôdaient en nombre : léopards, guépards, hyènes, lions… Quel genre de fauves avait chassé Moussa Sarr ? Quel but poursuivaient-ils ? Et Moussa lui-même était-il un fauve chassé par des prédateurs plus grands que lui ou un inoffensif herbivore ?

Une question hantait Servaz. Et si ces fauves étaient issus de leurs propres rangs ? Et si l'ennemi était à l'intérieur ? Comment réagiraient-ils quand Servaz s'approcherait d'eux ?

Samira Cheung coupa le sifflet à Slayer, descendit de la Clio qu'elle venait de récupérer à l'atelier, prit pied sur le champ boueux qui tenait lieu de jardin, à vingt kilomètres au sud de Toulouse. Sa grande et vieille maison entourée de bois était plongée dans l'obscurité. Samira avait fait l'acquisition de cette drôle de bâtisse pleine de coins et de recoins, délabrée et de traviole, dix ans plus tôt. Depuis, elle n'avait jamais cessé de la retaper. Samira n'était pas pressée : elle la restaurait petit à petit, en fonction de ses maigres économies mais aussi de ses amants, lesquels étaient assez souvent recrutés dans des corps de métier comme maçons, couvreurs, plombiers. Samira préférait aux célibataires qui se durcissent la couenne dans des salles de sport et aux barbus qui promeuvent des valeurs positives et mangent bio les hommes qui travaillent de leurs mains et châtient leurs corps dans des tâches harassantes.

Parce que, pour la faire courte, ils ne se prenaient pas la tête et assuraient assez souvent au pieu.

Elle avait conscience de ce qu'un tel jugement avait de condescendant, voire de réducteur, mais c'était à ses yeux un vrai compliment : Samira cultivait pour sa part des valeurs telles que la simplicité, la franchise brute et l'absence totale d'hypocrisie – autrement dit le droit de parler sans avoir à tourner vingt fois sa langue dans sa bouche –, les repas carnés et le sexe sans les sentiments ni le boniment. Elle aimait beaucoup Martin, mais jamais elle n'aurait pu vivre avec un mec aussi compliqué – en dehors du fait qu'il n'était pas du tout son type et qu'il avait des goûts musicaux de grand-père.

Elle regarda la moto appuyée sur sa béquille près de l'entrée, tourna la clé dans la serrure. Actionna l'interrupteur. Rien. Noir complet. Elle sentit son pouls s'accélérer. S'avança prudemment dans la pénombre du couloir. La maison était totalement silencieuse.

— Il y a quelqu'un ? cria-t-elle.

Pas de réponse. La nuit était assez claire pour qu'une vague cendre grise se glissât par la partie vitrée de la porte. Aussi, un clair-obscur plus obscur que clair régnait dans le couloir, qu'elle remonta lentement, tous les sens en alerte. Il y avait encore des pots de peinture et des bâches plastique qui traînaient le long des murs. On aurait pu facilement se cacher.

— Il y a quelqu'un ? répéta-t-elle.

Soudain, une ombre jaillit derrière elle et la plaqua violemment contre le mur. Une main écrasa sa bouche et un corps fébrile se pressa contre le sien, une odeur de savon et d'eau de toilette dans ses narines.

— Ne fais pas un geste, murmura la voix rauque dans son oreille. Ne tente rien.

Elle hocha la tête. Son cœur battit si puissamment dans sa cage thoracique qu'elle en eut presque le vertige.

— Tu sais que Jack l'Éventreur n'a jamais été identifié ? continua la voix. Tu sais que dans *Les Cent Vingt Journées de Sodome* quatre aristocrates s'enferment dans un château avec quarante-deux jeunes gens, filles et garçons, livrés à leur… pouvoir absolu ?

En même temps, une main se glissa sous son pull, caressa ses seins, puis descendit défaire sa ceinture et le zip de son pantalon. La main entra dans sa culotte. Samira en avait les jambes qui tremblaient ; elle sentait l'érection contre ses fesses. Elle inséra sa main entre eux, posa ses doigts dessus.

— Ah non, merde, c'est pas du jeu ! gémit-il en s'écartant. Samira, t'es pas drôle !

Toutes choses égales par ailleurs, côté fantasmes et perversion, celui-là n'était pas mal non plus… Ça lui apprendrait à avoir choisi un prof de lettres, pour une fois.

13

Minuit. Une lune pâle brillait sur les vallons, les bois noirs et les prés en pente, tandis qu'une légère brume coulait dans les creux, à une centaine de kilomètres au sud de Toulouse. Au sommet de la colline, à une lieue du village, au-delà du grand portail rouillé et du mur d'enceinte qui longeait la petite départementale, la lune éclairait la façade du château.

Il paraissait immense et menaçant dans la nuit glaciale, son toit hérissé de hautes cheminées sur le ciel nocturne. Il projetait une ombre lugubre sur le parc orné d'arbres bicentenaires, avec ses dépendances : une étable, des écuries et une maison de gardien non loin de la grille. La plupart des fenêtres étaient éteintes. Mais, en contournant l'édifice par la droite, on aurait aperçu, au-dessus des buis taillés, des fenêtres aux carreaux sertis de plomb au travers desquelles brillait une clarté.

À l'intérieur, une vaste salle de séjour avec une cheminée monumentale ; le feu clair jetait des lueurs dans la pièce obscure. Des tapisseries et des tableaux de maîtres aux murs. Une bibliothèque. Des trophées de chasse, du grand gibier des forêts d'Europe : sangliers, daims, cerfs – mais aussi, clou de la collection, une énorme tête de lion.

Le fauve semblait contempler la petite assemblée de son œil farouche, qui luisait dans la faible lumière, faussement endormi, comme pour mieux tromper sa proie avant de bondir dessus. Le vent mugissait au-dehors. Mais, à l'intérieur, tout était silence et ombre, hormis le ronflement des flammes, si bien que, quand la voix s'éleva, elle parut jaillir du cœur même de la demeure :

— Comment est-il possible que personne n'ait pensé à contrôler la route ? dit le seul homme assis, sur une chaise à haut dossier, devant la cheminée.

Il émanait de cette voix – comme de cette silhouette découpée sur la clarté du feu – une aura d'autorité et d'inflexibilité. Les faibles rayons de lumière en provenance de l'âtre caressaient ses longues mains veinées posées sur les accoudoirs de chêne. Le visage demeurait invisible.

— Il ne passe jamais personne sur cette route la nuit, tenta l'un des hommes debout. Et il y a le couvre-feu… Cette voiture n'aurait jamais dû se trouver là.

Pendant un moment, aucun mouvement ne se fit dans la pièce. Rien d'autre ne troubla le silence que le crépitement des flammes mordant les bûches. Puis la haute silhouette se déplia très lentement.

— Meslif, vous êtes un imbécile, déclara-t-il, je vous avais dit de sécuriser les alentours.

Le dénommé Meslif, petit, trapu, cheveux et sourcils noirs, une expression dure plaquée sur le visage, garda la tête baissée.

— Il aurait fallu plus d'hommes, se justifia-t-il, avec une timidité étonnante pour quelqu'un habitué à se faire respecter. Et plus d'hommes aurait signifié plus de risques de fuites…

Nouveau silence.

Le personnage de haute stature se détacha du fauteuil. Sortant de l'ombre pour s'approcher de la cheminée, il offrit ses longues mains au foyer. Il régnait une température glaciale dans le reste de la salle.

— Ça ne devait pas se passer comme ça, dit-il, et sa voix, désincarnée, funèbre, sonna comme une condamnation.

Sifflements et chuintements dans l'âtre. Les flammes s'élevaient, s'abaissaient, chahutées par le vent qui s'engouffrait dans le conduit. Elles éclairèrent par en dessous le visage ridé, le grand front, le crâne rasé, les joues si creuses que l'homme semblait en train d'aspirer quelque chose, les profonds sillons les labourant comme ceux d'une écorce de frêne. Il portait une robe de chambre en soie nouée à la ceinture sur un pull et un pantalon de velours, chaussait une paire de mules.

— Ça ne devait pas se passer comme ça…, répéta-t-il. Celui-là, on devait le renvoyer chez lui *vivant*, avec ce mot gravé sur sa poitrine. Pour qu'il aille raconter aux autres comment il avait été chassé. Que toutes ces ordures comprennent qu'il y a un nouveau joueur dans le jeu et que, désormais, la justice va *vraiment* être rendue.

— Des questions, ils s'en posent déjà, dit un homme presque aussi grand que lui, avec une face longue et canine, des petits yeux rapprochés et teigneux, un collier de barbe mal taillé. Avec ce mot sur sa poitrine justement, ils ont sûrement compris que *les règles du jeu sont en train de changer*.

L'homme de haute stature se retourna.

— Mais maintenant, la presse va y mettre son nez. C'est le genre d'histoire qui fait saliver les journalistes. On sait qui dirige l'enquête ?

— Oui, c'est le groupe du commandant Servaz, dit un troisième, râblé, ventripotent, très laid, plus âgé que les deux premiers et le seul en costume-cravate. Au SRPJ de Toulouse. Un excellent flic. C'est lui qui a résolu l'enquête sur les meurtres d'Aigues-Vives il y a deux ans… Et ceux de Saint-Martin-de-Comminges, il y a une dizaine d'années : cette histoire de cheval suspendu en haut d'un téléphérique et la série de meurtres qui a suivi. Ça n'est pas vraiment une bonne nouvelle…

— Il faudrait qu'on ait les moyens de suivre les progrès de l'enquête, dit un autre.

Il était minuit passé, ce 28 octobre. Sur le mur, le lion observait les quatre hommes, qui avaient l'air minuscules dans la grande salle obscure, tandis qu'à l'extérieur la température était encore descendue et que la nuit recouvrait les abords du château, les pelouses et les grands chênes.

Mercredi

14

Il s'éveilla après tout le monde, ce mercredi 28 octobre. Plissa les yeux dans la clarté qui tombait de la fenêtre. Il n'avait pas entendu l'alarme de son téléphone. Ni Léa se lever.

Il s'assit au bord du lit, renifla l'odeur de café. Il l'achetait chez un torréfacteur pour la simple raison que cette odeur qui flottait dans la rue, à l'approche du magasin, le ramenait à son enfance. Mais il avait remarqué que, ces derniers temps, plus il vieillissait, plus les souvenirs de cette période se faisaient doux-amers, et il avait plutôt tendance à les écarter.

— Martin, tu peux t'occuper de Gustav ? lança une voix à l'autre bout de l'appartement. Je suis à la bourre !

— Moi aussi ! répondit-il sous le jet brûlant de la douche, sans être sûr qu'elle ait entendu – ou voulu l'entendre.

— Est-ce que tu peux déposer Gustav au centre de loisirs ? Tu m'entends ?

— Oui, je t'entends ! C'est sur ta route ! protesta-t-il. Ça me fait faire un détour !

— S'il te plaît ! J'ai une réunion importante !

— Oh, bon, d'accord…

Il ne pouvait s'empêcher de repenser à ce qu'elle lui avait dit la veille au soir. Il avait très mal dormi. Sans cesse réveillé par le souvenir de leur querelle.

— Merci, je te revaudrai ça, lui cria Léa.

Il entendit la porte claquer. Quand il entra dans la cuisine, Gustav était assis à la table du petit déjeuner. Il regardait un dessin animé. Il avait l'air détendu et heureux – et rien que cela était une petite victoire après tout ce qu'ils avaient traversé.

— Maman était pressée, dit Gustav en souriant.

Servaz sentit son estomac se nouer. Il contempla son fils. *Il faudra peut-être que tu t'habitues à vivre sans elle*, songea-t-il. *Et à ne plus l'appeler maman…*

— Elle a beaucoup de travail en ce moment, l'excusa-t-il.

— Toi aussi, fit remarquer Gustav. Tu rentres tard.

— Je sais, bouchon.

— Tu ne me dis même plus « bonne nuit ».

— Je l'ai fait hier soir, tu ne t'en es pas rendu compte ?

— Si, répondit Gustav avec un sourire si large qu'il eut honte de son mensonge.

Avant de quitter l'appartement, il récupéra les écouteurs d'Anastasia, la fille du voisin, sur la table du salon.

Radomil était en train de répéter de bon matin, sans doute les fenêtres ouvertes pour en faire profiter toute la rue, car Martin entendait son violon. Il dressa l'oreille, se concentra : le *Concerto pour violon* de Mieczysław Karłowicz. Le morceau demandait une maîtrise approfondie de l'instrument, de la virtuosité, du brio, une exécution parfaite.

Il regretta d'interrompre le *legato* en cognant à la porte voisine. Derrière le battant, le silence se fit. Des pas, puis la porte s'ouvrit sur le musicien aux longs cheveux gris et à la barbe sombre.

— Ta fille a oublié ses écouteurs, dit Martin.

Radomil les prit, son violon dans l'autre main :

— Tu as bien fait de me les rapporter. Sinon j'aurais eu droit au hip-hop d'Anastasia dans les enceintes du salon. Bonjour, jeune Gustav, ajouta Radomil en s'inclinant très bas devant le garçonnet blond, qui lui rendit son bonjour en souriant.

— Tu jouais le *Concerto pour violon* de Karłowicz ?

Le musicien aux faux airs de hippie vieillissant se redressa de toute sa haute taille, fronça les sourcils, sans cacher son étonnement : ce n'était pas la première fois que Martin le surprenait par ses connaissances.

— Comment se fait-il qu'un flic ait une culture musicale aussi étendue ? dit-il. Tous les policiers français sont comme toi ?

Radomil et sa fille étaient arrivés de Bulgarie cinq ans plus tôt. Titulaire d'un titre de séjour, il avait fait récemment sa demande de naturalisation.

— Bien sûr, je vous aurai des places – et je m'arrangerai pour qu'Anastasia soit disponible et garde Gustav. Comme ça, vous n'aurez aucune excuse, Léa et toi.

— Les voisins ne se plaignent jamais ?

— Ça te dérange, toi ?

— Évidemment que non, répondit Martin en se dirigeant vers l'ascenseur.

— La musique adoucit les mœurs, n'est-ce pas ce qu'on dit ?

Servaz pensa aux nombreuses querelles de voisinage pendant le confinement du printemps, qui avaient eu pour origine un voisin trop bruyant, des goûts musicaux divergents. Et qui avaient fini par une intervention de la police.

— Pas si sûr…, modéra-t-il.

— Bonne journée, jeune Gustav ! Amuse-toi bien ! lança dans leur dos, solennel, le grand Radomil avant de refermer la porte.

Servaz entendit les notes s'élever de nouveau.

Le couloir du deuxième étage de l'hôtel de police était plein de gens qui allaient et venaient avec des masques sur le visage, et, certains jours, Servaz avait l'impression d'être dans un film de science-fiction. Ou bien il se disait qu'il allait finir par se réveiller. Mais le cauchemar s'éternisait… Vincent Espérandieu était à son poste, les mêmes écouteurs blancs que ceux d'Anastasia sur les oreilles. En train d'écouter du rock *indé* probablement. Il avait essayé d'initier Servaz, mais il avait très vite laissé tomber quand Martin, en retour, lui avait parlé d'un génial compositeur autrichien nommé Mahler.

Servaz se souvint fugacement de l'époque où il s'était rapproché de Charlène Espérandieu, la très belle femme de son adjoint. Ils s'étaient sentis presque irrésistiblement attirés l'un par l'autre. En ce temps-là, Charlène était enceinte de Flavien, qui avait aujourd'hui onze ans et dont il était le parrain. Mais ils n'avaient jamais sauté le pas. Il s'était souvent demandé ce qui se serait passé s'ils l'avaient fait.

Dès que son chef de groupe apparut, Vincent reposa ses écouteurs.

— Catherine Larchet a appelé, dit-il. Ils ont un *match* dans le FNAEG.

Le fichier des empreintes génétiques… Martin sentit son rythme cardiaque s'accélérer.

— Qui ça ?

— Le cheveu roux coincé dans la crémaillère de la tête de cerf. Il s'appelle Kevin Debrandt. Dix-sept ans. Cinq mentions au casier judiciaire. La dernière en date pour une agression très violente avec un complice dans un hôtel particulier de Toulouse. Placé en centre spécialisé pour mineurs, dont il s'est échappé.

S'appelle ou s'appelait, pensa Servaz avec une démangeaison dans la nuque. Kevin Debrandt avait dix-sept ans et, apparemment, un passé déjà chargé. Rien de très surprenant : 45 % des vols avec violence et un tiers des cambriolages étaient commis par des mineurs. Il y avait longtemps que l'ordonnance de 1945 sur la justice des mineurs n'était plus adaptée à la délinquance et à la violence actuelles. Sans parler des jeunes majeurs étrangers qui mentaient sur leur âge pour échapper à des peines plus lourdes.

Il se rendit compte que ses pires craintes étaient en train de prendre corps. Celles que Samira et lui avaient formulées, celles que le divisionnaire avait balayées d'un geste : Moussa Sarr n'était peut-être pas le premier… *Combien d'autres ?* Il inspira. Il ne pouvait plus ignorer l'appréhension au creux de son ventre, ce malaise qui grandissait.

— OK, réunis tout le monde, dit-il.

— Kevin Debrandt. Dix-sept ans et un casier judiciaire déjà copieux. Ses deux derniers faits d'armes : en 2019, sous la menace d'une arme factice, il contraint une jeune femme à le convoyer jusqu'à Montauban, où se trouve sa petite amie de l'époque. Son « otage » parvient à lui échapper dans une station-service. Durée du rapt : moins d'une heure. Son avocat expliquera que son client avait juste le sentiment de « faire du stop ».

Derrière lui, sur l'écran, apparut un visage allongé, à la peau pâle, aux yeux clairs, comme lavés, encadré de cheveux roux. Kevin Debrandt avait un museau étroit, qui le faisait ressembler à un animal fouisseur. Ou à un renard. Servaz se détourna de l'écran.

— Le dernier est plus sérieux : début 2020, il fait irruption avec un complice dans un hôtel particulier du centre de Toulouse. Muni d'armes de poing, authentiques ou pas, d'un couteau, de cagoules et de gants, le commando séquestre les propriétaires des lieux : un banquier toulousain et son épouse, après les avoir aspergés de gaz lacrymogène et ficelés. Ils frappent l'homme, menacent de violer la femme, se font remettre le code du coffre, volent les bijoux, un ordinateur portable, les téléphones et s'en vont. Mais l'homme fait un malaise. Sa femme réussit à se libérer et à appeler les secours. L'enquête est confiée à la brigade criminelle de la Sûreté départementale, qui retrouve une trace ADN, la même qu'on a retrouvée sur la tête de cerf : celle de Kevin Debrandt.

Il marqua une pause, leur laissa le temps d'assimiler ces informations. De bien piger ce qui se jouait : ils venaient de faire une percée décisive, ils avaient trouvé un lien entre la tête de cerf que portait Moussa et un autre garçon lui aussi connu pour de nombreux faits délictueux.

— Kevin Debrandt a été appréhendé mais il a refusé de donner le nom de son complice. Il a été placé en centre spécialisé pour mineurs. D'où il s'est échappé le soir même. Personne ne s'est donné la peine de se lancer à sa poursuite depuis…

Un murmure autour de la table.

— On a essayé de le joindre, mais son téléphone ne répond pas. Il est peut-être éteint… ou alors il l'a bazardé… On va demander l'historique de bornage. Une fois qu'on saura quelles bornes l'appareil a activées, on pourra reconstituer son parcours. Par ailleurs, sa dernière adresse connue est un squat en centre-ville. Et il faudra aussi interroger les parents.

Il s'interrompit.

— Espérons que Kevin Debrandt ne s'est pas évanoui dans la nature…

Il allait poursuivre quand Chabrillac surgit dans la pièce, un exemplaire de *La Garonne* à la main. Servaz se raidit. Le divisionnaire avait l'air fort mécontent. Il jeta le journal sur la table dans un mouvement d'humeur. Servaz se pencha et lut :

UN ADO CHASSÉ COMME DU GIBIER EN ARIÈGE
Crime raciste ou règlement de comptes ?

Nom de Dieu, Esther ! C'était encore pire que ce qu'il avait craint. L'article était accompagné d'un portrait de Moussa que la journaliste avait dû récupérer chez la famille. Servaz se cabra. Moussa Sarr n'était pas un ado.

Il était majeur ! Pour le reste, le titre ne mentait pas. Il appréhendait de lire le texte pondu par la journaliste. Et l'angle d'attaque qu'elle avait choisi.

— C'est la cata ! s'écria Chabrillac. L'article parle de la tête de cerf, et aussi de la façon dont Moussa a été retrouvé nu après avoir été chassé et blessé par un carreau d'arbalète. Cette satanée journaliste évoque même des pratiques dignes, je cite, « du Ku Klux Klan » ! Elle s'inquiète, à juste titre, à l'idée que ceci puisse arriver au XXIe siècle dans notre région. Bref, on va nous mettre une pression d'enfer et on va avoir les médias pendus à nos basques…

Chabrillac le regarda. Ses petits yeux lançaient des éclairs.

— Commandant, il me faut des résultats, dit-il. Je ne veux pas que ça traîne. Mettez les bouchées doubles.

Toute l'équipe s'accorda à dire que cela allait être une enquête longue et difficile. Qu'il leur fallait du temps.

— Je me fous de vos états d'âme ! tonna-t-il soudain. Vous me prenez pour qui ? On va avoir les médias nationaux sur le dos avec cette histoire ! La préfète ! Le directeur de la police ! Et sans doute le ministre ! Et ce sera à moi de rendre des comptes ! Pas à vous !

Il avait hurlé. Il était rouge. Autour de la table, tout le monde resta muet de saisissement.

— On en a peut-être découvert un autre, dit Servaz calmement, sans se démonter.

— Un autre quoi ? demanda le divisionnaire d'un ton irrité en pivotant vers lui.

— Une autre victime. Kevin Debrandt. Dix-sept ans. Il y avait un de ses cheveux accroché à la crémaillère de la tête de cerf. À moins qu'il n'ait fait partie de ceux qui ont traqué Moussa…

Il vit distinctement Chabrillac sursauter.

— Quoi ? Nom de Dieu… Sérieux ? *Une autre victime... ?* Il est… il est… ?

— Blanc, répondit Servaz en comprenant où le divisionnaire voulait en venir. Sinon, même profil que Moussa Sarr : petit délinquant en liberté malgré de nombreuses condamnations…

Il constata que son patron vidait ses poumons de soulagement.

— Je veux qu'on laisse filtrer cette information en direction de la presse, dit aussitôt ce dernier.

— Pas question, rétorqua Servaz. C'est une découverte majeure. Nous devons l'exploiter sans en parler à personne, au contraire, et voir où cela nous mène.

Chabrillac désigna le journal qui passait de main en main.

— Je ne veux plus de ce genre de titre !

— Patron, insista Servaz, si vous voulez qu'on attrape rapidement les assassins, laissez-nous faire notre boulot.

Chabrillac resta un moment en arrêt, comme un chien qui a entendu un coup de sifflet ultrasonique. Martin fut surpris de découvrir chez lui une hostilité aussi évidente. Finalement, le divisionnaire déclara d'un ton glacial :

— Commandant, ne me dites pas ce que je dois faire, et il y a peut-être quelqu'un dans votre groupe d'enquête qui parle à la presse. Cette journaliste sait un peu trop de choses, à mon sens… À votre place, *plutôt que d'avoir des exigences, je me préoccuperais de savoir quel est l'enfant de putain qui bave en dehors de ces murs.*

Le ton était acerbe, ouvertement belliqueux. À la limite de l'insulte. Servaz blêmit. La colère le gagna à son tour.

— Ce groupe est sous votre direction, commandant, renchérit le divisionnaire en pointant un doigt vers la poitrine de Servaz (et ils crurent un instant qu'il allait la toucher). Tout ce qui se passe ici, vous en assumez la responsabilité. Je sais que vous avez souvent eu des résultats, mais je sais aussi que vos méthodes pour le moins… *iconoclastes* n'ont pas toujours été du goût de tout le monde. Vous êtes déjà passé en conseil de discipline deux fois. Je ne sais par quel miracle vous êtes encore chef de groupe, mais avec moi, vous allez filer doux. Et faire comme je vous dis. J'ignore quels étaient vos rapports avec mon prédécesseur, mais ici, c'est moi qui commande, et je ne laisserai pas un intello dans votre genre me prendre de haut, c'est compris ?

Il le fit bel et bien en fin de compte : tapoter la poitrine de Servaz comme s'il voulait enfoncer son doigt dedans.

— Vous êtes peut-être une légende ici, vous aimez peut-être faire les gros titres, mais je vais vous dire : j'en ai rien à branler. Vos états de service ne m'impressionnent pas. Remuez-vous et ramenez-moi du concret, c'est tout ce que je vous demande. Ai-je été assez clair ?

Sur ces mots, « Hulk » fit volte-face et quitta la pièce.

15

— Vous êtes sûr que c'est ici ?

Raphaël regarda le propriétaire des lieux, un homme dans la soixantaine affublé d'une casquette irlandaise posée sur d'épais cheveux blancs.

— Évidemment que c'est ici, répondit celui-ci.

Servaz, Samira et Katz se tenaient au centre du pouvoir tel que l'avaient dessiné les *capitouls*, les consuls de la ville, deux cent cinquante ans plus tôt. Place du Capitole, sous les arcades, face à l'immense esplanade fermée de l'autre côté par l'hôtel de ville. Le froid était mordant en dépit du pâle soleil qui caressait les avant-corps et les colonnes.

Le petit homme coiffé sans le savoir à la mode des truands irlandais – à moins qu'il ne fût un fan de la série *Peaky Blinders* – montra la porte ouverte à côté de la devanture d'un restaurant.

— La porte reste ouverte vingt-quatre heures sur vingt-quatre. Les lycéens du quartier connaissent l'adresse. Ils viennent s'asseoir sur les marches, boire et fumer. Tous les SDF de la ville la connaissent aussi, se lamenta-t-il.

Ils franchirent le seuil.

D'un coup, le faste de la place fut oublié. Au pied de l'escalier, le sol était jonché de centaines de mégots, de cendre grise, de bouteilles et de canettes vides. La peinture sur les murs s'écaillait par plaques entières, des tags clamaient : « NON AUX EXPULSIONS », « LE DROIT AU LOGEMENT AVANT LE DROIT À LA PROPRIÉTÉ ».

— Ils ont condamné l'issue de secours, expliqua l'homme en s'engageant dans l'escalier branlant et crasseux. Ils montent sur le toit et ils jettent des poubelles en feu dans le conduit de la cheminée, qui leur sert à la fois de vide-ordures, de toilettes et d'incinérateur.

Ils parvinrent à un premier palier entièrement recouvert de seringues usagées, d'emballages divers et de boîtes de médicaments parmi lesquels ils se frayèrent un chemin. Une odeur d'excréments, d'urine, de cannabis et de détritus carbonisés les prit aux narines.

— Putain, c'que ça pue ! s'exclama Samira. Ici, la course à la boulette de shit pourrait rapporter gros…

— La course à quoi ? demanda Katz.

— La course à la boulette de shit… Un gramme de shit égale une interpellation. C'est bon pour le chiffre. Résultat, tu chopes tout ce qui bouge, tu te concentres sur les petits poissons et tu oublies les enquêtes longues et fastidieuses qui pourraient te permettre de choper les gros, mais qui demandent trop de temps et d'énergie pour un rendement statistique dérisoire. Les stats, c'est ce qui fait bander les chefs.

— Mais on chopera jamais les gros poissons comme ça, fit remarquer Raphaël en enjambant précautionneusement les seringues.

Samira lui jeta un coup d'œil sans indulgence :

— T'es nouveau, toi, ça se voit.

Ils attaquèrent la dernière volée de marches. Sur le palier, deux hommes et trois femmes, l'air menaçant, les regardaient monter. Ils n'avaient pas plus de trente ans et la plus jeune était peut-être mineure. Aucun ne portait de masque.

— Qu'est-ce que tu fous ici, toi ? dit l'un des deux individus au proprio.

— C'est mon immeuble, je suis chez moi, riposta M. Casquette, encouragé par la présence policière.

Le jeune homme éclata de rire.

— Je vais te montrer qui est chez lui ici, le vieux…

Servaz dégaina sa carte. Les trois jeunes femmes lui lancèrent aussitôt des regards haineux.

— On n'est pas là pour vous virer, on cherche quelqu'un, dit-il, maussade.

Il était d'une humeur de chien. Il n'avait toujours pas digéré la sortie du divisionnaire.

— On parle pas aux keufs de toute façon, ça rend con, répondit le même sans paraître le moins du monde inquiet – et des gloussements saluèrent cette réponse.

— On cherche Kevin, insista Servaz en montant les dernières marches. On craint qu'il ne lui soit arrivé quelque chose. Quelque chose de grave… Vous l'avez vu récemment ?

— Vous n'allez pas les expulser ? gémit le proprio.

— Kevin ? lança une voix puissante en provenance du couloir sur leur gauche. On ne l'a pas vu ici depuis un certain temps… Pourquoi vous le cherchez ? Et c'est quoi, cette chose que vous craignez ?

Un grand gaillard en tenue africaine traditionnelle venait d'apparaître sur le palier. Immense, massif, il dominait les autres d'une bonne tête. Sa figure aux traits fins était encadrée d'une barbe abondante. Servaz lui donna dans les trente-cinq ans.

— On peut parler ? dit-il.

L'homme leur fit signe de le suivre. Servaz, Samira et Raphaël passèrent devant le groupe des cinq jeunes gens, remontant un couloir faiblement éclairé mais rempli de monde. Des visages méfiants et méprisants se retournaient sur leur passage. Des silhouettes hostiles les frôlaient. Tous étaient jeunes, voire très jeunes. Servaz estima qu'ils étaient au moins une trentaine là-dedans, mais il y en avait sans doute davantage dans la demi-douzaine de pièces aux portes ouvertes – quand elles n'avaient pas tout bonnement été retirées.

— Katz, tu contrôles toutes les identités, lança-t-il avant de suivre le chef du squat dans une grande pièce dont les deux fenêtres donnaient sur l'esplanade du Capitole.

Il y avait des matelas, des lampes et des bougies colorées. Mais aussi des plaques chauffantes à côté d'un évier plein de casseroles et de piles d'assiettes, une guitare, un tambourin, une chicha, des tracts et, aux murs, de grandes affiches pour le droit au logement.

— Belle vue, n'est-ce pas ? dit l'homme d'un ton jovial en montrant les fenêtres. Quand je me réveillais à l'aube, cet été, vous savez ce que je voyais ? Depuis qu'il y a des échafaudages sur la façade de l'hôtel de ville, des personnes les utilisent pour monter dormir sur le toit de la mairie ! Tous les matins, je les voyais remballer leurs affaires avant l'arrivée des ouvriers…

Il sourit, leur montra des coussins de toutes les couleurs.

— Ça vous choque ? poursuivit-il en s'asseyant sur un coussin, à même le sol. Peut-être que s'ils avaient ailleurs où dormir, ils ne dormiraient pas là, qu'en pensez-vous ?

Sa voix était basse, agréable. Il avait un regard étincelant, d'une intensité qui aurait fait baisser les yeux à beaucoup de gens. Et le charisme d'un leader. Du berger qui guide le troupeau. Mais de quel genre de troupeau s'agissait-il ? Et le berger n'était-il pas en dernier ressort un danger pour ses brebis ? C'est ce que se demanda Servaz en posant ses fesses sur un coussin, imité par Samira, tandis que le regard à l'intensité de mercure les couvait.

— Vous vous appelez comment ?

— Malik Ba, répondit le géant. Vous voulez voir mes papiers ? ajouta-t-il en souriant.

Servaz fit signe que non.

— Je suis né au Sénégal. Il y a trente-trois ans, comme le Christ, continua l'homme, mais j'ai la nationalité française, si c'est ce que vous voulez savoir…

Oui, c'était ça : un Christ noir. Aux proportions monumentales et à la voix calme, profonde, pleine de chaudes inflexions vibrantes. Une jeune fille entra. Si jeune que Servaz se demanda si elle n'était pas mineure, elle aussi.

Elle s'approcha du maître de céans.

— Prépare-nous du thé, lui lança-t-il.

Ce n'était pas une requête, c'était un ordre. Malik Ba se tourna vers eux, se rendant compte de leur trouble.

— Il n'y a pas de hiérarchie ici, dit-il, comme pour démentir ce qui venait de se passer. Cette jeune femme a choisi de me servir de son plein gré, sans que personne l'y oblige. Chacun est libre de faire ce qu'il veut. Je ne suis pas leur chef, mais leur guide, leur conseiller spirituel, leur mentor. Je leur apporte la lumière et l'espoir… Nous sommes une communauté autonome existant sur un mode primitif, loin des structures coercitives de l'État et des inégalités produites par le capitalisme. Nous pratiquons la démocratie horizontale. Comme dans les ZAD…

— Bien sûr, dit Servaz, qui n'était pas dupe.

Il savait que la vie à l'intérieur des ZAD n'était pas aussi idyllique, démocratique, écologique et transparente que leurs occupants voulaient le faire croire. Que la violence physique, psychologique, verbale, la désinformation, le secret y régnaient souvent. Que leurs occupants étaient loin d'avoir entre eux les rapports emplis de tolérance qu'ils prônaient à l'extérieur et que, l'alcool aidant, les bagarres étaient fréquentes, tout comme la tendance des plus forts à imposer leurs points de vue aux plus faibles.

— Donc, vous vous inquiétez pour Kevin ? Et je peux savoir pourquoi ?

— Il lui est peut-être arrivé quelque chose, répondit Servaz.

Le barbu plissa les paupières. Un éclair entre celles-ci.

— Vous ne voulez pas m'en dire plus ?

— Disons que nous avons des raisons de penser qu'il a été enlevé et que ses jours sont en danger, dit Servaz. Nous essayons de reconstituer son emploi du temps et de savoir quand il a… interagi avec d'autres personnes pour la dernière fois.

Malik Ba hocha la tête :

— *Interagi…* C'est un mot intéressant. Vous êtes bien élevés pour des flics s'adressant à un homme noir, commenta-t-il avec une douceur étonnante et une ironie évidente. Dommage que vos collègues ne le soient pas toujours autant. Vous savez combien de fois j'ai été contrôlé cette année en sortant d'ici ? Je les ai comptées : trente-huit. Je marchais dans la rue sans rien demander à personne, et le seul type que la patrouille arrêtait, c'était moi… On étouffe dans ce pays…

Ses prunelles coruscantes allèrent de Servaz à Samira.

— Si c'était vous qu'on contrôlait jour après jour : à votre avis, comment vous réagiriez ?

Il caressa sa barbe de ses longs doigts déliés aux ongles nets. Il prononçait chaque mot de la même voix calme, et chacun semblait plus lourd de sens, plus riche d'informations que tous les discours des ratiocineurs des chaînes d'info. Mais Servaz n'en oubliait pas pour autant toutes les seringues qu'il avait vues à l'extérieur de cette pièce.

Ni que l'utopie prônée par Malik Ba et ses semblables, sa foi dans la société civile, dans le caractère sacré de la liberté individuelle, son hostilité envers toute forme d'État ignoraient une réalité incontournable : l'État n'est que l'ensemble des lois et des règles qu'un groupe humain s'impose pour ne pas sombrer dans la guerre de tous contre tous. Et il n'existe aucune société possible, une fois sorti des stades tribal, féodal et de la loi de la jungle, sans un État ayant l'autorité et la force pour faire respecter ces règles.

— Deux fois, j'ai fini par m'énerver, dit Malik Ba. Ils m'ont tordu le bras, plaqué sur le capot d'une voiture, couché par terre. J'ai eu un poignet presque cassé, la migraine pendant des jours d'avoir eu le crâne écrasé contre le bitume… C'est ainsi qu'on traite les gens comme moi ici…

Il eut un rictus douloureux.

— Il paraît que ce pays n'est pas raciste. Alors, expliquez-moi pourquoi il y a si peu de Noirs à l'Assemblée, dans les conseils municipaux, les médias, à la télé ? Vous savez que le manque de diversité à la télévision, au lieu de régresser, a augmenté ces dernières années ? La part des personnes perçues comme « non blanches » y a reculé : j'ai lu une étude là-dessus.

Il plissa les yeux, sourit.

— Mais vous ne gagnerez pas, car nous avons avec nous les poètes, les griots. Vous savez pourquoi les poètes préfèrent écrire sur les pauvres que sur les riches ? Parce que les pauvres sont bien plus riches que les riches, et les riches bien plus pauvres que les pauvres… Les pauvres sont riches de leur souffrance, de leur histoire. La souffrance construit, la richesse détruit.

— On peut parler de Kevin ? le coupa Samira, qui manifestait quelques signes d'impatience.

L'homme la considéra.

— Ça fait un moment déjà qu'on n'a plus vu Kevin par ici, dit-il. Je croyais qu'il était rentré chez ses parents… Vous les avez appelés ?

— Oui, répondit Servaz. Il n'est pas chez eux. Ils ne l'ont pas vu depuis bientôt deux semaines.

Malik Ba parut soucieux, tout à coup.

— C'est à peu près à ce moment-là qu'il nous a dit qu'il allait les voir. Il avait passé quelques jours avec nous. Kevin, il apparaissait et il disparaissait sans donner d'explications. C'est le cas de beaucoup ici. Chacun est libre d'aller et venir comme bon lui semble…

Les beaux traits de Malik Ba s'assombrirent. Il tira sur sa barbe.

— Mais, en général, il dort soit ici, soit chez ses parents. Je ne lui connais pas d'autre adresse… De quoi vous avez peur ? demanda-t-il soudain. Qu'est-ce qui pourrait lui être arrivé ?

Des éclats de voix montèrent du couloir. Servaz sortit une photo de Moussa Sarr et la présenta.

— Et lui, vous le connaissez ?

Malik Ba plissa les yeux, réfléchit.

— Non, c'est qui ?

De nouveaux cris dans le couloir. Invectives, chahut. Ils tournèrent leurs regards vers la porte.

— Il se passe un truc dehors avec votre collègue, j'ai l'impression, dit calmement Malik Ba.

Samira se leva d'un bond, imitée par Servaz. En jaillissant dans le corridor, celui-ci n'en crut pas ses yeux. Le lieutenant avait sorti son arme de service et tenait en joue la petite troupe qui poussait des cris d'orfraie, et qui abreuvait le jeune flic d'insultes et de lazzis.

— Katz, t'es malade ! s'écria Samira. Qu'est-ce que tu fous, bon Dieu ?

— Ils m'ont balancé des objets à la figure ! protesta le blond en rangeant son flingue.

— Genre quoi ? voulut savoir Samira.

— Une bouteille en verre et un préservatif usagé !

Elle gloussa. Les cris et les insultes redoublèrent.

— Fermez vos gueules ! rugit-elle en direction du petit groupe. Sinon on confisque votre came et je vous colle tous en garde à vue pour vingt-quatre heures ! Et, croyez-moi, vous vous en souviendrez autant que de votre premier shoot ! Sans compter que vous n'aurez même pas le droit de fumer une clope ! Alors, un joint…

La menace très concrète, proférée de surcroît par une jeune femme vêtue de cuir noir et maquillée comme pour Halloween, eut un effet immédiat.

— Elle est efficace, hein ? apprécia Malik Ba, tout sourires, en désignant Samira.

Il la considérait avec admiration.

— Eh ! On vous a pas demandé votre avis, OK ? riposta celle-ci en foudroyant le grand Christ noir du regard.

Le géant opina.

— Désolé, dit-il. Il y a quelque chose qui m'est revenu, ajouta-t-il en fixant tour à tour Servaz et Samira de ses prunelles noires et brûlantes.

Ils attendirent la suite.

— Kevin, ces derniers temps, je crois qu'il avait peur…

16

Ciel sombre. Nuages noirs, longs et minces comme des fumées. Paysage plein d'ombres. Le temps avait brusquement changé. Et, soudain, la pluie. Drue, droite, froide. Levant des odeurs de terre mouillée.

Samira avait coupé le contact. La maison, construite sur trois niveaux, pourvue d'un toit-terrasse crénelé et d'une tour carrée, tel un château fort en miniature, paraissait non seulement délabrée mais sur le point de s'effondrer.

Carreaux cassés fouettés par la pluie, graminées poussant dans les gouttières, énormes fissures noires où l'on aurait pu passer un doigt : elle semblait ne jamais avoir été achevée, à en juger par les murs en moellon brut, sans enduit ni peinture.

Servaz constata toutefois, à l'occasion d'un second examen, qu'il y avait ici et là quelques traces de vie : deux antennes paraboliques en train de rouiller sur la tour, des rideaux faits de toile grossière à certaines fenêtres et deux voitures qui avaient l'air étonnamment neuves au milieu d'un nombre extravagant d'autres véhicules qui l'étaient beaucoup moins. Il se dit que la petite famille Debrandt présentait tous les signes extérieurs non pas de richesse mais d'un exercice quasi professionnel de la fraude aux prestations sociales.

Pas de clôture, encore moins de portail. Pas question de donner l'impression qu'on avait les moyens. Samira et Martin, suivis par Katz, traversèrent rapidement ce qui ressemblait à un jardinet au sol sablonneux où se dressait un palmier rachitique. Frappèrent à la porte. Car il n'y avait pas non plus de sonnette.

Dès qu'elle s'entrebâilla, ils reconnurent le père de Kevin. Même rousseur flamboyante que son fils, même museau étroit de goupil, même peau couleur de lait caillé, à cette différence près qu'elle était veinée de bleu, comme chez certains alcooliques. Ses yeux étaient injectés, ses paupières rouges. Il portait un maillot du Stade Toulousain, un pantalon kaki plein de poches.

— Monsieur Debrandt ?

L'homme battit des cils d'un air soupçonneux, sans jamais ouvrir la porte en grand, faisant barrage de son corps.

Servaz sortit sa carte.

— Police judiciaire. C'est nous que vous avez eus au téléphone au sujet de votre fils. On peut entrer ?

L'espace d'un instant, le père de Kevin parut soulagé de ne pas avoir en face de lui des représentants des caisses d'allocations ou un agent assermenté par le tribunal d'instance. Il s'effaça et les trois policiers pénétrèrent dans un couloir aussi décati que l'extérieur, où flottait une odeur de tabac froid, puis dans un salon surchauffé qui, s'il présentait un mobilier hétéroclite, était aussi équipé d'une télé dont l'écran ergonomique excédait les deux mètres. Samira émit un sifflement.

— Samsung QLED 8K, apprécia-t-elle. Écran de 215 cm, résolution de 7 680 × 4 320 pixels… ça vaut 10 000 boules au bas mot, ce truc-là. Quand je pense que je rêve de m'en payer un…

Debrandt père s'abstint prudemment de commenter.

— Votre fils, dit Servaz, vous ne savez toujours pas où il est ?

Le paternel parut se demander si c'était un piège.

— Non.

— Il ne vous a pas appelés ?

Paul Debrandt prit une fois de plus le temps de la réflexion, mais fut devancé par une voix de femme aiguë et coupante comme une scie :

— Non. Comme on vous a dit au téléphone, ça fait presque deux semaines qu'on est sans nouvelles.

Ils se tournèrent avec un bel ensemble vers la mère de Kevin, qui venait d'apparaître au seuil de la cuisine, et qui tirait sur une sèche, un cendrier dans l'autre main. Comme souvent, par un effet de mimétisme conjugal, elle ressemblait à son mari, hormis les cheveux gris poussière qui tombaient comme des rideaux sur ses épaules. Avec, en prime, de petits yeux luisants comme des pièces de monnaie et l'air d'un chien prêt à mordre si vous tentiez de le caresser.

Puis une tornade fit irruption dans la pièce. Une tribu de marmots qui la traversa en coup de vent, riante et hurlante. *Voyez ces chenapans*, se dit Servaz, notant au passage que c'étaient tous, indubitablement, des petits Debrandt.

— Quand exactement ? demanda-t-il, une fois le raid éclair passé, à la mère, que fumer en présence de ses gosses n'avait pas l'air de gêner outre mesure.

Elle réfléchit, toussa.

— La dernière fois qu'on l'a vu, c'était un samedi. Pas ce week-end, celui d'avant.

— Le 17, dit Samira en consultant son téléphone.

— Ça lui arrivait souvent de découcher ?

Debrandt mère haussa les épaules, l'air buté :

— Kevin dormait rarement ici… Il est juste venu récupérer quelques affaires et il est reparti.

— Et vous savez où il dormait le reste du temps ?

Elle eut un geste de dénégation, qui manifestait une indifférence profonde.

— Il est mineur, dit Servaz. Donc, il ne conduit pas. Il vient comment ? On est loin de tout ici…

La maison se trouvait à environ deux kilomètres du village le plus proche, au nord-ouest de Toulouse.

— Il a son scooter, répondit le père.

— Quelle couleur ?

— Bleu.

— Vous avez l'immatriculation ?

Le vieux alla ouvrir le tiroir d'un buffet, sous le téléviseur géant où le présentateur continuait de jacasser sur l'élection américaine, son coupé. Il revint avec des papiers, qu'il tendit à Servaz.

— On peut les garder ? On vous les rendra.

Le père acquiesça en silence.

— Et depuis dix jours il ne vous a pas téléphoné, pas envoyé de message ?

La mère secoua la tête, fit tomber la cendre de sa cigarette, qui était de la même couleur que ses cheveux, dans le cendrier.

— On vient de vous le dire…

— Ça ne vous a pas inquiétée ?

— Kevin n'est plus un gosse, et il est comme ça, dit-elle. Il va, il vient… Il donne rarement de ses nouvelles. Sauf quand il a besoin d'argent…

Presque mot pour mot la réponse de Chérif au sujet de son jeune frère, se dit Servaz.

— Qu'est-ce qui se passe ? demanda finalement la mère, d'un ton où pointait enfin un très léger soupçon d'inquiétude. Il lui est arrivé quelque chose ?

Il serait temps que tu t'inquiètes, pensa Servaz. *Sauf si, bien sûr, tu sais ce qui est arrivé à ton fils.*

— C'est ce qu'on essaie de savoir, madame, répondit-il en la fixant. Il vous a réclamé de l'argent cette fois ?

Elle lui renvoya un regard chargé de défiance, recracha la fumée de sa cigarette dans sa direction.

— Probable…

— Je vais vous demander de noter vos numéros de téléphone là-dessus, leur dit-il en tendant un calepin et un stylo. On vous préviendra si on a du nouveau.

Ils s'exécutèrent sans moufter.

Pas loquaces pour deux sous, les Debrandt. Malgré leur fils dans la nature, ils ne versaient pas dans le sentimentalisme à outrance. Et l'instinct maternel semblait ici réduit à sa plus simple expression.

— Doux Jésus, les parents ne se préoccupent même pas de savoir où dort leur fils, commenta Raphaël quand ils retournèrent à la voiture.

C'étaient les premiers mots qu'il prononçait depuis l'épisode du squat.

Servaz consulta sa montre. Bientôt midi. Ils prirent le chemin du retour, regagnèrent le village. Le traversèrent. Des façades de brique typiques du Sud-Ouest, une place avec des platanes poussiéreux devant une église, une rue principale opportunément nommée « rue Principale », quelques commerces, une banque…

— Stop, dit-il soudain à Samira, gare-toi là.

— Quoi ? Qu'est-ce que t'as vu ?

— Une banque…

— T'as besoin de tirer de l'argent ?

— Il y a une caméra de surveillance qui filme l'entrée.

— Tu crois vraiment que… ?

— Ça vaut le coup d'essayer, non ?

Il était déjà en train d'inscrire date, cadre de l'enquête et numéro de procédure dans un formulaire de réquisition judiciaire prérempli et prétamponné qu'il avait puisé dans la boîte à gants.

Le directeur de l'agence bancaire ne sembla pas mécontent de cette visite impromptue. Une enquête policière, c'était autre chose que sa morne routine quotidienne. Il ne se passait pas grand-chose, la plupart du temps, dans cette succursale villageoise. Son agence, loin des centres névralgiques de la région, c'était un peu le fort du *Désert des Tartares*.

— Venez, dit-il en poussant la porte d'une petite pièce sans fenêtre.

L'endroit était peuplé d'étagères métalliques encombrées de dossiers et de cartons, mais il y avait aussi, dans un angle, une table avec deux écrans et une tour d'ordinateur. Des images de l'intérieur et de l'extérieur de la banque défilaient sur les écrans. Le directeur se pencha dessus.

— C'est la caméra qui filme l'entrée qui nous intéresse, dit Servaz.

Il se prit à espérer qu'elle ne filmait pas que le trottoir, malgré les restrictions imposées aux dispositifs de surveillance dans l'espace public. Le directeur bascula l'image en plein écran. Bingo. Les deux voies de l'étroite rue Principale apparaissaient aussi.

— Quelle date ? demanda le directeur, exhalant un parfum de pastilles mentholées à travers son masque.

— 17 octobre, répondit Raphaël Katz.

Le directeur effectua une petite manipulation. Servaz vit la date et l'heure dans le coin en haut à droite de l'écran. Des piétons, des voitures et des deux-roues se mirent à défiler. Cerise sur le gâteau, l'image était en couleurs. Il n'y avait pas foule cependant, la rue principale du village n'étant visiblement pas une artère des plus fréquentées – et il s'écoulait parfois deux ou trois minutes sans que personne circule.

— Vous pouvez passer en avance rapide ? s'impatienta Samira.

Le banquier la regarda avec un air vaguement inquiet. Elle portait ce jour-là des leggings transparents ornés de motifs dans de très hautes bottes lacées, des mitaines noires, un blouson de cuir, et elle avait abusé comme à l'accoutumée du crayon noir et du fard à paupières.

— Bien sûr, dit-il.

L'image fut subitement prise de frénésie. Servaz essayait de se concentrer sur les deux-roues mais ils n'étaient pas légion.

— Là ! s'écria soudain Katz.

— Stop, fit Servaz. Rembobinez… Arrêtez… Repassez en vitesse normale…

Le directeur s'exécuta avec l'application d'un adjoint à la sécurité en CDD. Une voiture passa, puis une autre, un vide de quelques secondes et, soudain, un scooter bleu à l'écran.

— Stop.

Arrêt sur image. Ils se penchèrent. Même avec un casque vissé sur la tête, il n'y avait pas le moindre doute : le jeune homme qui pilotait le deux-roues était Kevin Debrandt.

17

— On recommence, dit Servaz.

— Depuis le début ? s'inquiéta le directeur d'agence qui commençait à se rendre compte que le travail d'investigation n'avait pas grand-chose à voir avec les séries télé.

— Depuis le moment où on l'a vu apparaître, confirma Servaz.

Ils avaient déjà visionné, en vitesse accélérée, les heures ayant suivi l'apparition de Kevin jusqu'à la tombée de la nuit. Rien. Pas de trace du scooter. Soit ils l'avaient loupé, soit il n'était jamais repassé par là. Or cette rue était un cul-de-sac. Elle ne desservait qu'une poignée de résidences récentes, toutes identiques, ainsi que le terrain vague où se dressait la maison des Debrandt.

Trente minutes plus tard, ils stoppèrent leur lecture accélérée : *Kevin Debrandt n'était jamais repassé par le village.*

— Tu penses la même chose que moi ? demanda Samira à Martin.

Il hocha la tête.

— Soit les parents ont quelque chose à voir avec sa disparition, soit on l'aura enlevé entre sa maison et le village… Il faut retourner là-bas, examiner les deux kilomètres de route… Mettez ces enregistrements de côté, dit-il au directeur.

Car si Kevin Debrandt avait été kidnappé en sortant de chez ses parents, il y avait fort à parier que le véhicule de son ravisseur figurait sur la vidéo.

— Arrêtez-vous ! s'exclama Katz à l'arrière.

Ils venaient tout juste de passer sous un court tunnel, là où la route croisait la voie ferrée Auch-Toulouse. À un kilomètre de la sortie nord du village. Samira freina. Se rangea sur l'accotement après le pont. Ils descendirent. Suivirent le jeune enquêteur qui s'avançait déjà sous la petite arche sombre.

— Là, dit-il en se retournant vers eux.

Il montrait la glissière de sécurité dans l'ombre du tunnel. Servaz sortit sa torche et l'éclaira. Raphaël Katz avait une bonne vue : il y avait une grande tache de peinture bleue sur le métal de la glissière, *a priori* de la même nuance que celle du scooter, et des bris d'optique au sol.

Servaz fit un pas de plus.

Une voiture les frôla en klaxonnant.

Il dirigea le faisceau de la lampe en dessous – vers le gravier sur le bord de la route et l'herbe au-delà, où brillaient les débris d'optique. Retenant son souffle, il regarda Samira, puis de nouveau le gravier et l'herbe sous le pont.

Du sang…

Il y avait une tache de sang séché d'environ dix centimètres de diamètre à cheval sur le gravier et l'herbe, protégée de la pluie par le tablier du pont.

Le technicien accroupi devant la glissière de sécurité était en train d'effectuer un prélèvement du sang séché à l'aide d'un écouvillon humidifié d'une goutte de sérum physiologique.

— Je vais aussi prélever les graviers et les brins d'herbe, expliqua-t-il.

Servaz savait que, dans les affaires de délinquance de masse – menus larcins, vols à la roulotte, cambriolages –, même lorsque le support de l'ADN était transportable, le laboratoire préférait le simple écouvillonnage pour éviter de surcharger les services avec des scellés supplémentaires. Mais cette affaire-ci n'était pas une enquête banale. Raison pour laquelle on avait mis les moyens : la circulation avait été arrêtée et plusieurs techniciens s'activaient à la recherche de traces, tandis que la pluie formait des rideaux sales et translucides aux extrémités du petit tunnel.

Servaz observa le manège des techniciens un moment, puis il se tourna vers Samira et Katz :

— Le véhicule de ses kidnappeurs a dû lui couper la route sous le pont, dit-il. Et Debrandt s'est mangé la glissière avec son engin. Ils auront attendu qu'il n'y ait personne pour passer à l'attaque. Ensuite, soit Kevin s'est cogné et a saigné en tombant, soit ils l'ont frappé avant de l'embarquer.

— Ou bien les deux, dit Samira.

— Dans ce cas, il y aurait plusieurs traces de sang, objecta Katz.

— En tout cas, ça innocente les parents, dit Samira.

Servaz balaya cette discussion d'un geste.

— Ceux qui l'ont enlevé sont méthodiques, organisés, mais, jusqu'à présent, ils ne se souciaient pas de laisser des indices derrière eux, car ils étaient sûrs que personne ne ferait le lien avec Moussa. Et, sans ce double coup du sort – l'accident plus le cheveu coincé dans la crémaillère –, c'est ce qui se serait passé…

Il marqua une pause.

— L'important, c'est que le scooter n'est plus là. Ça veut dire qu'ils l'ont sûrement embarqué en même temps que Kevin et bazardé ailleurs pour ne pas attirer l'attention… Ça veut dire aussi qu'ils avaient un véhicule suffisamment gros pour le faire : il faut retourner à la banque et revisionner les enregistrements vidéo. Cette route étant sans issue, ils sont forcément repassés par le village.

Cette fois, le directeur se montra un peu moins coopératif. Cependant, le fait qu'ils fussent revenus éveillait sa curiosité : avaient-ils trouvé quelque chose ? Le directeur était un homme notoirement curieux et grand amateur de potins ; il les raccompagna dans la petite pièce sans fenêtre.

— Vous avez besoin de moi ? demanda-t-il quand il eut rallumé l'appareil.

— Non, c'est bon, merci, on va s'en sortir tout seuls, répondit Samira.

Sur l'écran, le défilé des véhicules et des piétons reprit. Samira et Servaz arrêtaient l'image et notaient l'immat les rares fois où un fourgon ou un camion passait devant la banque en direction du pont après qu'ils eurent vu passer Kevin, mais seuls deux sur quatre en revinrent et réapparurent : un Transit blanc sale qui portait le nom d'une entreprise de plomberie et un van VW noir aux fenêtres teintées.

— Vérifie le van en priorité, dit Servaz à Samira qui, déjà, sortait son téléphone.

Il la vit se lever.

— On a quatre immats à vérifier, était en train de dire Katz quelques secondes plus tard. Ça ne devrait pas prendre trop de…

D'un geste, Servaz l'arrêta.

Il venait d'apercevoir le visage de Samira par-dessus l'épaule du lieutenant. Elle avait changé d'expression. Elle fixait Servaz. Il sentit le sang circuler plus vite dans ses veines.

— Quoi ? Qu'est-ce qu'il y a ? jeta-t-il.

— C'est la merde. Le propriétaire du van : c'est un flic…

18

— Il s'appelle Serge Lemarchand, dit Samira.

Il hocha la tête.

— Brigadier-chef et OPJ au groupe d'appui judiciaire du commissariat du secteur Nord, poursuivit-elle.

— Oui, dit-il. Je sais qui c'est…

Il se souvenait de lui. Un type dans la quarantaine. En surcharge pondérale. Avec une tignasse de cheveux châtains bouclés et des valises sous des yeux pâles et aqueux pleins de défiance. Il était présent lors d'une opération de la Sûreté départementale, en juin 2018, quand elle avait démantelé un réseau bulgare de traite des êtres humains qui sévissait depuis un camp de Roms situé chemin de Gabardie, au nord de Toulouse. Ces Bulgares étaient nettement moins sensibles et romantiques que Radomil : ils faisaient venir des ressortissants de leur pays, qu'ils repéraient au préalable sur place parmi les populations les plus vulnérables, en leur faisant miroiter la Terre promise. À leur arrivée en France, ils confisquaient leurs passeports, les brutalisaient et les forçaient à mendier sur les ronds-points des Minimes et des Ponts-Jumeaux. Plusieurs individus qui s'étaient montrés récalcitrants avaient reçu des coups de couteau, été battus comme plâtre avec des câbles électriques, attachés à un arbre toute la nuit ou encore s'étaient fait rouler dessus par une voiture. Les cent soixante agents, dont cent dix enquêteurs, qui avaient participé à l'opération avaient découvert des êtres diminués, aux membres fracturés, couverts de plaies qui témoignaient de leur calvaire au quotidien, pendant que leurs tortionnaires se pavanaient dans des voitures de luxe et faisaient de fréquents allers-retours entre la France et la Bulgarie.

Servaz avait été invité par la Sûreté à assister aux opérations de démantèlement, car plusieurs des tortionnaires étaient soupçonnés du meurtre d'un des leurs, et cette enquête-là était du ressort de la PJ. En suivant les interpellations, il avait très vite compris que, bien que Lemarchand ne fût que brigadier-chef, c'était lui qui, par son expérience et l'ardeur qu'il déployait, avait l'ascendant sur le reste du groupe. Le type ne lui avait pas fait bonne impression ; c'était un flic à l'ancienne dans le mauvais sens du terme : trempant dans toutes les combines, ayant sans doute franchi la ligne blanche plus souvent qu'à son tour et peut-être oublié en chemin toute distinction entre le bien et le mal.

— À l'heure qu'il est, Lemarchand doit être au commissariat ou sur le terrain avec ses collègues, dit-il. On va d'abord s'assurer qu'il n'a pas déclaré le vol de son véhicule. Ensuite, on va attendre qu'il ait fini sa journée et qu'il soit rentré chez lui pour lui poser quelques questions. Un flic est toujours plus vulnérable à domicile. Et je ne veux pas que ses collègues nous voient lui parler. Je connais ce genre d'individus. C'est un vieux de la vieille. Il sera difficile à manœuvrer…

Il sortit son téléphone et appela le juge Nogaret.

— Alors, commandant, ironisa le magistrat au bout du fil, quels formidables résultats la police va m'apporter cette fois ? J'ai hâte de le savoir.

Le sarcasme n'échappa pas à Servaz. Nogaret ne perdait jamais une occasion d'humilier les flics. C'était plus fort que lui. Servaz eut envie de le remettre à sa place, mais il savait que la suite de l'enquête dépendrait en grande partie de la bonne volonté du magistrat instructeur.

— Nous en avons peut-être une autre, dit-il sans réfléchir.

— Une autre quoi ?… Je n'aime pas beaucoup les devinettes, commandant.

Servaz jura intérieurement.

— Une autre victime… Il se peut que le jeune Moussa Sarr n'ait pas été la seule proie de ces… *chasseurs*.

Un silence à l'autre bout.

— Expliquez-moi ça.

Servaz lui parla du cheveu coincé dans la crémaillère de la tête de cerf. Puis de la disparition de Kevin Debrandt que personne n'avait plus vu depuis près de deux semaines. Du probable enlèvement de celui-ci sous le pont. En revanche, il s'abstint d'évoquer à ce stade les soupçons qui pesaient sur un policier. Même si Nogaret se serait probablement jeté sur cet os comme un mort de faim.

— Il nous faut les fadettes des téléphones des parents. Et aussi l'historique de bornage de Kevin Debrandt…

— Très bien, dit le juge.

— Il y a autre chose.

— Quoi donc ?

— Il nous faudrait interroger Bernard Lantenais et sa femme…

Nouveau silence au bout du fil.

— Vous êtes sûr ?

— Oui. Ils ont été agressés et kidnappés dans leur hôtel particulier par Kevin Debrandt et son complice, jamais identifié.

— Oui, je me souviens de cette histoire, dit le juge.

— C'est la dernière condamnation de Kevin avant sa disparition. Il ne faut négliger aucune piste. Ce n'est pas un hasard si nous avons deux délinquants en liberté qui se retrouvent mêlés à cette histoire. Cela a forcément un rapport avec leur passé.

— D'accord, dit le magistrat, je vous envoie le supplétif par mail. Mais allez-y doucement avec Lantenais. C'est du beau boulot, commandant, ajouta-t-il, prenant Servaz de court.

Celui-ci attendit une vacherie en guise de conclusion, mais elle ne vint pas.

19

Ils se tenaient debout devant le portail monumental, rue de la Dalbade, dans le centre historique. Trop étroit pour laisser passer carrosse à l'époque où il avait été construit, songea Servaz, encadré néanmoins de deux colonnes corinthiennes et d'un décor maniériste du plus bel effet, dans le goût de la Renaissance toulousaine.

— Putain, qui a envie de vivre dans un endroit pareil ? commenta Samira en terminant son sandwich. Si j'avais leur fric, je me paierais une baraque aux Seychelles.

Il était plus de 15 heures. Il avait cessé de pleuvoir, mais le ciel demeurait menaçant. Servaz s'abstint de lui dire qu'il n'avait aucune envie de passer sa retraite à se dorer la pilule sur une plage de sable fin enduit de crème solaire, et que cet endroit appartenait aux nombreux lieux secrets qui lui faisaient aimer cette ville. Il détaillait cependant moins le portail sculpté, ce jour-là, que la caméra et le digicode. Il avait lu le procès-verbal : la caméra avait été neutralisée à l'aide d'une bombe de peinture et les deux assaillants avaient composé le code pour entrer. Une fois dans la cour, ils s'étaient orientés sans l'ombre d'une hésitation : *Kevin Debrandt connaissait la disposition des lieux.* Et pour cause : Kevin était le petit copain de la fille du banquier. C'était elle qui lui avait refilé le code. Ce que les enquêteurs n'étaient pas parvenus à tirer au clair, c'était si elle le lui avait donné à une autre occasion ou si elle était sa complice. En tout cas, aucune charge n'avait été retenue contre elle…

Une pensée lui traversa l'esprit. Il y avait quelque chose à creuser de ce côté-là : Moussa Sarr connaissait Ariane Hambrelot, Kevin Debrandt connaissait Apolline Lantenais, deux filles à papa. Même si les crimes commis par les deux jeunes hommes n'avaient rien à voir entre eux, Moussa et Kevin se connaissaient-ils ?

— Une minute, dit-il en jetant le papier gras de son *pan bagnat* dans une poubelle avant d'attraper une tige.

Sa cigarette terminée, ils sonnèrent. Ce fut Samira qui parla. Un bourdonnement et le portail se déverrouilla. Derrière le lourd battant de bois, une petite cour verticale et étroite comme un puits, mais un puits d'un faste et d'une richesse ornementale impressionnants.

Servaz s'attarda sur les atlantes et les cariatides suspendus au-dessus du sol, les médaillons et les corniches à glyphes, les arcades du rez-de-chaussée et les fenêtres garnies de vitraux des étages, ne repérant au passage nulle autre caméra. Trois corps de bâtiment tout en hauteur encadraient la cour, le quatrième côté étant fermé par le mur dans lequel était percé le portail. Il aperçut de la lumière derrière deux fenêtres au premier étage, car la cour était sombre même en plein jour et le ciel bouché là-haut.

— On se croirait dans un musée, commenta Samira, le cou cassé pour regarder les façades en contre-plongée.

Il se fit la réflexion que c'était son deuxième banquier de la journée. Mais Bernard Lantenais n'avait rien en commun avec le directeur d'agence. Servaz s'était renseigné : Lantenais était le descendant d'une des plus anciennes dynasties de Toulouse. Chez les Lantenais, on était banquier de père en fils. Pourtant, Auguste Lantenais, l'aïeul, avait fait fortune au XIXe siècle dans l'ornement en terre cuite moulée, technique qui répondait au besoin d'opulence de la grande bourgeoisie toulousaine de l'époque.

À quel moment on était passé de la terre cuite à la banque, Google ne le disait pas. Mais depuis plusieurs générations, les Lantenais faisaient partie du gratin local. Il eut de nouveau conscience que cette enquête allait se révéler pleine de chausse-trapes.

— C'est par là, dit Samira en montrant la porte en bois cloutée sous les arcades.

Un escalier en colimaçon grimpait directement à l'étage juste derrière. Il régnait un froid humide comme dans un cul-de-basse-fosse là-dedans. Ils suivirent les hauts degrés de pierre en frissonnant. Le banquier les attendait au sommet des marches, ainsi qu'une température plus agréable. *Même les banquiers font des économies*, se dit-il.

— Commissaire, dit Lantenais.

— Commandant…

Lantenais avait passé un masque noir sur le bas de son visage, qui faisait ressortir ses yeux d'un gris acier. Il était toujours aussi difficile de donner un âge à quelqu'un avec ces masques, mais Servaz avait lu qu'il avait cinquante et un ans comme lui. La différence, c'est que Servaz n'avait pas autant de cheveux blancs. Et surtout qu'il ne se baladait pas dans son appartement avec une cravate en soie sous un peignoir hors de prix.

— Suivez-moi.

Ils remontèrent un couloir couronné d'un haut plafond à caissons, les lattes du parquet ciré craquant sous leurs pas avec ce son qu'ont les planchers chez les riches. Le long des murs de pierre brute alternaient des tapisseries anciennes et des sculptures contemporaines posées sur des piédestaux de couleur vive, un mélange d'ancien et de moderne qui lui fit penser à la salle des chapiteaux romans au musée des Augustins. Par ailleurs, l'intérieur de l'hôtel particulier était si sombre que les lampes devaient y être allumées du matin au soir.

— Prenez place.

Le banquier leur désigna des canapés en cuir sang-de-bœuf dans une salle de séjour presque aussi vaste qu'un hall de gare. Il s'approcha d'un petit bar sur lequel trônait une machine à expresso.

— Café ?

Seul le silence régnait. Servaz se demanda où étaient les autres membres de la maisonnée. En train de passer leurs vacances de la Toussaint dans un endroit plus riant vraisemblablement. Car celui-ci lui faisait l'effet d'un tombeau. Ils déclinèrent l'offre. Lantenais se prépara une tasse et vint s'asseoir en face d'eux.

— Monsieur Lantenais, dit-il, nous enquêtons sur la disparition de Kevin Debrandt. Je suppose que ce nom vous dit quelque chose ?

L'homme assis en face de lui plissa les paupières et hocha la tête en silence, tout en sirotant son café.

— Nous avons de bonnes raisons de penser qu'il a été kidnappé, ajouta Servaz.

— Je ne vois pas en quoi ça me concerne, répliqua Lantenais. Les enlèvements sont une pratique courante pour régler certains comptes… Et vous êtes bien placés pour savoir que cette ville est en train de subir le même sort que Marseille et Grenoble…

— Est-il exact que votre fille a eu une… relation avec Kevin Debrandt ? C'est ce que vous avez déclaré aux enquêteurs après votre agression.

Lantenais fixa le flic, le visage dépourvu d'expression.

— Si vous avez lu mon témoignage, pourquoi me faire répéter ?

— Cette agression, vous pouvez quand même nous en parler ?

Le banquier soupira, prit tout son temps pour répondre :

— J'imagine que vous avez déjà lu tout ça dans le dossier, dit-il, mais bon… Si vous le jugez utile… J'étais au lit quand j'ai été réveillé par le bourdonnement du portail qu'on ouvrait en bas dans la cour avec le digicode. J'ai le sommeil léger. Apolline était sortie cette nuit-là, alors j'ai cru que c'était elle qui rentrait. J'ai attendu en haut des marches, comme je viens de le faire avec vous, quand deux individus cagoulés ont surgi, grimpant l'escalier en courant. Avant que j'aie pu réagir, ils m'avaient aspergé de gaz lacrymogène et ils m'ont frappé puis entraîné ici dans le salon, où ils m'ont ligoté avec des liens en plastique, bâillonné et laissé sur le tapis. Puis ils sont allés chercher ma femme dans la chambre à coucher, à l'autre bout de la maison, et ils l'ont ramenée.

Lantenais prit une profonde inspiration avant de continuer :

— Quand ils sont revenus tous les trois dans la pièce, elle était quasi nue. Il ne lui restait que sa culotte. Elle était terrorisée. Moi aussi. Elle pleurait, elle les suppliait. Ils l'ont abandonnée sur le canapé où vous êtes assis. Et ils ont recommencé à me frapper. Une pluie de coups… Ils semblaient enragés…

Servaz vit la peur ressurgir dans son regard gris par-dessus le masque. La voix du banquier trembla un peu quand il poursuivit :

— J'ai cru qu'ils allaient nous tuer. Ensuite, ils m'ont demandé où était le coffre. Et comme je mettais du temps à répondre, ils se sont approchés de Françoise et ils ont commencé à la… *toucher* et à faire des allusions sexuelles… C'était répugnant…

Il secoua la tête.

— Bien entendu, je leur ai indiqué l'emplacement du coffre et je leur ai donné la combinaison. Ils ont emporté les bijoux, ils ont aussi pris nos montres, nos téléphones, un ordinateur portable, et puis ils sont repartis comme ils étaient venus… Il était pas loin de 3 heures du matin. J'ai fait un malaise aussitôt après. J'ai perdu connaissance. Heureusement, ma femme a appelé les secours.

Servaz acquiesça. Françoise Lantenais avait fait l'objet d'un suivi psychologique, son mari avait refusé d'en bénéficier. Il laissa passer un silence.

— Il y a quelques zones d'ombre dans le dossier, dit-il.

Lantenais prit un air sévère :

— Comment ça ?

— Vous fermez la porte en bas de l'escalier la nuit, en plus du portail ?

— On est à Toulouse, répliqua le banquier. À votre avis ?

— La serrure n'a pourtant pas été crochetée. Il semble donc qu'ils avaient un passe ou un double des clés, mais Kevin Debrandt n'a pas répondu à cette question. Pensez-vous que votre fille ait pu être leur complice ?

Bernard Lantenais se redressa, les fusilla du regard.

— C'est grotesque ! Absurde…

— Est-ce que votre fille est ici, monsieur Lantenais ?

— Oui, mais…

— On pourrait lui poser quelques questions ?

— Vous avez le droit de faire ça ? demanda Lantenais, désarçonné.

— Si vous voulez, on peut appeler le juge. Il la convoquera dans son bureau pour l'entendre…

Une véritable fureur brillait à présent dans les prunelles du banquier.

— Vous, les flics, au lieu de vous occuper de tous les voyous et de tous les criminels en liberté dans nos rues, vous préférez vous en prendre aux honnêtes gens : il est vrai que c'est moins risqué, cracha-t-il.

Et voilà, c'est reparti, songea Servaz.

Il avait longtemps cru que ce genre de comportement ne l'atteignait pas. Mais il devait bien reconnaître qu'à la longue, comme la marée mine jour après jour les fondations de la falaise, cela finissait par l'entamer. C'était un poison qui agissait lentement, pernicieusement.

Qui usait les âmes les mieux trempées. Plus personne ne voulait être flic désormais. Ce métier était devenu le bouc émissaire de toutes les frustrations et de toutes les rancœurs.

Apolline Lantenais leur fit incontestablement penser à Ariane Hambrelot. Même blondeur, même pâleur. On aurait dit deux sœurs. Mais là où la jeune Hambrelot était un petit animal craintif et tremblant, Apolline Lantenais transpirait la révolte.

Elle les fixait durement, avec un mépris souverain, un mépris de classe.

— Kevin, tu sais où il est ? demanda Servaz.

— Non.

Ils avaient demandé à l'entendre hors de la présence de son père. Apolline Lantenais avait surgi des profondeurs de la maison, aussi silencieuse qu'un fantôme, avec ce même air hostile, distant, dont elle ne s'était pas départie depuis.

— C'est toujours ton petit ami ?

— Non.

— Tu es sûre ?

Elle laissa échapper un soupir.

— Putain, non. Pas après ce qu'il a fait à ma mère !

— Il a aussi frappé ton père, avec son complice, fit remarquer Servaz.

— Bah, oui, et alors ? Il est pas mort, non ?

Ils furent fouettés par la froideur de sa réponse.

— Tu te souviens de la dernière fois où tu as parlé à Kevin ?

— Ouais. C'était au tribunal…

— Vous vous êtes dit quoi ?

— Je lui ai dit que c'était une sous-merde et un connard…

— Tu as eu de ses nouvelles depuis ?

— Pourquoi j'en aurais eu ? rétorqua-t-elle, exaspérée.

— Réponds, s'il te plaît.

— Non.

Servaz eut un mouvement de déglutition involontaire. Cette jeune femme le rendait nerveux, avec son hostilité et sa rage.

— Ils avaient le code de l'entrée, tu le savais ?

— Ouais, les autres keufs me l'ont dit.

Elle avait mis dans le mot *keuf* toute l'insolence dont elle était capable.

— C'est toi qui avais donné le code à Kevin ?

— J'ai déjà répondu à cette question, putain. Vous communiquez jamais entre vous ou quoi ? répliqua-t-elle d'une voix où perçait une colère froide.

Servaz ne releva pas.

— Tu as dit qu'il te rendait visite de temps en temps quand tes parents n'étaient pas là et que c'est à cette occasion que tu le lui avais donné.

— Voilà.

Toujours la même morgue.

— Il en pensait quoi de ta relation avec Kevin, ton père ? demanda Samira qui n'avait pas prononcé un mot jusque-là.

La jeune femme dévisagea la Franco-Sino-Marocaine en s'attardant sur sa tenue et ses piercings.

— T'es flic, toi, sans déconner ? ricana-t-elle.

— Tu me parles encore une fois comme ça et je t'en colle une dans la tronche, dit Samira.

Apolline Lantenais ouvrit de grands yeux.

— Je vais me plaindre à…

— Ta gueule.

La voix de Samira avait claqué comme un fouet. Elle plongea son regard charbonneux et sévère dans celui d'Apolline Lantenais, qui battit en retraite en haussant les épaules, déstabilisée par la réaction de la fliquette autant que par son apparence.

— Alors, il en pensait quoi ? répéta cette dernière.

— À ton avis ? Il détestait Kevin. Il voulait que je mette fin à notre relation.

— Tu l'as rencontré comment, Kevin ?

— À la fac, dans une soirée étudiante où il avait réussi à se faufiler. J'ai tout de suite vu qu'il était pas comme les autres, et qu'il n'était pas étudiant. Ça me changeait un peu de tous ces cons qui passent leur temps à refaire le monde et à l'analyser avec leur esprit critique comme s'ils avaient la moindre idée de ce qu'est le monde réel.

— Parce que toi, le monde réel, tu connais ? ironisa Samira.

Apolline Lantenais s'abstint de répondre, cette fois. Servaz avait lu qu'elle avait deux ans de plus que Kevin. Qu'est-ce qui l'avait poussée dans ses bras ? Peut-être simplement l'envie de contrarier ses parents, ou alors l'impression grisante de *s'ensauvager*, pour reprendre un terme à la mode.

— Vous le cherchez pour quoi, Kevin ? voulut-elle savoir.

— On a peur qu'il lui soit arrivé quelque chose, répondit Servaz, choisissant d'être sincère.

La jeune femme cligna des yeux. L'inquiétude se peignit momentanément sur son visage.

— Vous devriez poser la question à mon père, lâcha-t-elle.

Servaz se pencha en avant.

— Pourquoi ?

Il perçut une hésitation.

— Il a plusieurs fois dit qu'il ne laisserait pas passer ça quand il a appris que Kevin s'était échappé. Qu'il allait s'en occuper lui-même. Il avait l'air vachement sérieux et vénère.

— Tu penses que ton père aurait pu engager quelqu'un pour s'occuper de Kevin ?

— Ouais, ça serait bien son genre…, répondit-elle en fixant ses pieds.

Servaz et Samira échangèrent un regard.

— C'est une accusation grave, dit-il.

— Il croit que son fric peut tout acheter, tout et tout le monde. Il méprise les gens. Il essaie de contrôler ma vie comme il a contrôlé celle de ma mère. Mais je ne suis pas ma mère…

— Pourquoi tu le détestes autant ? demanda doucement Samira.

— Parce que c'est un connard de riche, cingla la jeune femme. Et un putain d'égoïste. C'est à cause de gens comme lui que le monde part en vrille.

Servaz se dit que ce langage était d'abord destiné à marquer sa différence avec son père, le fait qu'elle considérait appartenir à une autre classe sociale que la sienne. Une sorte de jeu de rôle en somme, qu'elle pratiquait cependant avec la plus grande sincérité.

Il sortit un cliché de sa veste, en tira en même temps un paquet de gommes à la nicotine complètement aplati. Depuis combien de temps étaient-elles là ? Il les remit dans sa poche, présenta la photo de Moussa Sarr à la jeune femme.

— Tu as déjà vu ce garçon ?

— Non.

— Merci, dit-il. On n'a plus de questions pour le moment.

— Pas de problème, répondit-elle, soudain calmée, en jetant un nouveau regard par en dessous à Samira.

— Merci, dit à son tour Samira en lui adressant un clin d'œil.

La jeune femme esquissa un sourire.

— Appelle le juge, dit Servaz quand ils eurent quitté l'hôtel particulier. Il ne nous autorisera certainement pas à écouter Apolline Lantenais et son père, mais on peut toujours essayer…

— En attendant, on a au moins les fadettes de leurs appels téléphoniques, dit Samira.

Apolline Lantenais/Ariane Hambrelot. Bernard Lantenais/Clovis Hambrelot. Kevin Debrandt/Moussa Sarr.

Il comprit qu'ils tenaient peut-être quelque chose. *Un dénominateur commun*… C'était ténu, mais c'était bien là. Il lui semblait deviner une voie à suivre… Une telle symétrie n'était pas fortuite. Quelque chose se dessinait. Et que venait faire Serge Lemarchand, flic ripou aux méthodes controversées, au milieu de tout ça ? L'impatience coulait dans ses veines. Mais il savait qu'il fallait attendre : les résultats des analyses, les relevés téléphoniques. Lantenais, Hambrelot… Il eut soudain la certitude que ce qui les guettait, c'était un chemin semé d'embûches où, à chaque pas, ils risquaient de sauter sur une mine.

Ils étaient réunis dans une salle de l'hôtel de police. Ils attendaient 20 heures, discutaient à bâtons rompus. Quand l'image du palais de l'Élysée apparut sur l'écran, ils firent silence. À la télé, le plus jeune président de la Ve République expliqua qu'on allait reconfiner le pays pour les semaines à venir. Fermer bars, restaurants, salons de coiffure, librairies, théâtres, cinémas, bibliothèques, petits commerces considérés comme « non essentiels ». On éteignit la télé. Le silence se prolongea. Puis les premiers commentaires fusèrent :

— On va avoir du pain sur la planche, résuma l'un d'eux.

20

La nuit était tombée. La maison de Serge Lemarchand étendait sur la rue son ombre menaçante. Elle était plus haute et plus massive que les pavillons voisins, comme si le flic avait voulu montrer qui était le mâle dominant dans le secteur.

Ils se garèrent le long du trottoir, à une vingtaine de mètres, observèrent la bâtisse. Le rez-de-chaussée en meulière avait pour seules ouvertures des lucarnes protégées par d'épais barreaux et une porte de garage à la peinture défraîchie. Un escalier en béton montait en diagonale vers le premier étage et l'entrée. Servaz estima que la construction datait des années 1950 ou 1960.

Assis dans la voiture, ils scrutèrent les fenêtres éclairées. Le van du flic était garé devant le portail grillagé. Il était rentré à la maison. Derrière les deux fenêtres de la cuisine, à l'angle sud-est, une silhouette passa à plusieurs reprises.

— On y va ? dit Katz.

Servaz se demanda comment Lemarchand allait réagir. Le brigadier-chef était un coriace. Venir le trouver chez lui pour lui poser des questions ressemblait fort à une déclaration de guerre. Servaz n'avait pas l'intention de faire preuve de diplomatie. Il voulait au contraire obliger le flic à réagir, lire dans ses yeux la colère, l'indignation ou, à l'inverse, la ruse. Il sentit l'adrénaline qui courait dans ses veines, comme chaque fois qu'il se préparait à passer à l'action.

— On y va, dit-il en ouvrant sa portière.

Assis à l'arrière, dans la pénombre, Raphaël Katz avait perçu la tension du chef de groupe. Ils traversèrent la petite rue en pente. Dès qu'ils mirent le pied sur le trottoir opposé, un berger allemand se précipita vers eux et fit trembler le portail en s'égosillant, dressé sur ses pattes arrière.

En haut de l'escalier, la porte d'entrée s'ouvrit et la large silhouette de Lemarchand s'encadra sur le seuil.

— Vous êtes qui ? demanda le policier. Quel service ?

Il avait déjà compris à qui il avait affaire, mais le faible éclairage de la rue ne lui permettait pas de distinguer leurs visages.

— C'est Servaz ! lança Martin par-dessus le portail. Tu peux rappeler ton chien ?

Lemarchand siffla et le berger allemand retourna à l'arrière du pavillon.

— Servaz ? Qu'est-ce qui t'amène ? Je croyais que ton groupe était suffisamment occupé pour une fois avec ce gamin noir…

Il avait prononcé les deux derniers mots sans la moindre once de compassion. À ses yeux, Moussa Sarr n'était à l'évidence rien d'autre qu'une racaille de plus. Ou de moins.

— On peut entrer ? dit Servaz. On va pas se parler dans la rue.

— C'est ouvert…

Le ton était prudent, inamical. Ils s'avancèrent sur le gravier de la cour, grimpèrent lentement les marches l'un derrière l'autre jusqu'au petit palier extérieur qui la surplombait.

— Bon, allez-y, je vous écoute, dit Lemarchand.

— On peut pas entrer ?

— Non.

Servaz remarqua que Lemarchand se tenait sur le seuil, légèrement surélevé par rapport au palier. Ce qui lui permettait de les dominer malgré sa taille très moyenne. Le flic était rompu à toutes les ficelles. Vu de près, il avait un visage large et des yeux légèrement exorbités, méfiants, d'une intensité dérangeante sous sa façade d'impassibilité.

— Qu'est-ce que vous voulez, bordel ? Vous pouviez pas venir me trouver au boulot ?

— On a préféré la jouer discret, dit Samira. On s'est dit que tu préférerais en parler en privé…

— Parler de quoi ?

Le timbre était de plus en plus hostile.

— On veut juste savoir ce que tu as été faire du côté de Grignac le 17 octobre dernier, dit Servaz. Histoire de passer à autre chose.

— Je pige pas… De quoi vous me causez ?

Serge Lemarchand soutint le regard de Servaz sans ciller. Et Servaz sut. *Il mentait.* Il savait très bien à quoi les flics du SRPJ faisaient allusion.

— On enquête sur la disparition du jeune Kevin Debrandt. Ça te dit quelque chose ?

Un infime battement de cils. Lemarchand s'apprêtait de nouveau à mentir. Il aurait fait un piètre joueur de poker.

— Putain, si vous arrêtiez les devinettes.

Servaz regarda le flic de la Sécurité publique dans les yeux.

— On va te la faire courte. Le 17 octobre dernier, tu es passé avec ton van dans le village de Grignac… On voudrait savoir ce que tu faisais là-bas.

— Pourquoi vous voulez le savoir ?

Lemarchand tâtait maladroitement le terrain.

— Réponds d'abord.

De nouveau, le flic cilla.

— Ah ouais, ça me revient… J'allais interroger un suspect. À Grignac, ouais… Le 17 ou le 18… Ouais, c'est ça… C'est lié à une affaire que l'on traite.

— Quelle affaire ? On pourrait avoir le nom et l'adresse de ce suspect ?

Lemarchand fronça les sourcils.

— Pourquoi j'ai l'impression que le suspect c'est moi tout à coup ? C'est quoi, le problème ? Assez déconné, ou vous crachez le morceau, ou vous dégagez d'ici.

— Kevin Debrandt est un des accusés du cambriolage avec violence chez le banquier Lantenais…

— Oui, j'ai entendu parler de cette affaire. Elle a fait la une de *La Dépêche* et de *La Garonne*. Et alors… ?

— Il a disparu. On pense qu'il a été kidnappé entre sa maison et le village de Grignac, à deux kilomètres de là. Le 17 octobre… *Le jour où tu es passé par là…* On s'est dit qu'il y avait peut-être un rapport, que tu enquêtais peut-être sur Debrandt, toi aussi…

Lemarchand esquissa un rictus mauvais, pas dupe.

— Me baratine pas, Servaz. Je rêve ou vous êtes en train d'insinuer que j'ai quelque chose à voir avec la disparition de ce gosse ? Je l'aurais collé dans mon van, c'est ça ? Vous êtes malades !

— C'est ce que tu as fait ? siffla Samira d'un ton dangereusement insinuant.

Le visage du brigadier-chef s'empourpra. Il regarda alternativement Servaz et Samira.

— Allez vous faire mettre. Je sais même pas qui est ce gamin.

Il se rapprocha de Martin à le toucher, la fureur étincelait dans ses pupilles.

— Et maintenant, vous allez me faire le plaisir de dégager de chez moi. Sinon je raconte à tous les collègues que vous cherchez le coupable dans la maison. Ça devrait plaire : des flics qui sont même pas des bœuf-carottes et qui cherchent à faire tomber d'autres flics…

Servaz refoula sa colère. Il n'éprouvait qu'une répugnance extrême pour ce genre de fonctionnaires de police. Des individus qui par leur comportement déshonoraient l'ensemble d'une profession. Une flétrissure qui discréditait le travail de la grande majorité des policiers luttant jour après jour contre le pourrissement d'une société gangrenée par la violence et les trafics.

— On s'en va, répondit-il, mais on reviendra…

Sa conviction était faite. En redescendant les marches du pavillon, puis en retraversant le jardinet jusqu'au portail, elle coula en lui comme une eau glacée : *Il y avait au moins un flic impliqué dans la disparition de Kevin Debrandt.*

— Il ment, assena-t-il en ouvrant la portière côté passager.

Là-bas, Lemarchand, debout en haut des marches, les observait toujours.

— Désormais, on met le paquet sur lui.

— Ça va pas être facile de convaincre le juge de nous suivre sur ce terrain-là, fit remarquer Raphaël Katz.

— Eh bien, pour une fois, le fait que Nogaret déteste les flics pourrait nous servir.

21

23 heures. Aucun bruit sur le palier. Radomil et Anastasia devaient dormir.

Il referma doucement la porte. La lueur palpitante en provenance du séjour lui indiqua que la télé était allumée. Léa n'était pas couchée. Il tourna la clé dans la serrure, tira les deux verrous. C'était le prix de la tranquillité désormais quand on vivait dans cette ville.

Il regarda fixement l'entrée du salon.

Il appréhendait le moment où Léa lui ferait part de sa décision. À cette idée, son estomac se tordit. Il sentit son courage l'abandonner. Il avait eu assez d'émotions pour la journée. Il se dirigea sans bruit vers la salle de bains.

22

Roland Neveu était représentant de commerce. En produits phytosanitaires. Depuis plus de vingt ans qu'il sillonnait les routes de l'Ariège et de la Haute-Garonne pour vendre aux agriculteurs du cru fongicides, désherbants et pesticides, il savait pertinemment que certains de ses produits étaient d'authentiques poisons, de véritables bombes à retardement chimiques qui, statistiquement, diminuaient l'espérance de vie de sa clientèle, mais il se disait aussi qu'il faut bien mourir de quelque chose. Un accident de voiture, un infarctus, un court-circuit électrique qui met le feu à votre maison ou un cancer : quelle différence cela faisait ? Quelques années de plus ou de moins : et après ? Était-on individuellement si importants qu'il fallût qu'on vive tous jusqu'à cent ans ?

Il gagnait bien sa vie et il aimait aller à la rencontre de ces gens qui l'accueillaient toujours avec un café filtre sur un coin de table, un bout de tarte, quelques produits de la ferme qu'il emportait, et qui lui racontaient leur vie. Il suivait, année après année, la carrière de leurs enfants qui n'avaient pas voulu reprendre l'exploitation familiale et qui étaient partis étudier à la ville, il voyait les parents vieillir, se gauchir et avoir de plus en plus de mal à faire face, de jeunes agriculteurs revenir au pays pour vivre leur rêve pastoral, d'autres faire faillite et même, dans un ou deux cas, mettre fin à leurs jours… Il aimait aussi à rouler dans ces paysages verdoyants, vallonnés, au volant de sa Ford Mustang de collection. Les écolos et leurs lubies, les politiques de l'urbanisme, les journaleux et leurs faits divers : il n'y en avait que pour les villes à la télévision et dans la presse. Alors que ce pays s'était bâti sur ses campagnes. Sur ses paysans.

Cette nuit-là, il rentrait à son hôtel à la périphérie de Foix, sa dernière visite effectuée. Cela avait été une longue et harassante journée et il était en retard – et aussi en infraction par rapport au couvre-feu –, mais il avait le sourire : il était content de son chiffre. Et, de toute façon, les risques d'un contrôle par ici étaient minimes. Il n'aimait pas trop, en revanche, rouler sur ces routes désertes et obscures à la nuit tombée. Ça lui donnait toujours l'impression d'être dans un décor de film d'horreur. Le genre de films où des trucs arrivent aux gens qui ont la mauvaise idée de se balader tout seuls dans des endroits isolés après le coucher du soleil.

Pour ajouter à l'ambiance, il pleuvait. La pluie tambourinait sur le toit de sa Ford Mustang et les essuie-glaces avaient du mal à repousser le voile d'eau sale qui troublait le pare-brise et déformait sa vision, laquelle n'allait du reste pas plus loin que le faisceau de ses phares car, évidemment, il ne fallait pas compter sur des lampadaires ou des bandes blanches dans le secteur.

Rien qu'un noir d'encre. Et les traits scintillants de l'averse.

Aussi conduisait-il à une vitesse bien inférieure à celle autorisée. Il était près de minuit quand il vit s'élever du capot une fumée blanche comme on en voit au Vatican pour annoncer l'élection d'un nouveau pape. *Merde...* Il pensa d'abord que ce n'était rien d'autre que la pluie qui s'évaporait en touchant le capot trop chaud, mais non : ce n'était pas normal.

Puis il remarqua le voyant rouge qui réclamait son attention sur le tableau de bord. Un voyant qu'il n'avait pas remarqué jusque-là, mais qui était peut-être allumé depuis un bon bout de temps. *L'huile... Merde, manquait plus que ça.* Roland Neveu ralentit, se rangea sur l'accotement, arrêta le moteur sans couper le contact et descendit.

Aussitôt, le bruit de la pluie sur la tôle augmenta, se muant en un solo de batterie, et Neveu sentit les gouttes froides marquer le même rythme à travers ses cheveux. Il souleva le capot de la Mustang, pinça les narines en reniflant l'odeur d'huile chaude qui imprégnait la vapeur blanche, entendit les cliquetis du moteur en train de refroidir. Il aurait dû s'acheter une voiture neuve, au lieu de faire sa tournée à bord de cette antiquité.

Se redressant, il alla se mettre à l'abri dans l'habitacle, attendit que le moteur refroidisse tout à fait, puis retourna retirer la jauge du réservoir d'huile. L'essuya avec un chiffon. L'imbécile : il avait laissé le niveau descendre bien en dessous de la limite ! Il se dirigea vers le coffre, la pluie dans les yeux. S'empara du bidon d'huile, l'ouvrit. Vide. *C'est pas vrai, quel abruti il faisait !*

Il n'avait plus qu'à espérer que la Ford Mustang tiendrait jusqu'à Foix…

Il redémarra, roulant encore plus lentement qu'auparavant, surveillant les volutes de fumée qui s'échappaient du capot. *Était-ce une illusion ou elles augmentaient ?* Il appuya en douceur sur l'accélérateur – et il y eut soudain tellement de vapeur qu'il ne vit pratiquement plus la route. Neveu ralentit, mit les warnings, s'arrêta.

Putain ! Il ne lui restait plus qu'à appeler un dépanneur.

Sortant son téléphone, il chercha les numéros d'assistance. Pressa le symbole « Appeler ». *Pas de réseau…* Merde, merde et remerde…

Il regarda autour de lui, à travers les vitres ruisselantes. Pas âme qui vive dans le secteur. Pas la moindre lumière. Il ne savait même pas où il se trouvait. Et sans réseau, il était incapable de se géolocaliser. Il rit tout à coup. Un rire nerveux. *Qu'est-ce qui pourrait bien lui arriver de pire ?* Il fallait au moins qu'il trouve une maison, un village, d'où il pourrait appeler. Neveu redémarra. Surveillant le moteur qui émettait des signaux de fumée comme un guetteur indien sur une montagne.

L'averse diminuait ; il ne tomba bientôt plus qu'une pluie fine. Les bois s'ouvrirent alors qu'il parvenait sur un plateau couvert de lande. Tout à coup, il ralentit. Il venait d'entrevoir un grand bâtiment sur sa gauche, de l'autre côté de la route.

Il se gara.

Il paraissait immense dans la nuit pluvieuse, ses toits hérissés de cheminées, sa façade claire se découpant sur le ciel noir. Neveu contempla l'édifice. Ses nombreuses fenêtres étaient éteintes, et le représentant de commerce pria pour que le château ne fût pas abandonné comme tant d'autres. Puis il aperçut plusieurs voitures garées dans le parc, au-delà de la grille rouillée du portail, et il expira de soulagement.

Il regarda une nouvelle fois son téléphone. *Toujours pas de réseau...* Récupérant son masque dans la boîte à gants, Roland Neveu descendit dans la nuit glaciale.

Il n'y avait pas de sonnette sur les piliers moussus encadrant la grille et il repoussa celle-ci. Elle n'était pas verrouillée, et elle émit un gémissement quand il l'entrouvrit. Il se mit en marche. Il avait froid. Son col de chemise était trempé. Il remonta celui de son anorak doublé de duvet en frémissant. Un rayon de lune entre deux nuages éclairait le parc, où de grands chênes étendaient leurs grosses branches au-dessus des pelouses. Ses pas écrasèrent le gravier de l'allée en direction de la vaste façade pleine de corniches, d'entablements, de chapiteaux, qui n'avait sans doute pas changé depuis deux siècles. Il observa les fenêtres, mais aucune lumière ne trouait l'obscurité derrière les vitres. Levant les yeux vers la façade, à laquelle la lune conférait un aspect féerique, irréel, il sentit *combien il était seul dans ce parc d'un calme absolu*.

Mais la présence de plusieurs voitures attestait que, contrairement aux apparences, il était loin d'être seul ; il reconnut une Dacia Sandero, une Mercedes, une Lexus et une Peugeot, sombres silhouettes immobiles sur le gravier.

Il n'y avait plus de vent et presque plus de pluie, seulement une humidité qui imbibait l'air nocturne comme un chiffon mouillé. Roland Neveu se rendit compte que son sang battait dans ses oreilles. C'était cet endroit étrange. Il avait quelque chose d'intimidant, de *menaçant* même.

Ne sois pas ridicule...

Le représentant de commerce allait grimper les larges marches du perron jusqu'à la massive porte d'entrée à double battant quand il aperçut quelque chose sur sa droite.

De la lumière... Il y avait de la lumière là-bas, sur le côté de l'édifice.

Une vague clarté jaunâtre qui tombait sur les buis taillés. Il longea la façade, contourna les voitures pour atteindre les massifs, dont il fit le tour. Là, sur le côté de l'édifice, au rez-de-chaussée mais à un mètre cinquante au-dessus du sol, plusieurs fenêtres étaient éclairées.

Neveu se déplaça jusqu'à se trouver en dessous des fenêtres, et se mit sur la pointe des pieds.

Il regarda dans la pièce.

Il devait rêver. Car ce qu'il voyait ne pouvait être...

Ça n'avait pas de sens. À part celui que possède la logique tordue et redoutable des cauchemars. Il n'était pas sûr de comprendre ce qu'il était en train de contempler.

Plusieurs hommes à têtes d'animaux étaient debout en cercle autour d'un autre, lui-même à genoux sur le plancher, le visage en sang.

Neveu n'entendait pas ce qui se disait, mais il voyait la bouche ouverte du jeune homme à genoux. Il pleurait et semblait supplier les silhouettes qui l'observaient, rigoureusement immobiles, leurs grandes têtes d'animaux inclinées vers lui.

Le représentant de commerce reconnut une tête de guépard avec ses deux rayures noires caractéristiques, une autre de chimpanzé, un énorme mufle sombre et luisant de taureau et enfin un sinistre coq à crête rouge.

C'était une vision à la fois si terrifiante et si grotesque que Roland Neveu ne sut pas s'il devait en rire ou hurler. Il eut tout à coup l'impression que son cœur allait exploser sous l'effet de la violente émotion qui l'étreignait. Que, gonflé et palpitant, il lui obstruait la gorge et l'empêchait de respirer.

Il se baissa de peur que les… *hommes à têtes d'animaux* ne découvrent sa présence.

Sa respiration s'accéléra, un voile de sueur lui descendit sur le visage. *Il fallait qu'il fiche le camp d'ici… Tout de suite…* Et qu'il prévienne la police.

Courbé en deux, il repartit dans l'autre sens, contournant les buis taillés, longeant la façade et les voitures, filant ensuite le long de l'allée gravillonnée en direction de la grille, silhouette furtive et silencieuse au milieu de la nuit, hormis le crissement, bien trop audible à son goût, de ses semelles sur le gravier.

Il tira la grille tout doucement – elle n'émit qu'un faible cri rouillé cette fois, mais il fut terrifié à l'idée que les hommes à têtes d'animaux l'eussent entendu –, traversa la route au pas de charge, ouvrit la portière de la Ford et s'assit au volant, le cœur battant.

Il essaya de calmer sa respiration trop rapide et le rush du sang dans ses artères, qu'il devinait à la façon dont son pouls battait puissamment dans son cou. Il haletait. Il jeta un dernier coup d'œil au manoir, se demandant l'espace d'un instant s'il n'avait pas rêvé. Mais il savait bien que non. Mettant le contact, il pria pour que sa vieille caisse ne le lâche pas maintenant.

Encore quelques kilomètres, supplia-t-il.

Il démarra très lentement et, aussitôt, les panaches de fumée s'élevèrent de plus belle. *Non, non, non*, gémit-il à voix haute. La route était une ligne droite à cet endroit-là, et le paysage de lande nu et désolé tout autour, si bien que les occupants du château le verraient immanquablement en partant s'il tombait en rade ici.

Cette perspective l'emplit d'une peur panique et il appuya sur l'accélérateur, soulevant encore plus de vapeur. *Allez, avance...* Il transpirait, il était quasiment couché sur le volant. *Avance !...* Finalement, la voiture parvint à l'extrémité de la ligne droite, où il découvrit avec soulagement que la route décrivait un virage en s'inclinant fortement pour dévaler la colline.

Oui !... C'est ça !...

Lâchant doucement l'accélérateur, il laissa la Ford prendre de la vitesse, la pente étant suffisante pour entraîner la voiture. Il négociait les tournants en jouant du frein. À droite, à gauche, encore à droite… Plus il s'éloignait de ce lieu sinistre, plus il reprenait espoir et plus l'étau autour de sa poitrine se desserrait.

Des toits pressés les uns contre les autres et un clocher apparurent en bas de la colline. *Un village ! Il était sauvé...* Il eut presque envie de pleurer. Quel horrible cauchemar… Il lui fallait maintenant prévenir la police, quitte à réveiller quelqu'un. Ce qui se passait là-haut, il ne voulait pas trop y penser, mais il ne faisait pas de doute que le jeune homme qui se trouvait au milieu de ces hommes à têtes d'animaux était en grand danger.

Sa vieille Ford atteignit le bas de la pente. Une ligne droite plane lui succéda, entre deux rangées de platanes dont les ombres noires zébraient la route dans le clair de lune. Il appuya doucement sur l'accélérateur : cette fois, il ne craignait plus de tomber en panne.

Pénétrant dans le village par la rue centrale, il observa l'alignement des vieilles façades aux volets clos, les lampadaires éteints, le village endormi. Il eut soudain envie de pisser. Il allait s'arrêter pour uriner contre le muret d'un jardin quand il vit l'écriteau lumineux à deux cents mètres de là.

Une gendarmerie...

Oubliant son besoin urgent, Neveu accéléra. Sans se soucier davantage du capot fumant. Vint se garer devant l'entrée. La gendarmerie était installée dans un immeuble en brique d'aspect ancien, le long de la rue principale, face à une petite place au fond de laquelle se dressait une église.

Il écouta. Pas un bruit. Rien que le silence. Il y avait toutefois de la lumière derrière les stores baissés et cette présence humaine, la première rassurante depuis un moment, l'émut étrangement, au point qu'il retint un sanglot avant d'ouvrir la portière et de descendre. Il contourna la voiture, traversa le trottoir, franchit la porte vitrée.

Pas un chat à la réception. Le comptoir en bois était vide.

Il se fit la réflexion qu'ici aussi ça faisait penser à ces films d'horreur où, au moment où on se croit tiré d'affaire, c'est là qu'on court finalement le plus grand danger.

— Il y a quelqu'un ? lança-t-il en remettant son masque.

Il entendit le raclement d'une chaise et des pas dans un bureau voisin. Un gendarme qui n'avait pas trente ans et qui devait être un adepte de la musculation, à en juger par son polo bleu tendu sur ses pectoraux, fit son apparition.

— Oui ?

— Je… je m'appelle Roland Neveu, je suis représentant de commerce et je… je crois que vous devriez écouter ce que j'ai à vous dire, déclara-t-il.

Le jeune gendarme plissa les paupières par-dessus son masque, détaillant les vêtements trempés, notant la pâleur et les tremblements de son vis-à-vis.

— Vous êtes sûr que vous vous sentez bien ?

— Pas vraiment, répondit Neveu, que ses forces abandonnaient. Écoutez, c'est urgent…

Le jeune gendarme hocha la tête.

— Venez dans mon bureau, dit-il en montrant la porte ouverte.

— Des hommes à têtes d'animaux ?

Le ton était ouvertement sceptique.

— Oui, je sais que ça a l'air dingue, mais… il s'agissait de masques… de déguisements…

— Et ce château, il se trouve où ?

— À trois kilomètres d'ici vers l'ouest… Sur le plateau…

Le gendarme acquiesça.

— Vous le connaissez ? voulut savoir Roland Neveu.

— Oui… je vois duquel il s'agit, répondit le gendarme d'un ton prudent. Qu'est-ce que vous faisiez dehors pendant le couvre-feu ?

— Euh… je suis représentant de commerce. Je rentrais à l'hôtel, mais je suis… hmm, tombé en panne… Écoutez, insista Neveu qui n'avait pas cessé de trembler, il faut faire quelque chose. Ce jeune homme… je crois vraiment qu'il est en danger. Il faut agir sans tarder.

Le gendarme fronça les sourcils.

— C'était peut-être une fête, objecta-t-il, dubitatif. Une sorte de jeu de rôle, de bal masqué ou… d'*escape game*.

Neveu agita les mains.

— Non, non ! Je vous assure que ce jeune homme était terrorisé. Il ne jouait pas la comédie ! Il pleurait, il suppliait. Et il avait le visage en sang ! Je n'avais jamais assisté à une scène pareille de toute ma vie, et je suis sûr à 100 % que ce n'était pas du cinoche !

Le jeune gendarme plissa de nouveau les yeux, sans cesser de fixer Neveu. Il y avait dans sa manière de le faire quelque chose qui mettait le représentant de commerce profondément mal à l'aise.

— D'accord, finit-il par dire en sortant son téléphone portable. Ne bougez pas. J'appelle quelqu'un.

Il sortit du bureau, laissant Neveu seul.

23

Les trois gendarmes – ou bien étaient-ce des flics ? – qui firent leur entrée dans le petit bureau dix minutes plus tard étaient en civil.

— Bonsoir, dirent-ils.

— Euh… bonsoir.

Ils le contournèrent, contournèrent aussi le bureau, qui ne supportait qu'un ordinateur, une lampe, un téléphone, et qui devait être réservé à l'accueil du public, car il n'y avait en tout et pour tout dans la pièce qu'un seul classeur métallique et des affiches pour la prévention routière.

L'un des trois hommes s'assit dans le fauteuil occupé précédemment par le jeune gendarme, tandis que les deux autres restaient debout, à le fixer d'une manière qui le fit se tasser sur son siège. Ils portaient tous des masques chirurgicaux et, curieusement, le représentant de commerce trouva que cela leur donnait l'air de bandits de grand chemin.

— Racontez-nous ce que vous avez vu au château, dit celui qui était assis, un homme mince mais à la carrure d'athlète, aux cheveux épais et bouclés.

Roland Neveu avala sa salive. Pourquoi percevait-il dans leur attitude comme une menace voilée ? Le prenaient-ils pour un dingue ? Probable. Un type qui débarque à cette heure de la nuit pour raconter une histoire pareille. Mais il y avait autre chose dans leur façon de le dévisager.

— On vous écoute, dit l'un des deux restés debout, un grand type efflanqué, avec une figure allongée, des petits yeux rapprochés et une barbe qui dépassait de son masque.

Il répéta son histoire. Ce faisant, il prit conscience de la difficulté qu'ils devaient éprouver à le croire, mais les trois hommes l'écoutaient en silence avec une impassibilité étonnante, comme si rien de ce qu'il disait ne les surprenait ni ne les choquait.

— Je crois que vous devriez aller voir ce qui se passe, conclut-il. Je crois que ce jeune homme court un grand danger. Il faut lui porter secours.

— Qu'est-ce qui vous fait croire qu'il est en danger ? demanda calmement le troisième, un homme râblé et plus âgé que les deux autres, le seul à porter une cravate.

— Eh bien… il pleurait, il suppliait… Il avait l'air… *terrifié*. Et il saignait.

— Vous en êtes sûr ? C'était peut-être du maquillage.

— Non !

Les trois hommes se regardèrent. L'indécision se peignit momentanément dans leurs regards.

— Très bien, dit finalement l'homme assis. Vous allez nous accompagner là-bas.

Neveu se raidit. Il n'avait pas envisagé les choses de cette façon. Il n'était pas sûr d'avoir envie d'y retourner, encore moins en compagnie de ces trois-là. Et où était passé le jeune gendarme à propos ?

— Allons-y, Neveu, dit en se levant celui qui venait de parler.

Neveu... Ils ne faisaient aucun effort pour être aimables ou pour le rassurer. Au contraire, on aurait dit qu'ils cherchaient à le mettre mal à l'aise, à le déstabiliser.

Il se leva à son tour, les suivit dehors. Se figea. Sentit sa poitrine se contracter. Il venait de reconnaître la voiture garée le long du trottoir : la Peugeot 508 qui stationnait dans le parc du château. L'inscription GENDARMERIE se reflétait sur son pare-brise.

— Qu'est-ce qu'il y a ? demanda l'un des trois hommes en percevant son hésitation.

C'était peut-être une coïncidence. Après tout, ce n'étaient pas les Peugeot qui manquaient dans ce pays.

— Montez à côté de moi, dit le premier en se mettant au volant tandis que les deux autres grimpaient à l'arrière.

Il eut soudain envie de prendre ses jambes à son cou. Mais pour aller où ? Il était tard, il ne connaissait personne dans ce village, et il n'était pas dans une condition physique telle qu'il pût leur échapper si l'envie lui en prenait. Et, à supposer qu'ils fussent simplement sceptiques, il aurait ainsi confirmé ce qu'ils pensaient sans doute de lui : qu'il était fou.

Il respira un bon coup, cherchant à calmer les battements de son cœur, ouvrit la portière et s'assit sur le siège passager. Le conducteur démarra aussitôt, exécuta un demi-tour serré sur la place avant de se diriger vers la sortie par laquelle Neveu lui-même était arrivé.

— Attachez votre ceinture, dit-il, comme une alarme stridente retentissait avec insistance.

Ils grimpèrent la colline en un rien de temps. L'un des deux assis à l'arrière se pencha entre les sièges avant et tendit la main :

— J'aimerais voir vos papiers, si ça ne vous fait rien.

Neveu tira de sa poche son portefeuille, où se trouvaient ses cartes de crédit et sa carte d'identité.

— Roland Alexandre Neveu, lut l'homme à haute et distincte voix, d'une manière qui mit de nouveau le représentant de commerce mal à l'aise. Né le 26 janvier 1964 à Béziers. Adresse : 213 *bis*, avenue François-Mitterrand à Saint-Gaudens. Vous êtes marié, Neveu ?

— Euh… oui…

— Des enfants ?

— Une fille.

— Quel âge a-t-elle ?

— Seize ans.

— Elles sont compliquées, hein, à cet âge-là ? dit l'homme.

Neveu se tut. Une idée le préoccupait. Pourquoi avait-il l'impression que cet homme le menaçait insidieusement ? Après tout, il ne faisait que poser des questions anodines. *C'était le ton employé...* Neveu n'aimait pas du tout la façon dont l'homme parlait de sa fille.

— Et imprudentes, ajouta son voisin à l'arrière d'une voix qui fit se dresser les poils sur la nuque du commercial.

— Elles se mettent facilement en danger, compléta celui qui était au volant en le regardant. La drogue, les garçons et tous ces tordus qui circulent… Tellement d'occasions de voir les choses mal tourner…

Roland Neveu sentit un liquide glacial descendre le long de sa colonne vertébrale. Il avait de plus en plus envie d'être ailleurs. Ils émergèrent sur le plateau. Là-bas, la silhouette du grand bâtiment se détachait sous la lune.

— C'est celui-là ? demanda l'un d'eux.

Il acquiesça sans rien dire. Il avait de nouveau du mal à respirer. Ils se rangèrent devant la grille.

— Je ne vois aucune voiture, fit celui qui était au volant.

— Il y en avait pourtant…

— Mmm. Vous vous souvenez des marques ?

— Une Lexus, une Mercedes noire, une Dacia et une Peugeot… comme la vôtre…

— Vous voulez dire une 508 ?

— Oui.

— Quelle couleur ?

— Euh… la même… je crois.

— Vraiment ? Vous n'avez pas noté les immatriculations, par hasard ?

— Non.

— Mmm. C'est dommage.

Pourquoi Neveu avait-il l'impression qu'il ne trouvait pas ça dommage du tout ?

— Bien. Demain matin, nous rendrons visite aux occupants de ce manoir.

Il sursauta.

— Mais c'est maintenant qu'il faut le faire ! On ne peut pas laisser ce jeune homme entre leurs griffes !

— Vous ne croyez pas que vous exagérez un peu ? suggéra une voix dans son dos.

— De toute façon, on ne peut pas débarquer chez les gens sans commission rogatoire, dit son collègue. Encore moins en pleine nuit.

Malgré sa panique, il s'insurgea :

— Mais demain il sera peut-être trop tard !

— Vous avez fait votre devoir, dit sèchement l'homme au volant. Le reste, c'est notre job. Ne vous inquiétez pas : c'était sans doute une farce ou une fête…

Bien sûr que non, songea Neveu. *Et vous le savez, bande d'enfoirés*, pensa-t-il soudain.

— Vous n'avez vu aucun de leurs visages, n'est-ce pas ?

— Non…

— Et le jeune homme, vous pourriez le reconnaître, si on vous montrait une photo ?

Oh, que oui. Il se souvenait parfaitement de son visage. Pourtant, il comprit en cet instant que, pour son propre salut, ce n'était pas la bonne réponse à fournir.

— Non… Ça s'est passé trop vite.

Le silence s'éternisa. Comme s'ils réfléchissaient à la suite à donner. Il s'efforça de conserver son sang-froid, mais il entendait son cœur pulser dans sa poitrine, et il se demanda s'ils l'entendaient aussi.

— Bien, dit enfin celui qui était au volant. On va vous ramener à votre voiture.

— Elle est en panne…

— On va vous appeler un dépanneur, mais ça va vous coûter une blinde à cette heure.

— C'est juste un manque d'huile, répondit-il.

Le type lui tendit une carte de visite.

— Nous avons votre adresse, Neveu, ne l'oubliez pas, dit-il. Et on va aussi prendre votre numéro de téléphone… Comme ça, si on a du nouveau, on vous le fera savoir.

Il le leur donna. Il n'avait qu'une hâte : être loin d'ici, sortir de cette voiture, rentrer chez lui. Il était convaincu qu'ils ne le rappelleraient jamais.

— Et restez en dehors de ça, conseilla l'un des deux assis à l'arrière. Ce n'est plus votre affaire désormais, c'est la nôtre. N'allez pas raconter non plus ce qui s'est passé à qui que ce soit : cette enquête est confidentielle, vous comprenez ?

Il hocha la tête.

— J'ai pas entendu, Neveu…

— Oui, dit-il. J'ai compris.

— Rentrez chez vous maintenant. Auprès de votre gentille femme et de votre gentille fille. *Au 213* bis*, avenue François-Mitterrand à Saint-Gaudens…* Et oubliez tout ça. Ça ne vous regarde plus. C'est entre nos mains, Neveu.

Jeudi

24

Servaz se réveilla tôt ce jeudi matin. Léa et Gustav dormaient encore quand il entra dans la cuisine et lança la cafetière. Il sortit sur le balcon, sa tasse à la main, huma l'air vif et revigorant. Le ciel commençait à peine à s'éclaircir, comme un pressentiment lumineux, vers l'est, au-dessus des toits, et il entendait sans les voir les camions des éboueurs qui ramassaient les poubelles dans les rues désertes.

Il retourna à l'intérieur. Alluma la télé du salon. Baissa le son. On ne parlait que de ça. *Reconfinement*. Chacun y allait de son conseil, de son avis, de ce que lui-même aurait fait différemment (c'est-à-dire mieux, forcément).

Son regard tomba sur une brochure qui traînait sur la table basse. Une brochure de Médecins sans frontières.

Il s'assit sur le canapé. Se mit à la feuilleter. On y évoquait la situation terrible dans l'est du Burkina Faso, où des milliers de personnes vivaient dans la peur des attaques des groupes armés, des enlèvements, des pillages, dans la crainte des épidémies aussi, sans les soins de santé les plus élémentaires et dans une pénurie dramatique de médicaments – imputable bien souvent aux pillages – mais également dans une pénurie de personnel médical.

C'était dans ces conditions que des personnes comme Léa s'efforçaient d'apporter leur aide à ces populations qui n'étaient pourtant ni du même continent, ni de la même couleur de peau, ni souvent de la même religion qu'elles. Mais qui appartenaient toutes à la race humaine, la seule importante aux yeux de Léa comme de Martin.

Il se sentit coupable, tout à coup. Coupable de vouloir la retenir, coupable de la vouloir pour lui tout seul. Non : *pour lui et pour Gustav...* Ce n'était pas la même chose. Il était parfaitement conscient de ce que Léa leur avait apporté à tous les deux : Gustav était plus apaisé, plus épanoui et tout simplement plus heureux depuis que Léa était parmi eux. Et lui-même avait vaincu ses insomnies, oublié les réveils solitaires, où chaque journée se présentait comme un remake du film *Un jour sans fin*, oublié aussi les soirées qui ressemblaient à un désert meublé par le seul bruit de la télé, par un vinyle de Mahler sur la platine ou par un plateau-repas sur le canapé du living. Il ignorait si se réveiller avec quelqu'un à côté de lui, partager un petit déjeuner, jouer avec Gustav sur le tapis du salon ou avoir de longues conversations profondes ou légères, chuchotées et ponctuées de rires, au cœur de la nuit, était le bonheur, mais ça y ressemblait fort.

Il entendit que ça bougeait du côté des chambres. Il referma la brochure, retourna dans la cuisine. *Elle n'avait toujours pas pris sa décision.* Il aurait préféré savoir une bonne fois pour toutes mais, d'un autre côté, il redoutait son verdict.

Il alluma sa tablette, vit qu'il avait un courriel de margot.servaz@gmail.com. À vingt-neuf ans, sa fille s'épanouissait au Québec. Un fils de deux ans, un compagnon, un métier dans l'édition – la dernière fois qu'il l'avait vue, il s'était dit que la punkette rebelle qui avait tout de même réussi à intégrer grâce à ses notes l'une des classes préparatoires les plus exigeantes de la région avait bien changé[1]. Il ouvrit le mail.

Ton petit-fils ne te manque pas ? Au moins tu as une bonne excuse pour ne pas venir maintenant, avec cette saloperie qui cloue les avions au sol. Tu nous manques, tu me manques.

Une nouvelle bouffée de culpabilité. En gros, Margot lui reprochait – avec une formule finale en guise d'édulcorant – de ne pas être un grand-père à la hauteur.

Léa apparut dans la cuisine.

— Salut, dit-elle, et il comprit que la hache de guerre était loin d'être enterrée.

Elle l'embrassa du bout des lèvres et il se demanda s'il y avait déjà eu une telle distance entre eux. Il n'en avait pas souvenir.

— C'est moi qui emmène Gustav au centre de loisirs ce matin, déclara-t-il en se resservant du café.

— Ah bon ? C'est pas ton jour pourtant…

— Ça fait plusieurs jours que je rentre tard et je veux passer un peu de temps avec lui.

1. Voir *Le Cercle*, XO Éditions et Pocket.

— Et ton enquête ?

— Réunion à 10 heures.

— Salut, papa, dit Gustav en entrant dans la cuisine.

— Salut, bouchon. Céréales ou céréales ?

— Céréales ! s'exclama son fils en tirant sa chaise avant de s'asseoir à la table du petit déjeuner.

— Et aussi un fruit, intervint Léa en se tournant vers le blender.

Dans le dos de celle-ci, Gustav regarda son père en faisant la grimace – il n'aimait pas trop les smoothies –, mais il s'abstint de tout commentaire. Servaz sourit en contemplant son fils. C'était étonnant comme son tempérament avait changé depuis que Léa était à la maison. Comme elle parvenait à dissiper ses humeurs sombres et à l'entourer de tendresse et de gaieté sans jamais rien céder sur le plan de l'autorité.

Il imita la grimace de son fils, en l'exagérant de manière clownesque. Rire de celui-ci.

Il y était arrivé, songea-t-il en admirant son enfant blond. Son enfant qui, grâce à eux, ignorait tout de la brutalité du monde. N'en voyait que la beauté, l'amour, la joie. Il y était arrivé. Une fois de plus. À fonder une famille. Il l'avait tenu dans sa main, le bonheur. L'accord parfait entre trois êtres dissemblables mais pourtant si complémentaires. Ça avait duré ce que ça avait duré.

En émergeant du métro devant l'hôtel de police, il découvrit un attroupement. Plusieurs dizaines de personnes brandissaient des pancartes portant des slogans tels que « Justice pour Moussa » ou « Halte aux crimes d'État ». D'autres poussaient des cris hostiles à la police. Il repéra plusieurs équipes de télévision, dont un correspondant d'une chaîne d'info tenant un micro devant une caméra, avec la manif en arrière-plan, un visage qu'il avait déjà vu à la télé. Cela voulait dire qu'à partir de maintenant l'enquête allait avoir une couverture nationale.

Pas vraiment une bonne nouvelle…

Pour ne pas avoir à passer devant les manifestants, qui étaient contenus par un dispositif policier, ni dans le champ des caméras, il présenta sa carte au garde et entra par la cour à droite du bâtiment, où étaient stationnés des véhicules.

Il surgit dans le couloir du deuxième étage en espérant ne pas se faire alpaguer par le patron. Peine perdue. Comme mû par un sixième sens, le divisionnaire passa la tête au moment même où Servaz sortait de l'ascenseur. Chabrillac avait dû le voir arriver par ses fenêtres.

— Servaz ! lança-t-il.

— Oui ?

— Dans mon bureau.

Il soupira, traversa l'antichambre, salua la secrétaire du patron et entra dans le bureau, beaucoup plus vaste, du divisionnaire.

— Fermez la porte. Vous avez vu ce bordel en bas ? On en est où ? Vous avez du neuf ?

L'espace d'un instant, Servaz se demanda s'il devait lui parler de Lemarchand. Trop tôt. Il leur fallait plus de billes.

— On explore plusieurs pistes.

— Je vois. Vous avez que dalle. Vous vous rendez compte du merdier dans lequel on est ? Si on ne trouve pas rapidement qui a fait ça, les quartiers vont exploser. Je ne veux pas voir des commissariats attaqués au mortier par ici ! Bougez-vous ! Et autre chose : je veux que vous trouviez quel est l'enfant de putain dans votre groupe qui file des tuyaux à la presse.

Servaz hocha la tête sombrement.

— Vous êtes au courant pour l'attaque de Nice ? dit Chabrillac.

— Quoi ? Quelle attaque ?

— Une attaque au couteau dans une église il y a une demi-heure. Trois personnes tuées, deux égorgées. L'assaillant a été neutralisé par la police municipale. Ce pays est au bord de la rupture. Alors, bougez-vous…

Servaz ne trouva rien à dire. Sauf qu'il ne voyait pas le rapport.

— On donne un point-presse sur l'avancée de l'enquête dans deux heures, ajouta le divisionnaire. Je veux que vous soyez présent…

Servaz sursauta.

— Moi ? Pour dire quoi ? Je ne crois pas que ce soit une bonne idée que ma tête apparaisse dans les journaux ou à la télé à ce stade. Ça pourrait nous gêner pour la suite de l'enquête…

— Je ne vous demande pas votre avis, rétorqua le divisionnaire. Non seulement je veux que vous soyez présent mais aussi que tout votre groupe d'enquête soit présent, et tous ceux qui y participent de près ou de loin. On doit montrer à la presse qu'on mobilise un maximum de personnel…

— Je crois qu'on serait plus utiles sur le terrain, insista-t-il.

Chabrillac donna soudain l'impression de gonfler comme une baudruche dans son complet sur mesure.

— Je vous le répète, commandant : *je ne vous demande pas votre avis*. Et je vous déconseille de me parler de cette façon à l'avenir. Vous savez quel est le problème avec vous ? Vous n'êtes pas aussi brillant que vous le croyez.

Vincent était au téléphone quand il pénétra dans son bureau.

— Un instant, s'il vous plaît, dit son adjoint dans l'appareil. Le type du département véhicules a appelé, lui lança-t-il, la main sur le combiné. Il nous envoie son rapport par mail. Il a dit qu'il avait retrouvé les traces des véhicules dans la boue du chemin qui mène à la clairière. Il a parlé d'empâtement, de circonférence des pneus, de répétitions de marques distinctives… Bref, selon lui, il y avait deux berlines et un van dans la clairière la nuit où Moussa Sarr a été tué.

Un van… Il écouta la suite.

— En revanche, il n'a pas assez d'éléments pour nous fournir les marques et les modèles. Mais il pourra reconnaître les pneus si on met la main sur les véhicules. Autre chose : la mère de Moussa a appelé. Elle ne veut parler qu'à toi.

Il se raidit.

— Elle a dit ce qu'elle voulait ?

Espérandieu fit signe que non avant de reprendre sa conversation au téléphone. Servaz réfléchit à ce que son adjoint venait de lui dire. La mère de Moussa avait cherché à le joindre. Avait-elle une information importante à lui communiquer ?

Il s'assit derrière son bureau, sortit son portable. Il pensa un instant à Chabrillac et la colère revint.

— Madame Sarr, vous avez essayé de me joindre ? dit-il.

— Oui… Bonjour, commandant… Je… je ne savais pas à qui m'adresser, alors j'ai pensé à vous…

Il retint sa respiration. Le ton était nettement plus conciliant que la fois précédente. La voix au téléphone était tendue, presque désespérée.

— C'est à quel sujet ?

— C'est le bailleur social… Ils m'ont écrit. Ils me présentent leurs condoléances, et puis, dans la même lettre, ils m'expliquent que le logement est devenu trop grand avec la mort de Moussa et qu'il va falloir que je déménage pour un plus petit. Ça fait vingt-cinq ans que je suis dans cet appartement, commandant. C'est chez moi… Moussa et Chérif ont grandi dans cet appartement. Il est plein de souvenirs…

Au bout du fil, la mère de Moussa fondit en larmes. *Les salopards*, pensa-t-il. *Ils auraient pu attendre un peu.*

— Je me suis dit que peut-être vous pourriez faire quelque chose, se reprit-elle. Vous êtes policier, vous connaissez la justice, le droit…

Trop bien, songea-t-il. Il réfléchit. Quel moyen avait-il de reculer l'échéance ? Même les flics avaient du mal à trouver des logements décents de nos jours. Soudain, une idée lui vint.

— Écoutez, madame Sarr, je ne suis pas sûr qu'on puisse les empêcher de vous changer d'appartement.

Mais on peut essayer de les retarder. En attendant de trouver, peut-être, une solution définitive. Voilà ce que nous allons faire…

Il marqua une pause, se demandant comment elle allait prendre la chose.

— Je vais envoyer quelqu'un chez vous qui va mettre des scellés sur la porte de la chambre de Moussa. Elle sera considérée comme… hmm… une *scène de crime*. Tant que l'enquête ne sera pas terminée, personne ne pourra légalement y toucher et donc vous expulser et reprendre l'appartement.

Un silence à l'autre bout.

— Vous avez compris ? dit-il.

— Évidemment que j'ai compris. Je ne suis pas idiote.

Servaz rougit.

— Il n'y a vraiment pas d'autre solution ? voulut-elle savoir.

— Je n'en vois pas. Je suis désolé. Ce sera très discret : juste un cachet de cire sur la serrure et une étiquette. Mais, bien sûr, vous n'aurez plus le droit d'entrer dans sa chambre…

Il s'attendait à se faire insulter, envoyer sur les roses.

— Du moment que je peux conserver l'appartement, répondit-elle. Laissez-moi le temps de récupérer quelques-unes de ses affaires.

— Très bien. Prenez tout le temps qu'il faudra. Je vous envoie quelqu'un.

— Merci, commandant. (Il y eut un nouveau silence.) Vous allez trouver les assassins de mon fils, n'est-ce pas ?

Ne fais pas de promesse que tu n'es pas sûr de pouvoir tenir.

— Je vous le promets, dit-il.

— Merci.

Il resta un moment à contempler le mur en face de lui. Il ressentait une immense fatigue. Quel que soit le résultat de cette enquête, il se ferait des ennemis. Dans un camp ou dans l'autre. Et peut-être bien dans les deux. Il appela Katz.

— Oui ? dit celui-ci en entrant dans le bureau.

— Tu vas aller poser les scellés sur la porte de la chambre de Moussa Sarr. Pas de grand ruban, rien qu'une étiquette. Fais ça aussi discret que possible. Et tu vas envoyer un courrier officiel au bailleur pour leur annoncer que l'appartement étant considéré comme scène de crime, ils n'ont pas le droit d'y toucher jusqu'à ce que l'enquête soit close. Et, accessoirement, de le proposer à d'autres locataires.

Le jeune lieutenant passa une main dans ses cheveux blonds.

— Pourquoi on fait ça ?

— Je t'expliquerai. File. Et prends du monde avec toi. Un équipage de baqueux, plus un autre en soutien.

— Pour aller poser des scellés ?

— C'est fini le temps où un flic pouvait entrer seul dans la cité, dit Servaz. Et puis, je n'ai pas envie de voir se reproduire l'épisode du squat…

Il vit Katz pâlir.

— Ah, une dernière chose : laisse Mme Sarr prendre tout ce qu'elle veut dans la chambre de son fils. Même déplacer des meubles si ça lui chante.

— Hein ?

Il y avait un van dans la clairière, cette nuit-là, songea-t-il. Était-ce celui de Lemarchand ?

Il nota d'envoyer quelqu'un repérer d'éventuelles caméras de surveillance sur le trajet. Il suffirait de trouver l'image d'un van noir de même marque passant quelques heures auparavant, y compris à des kilomètres de là, pour confirmer cette hypothèse. Si un tel élément n'aurait pas force probante devant un tribunal, eux n'en sauraient pas moins que Lemarchand avait été présent au cours de la dernière nuit de Moussa Sarr.

Il y avait une autre solution : se procurer le numéro du flic et demander l'historique de bornage de son portable. Une manœuvre risquée. Non seulement parce que même un juge comme Nogaret qui n'aimait pas les flics allait refuser avec le peu d'éléments dont ils disposaient, mais parce que les possibilités de fuite étaient énormes et qu'à partir de là l'enquête risquait de leur échapper pour être confiée à l'IGPN, la police des polices.

Son téléphone sonna. Il décrocha.

C'était Catherine Larchet, la chef du labo de police scientifique :

— L'échantillon de sang que vous avez trouvé sous le pont, dit-elle. *Quelqu'un l'a volé...*

25

Il resta muet un moment.

— Quoi ?

— Quelqu'un est entré dans le laboratoire ce matin et en est reparti avec le scellé.

Il mit une seconde à digérer l'information. Son silence n'échappa pas à Catherine Larchet.

— Je ne sais pas quoi te dire, Martin. Sinon que c'est un vol, ça ne fait pas l'ombre d'un doute.

— Comment peut-on voler un échantillon destiné à une analyse ADN dans un laboratoire de la police ? s'étonna-t-il.

Il n'ignorait pas, bien entendu, que la fauche existait à l'hôtel de police comme ailleurs. Il se souvint que Vincent s'était fait piquer son eau de toilette, cadeau de Charlène, dans les vestiaires pendant qu'il prenait sa douche, Samira son Tupperware dans le frigo du local cuisine. Il y avait même le cas d'un collègue gardien de la paix qui, ayant eu la mauvaise idée d'écrire un rapport après le vol de son gilet pare-balles dans les locaux de la police, avait reçu un blâme en retour et s'était vu privé d'avancement pendant deux ans.

— Combien de personnes ont accès au laboratoire ? voulut-il savoir.

— Beaucoup. Des policiers, des techniciens. On sait comment il s'y est pris, ajouta-t-elle à voix basse, consternée. Le matin, la sortie de secours reste ouverte pour permettre aux sols de sécher après le passage des agents d'entretien.

— Hein ? s'exclama Martin.

— Je sais, je sais… Ne dis rien, j'ai déjà gueulé auprès de la hiérarchie à ce sujet… Bref, quelqu'un est entré par là, vêtu d'une blouse blanche et portant des lunettes de vue, d'après la caméra de surveillance. Mais il y a fort à parier que les lunettes étaient bidon. Avec un masque sur le bas du visage, évidemment, ça rend toute identification difficile. Merci, les gestes barrières… Et il a incliné la tête au moment de passer devant la caméra. Comme d'habitude, il n'y avait personne à cette heure dans les labos qui sont le long du couloir. Et soit le type était déjà venu, soit il a été briefé sur la disposition des lieux, car il ne s'est pas trompé : il est allé droit à la salle des scellés, qui, comme souvent, était bondée malgré l'heure matinale. Il devait connaître le numéro d'enregistrement du scellé, ou alors il avait le numéro de PV du service enquêteur, car il ne s'est pas trompé non plus de scellé à voler.

Des complices, songea Servaz. *Lemarchand et ses acolytes avaient des complices dans la maison.*

— Tu as examiné les images de la caméra de surveillance pour voir si ça pouvait être une personne que tu connais ?

— Oui, répondit Catherine Larchet. Malgré le masque et les lunettes, je suis quasiment sûre que ce n'est pas le cas. C'est peut-être quelqu'un venu de l'extérieur…

Ça pouvait être n'importe qui avec une carte de police. Il y avait dans le bâtiment des dizaines de flics, de techniciens que Catherine Larchet n'avait jamais vus. Plus tous ceux des autres commissariats toulousains qui venaient chaque jour à l'hôtel de police pour un motif quelconque. Visionner les images des caméras à l'entrée du commissariat central ne leur donnerait qu'une liste de plusieurs dizaines de postulants.

Qui pouvait avoir couru un tel risque ? se demanda-t-il. Probablement un policier lui-même mouillé jusqu'au cou. En tout cas, cela signifiait que Lemarchand était une pièce maîtresse du dispositif, pas un sous-fifre. Et Servaz aurait parié que le sang dérobé était bien celui de Kevin Debrandt. Ceux qui l'avaient volé savaient que la disparition du scellé confirmait cette hypothèse. Ils pensaient déjà au coup d'après : si un jour cette affaire finissait devant un tribunal, il faudrait à Servaz et à son groupe des preuves tangibles pour étayer leurs accusations, pas seulement des hypothèses.

Il décida d'envoyer une équipe à Grignac, sous le pont, par acquit de conscience, mais il savait déjà qu'ils ne trouveraient rien sinon une flaque d'essence ou d'acide là où avait été la tache de sang. Peut-être que les caméras de la banque leur fourniraient de nouvelles images, mais il en doutait : ils auraient retenu la leçon, cette fois.

Il y voyait cependant un signal positif, que ceux du camp d'en face envoyaient malgré eux : *ils effaçaient leurs traces*. Cela voulait dire aussi qu'ils se savaient *chassés* à leur tour. Leur nervosité était en train de croître. Et la nervosité amène à commettre des erreurs.

26

Il s'assit, but une gorgée de café, regarda les autres :

— D'accord. On a quoi ?

Étaient présents Vincent, Samira, Katz et une autre équipe, Roussier et Gadebois, qui ressemblaient à Don Quichotte et Sancho Panza – l'un grand et maigre, l'autre petit et ventripotent –, deux flics à l'ancienne, pas franchement des bourreaux de travail, qui aimaient les blagues lourdingues, passaient beaucoup de temps à déjeuner et fort peu sur le terrain. Ils attendaient assez paisiblement la retraite.

— On a trouvé quelque chose, dit d'emblée Vincent, et tout le monde comprit à cette entrée en matière que c'était important.

— Vas-y.

— Trois cas de disparition au cours des dernières années qui ont le même profil que Sarr et Debrandt. Des délinquants multirécidivistes remis en liberté qui se sont évaporés quelques semaines après leur libération.

L'évocation de ces coïncidences provoqua un silence dans la salle et Servaz se raidit : *il avait vu juste, il y en avait d'autres...*

— Romain Heyman, Lahcene Kheniche et Nelson da Rocha, continua Espérandieu en consultant ses notes. Kheniche, vingt-six ans, était considéré comme l'un des plus gros trafiquants de cannabis de la région. Il était soupçonné d'être le patron du point de deal d'Edgar-Varèse, à la Reynerie : plus de sept cents clients par jour. Sauf qu'il n'avait pas de casier judiciaire. Il était toujours passé entre les mailles du filet. Son avocat a réussi à démonter le dossier, à démontrer le manque de preuves et à le faire libérer. Trois semaines plus tard, Kheniche a disparu de la circulation.

Autour de la table, l'attention s'accrut : tout le monde, même Don Quichotte et Sancho Panza, était conscient qu'on tenait quelque chose.

— Nelson da Rocha. Trente-sept ans. Purgeait une peine de six ans au centre de détention de Muret pour une série de vols aggravés. Il a plusieurs fois menacé un gardien avec qui il avait un contentieux. Il lui a dit qu'il savait où il habitait, qu'à sa sortie il allait le retrouver et qu'il allait le tuer. Il a aussi mis le feu à sa cellule, ce qui lui a valu d'être placé à l'isolement et de perdre plus de cent jours de réduction de peine.

Servaz savait, comme tout le monde autour de cette table, que les réductions de peine étaient quasi automatiques dans les prisons françaises.

— Malgré cela, sa peine en partie effectuée, il a fini par sortir avant l'échéance. Un mois plus tard, il disparaît sans laisser de trace…

De nouveau, Servaz sentit un doigt glacé courir sur sa nuque.

— Romain Heyman, poursuivit Vincent. Cinquante-cinq ans. Un « beau mec ». (C'était le jargon pour désigner les truands à l'ancienne.) Condamné en 2002 à trente ans de réclusion criminelle par la cour d'assises des Bouches-du-Rhône pour le rapt et l'assassinat d'un riche homme d'affaires de la région après que sa famille a payé la rançon. A purgé sa peine à la centrale de Lannemezan. En 2017, par le jeu des remises de peine, il est libéré. En 2019, il est soupçonné de l'enlèvement de la fille d'un homme d'affaires résidant à Pech-David, contre rançon là aussi. Il n'a pas d'alibi pour le soir de l'enlèvement et un témoin du rapt le reconnaît sur photo. Mais, bizarrement, le témoin finit par se rétracter et, faute de preuves, le juge refuse de le mettre en examen. Il disparaît deux mois plus tard. On est sans nouvelles depuis…

Servaz sentit le duvet sur sa nuque se hérisser. *La fille d'un riche homme d'affaires enlevée.* Il se souvenait de cette histoire, elle avait fait la une des journaux : la fille avait été libérée, elle n'avait subi aucune violence sexuelle. Mais elle restait traumatisée.

Il était là, le lien…

Il récapitula. Kheniche libre faute de preuves bien que tout le monde le sût coupable, da Rocha remis en liberté bien qu'il eût menacé de mort un gardien, Heyman condamné à trente ans de réclusion mais qui n'en avait effectué que quinze et qui avait récidivé une fois dehors, Moussa libéré pour un vice de procédure, Kevin échappé de son centre pour mineurs. La justice de ce pays lui faisait parfois penser aux Vikings, qui avaient occupé le Groenland pendant quatre cent cinquante ans et qui étaient morts pour n'avoir pas voulu renoncer à leurs valeurs fondamentales. Dont l'une était qu'ils refusaient de manger du poisson. Ainsi, entourés de réserves quasi inépuisables, ils étaient morts de faim pour des raisons culturelles, en refusant d'imiter les Inuits qui, de leur côté, n'avaient pas ce genre de préventions. En refusant par principe de s'adapter à une situation nouvelle, les Vikings du Groenland s'étaient condamnés à mort, mais ils avaient gardé leurs valeurs. Les Vikings de la justice semblaient bien partis pour faire de même.

— Cherche s'il n'y a pas d'autres points communs entre ces trois-là, dit Martin.

— Comme quoi ? demanda Espérandieu.

Une idée lui traversa l'esprit :

— S'ils ne s'en sont pas pris physiquement ou s'ils n'ont pas été en contact d'une manière ou d'une autre avec des membres de la haute bourgeoisie toulousaine…

Ce n'était qu'un pressentiment, un schéma encore flou, mais il avait l'impression de voir quelque chose se dessiner. Comme la forme d'un iceberg qui émerge lentement de la nuit. Et il avait à présent la certitude que ces trois nouveaux cas ne seraient pas les derniers.

— C'est du bon travail. Continuez à creuser. Raphaël ?

— Les téléphones des parents de Kevin Debrandt n'ont rien donné, répondit Katz. On n'a rien trouvé de significatif sur les réseaux sociaux de Moussa et de Kevin, rien non plus sur les clés USB et les disques durs. Mais on a quand même déniché un truc dans l'historique de leurs téléphones : la dernière fois qu'ils ont borné, c'était au relais de Donneville près de l'A61 pour Moussa et au relais de Mazères près de l'A66 pour Kevin… Celui de Moussa a borné pour la dernière fois dans la nuit du jeudi au vendredi où il a disparu, celui de Kevin le jour où il a rendu visite à ses parents.

Il comprit tout de suite où Raphaël voulait en venir : *la route de l'Ariège* – le trajet qu'ils avaient eux-mêmes emprunté pour se rendre sur la scène de crime. Il y avait fort à parier que ceux qui les avaient kidnappés s'étaient débarrassés des téléphones en chemin. *Kevin comme Moussa avaient été emmenés en Ariège*. L'iceberg se dessinait plus nettement…

— Roussier, Gadebois, vous allez faire la tournée des prisons : Muret puis Lannemezan. Vous interrogez les gardiens, vous essayez de récolter tout ce que vous pouvez déterrer comme infos sur da Rocha et Heyman.

Les deux flics échangèrent un regard qui en disait long sur leur motivation, puis se levèrent à contrecœur : ils seraient volontiers restés assis là, à siroter leur petit noir et à écouter les autres parler.

— Tu crois vraiment que ces deux-là vont trouver quelque chose ? demanda Samira, perplexe.

— Je voulais juste les éloigner. Tels que je les connais, ils en ont pour la journée.

— Les éloigner pour parler de Lemarchand ? compléta Vincent.

— Hmm.

Samira prit la parole :

— Il nous faudrait géolocaliser son téléphone pour pouvoir suivre ses déplacements en temps réel, déclara-t-elle, mais ça suppose de mettre le juge dans la confidence.

En 2017, la Cour de cassation avait tranché : la géolocalisation d'un téléphone portable constituait une ingérence dans la vie privée et ne pouvait donc se faire sans l'aval d'un juge. Les enquêteurs avaient sauté de joie.

— Oublie ça pour l'instant, dit-il. Nogaret risquerait de nous enlever la procédure et de refiler le bébé à l'IGPN.

Il fronça les sourcils.

— Ce qui s'est passé au labo ce matin est une déclaration de guerre. Lemarchand n'en a rien à foutre qu'on le soupçonne. Il veut juste nous empêcher, avec ses comparses, de prouver son implication. *Ils nous narguent... Ils se croient intouchables.* Eh ben, on va les narguer aussi. Je veux que vous planquiez à tour de rôle devant chez lui. Tous les soirs, toutes les nuits, tous les jours… Que vous le colliez comme des morpions. Jusqu'à ce qu'il commence à péter les plombs.

Vincent émit un sifflement.

— Une surveillance H24, il va nous falloir des renforts…

— Et l'aval du juge, répéta Samira.

— Pas de renforts. Et on se passe du juge pour le moment. On fait avec les moyens du bord. Samira, tu prends le premier quart, Vincent le deuxième, Raphaël le troisième… Je prendrai le suivant. Pas besoin d'être deux dans les voitures. Et on ne se cache pas : on veut que Lemarchand nous voie. On laisse Laurel et Hardy en dehors de ça. Ça ne doit pas s'ébruiter. Bon, je file à la conférence de presse…

27

La rédaction de *La Garonne* était plus modeste que celle de *La Dépêche du Midi*. Il faut dire que le journal tirait à 65 000 exemplaires, un tirage inférieur de moitié à celui de son grand rival qui régnait sur la région depuis plus d'un siècle, et qui avait accueilli dans ses rangs Jaurès et Clemenceau.

Aussi les locaux, installés dans l'entresol d'un vieil immeuble de la rue des Lois, étaient-ils réduits, pour l'essentiel, à une vaste salle basse de plafond, rythmée par des piliers carrés en béton venus renforcer l'ancienne structure, où chaque centimètre cube était occupé par des bureaux, des ordinateurs, des photocopieuses, des imprimantes à laser, des machines à café, des classeurs et une ruche d'une trentaine de journalistes – du moins avant que la crise sanitaire ne la vide comme elle avait vidé les rues.

Les seuls à disposer d'un bureau individuel étaient le directeur financier et le rédacteur en chef. C'est vers le bureau de ce dernier que, de retour de la conférence de presse, Esther Kopelman se dirigea en fonçant à travers la salle comme si elle avait le diable à ses trousses.

Dans ses écouteurs, John Lennon chantait *Gimme Some Truth*.

Elle fit un petit signe de tête aux collègues, cogna à la porte du rédac-chef.

— Entrez ! gueula Chaumette, d'une voix qui donnait plutôt envie de n'en rien faire.

Il ne parut pas spécialement heureux de la voir, fit signe au stagiaire qui prenait des notes de se retirer. Chaumette appréciait le travail de sa journaliste la plus expérimentée, mais la gérer était un boulot à plein temps qui lui pompait une bonne partie de son énergie.

— Salut, Esther, dit-il prudemment. Ferme la porte.

— Ne fais pas cette tête, je t'apporte des bonnes nouvelles.

— Je n'en suis pas si sûr…

Chaumette était un homme dans la cinquantaine d'une pâleur extrême et sa peau semblait toujours recouverte d'une fine pellicule de transpiration. C'était en outre un homme aux proportions gigantesques : grandes mains, corps immense, grosse tête couronnée d'un buisson ardent de cheveux bouclés et grands yeux exophtalmiques qui lui donnaient l'air d'être en permanence perplexe ou courroucé.

Il était presque constamment en manches de chemise, même quand il sortait dans la rue par des températures négatives, et Esther savait qu'il souffrait d'un certain nombre de maladies – diabète, hypertension, insomnies, emphysème – et prenait de nombreux médicaments, dont les boîtes jonchaient son bureau au milieu de la paperasse.

Elle s'avança, se planta debout devant sa table de travail et attendit. Il finit par lever les yeux.

— Oui ? dit-il. Je suis tout ouïe…

Elle sortit cinq photos, les étala entre les papiers.

— C'est qui ? demanda-t-il en se penchant et en chaussant ses lunettes par-dessus son masque.

Son regard alla des cinq portraits à la journaliste.

— Je reconnais celui-là, dit-il. C'est le gamin dont tout le monde parle, celui qu'on a trouvé en Ariège…

— J'ai un peu fouillé dans nos archives. Ce sont cinq délinquants avec des carrières délictueuses longues comme le bras mais qui se sont retrouvés libres et qui ont tous… *disparu* peu de temps après leur libération. Celui-là s'appelle Kevin Debrandt, celui-là Lahcene Kheniche, là on a Nelson da Rocha, et là Romain Heyman. Et, pour compléter le tout, effectivement, celui-là, c'est Moussa Sarr, le gosse qui a été trouvé mort en Ariège. Trois jours avant d'être percuté par cette voiture, il avait cessé de donner de ses nouvelles à sa famille…

Il reposa lentement ses lunettes.

— Et tu comptes faire quoi avec ça ?

— Ça ne te paraît pas suffisamment frappant comme rapprochement pour qu'on en parle… ?

Il haussa les sourcils, qu'il avait aussi bouclés que ses cheveux.

— Et après ? Tu veux écrire *quoi* ? Qu'ils ont disparu ? Des milliers de personnes disparaissent chaque année… Ils se sont peut-être fait oublier quelque part… Quelles preuves tu as qu'il y a un lien entre eux ?

Sans demander l'autorisation, elle tira une chaise et s'assit.

— Moussa Sarr, quand il a été percuté par cette voiture, fuyait des gens qui le chassaient comme du gibier. Et il portait cette satanée tête de cerf. Il…

— Esther, je sais tout ça : on a publié ton article et on l'a mis en une, mais…

— Au printemps, il avait été libéré à la suite d'un vice de procédure par la présidente de la chambre d'instruction. Il était accusé de viol. Les quatre autres ont tous été libérés pour une raison ou pour une autre et, quelque temps après leur sortie du tribunal ou de la prison, *ils ont tous disparu*. Pouf ! On est sans nouvelles d'eux depuis…

— Ce n'est pas en me répétant la même chose plusieurs fois que tu me feras changer d'avis : tu n'as pas d'article…

— Et si tous avaient été chassés comme Moussa Sarr ? Supposons qu'il leur soit arrivé la même chose…

Il se racla la gorge, grimaça derrière le masque :

— C'est juste une hypothèse, tu n'en sais rien du tout.

— Tu ne crois pas que ça mérite au moins qu'on enquête ?

— Tu t'imagines qu'on est le *Washington Post* ou quoi ?

— Chaumette, tu sais comme moi que c'est coûteux en temps et en énergie d'obtenir de vraies infos dans ce métier. Sauf, bien sûr, si on se contente des dépêches AFP et de copier-coller les infos de la concurrence. Tu sais aussi que l'essence de notre métier consiste à déterrer la vérité enterrée sous les décombres du mensonge, des fictions et des faux-semblants, du moins quand on a de journaliste autre chose que le nom…

Il haussa les épaules, fouillant dans le monceau de documents entassés devant lui comme un rempart.

— Tu peux pas t'empêcher de faire la leçon, hein, Kopelman ? C'est plus fort que toi…

Il poussa un soupir.

— Tiens, voilà un bon article qui parle aux gens, ajouta-t-il en ouvrant grand et en faisant bruisser cet objet quasi anachronique qu'était désormais un journal imprimé. « Les dégâts collatéraux du coronavirus sur les pratiques sexuelles ». On pensait qu'après la disette sexuelle imposée par le premier confinement on allait assister à une boulimie de sexe. Eh ben, pas du tout… 33 % des célibataires interrogés déclarent avoir eu une relation sexuelle dans le mois qui a suivi le déconfinement. C'est mieux que les 13 % pendant, mais moins que les 44 % avant. Par ailleurs, 90 % d'entre eux choisissent d'avoir un seul partenaire. Le virus encourage la fidélité. Mais il provoque aussi la stigmatisation de certaines populations à risque. 59 % des célibataires interrogés refuseraient d'avoir un rapport sexuel avec une personne susceptible d'être exposée au virus, comme le personnel soignant, et 58 % avec une personne ayant déjà eu le Covid-19. Intéressant, non ?

— C'est rien que des chiffres, tu appelles ça un bon article ?

— Erreur, dit-il. C'est bien écrit et ce que traduit cet article, c'est un manque affectif plutôt qu'un manque de sexe. Ça parle aux gens. Un célibataire est habitué au manque de sexe. Mais les Français ont besoin d'affection, de quelqu'un auprès d'eux pour affronter cette crise. Voilà ce que nous dit cet article. *Il nous parle de ce que nous sommes profondément.* C'est pour ça qu'il intéresse nos lecteurs, bien plus que la corruption, les trafics ou les scandales. C'est l'article du jour le plus téléchargé sur notre site en ligne.

Il tapota le journal de l'index.

— Des études ont montré que les lecteurs se sentent anxieux après avoir lu la presse, ironisa-t-il. Tu es au courant qu'il y a eu une attaque au couteau à la basilique de Nice ce matin, je suppose ? Trois morts, dont deux égorgés... On a assez d'infos anxiogènes comme ça en ce moment. Si tu n'as pas plus d'éléments, on laisse tomber.

— Et si j'en trouve ?

— Alors, on en reparlera.

— D'accord. Mais avoir un informateur dans la police n'est pas gratuit...

Il soupira :

— Combien ?

Elle déverrouilla la porte de son appart sous les toits. Poussant le battant qui résista un court instant, elle pénétra dans le petit deux-pièces qui sentait l'encens et le tabac. Elle posa son sac, fila dans la salle de bains se nettoyer les mains au gel hydroalcoolique.

En revenant dans le séjour, le regard d'Esther tomba sur la bouteille de bourbon à moitié vide sur le comptoir de la cuisine. Elle saisit un verre, se servit une bonne rasade et la but d'un trait.

Après quoi, elle récupéra un paquet de cigarettes neuf et ressortit. En émergeant dans la rue, elle entra dans le kebab du rez-de-chaussée, qui s'appelait *Sami Kebab*, du nom de son propriétaire.

— *Salam aleikoum*, dit-elle en s'approchant de la minuscule cuisine ouverte sur la salle aussi étroite qu'un couloir.

— *Aleikoum salam*, répondit Sami.

Il avait un visage long, avenant, un nez à la Cyrano, un collier de barbe clairsemé et des yeux noirs pétillants d'humour. Mais, ce jour-là, le regard était sombre.

— Pourquoi tu fais cette tête-là, Sami ?

Il la fixa avec l'air d'un chat qui a la queue coincée dans une porte.

— Pourquoi je fais cette tête-là ? Tu es journaliste, tu devrais savoir : on va reconfiner. Tu n'as pas entendu le président parler hier soir ?

— Ah ? ça…

— Oui, ça. Tu crois que c'est rien ? Toi, tu as ton job, tu es… salariée. Mais moi, je suis mort : plus de Sami, plus de kebab, plus rien… Finito. Adieu Sami.

Elle hocha la tête.

— Je suis sincèrement désolée, Sami.

— Et puis, il y a cette chose horrible qui s'est passée ce matin à Nice, dans cette église… On va encore montrer du doigt les gens comme moi. On va encore nous confondre avec ces bêtes sauvages. Il paraît que celui qui a fait ça est en réanimation. Je plains les médecins qui doivent soigner ce monstre… Moi, je ne bougerais pas le petit doigt pour lui si j'étais eux. On vous tue et vous soignez le tueur ?… Vous êtes faibles dans ce pays… Trop faibles. Dépêche-toi de manger, Kopelman, dit-il tristement. Avant que je baisse le rideau et que ce monde explose. Tu veux quoi ?

— Prépare-moi un *dürüm*.

— Avec du *ras el-hanout* maison ?

— Et sans sauce aigre. Pas comme la dernière fois…

— Je t'entends fort et clair, Kopelman, retourna Sami. Fort et clair.

— Je me sors une chaise, dit-elle en attrapant un des sièges pliants dans la salle vide.

Sami avait laissé une seule table à l'extérieur, sans siège. Il faisait trop froid pour manger dehors. Ce n'était pas uniquement pour fumer cependant qu'elle s'installait dans la rue, c'était pour observer. Les gens. Sa ville. *La vie.* C'était plus fort qu'elle. L'humanité était la drogue d'Esther Kopelman.

— Pas de sauce aigre ! répéta-t-elle au moment de franchir le seuil.

— Pourquoi tu continues à venir ici si rien ne va ? lança-t-il avant qu'elle sorte.

Le rire d'Esther monta.

— Parce que t'es juste en dessous de chez moi et aussi parce que tu as la meilleure viande de Toulouse, répondit-elle sans se retourner.

La viande était délicieuse. Elle était allée mendier un verre de chianti à la pizzeria voisine, où l'humeur était aussi sombre que chez Sami après les annonces présidentielles. Elle remonta le col de sa doudoune. Il faisait méchamment froid. Elle sortit son téléphone. Le numéro qu'elle appela était identifié dans son répertoire par les seuls mots « Contact Un ».

— Vous voulez toujours collaborer ? dit-elle dès qu'on eut répondu. Vous avez de quoi noter ? J'ai besoin d'informations sur Lahcene Kheniche, Nelson da Rocha et Romain Heyman. (Elle épela.) J'ai besoin de savoir, dans chaque cas, qui est le juge qui a mené l'instruction et les flics qui ont conduit la procédure.

— Combien ?

— Comme convenu.

28

Il y avait de plus en plus de nuages au-dessus des barres d'immeubles de la Reynerie. Le vent glacial poussait les premières feuilles mortes entre les arbres du parc Winston-Churchill, sous le ciel sombre, et il faisait frissonner la surface triste et noire du lac.

L'appartement-nourrice puait le shit. Chérif Sarr avait envoyé les locataires faire un tour, le temps de discuter avec ses « frères », loin des oreilles de sa mère et des possibles micros de la flicaille.

Il observa la collection de visages fermés autour de lui à travers les volutes bleutées.

— On va pas laisser la mort de mon petit frère impunie, dit-il aux jeunes hommes présents. Les keufs ne vont rien faire, ces fils de putes vont enterrer l'affaire. On doit agir.

Tous les regards posés sur lui étincelaient comme des bouts de métal chauffés à blanc.

— Ouais… on doit marquer le coup, dit un autre. On doit allumer ces enculés. Tu proposes quoi ?

Lemarchand regarda par la fenêtre. La voiture était toujours là. Garée le long du trottoir entre deux autres voitures. Il savait très bien d'où elle venait : du parc de véhicules du SRPJ. Et il y avait quelqu'un à l'intérieur.

Il constata avec un agacement croissant que la femme au volant ne cherchait même pas à se cacher. Il ne voyait pas ses yeux à travers le pare-brise, dans l'ombre de l'habitacle, mais il devina que c'était lui que cette salope observait. Il tira le rideau, finit son café, rinça la tasse et la déposa dans l'évier.

Ça faisait une plombe que la chignole était là. Elle l'avait probablement suivi depuis le commissariat, même si, sur le moment, il n'y avait pas prêté attention. Il savait très bien ce qu'ils cherchaient à faire. *Ils cherchaient à l'énerver, histoire de l'amener à commettre une erreur.* Et il avait beau le savoir, ça marchait : qu'ils aient l'audace de planquer devant chez lui sans se cacher avait quelque chose de foutrement insultant, de carrément humiliant même.

Il se demanda s'il devait sortir, traverser la rue et aller dire à la fille au volant d'aller se faire mettre.

Mauvaise idée : elle saurait qu'elle avait atteint son but. Le foutre en rogne. Et cela les conforterait dans leur stratégie.

Il revint à la fenêtre, souleva de nouveau le rideau. La nana ne bougeait pas. *Sale pute.* Il avait un besoin pressant et il alla s'enfermer dans les toilettes.

Assis sur la cuvette des W-C, le slip sur les chevilles, il poussait quand il vit un liquide blanc et poisseux sourdre de son pénis et sentit une odeur de poisson mort. *Merde !* Son gland continua d'expulser plusieurs jets de sperme sans qu'il eût la moindre érection. C'était l'un des étranges symptômes de la tumeur qui lui bouffait le cerveau. Cela pouvait survenir quand il riait trop fort ou, comme en ce moment, quand il déféquait. Il avait tellement peur que ça lui arrive au boulot qu'il dissimulait des couches étanches sous ses vêtements. Saleté de karma. Il avait dû faire de vilaines choses dans une vie antérieure, et il se disait que ça n'allait pas s'améliorer avec la suivante.

Il s'essuya, remonta son pantalon et retourna à la fenêtre. Comme il fallait s'y attendre, la voiture était toujours là, dans le soir qui descendait. De guerre lasse, Lemarchand ouvrit un tiroir de la cuisine et choisit un téléphone « fantôme » parmi la rangée : rien que des appareils à carte prépayée.

— Oui ? dit la voix au bout du fil.

C'était la voix d'un homme d'âge mûr ; il émanait d'elle une aura d'autorité.

— Il y a une voiture qui monte la garde devant chez moi, ça a commencé il y a une heure, dit-il. La femme qui est dedans est de la maison. Je crois qu'ils veulent m'impressionner…

— Elle est seule ?

— Oui.

Lemarchand revit la haute silhouette, le grand front, le crâne rasé, les joues creuses et ravinées et surtout le regard d'un bleu si pur qu'il en faisait presque mal.

— Je veux la voir, dit la voix après réflexion. « Connaître son ennemi », c'est la base, Serge. Voilà ce que nous allons faire.

À l'autre bout de la ligne, l'homme de haute stature raccrocha, s'approcha du feu. Ainsi donc les chiens courants étaient sur la piste. Ils n'avaient pas aimé qu'on vienne dérober cette preuve dans l'enceinte même du commissariat. Ils n'avaient pas digéré l'humiliation. Il plongea son regard bleu dans les flammes. Une paire d'yeux du bleu le plus pur qu'on puisse imaginer. Parfait. Le combat était engagé. L'idée même amena un sourire sur ses lèvres minces.

Vallée d'Uzbin, Afghanistan, 19 août 2008, 1 h 40 du matin, dans les montagnes, à soixante kilomètres au nord de Kaboul. À la lueur des lampes, l'officier aux yeux bleus contemple les corps alignés. Dix militaires français tués. Embuscade...

Armés d'AK-47, de lance-roquettes RPG-7 et de fusils de précision SVD Dragunov, les talibans et les membres du Hezb-e-Islami ont attaqué la patrouille à cinq contre un. Cent cinquante talibans contre trente soldats. L'officier aux yeux bleus, arrivé en soutien avec ses hommes beaucoup trop tard, est furieux. Il avait prévenu la chaîne de commandement que le secteur était dangereux. Les Italiens, qui le tenaient auparavant, ne sortaient plus de leur base depuis qu'ils avaient eu un mort dans leurs rangs.

Dans la faible lumière tombant des étoiles, tandis que résonnent encore les mortiers de 120 et que vrombissent les hélicoptères Caracal à proximité, debout au milieu des rochers, l'officier aux yeux bleus regarde son adjoint :

— Une mission mal préparée... Pas de reconnaissance aérienne... Un traquenard qui aurait pu être évité... si on avait eu une chaîne de commandement à la hauteur et les moyens nécessaires... Appelle les journalistes. Je veux que dès demain il y ait des articles dans tous les journaux de France. Que le pays sache que notre engagement est total, que le comportement au combat de nos soldats est admirable, mais que l'armée française les envoie au casse-pipe. Je ne vais pas laisser mes hommes se faire massacrer pour qu'à Paris nos haut gradés puissent parader le 14-Juillet.

29

Samira passait l'album *Vulgar Display of Power* de Pantera – un truc de 1992 que certains sites spécialisés considéraient comme l'un des meilleurs albums de métal de tous les temps – quand elle vit Lemarchand sortir de chez lui. Elle était sur le point de se livrer à un peu de *headbanging* – une danse qui consistait à secouer violemment la tête – pour tuer le temps, mais s'abstint en le voyant. Le flic ripou dévala les marches de son pavillon, traversa la cour, franchit le portail et monta au volant de son van.

Oh, oh…

Samira le laissa s'éloigner, puis elle mit le contact. Elle déboita, descendit rapidement la rue en pente.

Il avait viré à gauche. Elle fit de même, aperçut le van à une trentaine de mètres. Deux voitures s'étaient intercalées entre eux. Impec. Elle aurait volontiers collé une balise sous le véhicule de Lemarchand, mais pour ça aussi il fallait l'autorisation d'un juge.

Cinq minutes plus tard, elle le vit rejoindre le périphérique par la sortie 17, à la hauteur de Balma et de la Cité de l'espace, prendre la direction du sud. Elle attrapa son téléphone. Martin répondit à la première sonnerie.

— Ça bouge, dit-elle. On est sur la rocade.

— Tu crois qu'il t'a repérée ?

— J'en suis sûre. Il a plusieurs fois regardé par la fenêtre.

— Très bien. Ne le lâche pas…

Ils quittèrent l'agglomération toulousaine par l'autoroute des Deux-Mers. Dépassèrent Donneville, là où le téléphone de Moussa avait borné pour la dernière fois. Après Montesquieu-Lauragais, ils délaissèrent l'A61 pour l'A66. Plein sud, donc. Direction l'Ariège. C'était le trajet qu'avaient suivi Moussa comme Kevin car, au bout de dix minutes, ils dépassèrent Mazères : là où le portable de Kevin avait borné en dernier lieu.

Putain… Il allait droit vers leur tanière ou quoi ? Elle sentait l'adrénaline courir dans ses veines, le frisson de la filature. Mais quelque chose clochait. Lemarchand savait qu'elle était à ses trousses : il ne l'aurait certainement pas conduite jusqu'à leur repaire… Et il savait aussi qu'elle ne risquait pas de le perdre sur l'autoroute déserte.

Alors où allait-il ?

Elle ne voulait pas s'approcher trop près, mais c'était difficile car il roulait en dessous de la vitesse autorisée. Un flic comme lui roulant à une allure de papy ? À croire qu'il le faisait exprès. C'était sans doute un déplacement anodin. Elle n'en était pas moins perplexe pendant que le ciel s'assombrissait au-dessus des collines et que la pénombre envahissait l'habitacle.

Ils doublèrent Foix, la préfecture et la deuxième plus grande ville du département avec seulement

9 700 habitants. Autour d'eux, les collines commencèrent à s'élever. Bientôt, de hauts sommets se profilèrent à l'horizon, hiératiques et menaçants sous le ciel qui s'étoilait. La nuit tombait. L'ombre avalait le décor. L'impression de solitude, de désolation, de bout du monde, s'amplifia. À la sortie de Tarascon-sur-Ariège, après un rond-point, une église et un cimetière déserté sous la lune, ils délaissèrent la N20 pour la D8, qui s'enfonça immédiatement dans un paysage encore plus sauvage.

Les flancs couverts de forêt se rapprochèrent de la route. Par moments, la vallée s'évasait un peu et ils longeaient des prairies bleutées cernées de bois noirs et de collines enténébrées. Lemarchand ne pouvait ignorer les phares qui le suivaient depuis si longtemps. Elle avait de plus en plus la sensation de se jeter dans la gueule du loup. Mais quelles étaient les intentions du loup en question ? Lemarchand et ses comparses n'étaient pas idiots. Ils devaient se douter qu'elle tenait son groupe informé.

Alors quoi ?

Le panneau d'entrée d'un village surgit dans la lueur des phares. Elle se fit la réflexion que, la dernière fois, avec Servaz et Espérandieu, ils n'étaient pas passés par là pour se rendre à la scène de crime : Moussa Sarr était mort plus au nord du département.

Le restaurant se trouvait à l'orée du village, près d'une rivière invisible dans l'obscurité mais bordée de grands peupliers qui se détachaient sur les ténèbres comme des fantômes pâles montant la garde. Lemarchand se gara sur le petit parc de stationnement. Samira poursuivit sa route, passant devant l'entrée du parking sans s'arrêter, fit le tour complet du rond-point suivant, puis rebroussa chemin.

Revenue devant l'entrée du restaurant, elle découvrit les mots *Au rendez-vous des chasseurs* peints sur un écriteau fait de planches grossières, façon Far West, mais éclairé au néon. Elle vit Lemarchand disparaître dans l'établissement. Elle attrapa son portable, appela Martin, lui résuma la situation.

— Je fais quoi ?

— Tu le suis à l'intérieur.

— Il va me reconnaître…

— Précisément. Si on avait voulu une filature discrète, on aurait choisi quelqu'un d'autre.

— Martin, je t'emmerde.

— Moi aussi, je t'aime.

Traversant la route, elle entra sur le parking. Cinq véhicules, le van de Lemarchand compris. Samira se gara tout au bout. Elle regarda l'horloge du tableau de bord. 19 h 30. Avec le couvre-feu, le restaurant fermerait dans une heure et demie.

De petites lampes disposées au ras du sol éclairaient l'aire de loin en loin. Elle attendit cinq minutes et descendit, franchit la porte et demanda une table pour dîner.

La jeune femme à l'accueil rectifia la position de son masque et quitta son comptoir pour la guider vers la salle. Une auberge de campagne dans son jus avec des solives sombres au plafond, un feu clair dans la cheminée, des nappes à carreaux et de grandes scènes de chasse à courre sur les murs. Dès qu'elle eut pénétré dans la salle, Lemarchand leva les yeux. Il la fixa sans chercher à dissimuler son hostilité ni sa colère.

Loin de fuir le contact visuel, Samira soutint son regard et il finit par baisser le sien sur son menu. Elle s'assit à la table qu'on lui indiquait, dos au mur, inspecta rapidement la salle. Deux couples, un de retraités, l'autre dans la cinquantaine, une famille plus jeune – les parents avaient la trentaine – avec trois enfants en bas âge qui faisaient beaucoup de bruit, et un grand bonhomme maigre dans la soixantaine assis dans un coin, le visage émacié, le teint hâlé, les yeux baissés sur son assiette.

Plus Lemarchand, seul à table.

Ses pensées revinrent au flic et elle se demanda qui il attendait. *Elle n'allait pas tarder à le savoir...*

Quand la jeune femme vint prendre sa commande, Samira choisit une entrecôte aux échalotes. De son côté, Lemarchand s'était mis à manger en silence et elle commença à se sentir mal à l'aise. Apparemment, il n'attendait personne. Elle ne l'avait pas vu non plus sortir son téléphone. Elle fut soudain assaillie par une question oppressante : *pourquoi l'avait-il entraînée jusqu'ici ?*

Elle détailla les autres convives. L'homme du couple dans la cinquantaine la scrutait à la dérobée mais, chaque fois qu'elle regardait dans sa direction, il s'empressait de détourner les yeux. Flic ? Celui de la famille nombreuse lança plusieurs œillades vers son legging en cuir noir et son pull au décolleté lacé et elle le fusilla du regard. Le sexagénaire mangeait seul dans son coin, les yeux baissés sur un livre ouvert à côté de lui. Complet gris impeccable, chemise blanche au col rigide.

Lemarchand l'observait.

Sa pupille sombre avait envahi tout l'iris et elle semblait absorber la lumière alentour comme un trou noir.

Le cœur de Samira se mit à taper plus vite, malgré elle, en voyant un sourire arrogant s'étirer lentement sur les lèvres du policier – un sourire qui avait quelque chose d'obscène, de mauvais. Puis le sourire s'effaça d'un coup pour céder la place à une expression d'une cruauté si pure, d'une haine si nue, d'un mépris si absolu que Samira sentit un frisson glacé courir tout le long de sa colonne.

Ils arrivèrent par l'avenue de la Reynerie, dans la nuit, occupant les deux trottoirs, la piste cyclable et le milieu de la chaussée. Cagoulés, vêtus de survêtements noirs, armés de barres de fer, de battes de base-ball, de caillasse et de feux d'artifice – qu'une certaine presse qualifiait un peu abusivement de « mortiers », jouant sur l'ambiguïté du terme, parce que c'était plus spectaculaire et que, dans l'imaginaire collectif, ça renforçait l'image d'une guerre et de troupes ennemies.

Ils étaient une cinquantaine, peut-être davantage, et les deux policiers en uniforme qui fumaient devant le commissariat à ce moment-là comprirent tout de suite que cela allait barder.

— C'est quoi, ce bordel ? s'exclama l'un d'eux.

— Magne-toi ! Magne-toi ! Faut tout verrouiller et appeler des renforts !

Ils se ruèrent à l'intérieur, bloquèrent la porte blindée.

— Descendez les stores ! On est attaqués !

Ce fut une nuit de fureur outragée et de tumulte. Une nuit sauvage et revendicative. Derrière chaque insulte, chaque cri, chaque projectile, il y avait – dit ou non dit, mais en tout cas pensé – le mot *justice*. C'était ce mot qui hantait les manifestants en gilets jaunes sur les ronds-points l'année d'avant, les associations de victimes exigeant plus de sévérité envers les criminels, les femmes et les hommes sur Twitter dont l'enfance avait été ravagée par des adultes, les gamins des quartiers qui voulaient avoir les mêmes opportunités que les autres et même les dealers et les gosses de la cité cette nuit-là. *Justice*. Celle que ce pays était désormais incapable de garantir à ses citoyens, remplacée qu'elle était par un simulacre, un jeu, une parodie. *Justice* : le mot était dans la moindre cervelle de cette nation humiliée et offensée.

Et, tandis que cela rugit, vomit, éructe, flamboie et brûle dans cette nuit de révolte, il est aussi dans toutes les têtes du côté du Mirail : celles des flics comme celles de leurs assaillants…

Samira s'empressa de payer et se leva. Elle sortit de la salle, passa devant la réception où le restaurateur avait le regard levé vers le téléviseur suspendu dans un angle.

— J'arrive toujours pas à le croire, lui dit-il d'un air désespéré. On reconfine. C'est pas possible. Cette fois, on est morts. On ne se relèvera pas. Toute une vie de labeur foutue en l'air…

Elle eut un signe de tête compatissant, jaillit dans la nuit claire, que seuls peuplaient le bruit de la rivière proche et le murmure de la brise dans les peupliers. Elle s'arrêta net. Où était-il passé ?

Elle l'avait vu régler l'addition, se lever et partir.

Pourtant, son van était toujours là...

Elle regarda autour d'elle.

Elle était seule sur le parking. Ou peut-être pas. La lune n'était pas si pleine qu'elle éclairât le moindre recoin : il y avait un tas d'endroits obscurs où il pouvait se planquer. Elle tressaillit. S'avança jusqu'à la voiture.

Brusquement, elle fut prise d'un début de panique. Eut la certitude que quelqu'un l'épiait dans le noir. Elle le sentait... Et elle détestait ça. L'instant d'après, la colère reprit le dessus. *Espèce de salopard, si tu crois que je vais me laisser impressionner*...

Elle savait ce qu'il cherchait à faire. Il voulait lui rendre la monnaie de sa pièce : *lui mettre les nerfs à fleur de peau*. Pas question de lui donner ce plaisir. Au lieu de se dépêcher de se mettre au volant, elle s'adossa au capot, sortit tranquillement une cigarette du paquet, l'alluma.

Il ne lui échappa pas, en l'allumant, que sa main tremblait. Elle espéra qu'il ne l'avait pas remarqué de là où il était. Si tant est qu'il fût en train de l'observer. Elle s'efforça de la fumer jusqu'au bout, avant d'aller l'écraser dans la jarre pleine de sable qui faisait office de cendrier à l'entrée du restaurant. Après quoi, elle se mit au volant et quitta le parking, prenant à gauche pour rentrer à Toulouse. Elle suivit la même vallée sauvage et boisée qu'elle avait empruntée à l'aller, longeant la D8 dans la nuit. Pas une habitation à l'horizon, à part deux lieux-dits qu'elle traversa rapidement et où, à cette heure, les trois maisons au bord de la route, soudain révélées par la lueur de ses phares, avaient les volets clos. Le reste du temps, prairies brumeuses et bois obscurs. La même brume qui flottait dans les champs dérivait par moments sur la route et, chaque fois qu'elle la traversait, le faisceau de ses phares rebondissait dessus. Elle surveillait en permanence le rétroviseur. Parfois la réalité imite la fiction : une paire de phares surgit loin derrière elle dans une longue ligne droite. Dans la nuit, n'importe quelle paire de phares qui apparaît derrière vous sur une route déserte a quelque chose d'inquiétant. On pense, même fugitivement, même sans y croire vraiment, à du car-jacking, à des pirates de la route, à des hommes ivres qui veulent impressionner ou s'amuser. C'est humain.

C'est aussi à ça que pensa Samira quand, observant les phares brillant dans son rétroviseur, elle les vit se rapprocher à vive allure. Et elle sut…

Lemarchand.

30

Ses yeux s'écarquillèrent malgré elle quand il alluma pleins phares et accéléra brutalement, fondant sur sa voiture, avalant les dernières dizaines de mètres beaucoup trop vite. *Il allait lui rentrer dedans !* Elle se raidit dans l'attente du choc, les mains cramponnées au volant, mais il freina au dernier moment, la douche de lumière blanche incendiant l'habitacle, le pare-chocs du van s'arrêtant à quelques centimètres du sien.

Putain ! Il voulait l'envoyer dans le décor ! Elle accéléra, mais Lemarchand l'imita aussitôt. Bordel ! Il attendait qu'elle fasse une erreur et provoque elle-même l'accident. Ou alors il guettait un endroit, un virage pour donner la petite poussée qui la ferait sortir de la route.

Elle transpirait à grosses gouttes à présent. La sueur coulait comme de l'eau dans sa nuque et entre ses omoplates. Son cœur cognait tel un boxeur contre le sac de frappe de sa poitrine. Ce mec était dingue. Ils allaient avoir un accident.

Il était collé à son pare-chocs arrière à plus de 100 kilomètres/heure sur une route limitée à 80. Et l'incendie de lumière blanche éblouissait Samira, gênait sa visibilité.

Elle n'osait pas ralentir. *Il était trop près*... Dans une ligne droite, elle attrapa son téléphone, chercha le numéro de Servaz. Il répondit aussitôt.

— Martin ! gueula-t-elle. J'ai Lemarchand derrière moi qui me colle au train ! Il va me rentrer dedans !

— Quoi ?

Elle répéta, expliqua aussi brièvement que possible la situation.

— Concentre-toi sur ta conduite ! lui enjoignit-il. Pas de geste stupide : il n'attend que ça !

À l'hôtel de police, il chercha le numéro de Lemarchand parmi ses notes et ses Post-it, appela. Le flic ripou répondit à la troisième sonnerie.

— On t'a pas appris à respecter les distances de sécurité ? dit Servaz calmement.

Lemarchand éclata de rire :

— Tiens, Servaz ! On vient au secours de son équipière ?

— Je vais avertir l'IGPN de ta conduite…

— Mon cul. T'as certainement pas envie qu'on te retire l'enquête pour la refiler aux bœuf-carottes, pas vrai ? Je connais les gars comme toi, Servaz. Tu veux cette enquête…

— Pourquoi tu fais ça, Lemarchand ?

— Pour que vous voyiez ce que ça fait d'être collé aux basques…

— Tu veux provoquer un accident ? Comment tu l'expliqueras ? Ralentis. Je te jure que s'il lui arrive quelque chose, je viendrai moi-même te traîner par la peau du cul chez les bœuf-carottes…

Soudain, la voix de Lemarchand changea, devint hystérique. Le flic perdit toute forme de sang-froid :

— La ferme ! Tu ne me menaces pas, espèce de petite fiotte ! On me menace pas, t'entends ? Tu vas m'écouter ! Vous allez arrêter vos conneries ! J'ai rien à voir avec la disparition de ce gosse, moi, alors pourquoi vous venez m'emmerder ?

Il avait hurlé. Servaz craignit que, dans un mouvement d'humeur, il n'envoyât Samira dans le décor.

— Ralentis et j'annule le dispo, proposa-t-il.

— Allez vous faire enculer ! répondit le brigadier-chef avant de raccrocher.

Mais il leva brusquement le pied, et la distance entre les deux voitures grandit rapidement. Il n'en salua pas moins Samira d'un ultime appel de phares.

Servaz raccrocha après que Samira lui eut confirmé que Lemarchand l'avait lâchée. Il fixait le mur devant lui. Le flic était-il en train de perdre les pédales ? Des cris dans le couloir. Il tourna son regard vers la porte, se demanda ce qui se passait. Ça bougeait, là, dehors. Il devait y avoir du rififi quelque part.

Il alla aux nouvelles.

Sur la place du Capitole comme dans toute l'agglomération toulousaine, le temps s'était arrêté à 21 heures. *Couvre-feu oblige.* Opération ville morte. Rues désertes. Rideaux de fer baissés. Comme s'il était 4 heures du matin.

À l'hôtel de ville cependant, c'était exactement l'inverse. On s'agitait comme jamais dans les couloirs et les bureaux. Plusieurs responsables municipaux – qui avaient passé la journée à organiser le nouveau confinement et à tenter d'envisager toutes les conséquences de celui-ci, pendant que deux cents personnes manifestaient devant la mairie – étaient à présent réunis dans le bureau du maire pour une tout autre raison.

Dans la pièce surchargée de dorures, l'élu affichait la mine des mauvais jours. Il était au téléphone avec le directeur départemental de la Sécurité publique et avait face à lui son directeur de cabinet, le directeur de la communication, l'adjoint chargé des politiques de sécurité et de prévention de la délinquance ainsi que les maires des secteurs Toulouse-Nord et Mirail/Reynerie/Bellefontaine.

— On a des débuts d'émeutes à la Reynerie, à Bellefontaine, aux Izards et à Bagatelle, était en train de dire le patron de la Sécurité publique du département dans l'audioconférencier en forme d'étoile à trois branches.

Tous les visages s'allongèrent.

— Je ne veux pas d'un nouveau 2018, le prévint l'édile. Ne faites rien qui pourrait envenimer les choses.

En 2018, au cours de trois nuits d'émeutes, plusieurs quartiers avaient explosé, soixante voitures avaient brûlé, des abribus et du mobilier urbain avaient été détruits et des fonctionnaires de police victimes de guet-apens, avec des débuts d'incendies destinés à faire venir les pompiers accompagnés de la police pour mieux caillasser ensuite cette dernière.

— C'était prévisible après la mort de ce jeune, poursuivit le maire. Pourquoi vous n'avez rien vu venir ?

Un silence à l'autre bout.

— On avait des signalements de Pharos comme quoi quelque chose se préparait sur Facebook et sur Snapchat, mais difficile de deviner où ça allait péter et quand…

Pharos – pour « plate-forme d'harmonisation, d'analyse, de recoupement et d'orientation des signalements » (visiblement, les termes avaient été choisis par quelque bureaucrate amateur d'acronymes ronflants) – était un dispositif visant à faciliter le signalement de contenus pédophiles et de corruption des mineurs en ligne, mais aussi d'incitation à la haine raciale et d'appels à la violence *via* les réseaux sociaux.

— On a mobilisé deux cents policiers, CRS et fonctionnaires de la Sécurité publique, poursuivit le directeur. On a aussi un hélicoptère de la gendarmerie sur zone. Mais, en plus de Bagatelle, de la Reynerie et de Bellefontaine, on a des informations qui remontent selon lesquelles il y aurait des voitures brûlées aux Izards, à Colomiers et à Blagnac. Et un début de mutinerie à Seysses…

La maison d'arrêt de Seysses était connue pour sa surpopulation carcérale : un surveillant pour cent dix détenus à certains étages.

— Nom de Dieu ! s'exclama le maire.

— Nous avons déjà procédé à vingt-huit interpellations, tempéra le directeur. Et ce n'est pas fini…

Il s'abstint de préciser que, sur les vingt-huit, vingt-cinq concernaient des mineurs qui rentreraient chez eux après un simple rappel à la loi.

Ses sourcils broussailleux plus tombants que jamais, le maire remercia, demanda à être tenu au courant et raccrocha. Il regarda ses adjoints avec l'air d'avoir vu le fantôme de Joseph de Rigaud – le premier maire de Toulouse, mort guillotiné le 20 avril 1794 – errer dans les couloirs :

— Comme si une mauvaise nouvelle par jour ne suffisait pas, après le confinement, les émeutes…

Les habitants percevaient le *tap tap* de l'hélicoptère au-dessus des barres d'immeubles. Il faisait vibrer les murs comme si on était du côté de South Los Angeles ou de Watts en 1992. Ils entendaient aussi les clameurs des sirènes, voyaient les fumées et la lueur des incendies, quand ils n'étaient pas tout bonnement aux premières loges. Pour ceux qui ne vivaient pas ici et qui regardaient ça sur leurs écrans, c'étaient peut-être de jolies images, mais pour eux c'était une fatalité, qui les faisait se terrer dans leurs appartements comme des civils en zone de guerre. Pas de couvre-feu dans les quartiers, plutôt du feu tout court. Et une couverture médias qui grossissait de minute en minute. Flics comme journalistes se tenaient cependant à distance. Les ordres étaient clairs : *ne pas aller à l'affrontement*. Mais empêcher les émeutiers de déborder dans d'autres quartiers.

Au commissariat du Mirail, la furia était passée mais le bâtiment gardait les stigmates de l'explosion de violence : traces noires sur les murs, volets défoncés, vitres blindées lézardées. À Bellefontaine, les émeutiers se déplaçaient très rapidement, vandalisant le mobilier urbain sur leur passage tout en jouant à cache-cache avec la police.

Mais l'événement le plus dramatique se produisit impasse Théodore-Richard, au pied des hautes barres de la Reynerie.

Deux véhicules garés dans l'impasse en contrebas du grand parvis ayant préalablement été incendiés, quand le camion des pompiers arriva sur zone, accompagné d'un équipage de la BAC, un orage de projectiles s'abattit sur eux des terrasses en surplomb, et ils comprirent vite qu'ils étaient tombés dans un nouveau guet-apens. L'équipage était constitué d'un policier et d'une policière. Pas inexpérimentés, mais pas chevronnés non plus. Dès les premiers projectiles, ils tentèrent une marche arrière pour se sortir du guêpier, mais plusieurs assaillants surgirent alors de l'angle de l'avenue de la Reynerie, derrière eux, et un pavé fit voler en éclats la lunette arrière, presque aussitôt suivi d'un cocktail Molotov.

Dans l'habitacle, le feu prit immédiatement. Une fumée âcre et toxique envahit le véhicule, les flammes partirent à l'assaut des tissus et des plastiques. Le flic au volant s'empressa de défaire sa ceinture et de s'extraire du brasier, mais sa voisine ne parvint pas à ouvrir sa portière. Comme la quasi-totalité du parc automobile, subissant les conséquences d'anciennes coupes budgétaires, le véhicule était dangereusement obsolète – plus de 260 000 kilomètres au compteur.

Prise au piège, la policière se mit à gesticuler et à hurler en s'acharnant sur la portière bloquée. Déjà les flammes l'entouraient. Malgré les projectiles qui continuaient de pleuvoir sur eux en même temps que les hurlements gutturaux descendant du parvis, les pompiers se précipitèrent, réussirent à forcer la portière et à évacuer la fliquette transformée en torche humaine.

On appela des renforts. Pris de panique, son coéquipier, qui avait grandi en Seine-Saint-Denis, élevé par des parents arrivés du Sénégal dans les années 1990, finit par sortir son arme et tira deux coups de feu en l'air – ce dont il devrait s'expliquer plus tard devant la police des polices. L'ambulance et trois autres équipages arrivèrent sur zone au bout de six longues minutes, emportant la jeune policière brûlée au deuxième et au troisième degré.

On avait un nouveau Viry-Châtillon[1].

---

1. À Viry-Châtillon, en octobre 2016, dans le quartier de la Grande-Borne, deux voitures de police en observation à un carrefour furent attaquées par des individus armés de pierres et de barres de fer, une policière grièvement brûlée aux mains et aux jambes par un cocktail Molotov, tandis que le pronostic vital d'un adjoint de sécurité était engagé. En 2020, des guet-apens ont eu lieu le 17 mars à Aulnay-sous-Bois : camion de pompiers et policiers attaqués, le 24 mars à Beauvais : pronostic vital engagé d'une adjointe de sécurité, le 28 mars à Saint-Denis : tirs de mortiers sur une patrouille, le 2 avril à Pantin, le 5 avril à Bordeaux, le 19 avril à Toulouse, le 20 avril à Villeneuve-la-Garenne, Gennevilliers, Clamart, Champigny-sur-Marne, Villepinte, Nanterre, Suresnes, Rueil-Malmaison, le 6 mai à Massy et à Vénissieux, le 18 juillet à Lyon, le 7 octobre à Herblay…

Vendredi

31

Le vendredi 30 octobre au matin, Servaz réunit son groupe sans Roussier et Gadebois.

— Que les choses soient claires, commença-t-il, d'une manière ou d'une autre cette enquête va nous péter à la gueule. Si le coupable est un officier de police, nous nous mettrons la plupart des collègues à dos. Si, au contraire, il ne fait pas partie de la police, on nous accusera d'avoir protégé le vrai coupable et on se fera lyncher sur les réseaux sociaux. Il n'y a pas de bon coupable dans cette histoire, mais notre seule préoccupation doit être de le trouver.

— *Les* trouver…, rectifia Samira.

Il acquiesça, tout en songeant à ce qui se passait là, dehors. Après les émeutes de la nuit précédente, la ville rose pansait ses plaies. Quelques centaines de milliers d'euros de dégradations, quatre-vingts véhicules incendiés, soit vingt de plus qu'en 2018, douze fonctionnaires de police blessés, et partout, dans le centre-ville comme dans les faubourgs, des tags qui clamaient « Flics assassins » ou encore « Police raciste ».

La brigadière brûlée à la Reynerie avait été plongée dans un coma artificiel, son collègue traumatisé mis en arrêt maladie et astreint à un suivi psychologique.

Il fit passer une photo de Lemarchand de main en main, raconta ce qui était arrivé à Samira la veille au soir.

— Serge Lemarchand prétend qu'il n'est pour rien dans la mort de Moussa, qu'on fait fausse route. Tout prouve le contraire. Je crois que nous tenons quelque chose. Un début, un chemin. Tôt ou tard, il va falloir demander au juge une autorisation pour le mettre sur écoute. Mais, comme il s'agit d'un flic, il y a toujours un risque que Nogaret nous retire l'affaire pour la confier aux bœuf-carottes.

— Qu'est-ce qu'on fait alors ? demanda Samira.

— On attend de voir si on ne peut pas les coincer autrement. On n'avertira le juge qu'en dernier recours. J'ai promis à Lemarchand qu'on lèverait le dispo, mais les promesses n'engagent que ceux qui les croient. On va l'augmenter, au contraire. Ce salaud est déjà énervé, on va le pousser à bout…

— Le vol de l'échantillon de sang dans le labo indique qu'il y a sans doute d'autres flics impliqués, fit observer Vincent, et cette remarque jeta un froid.

Servaz regarda Espérandieu. Il hocha la tête sombrement.

— Raison de plus pour ne pas parler au juge dans l'immédiat. S'il découvre ça, c'est la garantie que le dossier nous sera retiré. À partir de maintenant, il va falloir faire vraiment gaffe. Ne faites confiance à personne, ne parlez à personne de ce qui se dit ici. Ça pourrait remonter jusqu'aux principaux intéressés.

Raphaël Katz émit un sifflement.

— Vous trouvez pas que ça ressemble un peu à de la parano ?

Tous se tournèrent vers lui, Servaz le considéra longuement.

— Non. Par ailleurs, j'ai peut-être une idée te concernant, dit-il. Tu es bon acteur ?

Raphaël le regarda sans comprendre, sourcils froncés. Le téléphone de Servaz vibra. Il posa les yeux dessus. Chabrillac.

— Oui ?

— Commandant, dans mon bureau tout de suite, dit le divisionnaire.

— Qui vous a autorisé à monter un dispo devant la maison d'un fonctionnaire de police ? rugit Chabrillac, sans prendre la peine de passer un masque. Vous êtes devenu dingue ou quoi ? Vous avez vu la situation dehors ? Vous imaginez les dégâts si ça vient à sortir dans la presse que des flics sont soupçonnés par d'autres flics ?

Servaz soutint tranquillement le regard du divisionnaire.

— Nous avons des raisons de croire qu'il est peut-être impliqué dans la disparition de Kevin Debrandt…

Il vit Chabrillac blêmir.

— Vous vous rendez compte de la gravité de cette accusation ? se récria celui-ci, après un silence destiné à montrer à son interlocuteur combien il détestait entendre ce genre de nouvelles. Vous avez quelque chose de sérieux, j'espère, pour étayer cette hypothèse…

Servaz lui parla du van de Lemarchand apparaissant sur les caméras de surveillance de la banque et de la disparition de Kevin Debrandt le même jour à moins de deux kilomètres de là.

— Ça ne signifie pas que les deux événements soient liés, fit observer le divisionnaire, maussade. C'est peut-être une coïncidence. Lemarchand vous a dit ce qu'il faisait dans le coin ?

Servaz lui rapporta l'explication du flic. Chabrillac laissa échapper un soupir.

— Et, bien entendu, vous ne le croyez pas… Vous devez faire très attention, commandant. Si ça vient à se savoir, si ce truc-là sort, je vous en tiendrai pour personnellement responsable.

Servaz lui parla ensuite des traces de peinture sous le pont et de la tache de sang.

— Vous avez fait analyser l'échantillon de sang ?

— Quelqu'un l'a volé dans le laboratoire.

— *Quoi ?*

— Quelqu'un s'est introduit dans le laboratoire hier et a volé le scellé…

Servaz lui résuma ce qui s'était passé le matin précédent. Le divisionnaire l'observait avec l'air d'un pitbull qui a surpris un cambrioleur.

— Vous êtes sûr de ça ? demanda-t-il.

— C'est Catherine Larchet elle-même qui m'a annoncé la nouvelle.

Cette fois, le divisionnaire se leva. Penché en avant, bras tendus, il sembla prêt à sauter par-dessus son bureau. Ses traits prirent une expression sévère :

— Pourquoi n'ai-je pas été informé ?

— Vous l'êtes en ce moment même. En d'autres termes, l'échantillon de sang qu'on a prélevé sous ce pont et qui nous aurait permis, avec le visionnage des enregistrements de la banque, d'avoir la quasi-certitude que Kevin Debrandt a été enlevé à cet endroit précisément le jour où le brigadier-chef Lemarchand était dans les parages avec son van, eh bien, cet échantillon a été dérobé dans la salle des scellés, dans *votre hôtel de police*, très vraisemblablement par un flic ou quelqu'un connaissant bien les lieux.

En un éclair, l'expression de Chabrillac avait changé. Une sorte d'orage intérieur avait éclaté et, sous les yeux de Servaz, la foudre parut sortir de ses pupilles comme s'il était Zeus en personne.

Il émit un grognement.

— Venir dans *mon* commissariat voler un échantillon, une preuve…, gronda-t-il. Venir sous *mon* nez se livrer à l'acte le plus infâmant qui soit pour un policier… Oser *me* défier et bafouer *mon* autorité… S'en prendre à *mes* services…

Sa voix avait enflé comme une tempête en approche, les jointures de ses poings étaient blanches sur le bureau.

— Servaz, je veux que vous colliez au cul de ce connard et que vous me trouviez ses complices, rugit-il soudain. Je veux que vous lui pourrissiez la vie jusqu'à ce qu'il commette une erreur, je veux la peau de ce salopard, je veux qu'on les traîne tous par les couilles devant un tribunal !

— Et pour les fadettes de Lemarchand, on fait comment ?

— Appelez le juge.

— Il risque de refiler le bébé à l'IGPN, grimaça Martin.

Chabrillac réfléchit, le regarda d'un air songeur puis, étonnamment, esquissa un sourire.

— Pas si on lui dit qu'il y a peut-être un fonctionnaire de l'IGPN impliqué…

Servaz eut à son tour un sourire admiratif pour la rouerie de son chef.

— Mais ce n'est pas le cas, objecta-t-il pour la forme.

Pour la première fois, Chabrillac lui adressa un clin d'œil non dénué d'une certaine complicité :

— On n'aura qu'à dire que c'était une fausse piste et qu'on l'a écartée assez rapidement.

Pour un peu, il en serait presque venu à apprécier le divisionnaire.

Sa bonne humeur cependant ne dura pas longtemps.

— Ne cherchez pas à me joindre samedi et dimanche, commandant, lui dit le juge Nogaret au téléphone quelques minutes plus tard, je ne répondrai pas. Je joue au golf le week-end.

Combien de fois déjà avait-il entendu cette phrase dans la bouche d'un juge : « Vous attendez lundi pour interpeller parce que le week-end je ne travaille pas » ? Ou bien : « Voyez avec la permanence pour la prolongation de garde à vue, j'ai fini ma semaine » ? Comme si les criminels, eux, faisaient relâche. Il soupira, résigné.

— Je plaisante, commandant, ajouta Nogaret aussitôt. Vous pouvez me joindre à n'importe quelle heure du jour et de la nuit. Il ne faut pas croire tout ce qu'on dit : il y a des magistrats qui font le job, qui ne comptent ni leurs heures ni leurs efforts. Tout comme vous. Tenez-moi au courant…

32

Esther Kopelman était confortablement assise dans une bergère, au troisième étage de l'hôtel de ville, attendant qu'on lui apporte une tasse de café. Qui, elle n'en doutait pas, serait autre chose que l'infâme breuvage qu'on lui proposait d'ordinaire dans les commissariats, les hôpitaux ou les administrations : elle paria pour un Nespresso *ristretto* servi dans une toute petite tasse en porcelaine plutôt que pour un Nescafé dans un gobelet en polystyrène. Elle regretta toutefois de ne pouvoir fumer avec son café, comme elle regrettait le temps où on pouvait boire de l'alcool au travail, appeler un chat un chat et mettre une minijupe dans la rue sans se faire traiter de salope, ou encore donner son opinion sans se faire rappeler à l'ordre par une multitude de censeurs qui guettaient le plus petit écart par rapport aux nouvelles normes en vigueur. Celles que certains groupes de pression tentaient de lui imposer, à elle et à ses collègues, à coups d'intimidations et de tweets rageurs. Et ça marchait. Ses confrères étaient de plus en plus nombreux à s'autocensurer. À force de refoulement, ils finissaient par dire presque le contraire de ce qu'ils pensaient.

Esther avait eu vingt ans en 1987. Cette année-là, les films à l'affiche s'appelaient *RoboCop*, *Wall Street*, *Liaison fatale*, *Les Sorcières d'Eastwick*. Elle imaginait sans peine l'accueil qui leur serait fait aujourd'hui.

Elle n'allait pas entonner le couplet du « c'était mieux avant », mais elle avait parfois l'impression que certains des journalistes trentenaires de *La Garonne* étaient en réalité des vieux dans des corps jeunes : ils avaient la même mentalité moralisatrice et pudibonde que ses parents.

L'adjoint au maire chargé de la prévention de la délinquance, qui était également médiateur avec les populations des quartiers, mit fin à sa réflexion en faisant son entrée. Un trentenaire là encore, qui affichait ce dynamisme factice qu'on voit dans les pubs pour des voitures, des montres ou des smartphones.

— Esther, dit-il comme s'ils étaient cul et chemise et qu'il était content de la voir, comme si, par le seul fait de prononcer son prénom, il espérait l'amadouer.

— Laurent, répondit-elle sur le même ton badin.

— Qu'est-ce que je peux pour vous ?

— J'ai quelques questions à vous poser sur ce qui est arrivé cette nuit.

L'adjoint au maire avait un petit air de gendre idéal et un costume neuf un peu trop brillant. Il se cala dans son fauteuil.

— Je peux espérer une couverture juste et équilibrée des événements cette fois ? dit-il. Parce que j'ai parfois l'impression que vous avez une dent contre nous… Comme vous vous en doutez, Esther, entre le reconfinement, le plan Vigipirate passé au niveau « Urgence attentats » et les événements de cette nuit du côté du

Mirail et des Izards, on est passablement occupés, mais j'ai quand même trouvé le moyen de vous recevoir.

— Et je vous en remercie. Si être impartiale, sans passage de pommade ni cirage de pompes municipales, c'est avoir une dent contre la mairie, alors j'assume, rétorqua-t-elle.

Il gloussa.

— Toujours le mot pour rire, hein ? Bon, pour résumer, hier, nous avons eu environ cent cinquante jeunes qui s'en sont pris à du mobilier urbain dans plusieurs quartiers, aux forces de l'ordre et au commissariat du Mirail. Quatre-vingts voitures incendiées. Et une vingtaine de policiers blessés. Voilà…

— Cette brigadière grièvement brûlée, dit la journaliste, comment elle va ?

Il fit une demi-grimace.

— Elle est plongée dans un coma artificiel, c'est tout ce que je peux vous dire. Il faudra vous adresser au CHU…

Il croisa les doigts sous son menton.

— Par ailleurs, la plupart des jeunes impliqués étaient des mineurs. Ils ont donc été présentés à la justice des mineurs. Tout ça parce que des mots d'ordre ont circulé sur les réseaux sociaux et que la rumeur s'y est répandue que les assassins de ce jeune homme, Moussa Sarr, étaient des policiers. Il n'y a rien pour l'instant qui permette d'affirmer que ce soit le cas. La police mène son enquête, nous veillerons à ce que toutes ses conclusions soient transmises à la presse sans rien occulter.

— Je me suis laissé dire que la Sûreté avait reçu des instructions pour ne pas aller à l'affrontement avec ces jeunes. D'où sont venus les ordres : de la préfecture ? de la mairie ? du ministère de l'Intérieur ?

Il se ferma légèrement.

— Vous en savez plus que moi, Esther. Si de telles instructions ont été données, je n'en ai pas eu connaissance…

Habile façon de donner à entendre que ces instructions avaient peut-être bel et bien existé sans toutefois le confirmer.

— Le Mirail et les Izards ont depuis de nombreuses années un problème récurrent de trafic de drogue et subissent l'influence croissante des extrémistes, poursuivit-elle. Est-ce que la mairie et le département comptent s'attaquer véritablement au problème ou bien doit-on s'attendre à ce que la situation empire encore ?

— Nous le faisons déjà, protesta-t-il. Nous multiplions les actions en concertation avec les services de police, mais aussi avec les associations et les partenaires sociaux, car il ne s'agit pas uniquement de réprimer. Ce qu'il faut avant tout, c'est calmer les esprits, renouer le fil du dialogue… Il y a actuellement beaucoup d'effervescence dans le pays, pas seulement à Toulouse. Nous devons rester vigilants, rester fermes, sans oublier d'être à l'écoute. Dans les quartiers, la population est en plein désarroi, elle est aussi la cible de manipulations.

L'éternelle antienne, songea Esther.

— À ce sujet, dit-elle, vous savez comme moi qu'il y a des associations qui font un travail formidable pour ces jeunes, avec des bénévoles qui s'investissent, et d'autres qui ne sont que les faux nez des extrémistes pour approcher les jeunes, les séparer du reste de la société, les enrôler et leur laver le cerveau. Comptez-vous sanctionner ou dissoudre ces dernières associations ?

— C'est vrai que ces quartiers sont taraudés par l'extrémisme, reconnut-il. Ce n'est pas entièrement de notre ressort. Mais nous dialoguons avec le ministère à ce sujet… Nous réclamons plus d'effectifs policiers et aussi plus de moyens législatifs.

— Ces deux dernières années, les règlements de comptes liés au trafic de drogue ont explosé, trente-deux en deux ans… Vous envisagez quelles mesures à ce sujet ?

— D'ores et déjà, la police intensifie sa lutte contre les trafics. C'est aussi pour ça qu'il y a une telle fièvre dans les quartiers. Parce qu'on les dérange dans leur activité. Maintenant, il faut faire attention aux amalgames, ne pas mettre tout le monde dans le même sac.

— Bien sûr… D'ailleurs, considérez-vous que si on n'avait pas abandonné ces quartiers pendant des décennies, si on avait donné à cette jeunesse les moyens de s'intégrer et de progresser dans la société avec les mêmes chances que le reste de la population, si on ne les avait pas ghettoïsés, si on n'avait pas englouti des millions dans des politiques de la ville inefficaces, on n'en serait pas là ?

L'adjoint lui jeta un regard prudent. Terrain aussi glissant qu'une savonnette. Or, à l'heure des tribunaux en ligne, le dérapage médiatique était devenu la hantise du moindre communicant.

— Je crois que vous avez suffisamment d'éléments pour votre article, dit-il.

En sortant, Esther tomba sur une nouvelle manif. Banderoles et slogans, un mégaphone, une petite centaine de personnes. « Justice pour Moussa ! Justice pour Moussa ! » scandait la foule. Malgré son masque, elle reconnut une députée qui s'exprimait devant une caméra de la télévision régionale. Au moment où Esther passait à sa hauteur, la jeune femme déclara au micro qu'on lui tendait :

— Les policiers de ce pays sont des barbares ! Ils ne sont pas là pour faire régner l'ordre, encore moins la justice ! Ils sont là pour protéger un pouvoir à bout de souffle, un pouvoir coupé des réalités, un pouvoir discrédité qui cherche à détourner l'attention de sa gestion désastreuse de la crise sanitaire et qui, à présent, l'utilise pour multiplier les lois liberticides et nous tendre un piège de plus en plus *totalitaire* ! Quant à la mairie, elle s'est servie de la peur pour gagner les dernières élections !

Pour l'avoir interviewée à plusieurs reprises, Esther connaissait bien cette élue. Malgré sa jeunesse, elle avait déjà pris les mauvaises habitudes des vieux routiers de la politique : elle attisait la moindre braise, surfait sans vergogne sur toutes les émotions, s'emparait du moindre incident. Les créait au besoin. Multipliait contrevérités et *fake news* sur sa chaîne YouTube comme sur les plateaux télé. Parfaitement consciente que, dans des quartiers où un électeur sur deux n'allait pas aux urnes, les élections se jouaient sur une petite frange de la population : la plus radicalisée.

Mais autre chose préoccupait la journaliste : si vraiment c'étaient des policiers qui avaient chassé ce gamin, alors cette ville et même le pays tout entier risquaient d'imploser.

33

Samira fit irruption dans son bureau en début d'après-midi.

— J'ai examiné les fadettes de Moussa Sarr et celles d'Ariane Hambrelot, dit-elle. Il y a un truc qui cloche.

Servaz leva les yeux de son écran, où il lisait le rapport de la gendarmerie sur l'accident. Il attendit la suite.

— Je suis remontée des mois en arrière…

— Et ?

— La gamine et Moussa se sont vus *après* qu'il a été libéré par la chambre de l'instruction.

— Comment ça ?

— Leurs téléphones ont borné au même endroit et à la même heure à deux kilomètres de la maison des Hambrelot quelques jours après…

— Elle nous a dit que la dernière fois qu'elle l'avait vu c'était… au tribunal, fit observer Martin, pensif.

— Exact.

— Pourquoi elle a menti ?

Il se leva.

— Appelle le père. Dis-lui qu'on a encore quelques questions à poser à sa fille mais qu'on ne va pas les déranger longtemps.

— C'est vraiment nécessaire ? voulut savoir Clovis Hambrelot.

— Nous ne serions pas là sinon, répondit Samira.

Le fondateur et P-DG de C2H Aviation hocha la tête d'un air contrarié mais compréhensif.

— Elle est en haut. Je lui ai demandé si elle se sentait la force de vous parler. Elle m'a dit que oui... Allez-y mollo, s'il vous plaît. Elle est encore très fragile.

La même phrase que la dernière fois.

— Nous ferons de notre mieux, monsieur Hambrelot, dit Samira.

Ils suivirent le grand escalier de marbre en hélice, leurs pas étouffés par l'épais tapis que retenaient des tringles de cuivre.

— Je suis là, fit une voix ténue quand ils parvinrent sur le palier.

Une porte entrouverte. Ils la franchirent. Un boudoir tendu de tissu mauve. Ariane Hambrelot était assise en robe de chambre rose dans un fauteuil près d'une des fenêtres. Sa main fine aux longs doigts nerveux souleva le lourd rideau de velours gris, elle contemplait le parc automnal et l'étang en contrebas. Elle tourna son visage vers eux.

Même pâleur diaphane, même cheveux réunis en un vague chignon, même grands yeux transparents que la dernière fois.

— Bonjour, Ariane, dit doucement Samira. On a encore quelques questions à te poser… Je peux m'asseoir ?

Ariane Hambrelot fit signe que oui. Samira tira le deuxième fauteuil devant la jeune fille ; elle laissa passer quelques secondes, sans cesser de la fixer.

— Comment tu te sens ?

— Ça va.

— Tu es prête à nous parler ? Tu t'en sens la force ?

— Oui…

— Bien. (Samira hocha la tête, marqua une pause.) *Tu nous as menti, Ariane* : on sait que tu as rencontré Moussa l'après-midi du 2 juin à deux kilomètres d'ici. Ça n'est pas grave. Mais on voudrait savoir ce que vous vous êtes dit…

Servaz était resté debout, en retrait, une nouvelle fois. Les pupilles d'Ariane s'étrécirent. Elle les regarda l'un après l'autre.

— Qui vous l'a dit ?

— Personne, répondit Samira. On le sait, c'est tout. On a la preuve que Moussa et toi vous vous êtes vus ce jour-là. On se trompe ?

— Non…

— Alors, pourquoi nous avoir menti ?

Un temps.

— Moussa ne m'a pas violée, dit soudain Ariane Hambrelot d'une voix ferme.

— Quoi ?

Samira évita de se retourner pour jeter un coup d'œil à Martin. Mais elle devina que, comme elle, il retenait son souffle.

— Moussa : *ce n'est pas lui qui m'a violée.*

Il laissa passer deux secondes.

— Et c'est qui ?

— Des garçons de son quartier… Je ne les connais pas.

— Alors, pour quelle raison tu l'as accusé ?

Ils virent des larmes monter dans ses beaux yeux, déborder de ses paupières, rouler en silence sur ses joues de porcelaine.

— C'est… compliqué. Il venait de m'annoncer qu'il me quittait, qu'il avait rencontré quelqu'un d'autre. Je l'ai haï pour ça. J'étais dans son quartier, j'allais rentrer chez moi, mais ces garçons m'ont encerclée. Ils ont commencé à se moquer de moi, à me demander ce que je faisais dans le coin… Et puis… ils m'ont… forcée à monter dans cette voiture et ils m'ont… emmenée ailleurs, où d'autres les ont rejoints…

Elle prit une inspiration, essuya ses larmes d'un revers de manche.

— Ils ont… fait ça à l'arrière de la voiture… L'un après l'autre… Ils étaient nombreux… Mais Moussa n'était pas avec eux…

Elle renifla.

— Quand la police m'a interrogée, j'en voulais toujours à Moussa. Je le détestais. Pour moi, tout était sa faute. Alors, je l'ai accusé de m'avoir violée avec les autres…

Nom de Dieu, pensa Servaz. Il sentit l'amertume monter dans sa gorge comme un reflux gastrique. *Voilà pourquoi Moussa n'avait rien dit. Pourquoi il n'avait dénoncé personne. Parce qu'il n'était pas présent quand ça s'était passé.*

Il réfléchit. Moussa avait été chassé par ces hommes dans la forêt pour un crime qu'il n'avait même pas commis. Ils avaient kidnappé par erreur et traqué un innocent en croyant rendre la justice, *leur* justice...

— Et maintenant Moussa est mort, conclut-il.

Elle éclata en sanglots. Des hoquets convulsifs, comme une libération. Ils la laissèrent se soulager. De l'autre côté de la fenêtre, entre deux sanglots d'Ariane, une tondeuse ronronnait.

— Vous vous êtes dit quoi cet après-midi où vous vous êtes parlé ? répéta Samira quand elle se fut calmée.

— Je lui ai demandé pardon pour le mal que je lui avais fait. Il m'a dit que c'était à lui de me demander pardon, que rien ne serait arrivé s'il ne m'avait pas laissée seule ce jour-là, qu'il ne se le pardonnerait jamais.

Elle secoua la tête.

— Il était inquiet aussi. Il m'a parlé de cet homme qui lui avait rendu visite.

Servaz et Samira se redressèrent. Entre les paupières fardées façon goth de cette dernière, les prunelles flambèrent.

— Quel homme ?

— « L'homme aux yeux bleus »... C'est comme ça qu'il l'a appelé. Il était venu trouver Moussa en bas de chez lui quelques jours plus tôt. *Pour lui dire que quelqu'un allait bientôt le tuer...* Moussa s'est moqué de lui. Il lui a répondu qu'il allait appeler ses potes et qu'ils allaient lui faire sa fête. Mais l'homme ne semblait pas impressionné. Il fixait Moussa de ses yeux bleus. Moussa m'a dit qu'il n'avait jamais vu un regard pareil. Il l'a insulté, menacé, mais il m'a avoué qu'il avait peur. Que cet homme, *c'était le diable...* C'est ce qu'il a dit.

Elle jeta un coup d'œil par la fenêtre, comme si elle craignait que l'individu dont elle parlait ne fût en bas dans le parc, à les observer en ce moment même. Puis elle reporta son attention sur eux.

— Il n'osait en parler à personne, vous comprenez ? Il ne voulait pas qu'on se moque de lui. Avoir peur d'un vieil homme…

— C'est ce qu'il t'a dit ? Que l'homme était âgé ?

— Oui…

— Qu'est-ce qu'il t'a dit d'autre ?

Elle secoua la tête.

— C'est tout. Ah, non… Qu'il avait décidé de laisser tomber définitivement le trafic, d'être plus sérieux et plus assidu au lycée, qu'il voulait sortir de cette situation, faire les choses bien, aider les gens, que son frère Chérif lui avait présenté des personnes prêtes à le ramener dans le droit chemin… Que tout ça, c'était peut-être une… *punition divine*…

Servaz se souvint du coran aperçu dans la chambre de Moussa. Et des paroles de Mona Diallo, la prof : « Ces derniers temps, Moussa tenait un discours de plus en plus misogyne et identitaire. »

— Tu te rends compte que tu as fait une fausse déclaration ? C'est grave, tu pourrais être condamnée pour ça, murmura Samira.

— Je sais.

— On va te laisser tranquille maintenant…

La jeune fille soupira.

— Merci. Ça m'a fait du bien de parler avec vous. Et de dire la vérité. Moussa était innocent : il faut que vous le fassiez savoir à tout le monde…

— *L'homme aux yeux bleus*, répéta Samira quand ils ressortirent sur le perron.

En descendant les marches, Servaz contempla le parc doré par l'automne, les petites feuilles des peupliers, brillantes dans le crépuscule. À la manière dont Ariane l'avait fait : comme si l'homme se tenait là, à les observer. *Silhouette sans forme*, avait écrit T.S. Eliot dans un poème. C'était ainsi qu'il le voyait. L'appréhension au creux de son ventre le rongeait tel un ulcère.

— C'est lui qui est derrière tout ça, commenta-t-il, le visage incendié par le coucher du soleil. C'est lui qu'on cherche.

34

Samira et Martin montaient la garde dans une voiture, Katz et Espérandieu dans une deuxième. À moins de dix mètres du portail de Lemarchand. Lequel était rentré du commissariat du secteur Nord trente minutes plus tôt. À deux reprises déjà, les rideaux de la cuisine avaient bougé. Il les avait repérés.

Il n'y avait plus qu'à attendre. Ce n'était qu'une question de patience. Qui craquerait le premier ? À quatre contre un, Servaz en avait une petite idée. Le comportement hystérique du flic sur la route lui donnait bon espoir. Ce type était un sanguin, un colérique, un éruptif – tôt ou tard les gens comme lui commettaient des erreurs.

Lemarchand jura. Consulta sa montre. 10 heures du soir. Il jeta un nouveau coup d'œil. Cela faisait maintenant *cinq heures* qu'ils étaient garés devant chez lui. Si ça les amusait de passer la nuit dans l'inconfort de leurs voitures de service, grand bien leur fasse. Lui allait dormir au fond de son lit, alors que ces connards se préparaient de belles courbatures pour le lendemain.

Il n'y avait pas à dire : mieux valait être à sa place qu'à la leur, non ?

Alors pourquoi ne décolérait-il pas ? Pourquoi une braise de rage se rallumait-elle au creux de son ventre chaque fois qu'il regardait par la fenêtre ? Parce que c'était humiliant. Parce que tous ses voisins pouvaient les voir. Parce qu'ils l'insultaient en venant effectuer leur surveillance jusque sous ses fenêtres, comme s'il était une merde de trafiquant. D'accord, il était peut-être sorti des clous de temps en temps, mais le rabaisser au même niveau que ces vermines…

Salopard de Servaz.

Avec sa morale et ses principes à la con, son individualisme, son manque d'esprit de corps. Servaz était un électron libre, un élément incontrôlable, un fanatique de la pureté, tout le monde le savait. À plusieurs reprises, il avait failli se faire virer de la police mais, chaque fois, quelqu'un lui avait sauvé les miches. Il fallait que les vrais flics apprennent à ce connard qu'il n'avait pas tous les droits, il fallait que quelqu'un lui donne enfin une bonne leçon.

Lemarchand sortit du tiroir un téléphone fantôme. Il fit le numéro.

— Qu'est-ce qu'il y a ? demanda la voix au bout du fil, d'un ton qui indiquait clairement que l'appel tombait mal.

— Ils sont garés sous mes fenêtres. Ils ne me lâchent pas ! C'est insupportable… Il faut faire quelque chose. Je ne veux pas que mes voisins voient ces voitures devant chez moi toute la nuit.

Un silence.

— Pour commencer, calme-toi, dit la voix. Ne fais rien qui pourrait leur laisser penser que leur stratégie est payante. Ils finiront par se fatiguer. Et tu emmerdes les voisins. Il faut apprendre à contrôler tes émotions, Serge.

La voix était calme mais autoritaire. Et l'homme qui parlait avait beau être l'un des rares qui inspiraient à Lemarchand un respect absolu, inconditionnel, ce dernier eut quand même envie de lui dire d'aller se faire foutre.

— Nous allons passer à l'action cette nuit, poursuivit la voix. Ce qui est arrivé à cette policière ne doit pas rester impuni. Le temps des agneaux est révolu. Celui de la guerre est venu. Les politiques ont abdiqué, c'est à nous de répondre maintenant, à nous de prendre les choses en main.

Lemarchand se demanda ce qu'il entendait par « nous allons passer à l'action cette nuit ».

— Toi, pendant ce temps, tu fais le mort. Tu vas au boulot comme si de rien n'était. On ne doit plus avoir de contacts jusqu'à nouvel ordre. Il ne faut pas qu'ils puissent remonter jusqu'à nous, tu m'entends ? De notre côté, on va s'occuper de cette fille et de ce Servaz.

— Et vous comptez faire quoi ?

— On y réfléchit. En attendant, tu devrais sortir de chez toi, respirer. Amuse-toi un peu avec eux. Ils cherchent à te déstabiliser. Montre-leur qu'ils perdent leur temps. Rends-leur la monnaie de leur pièce. Il y a un point faible dans le groupe, c'est là-dessus qu'il faut jouer.

Oui, pensa-t-il. Il avait besoin de prendre l'air. *Amusons-nous un peu...*

— Voilà ce que tu vas faire…, dit l'homme à l'autre bout.

— Il sort, fit Samira.

Servaz ouvrit les yeux, s'ébroua. Lemarchand descendait les marches. Il franchit le portail et monta dans son van sans un regard pour eux, comme s'il ne les avait pas vus.

— Martin à tous. Lemarchand lève le camp. On le suit.

— Bien reçu, dit Vincent dans l'autre voiture.

Ils partirent à la queue leu leu, leur intention n'étant pas de passer inaperçus mais de faire en sorte au contraire que Lemarchand ne les oublie pas une seconde. Ils le suivirent tandis qu'il descendait jusqu'au périph. Qu'il emprunta à la hauteur de Balma, et Samira crut un instant qu'il allait de nouveau se diriger vers l'Ariège, mais quand on eut dépassé la sortie de l'A61, puis celle de l'A64, et que, du périphérique est, on fut passé au sud puis à l'ouest, ils commencèrent à soupçonner ce qui se tramait.

— Il nous balade, dit Samira.

— Mmm.

Moins d'une heure plus tard, ils avaient fait le tour complet de l'agglomération et en amorçaient un deuxième quand Vincent appela de la seconde voiture.

— Il se fout de notre gueule, dit-il. Qu'est-ce qu'on fait ?

— On suit. Il se fatiguera avant nous…

La nuit s'était encore obscurcie.

À cette heure et à cause du confinement, il n'y avait presque plus de circulation sur le périphérique, qui évoquait à présent ce que les villes ont de plus inhumain, de plus antinaturel : béton, bitume, solitude, lueurs, errance…

Soudain, Lemarchand accéléra.

Pleins gaz. Ils accélérèrent aussi. Ils virent le compteur s'affoler. Cent vingt… cent cinquante… cent soixante-dix…

— Putain, qu'est-ce qu'il fout ? s'exclama Samira.

Cent quatre-vingts…

— Il est dingue, ajouta-t-elle.

Le van glissait d'une voie sur l'autre à toute vitesse, gauche, milieu, droite, gauche de nouveau… glissait comme un palet sur la glace, doublant les rares véhicules d'un côté comme de l'autre, lancé tel un bolide dans la nuit.

— À quoi il joue, bordel ?

Tout à coup, Lemarchand ralentit. Il quitta le périph à la hauteur des Ponts-Jumeaux, longea le port de l'Embouchure, puis le canal du Midi par le boulevard de la Marquette, conduisant toujours bien au-dessus de la vitesse autorisée. Devant eux, ils le virent à travers la lunette arrière mettre en route le gyrophare sur le tableau de bord, et soudain la nuit se peupla d'éclairs bleus qui fouettèrent les platanes le long du canal.

— Il joue avec nos nerfs, commenta Servaz.

— Et ça marche ? demanda Samira.

— Moi ça va… Et toi ?

— Je lui coincerais volontiers les couilles dans sa portière mais, à part ça, ça va.

— Bien, dit Martin calmement. N'entrons pas dans son jeu.

Il tourna à gauche beaucoup trop vite au carrefour suivant, traversa le canal sur le pont à hauteur de la rue du Béarnais, puis vira à droite sur l'autre rive dans le boulevard de l'Embouchure, longeant de nouveau le canal vers le centre. Est-ce qu'il allait à l'hôtel de police ? Le commissariat central se dressait quelques centaines de mètres plus loin. Servaz aperçut les silhouettes des prostituées qui traînaient dans les contre-allées, en minijupe malgré le froid.

Soudain, alors qu'ils étaient presque parvenus devant le commissariat central, Lemarchand pila sur la voie de droite, warnings et gyrophares en action, descendit.

— Putain, il fait quoi ?

— Arrête-toi !

Elle obtempéra, imitée par Vincent derrière elle, à la manière d'une réaction en chaîne. À travers le pare-brise, ils virent le flic ripou enjamber les massifs entre les platanes, franchir l'allée pour les joggeurs en direction du canal, défaire sa braguette et se mettre à pisser dans l'eau noire.

— Quelqu'un veut aller faire un concours ? plaisanta Espérandieu dans la radio.

Mais Martin ne souriait pas. Il la sentait : la tension qui montait. Il avait un sixième sens pour flairer les emmerdes. Et toutes ses alarmes sonnaient en même temps. Samira et lui restèrent silencieux. Il avait les yeux grands ouverts et il contemplait la silhouette sombre, immobile, de dos au bord du canal, entre les arbres. Lemarchand ne bougeait plus. Il semblait attendre quelque chose.

Puis le brigadier-chef se retourna en remontant sa braguette. Il souriait. Servaz cru apercevoir une lueur démente dans ses prunelles. Il sentit son malaise grandir. Lemarchand revint tranquillement vers les véhicules, enjambant la petite haie, mais, au lieu de se diriger vers son van, il marcha droit sur la voiture de Vincent et de Raphaël. Cogna à la vitre côté passager. Katz l'abaissa.

— Alors, c'est toi le nouveau ? dit le flic ripou.

Lemarchand souriait, mais c'était un sourire dangereux, une sorte d'entaille sinistre au milieu du visage, d'où ressortaient surtout les pupilles d'un noir d'encre, étonnamment luisantes.

Raphaël lui rendit son regard sans rien dire.

— Tu sais que ton équipier est pédé ? continua le flic appuyé à la portière. Il a la plus belle femme du monde et il préfère se taper des mecs[1]. Eh ouais… maintenant, n'importe qui peut entrer dans la police…

— Ça te défrise ça, hein, Lemarchand ? intervint Espérandieu sur un ton de sarcasme. Ça doit drôlement te faire chier, pas vrai ? Je parie que t'en dors plus la nuit… C'est pour ça que ta femme t'a quitté ? Parce que tu étais aigri ?

— Je te cause pas, l'enculé, répliqua Lemarchand, je cause au blondinet…

Il se redressa, jeta un coup d'œil par-dessus le toit de la voiture avant de replonger son regard à l'intérieur, sur Katz.

— Mais toi, le blond, t'es rien de tout ça, pas vrai ? Toi, t'es un bon petit soldat. Le fils de ton père. Sacré

1. Voir *Glacé*, XO Éditions et Pocket.

flic, ton papa. Putain, ouais, sacrés états de service qu'il avait… Un grand flic…

Ces derniers mots glacèrent Espérandieu. Il venait de comprendre où le ripou allait les amener.

— Ne réponds pas, glissa-t-il à son voisin.

— Dommage qu'il se soit suicidé, poursuivit Lemarchand, se référant à une histoire que tout le monde connaissait au sein de l'hôtel de police. T'avais quel âge quand papa a sucé son calibre ? Quinze ? Seize ?

Malgré la pénombre de l'habitacle, Vincent vit que Katz avait blêmi.

— Ta gueule, Lemarchand, gronda-t-il en se penchant. Je te jure que je vais faire un rapport…

Appuyé à la portière, Lemarchand ne lui accorda pas un regard. Il fixait Raphaël.

— Ça t'a fait quoi de savoir que papa avait bouffé une de ses dragées ? Qu'il s'était cramé la cervelle… T'as chialé ? T'as hurlé ? T'as eu envie de tuer quelqu'un ? C'est pour ça que t'es entré dans la police : pour le venger ?

Katz regardait droit devant lui, à travers le pare-brise. L'œil noir. Il était pâle comme un mort.

— Tu t'es dit que t'allais montrer à papa qui est là-haut que tu es le digne fils de ton père, c'est ça ?

— Espèce de fils de pute, gronda Espérandieu.

— Ton père, je l'ai croisé plusieurs fois, poursuivit Lemarchand en se penchant encore plus près, c'était juste un trou-du-cul qui se la pétait… Y a que les lâches qui se suicident : les faibles, les ratés…

Tout à coup, Katz ouvrit sa portière. Lemarchand recula.

— Raphaël ! lança Vincent.

Trop tard. Le jeune flic était déjà dehors.

— On est fâché, blondinet ? lança Lemarchand en souriant. C'est pas vrai ce que je dis au sujet de ton père ?

Samira et Servaz jaillirent en même temps de l'autre voiture.

— Raphaël ! aboya Samira.

Mais déjà Katz frappait Lemarchand, qui ne chercha pas à se défendre. Un coup, deux… La lèvre inférieure du flic explosa, elle vomit un flot de sang sur son menton ; le deuxième coup fendit la pommette, juste en dessous de l'œil.

— Merde ! rugit-il en se pliant en deux. Vas-y, cogne, petit !

Katz frappa une troisième fois. Un crochet au foie. Il avait la technique, et Lemarchand tourna sur lui-même comme une toupie, s'effondra sur la haie basse en gémissant.

— Putain, qu'est-ce que tu fous ? s'écria Servaz en se plaçant derrière le lieutenant et en lui attrapant les deux bras.

Katz se laissa faire. Il était à la fois soulagé et furieux de son manque de sang-froid. Allongé dans la haie, Lemarchand toussota, cracha, puis partit d'un grand rire provocant.

— Lemarchand, on va pas te louper, dit Servaz. On va plus te lâcher, crois-moi.

— La vache, ça fait mal, putain ! s'exclama celui-ci. T'y es pas, Servaz, t'y es pas du tout : c'est moi qui vais faire un rapport sur ce petit connard. Il va pas y couper. Agresser un collègue devant témoins avec incapacité de travail à la clé, ta carrière commence mal, gamin !

— Vous avez vu quelque chose, vous ? dit Samira aux autres. Moi, j'ai rien vu… Je parie que personne n'a rien vu… D'ailleurs, on était même pas là…

— Toi, la pute, ta gueule, dit Lemarchand en se relevant.

Il cracha par terre un glaviot plein de sang, se redressa, pointa du doigt la caméra de surveillance à cinq mètres de là.

— Vous irez expliquer ça aux bœuf-carottes quand ils auront visionné l'enregistrement. Vous croyez que j'ai choisi cet endroit par hasard, bande de nazes ?

35

Il était 23 heures passées de dix-huit minutes quand Raphaël poussa la porte de son deux-pièces sous les toits, boulevard de Strasbourg, qui n'était pas sans ressembler à celui d'Esther Kopelman.

Il tremblait en retirant la clé ; la fureur ne l'avait pas quitté. Les phalanges de sa main droite l'élançaient. Il ne prit pas la peine de verrouiller derrière lui.

Il resta à fixer le minuscule living. Il avait eu envie de tuer quand il était descendu de la voiture. Pas une envie virtuelle, métaphorique, le genre d'envie qu'ont les bourgeois qui ne feraient pas de mal à une mouche. Non : une véritable envie de meurtre, de carnage.

Il avait perdu son sang-froid.

Il avait failli. À son serment d'abord, à ses principes ensuite. À tout ce que lui avait inculqué son père dès son plus jeune âge. Les coups qu'il avait portés n'étaient pas une démonstration de force mais de faiblesse, il le savait. L'espace d'un instant, il fut heureux que son père ne fût plus de ce monde. Comment aurait-il réagi ? Il pensa aussi à ce que Servaz lui avait dit, quand il l'avait pris à part, après l'incident : il lui offrait une chance de se racheter, de montrer sa valeur, à lui de la saisir…

Les basses d'une chaîne hi-fi traversaient les murs. L'étudiant qui occupait le studio voisin devait travailler chez lui avec le nouveau confinement… Les logements sous les toits étaient presque tous occupés par des étudiants. Les loyers étaient modiques, les logements merdiques, les cloisons minces comme du carton. Raphaël avait croisé à plusieurs reprises son voisin. Celui-ci lui avait souri la première fois, et avait paru vouloir sympathiser, jusqu'au moment où Raphaël lui avait dit son métier. Depuis, son voisin l'évitait. Quand ils tombaient l'un sur l'autre dans l'escalier (il n'y avait pas d'ascenseur à cet étage) ou sur le palier, le jeune homme le saluait d'un furtif signe de tête, l'air gêné, comme si ce simple geste signifiait déjà, à ses yeux, pactiser avec l'ennemi. Il devait se dire qu'il avait de la chance de faire des études de sciences politiques, de sociologie ou d'ingénieur, d'appartenir à l'élite éduquée, d'être le sel de la terre, croyait-il – même si l'angoisse du lendemain et les perspectives désastreuses qui s'offraient à sa génération devaient le torturer –, et pas dans la peau du pauvre type qui vivait à côté et qui, à l'âge où d'autres suivent encore des études, était déjà flic.

Raphaël sortit du frigo un sachet plastique. À l'intérieur, des boîtes de médocs. Il dégoupilla une canette de Red Bull, prit un cachet : Prozac. Puis il s'avança jusqu'au buffet derrière le sofa en sirotant la canette froide.

Une photo dans un cadre était posée sur le meuble. Un policier en tenue d'apparat, au garde-à-vous. Les médailles étincelaient sur sa poitrine. Son père : le commissaire divisionnaire Michel Katz.

Il s'était suicidé dix jours après que cette photo eut été prise, de retour chez lui, un soir de décembre 2011. Après qu'au tribunal on eut demandé à son encontre quatre ans d'emprisonnement pour corruption et une interdiction définitive d'exercer.

Son père n'avait pas attendu la fin du délibéré. Fidèle à son habitude, il avait réglé l'affaire lui-même.

Eût-il été japonais qu'il se serait fait *seppuku*. D'ailleurs, homme de haute culture, fin lecteur, passionné de civilisation japonaise, son père admirait Mishima, l'auteur du *Pavillon d'Or*, d'*Une soif d'amour* et du *Japon moderne et l'éthique samouraï*. Sans doute se reconnaissait-il dans les contradictions du grand écrivain nippon, songea Raphaël.

Emportant la photo encadrée, Katz passa dans la petite chambre, où il n'y avait de place que pour un lit, une table de chevet et une commode Ikea. Il la posa sur la commode, se déshabilla lentement. Une fois entièrement nu, le jeune flic blond au corps de saint Sébastien – le saint préféré de Mishima – ouvrit le tiroir supérieur, en sortit une batterie à laquelle étaient branchés plusieurs fils terminés par des pinces crocodiles gainées de silicone, qu'il referma autour de ses mamelons.

— Je t'ai déçu, père, je le sais, chuchota-t-il en fixant la photo. Une fois de plus…

Il brancha la batterie. Les décharges électriques traversèrent doucement ses mamelons, sa poitrine, ses nerfs. Le traversèrent. Il frissonna, se raidit.

— Je sais ce que tu penses, père : que je ne vaux rien. C'est ce que tu m'as toujours dit.

Il tourna le rhéostat. Les décharges augmentèrent. Intensité maximale. Chocs électriques, tremblements, douleur, châtiment, plaisir…

— Mais maintenant que tu es mort, espèce de fils de pute, tu ne peux plus rien dire !

Il cracha sur la photo, sentit l'érection venir, ferma les yeux.

Le gardien de la paix avala une gorgée du café qui fumait dans son gobelet en regardant la jolie infirmière sortir de la chambre. Jolie s'il en croyait ses beaux iris améthyste, délicatement soulignés d'un fard à paupières brun et d'un trait noir au ras des cils, car le reste du visage était masqué. Il avait déjà remarqué combien le port du masque mettait les regards en valeur.

Il la salua, mais c'est à peine si elle fit attention à lui. Elle s'éloigna le long du couloir. Elle marchait dans ce couloir comme si l'hôpital lui appartenait. Il la suivit des yeux après avoir vérifié qu'il n'y avait personne autour pour le voir faire.

Mais il était près de minuit, et cette partie de l'hôpital était aussi déserte que silencieuse.

Il avait surpris une conversation entre elle et une autre infirmière un peu plus tôt. Elles parlaient du tsunami de « patients Covid » qui menaçait de submerger le CHU d'un jour à l'autre, se plaignaient à la fois de l'imprévoyance des autorités, des faux prophètes qui avaient clamé tout l'été que l'épidémie était terminée et qu'il n'y aurait pas de deuxième vague, et de ceux qui les avaient écoutés et qui avaient jeté les gestes barrières par-dessus les moulins en se plaignant de la privation de liberté.

— Ils n'ont qu'à atterrir ici, avait dit sa collègue, ils verront ce que c'est que d'être vraiment privé de ses libertés : sa liberté de se lever, sa liberté de respirer sans une machine, sa liberté de marcher, sa liberté de *vivre*…

— On devrait leur imposer un stage de six mois en réa, avait renchéri la jolie infirmière, rouge de colère par-dessus son masque, avant de s'éloigner.

Il avait trouvé que la colère lui seyait. Revenant au présent, il fixa la porte fermée.

Ce n'était pas le Covid-19 qui avait conduit la jeune femme derrière cette porte dans un lit médicalisé sous respirateur artificiel. Brûlures au deuxième et troisième degré. Le gardien de la paix sentit à son tour la colère le submerger. Il ne savait pas comment il aurait réagi s'il avait eu en face de lui, sans témoins, l'ordure qui avait lancé ce cocktail Molotov.

Il avait aperçu les pleurs des parents lorsqu'ils étaient venus voir leur fille ; il avait entendu les paroles du médecin :

— Pour l'instant, il n'est pas question de la sortir du coma.

Il était seul. Il attrapa son téléphone, chercha le numéro qu'on n'était censé appeler que quand c'était important.

— Oui ? dit la voix.

— Elle est toujours dans le coma, dit-il. Le médecin a déclaré aux parents qu'il n'était pas question de l'en sortir pour le moment.

— Merci.

36

L'homme de haute stature reposa le téléphone. Assis à la grande table, il essuya ses lèvres et leva ses yeux d'un bleu polaire vers l'individu à l'allure de soldat, bien que simplement vêtu d'un chandail vert et d'un pantalon de velours marron, qui attendait patiemment à un mètre de là.

— Vous pouvez débarrasser, Kievert. Dites à Marie que c'était délicieux. Et enlevez-moi ce masque ridicule.

— C'est pour votre bien, mon général, se justifia Kievert.

L'homme de haute stature haussa les épaules.

— Très bien. Comme vous voudrez. Allez vous coucher quand vous aurez terminé. Bonne nuit, Kievert.

— Bonne nuit, mon général. Je ferai part de votre satisfaction à Marie.

Marie était l'épouse de Kievert, et Kievert l'aide de camp, le majordome, le chauffeur, l'homme à tout faire du général.

Il emporta l'assiette en faïence, le verre à pied et les couverts.

Resté seul dans la grande salle à manger silencieuse, l'homme de haute stature parut entrer en lui-même, plonger dans ses pensées. À soixante-trois ans, le général à la retraite Thibault Donnadieu de Ribes savait qu'il menait sans doute son dernier combat, lui qui avait défendu l'honneur et les intérêts de la France sur trois continents pendant plus de quarante ans. Né dans une vieille famille implantée entre Rouergue et Gévaudan, premier d'une fratrie de huit enfants, passé par le Prytanée national militaire et par Saint-Cyr, il avait d'abord choisi l'infanterie avant de rejoindre, après deux années comme chef de section sur char AMX, le 2e régiment étranger de parachutistes à Calvi. Celui qui avait sauté sur Kolwezi. Au cours des deux décennies suivantes, il avait été de tous les théâtres d'opérations : Liban en 1982, République centrafricaine en 83, Tchad en 84 lors de l'opération Manta.

De 1989 à 1991, il avait été affecté à l'état-major du 2e corps d'armée des Forces françaises en Allemagne, à Baden-Baden, puis, en 1994, détaché en ex-Yougoslavie.

Il était commandeur de la Légion d'honneur et de l'ordre national du Mérite, titulaire de la croix de la Valeur militaire, médaille de bronze de la Défense nationale, médaille de la Reconnaissance de la nation, titulaire de la croix du Combattant, et également grand officier de l'ordre du Nil égyptien, commandeur de l'ordre national de Côte d'Ivoire, grand-croix de l'ordre équestre du Saint-Sépulcre de Jérusalem, commandeur de l'ordre national du Lion sénégalais, commandeur de l'ordre belge de Léopold, commandeur de l'ordre espagnol d'Isabelle la Catholique, commandeur de l'ordre de l'Empire britannique et détenteur d'un certain nombre d'autres breloques qui prenaient la poussière au fond d'un coffre-fort.

Il n'était pas le seul officier français de haut rang à avoir été ainsi distingué par d'autres nations que la sienne, en particulier sur le continent africain : pendant des décennies, la France avait fait et défait les régimes dans ces pays qu'elle considérait comme son pré carré. Sans vraiment se soucier de savoir ce que les populations locales en pensaient. Ni si ses « amis » au pouvoir se préoccupaient de l'emploi, de l'éducation, de la santé et de l'alimentation ou si, plus vraisemblablement, ils se livraient à la prédation et à la dépossession de leurs propres peuples, comme pas mal de dirigeants qu'il avait côtoyés. Résultat, bon nombre de jeunes Africains étaient prêts à risquer leur vie pour rejoindre l'Europe plutôt que de se morfondre sur un continent où, bien souvent, ils n'avaient ni espoir ni avenir.

Il n'était pas dupe, mais il n'en avait pas moins servi son pays partout où on le lui avait demandé. Parce qu'il croyait malgré tout, indépendamment des hommes, des politiques, des coups tordus, à sa grandeur. Aujourd'hui, estimait-il, il ne restait plus rien de cette grandeur ; le drapeau national était à terre, en lambeaux.

Le général Donnadieu de Ribes était persuadé que ce qu'il baptisait la « nation française » était condamné. L'Europe était condamnée. L'Occident était condamné. Car, en face, ils étaient prêts au sacrifice. À mourir jusqu'au dernier. En face, ils avaient le couteau entre les dents et ils ne s'arrêteraient pas – pas avant d'avoir gagné la guerre. Car c'en était une. À ses yeux, le pacifisme n'était que l'autre nom de la lâcheté.

Selon le général, toutes les grandes civilisations étaient mortes de la même façon. L'Égypte des pharaons avait régné pendant mille trois cents ans avant que des rustres dépenaillés, sans éducation ni culture, mais excellents cavaliers et adorant se battre, les Hyksos, ne viennent à bout de la puissante armée égyptienne. Les Babyloniens avaient bâti l'une des plus brillantes civilisations de l'histoire ; ils avaient inventé les premiers textes juridiques et la moindre de leurs transactions commerciales était couchée par écrit quand le reste du monde était encore analphabète ou peu s'en fallait. En outre, leur appareil militaire était une merveille. Mais, alors qu'ils s'inquiétaient du danger que représentaient les Mèdes et les Assyriens, les deux superpuissances rivales, ils avaient vu à leur grande surprise une tribu de barbares venue de Zagros, les Perses, abattre les deux superpuissances en question. Les Perses étaient illettrés, mais épris de violence. Ironie du sort, les Perses eux-mêmes, passés du statut de va-nu-pieds sanguinaires à celui de riches citadins cultivés, suffisants, aimant le confort, les articles de luxe, et entourés par une bureaucratie pléthorique, avaient été à leur tour vaincus par plus petits qu'eux : les Grecs.

Même chose pour les Chinois qui, pendant des milliers d'années, avaient su bâtir un empire d'une stabilité et d'une longévité incomparables, jusqu'à ce que des tribus qu'ils méprisaient, les Huns, et qui rôdaient aux marges de l'Empire comme des hyènes affamées, entrent dans la capitale et fassent prisonnier l'empereur. Il faut dire que, trop confiants, les Chinois avaient fait l'erreur de réduire à l'excès leur budget militaire. Et que les Huns, contrairement à leurs ennemis, adoraient tuer.

Le général aimait l'histoire…

C'était là qu'on trouvait les enseignements les plus utiles. Celui qu'on prodiguait aujourd'hui aux nouvelles générations était à ses yeux le plus absurde mélange d'idéologie aveugle et d'ignorance qu'on pût concevoir. Pas étonnant que les individus qu'il produisait fussent aussi facilement manipulables. D'autant que trop de profs les préparaient à détester d'emblée toute idée de nation et toute contrainte au nom de leur sacro-sainte liberté vide de sens.

Il se leva, s'approcha de la cheminée où un homme aurait presque pu se tenir debout.

Grand, sec, il ne fumait pas, faisait une demi-heure de gym et deux heures de marche quotidiennes, dans les collines de l'Ariège autour du château. Et il montait à cheval, chaque jour que Dieu fait. Non pas qu'il ambitionnât de vivre jusqu'à cent ans. L'époque à laquelle il appartenait était morte. Il ne se reconnaissait plus dans celle d'aujourd'hui. Mais il avait encore une mission à accomplir.

Le général songeait aussi à l'honneur. Quand les Américains avaient envahi l'île d'Okinawa, en 1945, des dizaines de milliers de Japonais s'étaient suicidés (il omettait de se souvenir qu'une bonne partie de ces suicides collectifs avaient été forcés par l'armée japonaise elle-même). S'il devait mettre fin à ses jours, il emporterait un certain nombre d'ennemis avec lui.

Il repensa à cette policière brûlée. Ils n'allaient pas laisser cette lâche agression impunie. Plus maintenant. Dès demain, ses auteurs sauraient que, désormais, ils avaient face à eux un nouvel adversaire, invisible mais redoutable.

Il attrapa son téléphone et passa quelques coups de fil.

Avril 2014. Centrafrique. Elle se réveille un peu avant l'aube. Elle a fait un cauchemar dans lequel un autre de ses garçons mourait. Elle en a trois. Le cadet est parti deux ans plus tôt, emporté par le palu, l'aîné dort à l'arrière de la tente – tout comme le benjamin, un enfant chétif, qui affronte à son tour une attaque de paludisme.

Dans son rêve, elle se réveillait comme elle vient de le faire, elle s'approchait de son enfant dans l'obscurité pour tâter son corps, constatait que la température avait enfin baissé, qu'il n'était plus fiévreux. Elle allait s'en réjouir quand elle comprenait soudain qu'il était mort, comme son frère, que ce froid, ce n'était rien d'autre que celui de la mort...

Tout à coup, elle a peur. Il pleut dehors, sur le camp de toile et ses allées pleines de fange. La pluie crible durement les bâches tendues. Chaude et drue. Elle sent l'humidité qui monte du sol. Elle se précipite à l'arrière, la poitrine oppressée, le cœur battant, vers les nattes où sont étendus ses deux fils.

Elle s'est à peine assoupie pour reprendre des forces. Elle est épuisée.

Sur la natte où il dort, le benjamin, comme son frère avant lui, se débat contre la mort. Elle prend l'enfant tremblant et brûlant dans ses bras. Elle le presse contre elle, contre son sein. Elle se demande pourquoi le sort s'acharne sur elle, sur ses enfants, sur son peuple, sur l'Afrique. Pourquoi elle n'est pas née ailleurs, là où on soigne les enfants, là où il y a de vraies écoles et de vrais hôpitaux.

Quand les Tours jumelles sont tombées treize ans plus tôt à New York, le monde entier s'en est ému. Mais qui s'intéresse au sort des déshérités ? Faut-il être riche, blanc et bien portant pour susciter la compassion ? Elle est institutrice, elle connaît l'étymologie latine de ce mot : com-passio. *« Partager la souffrance »... Mais qui partage la leur ? Certaines vies valent-elles plus que d'autres ? se demande-t-elle. Celles de New York, de Madrid, de Rome ou de Paris plus que celles de Bangui, de Tombouctou ou de Tripoli ?*

En Afrique, des milliers de femmes enterrent chaque jour des enfants qui meurent de faim ou de maladies qu'ailleurs on guérit. Les femmes elles-mêmes meurent en couches par centaines. Dans ce pays ravagé par la guerre civile, par les violences interreligieuses entre rebelles musulmans de la Séléka et milices chrétiennes anti-balakas, les mêmes hommes qui disent se battre au nom de Dieu ou d'Allah violent adolescentes et enfants par milliers et elle ne connaît pas une seule fille de treize ans qui n'ait vu son intimité souillée par ces soudards ou par les membres de sa propre communauté. Et que font les soldats français pendant ce temps ? Ils violent eux aussi. Certes pas aussi massivement que ceux de la Séléka et les anti-balakas – mais l'un d'eux au moins s'en est pris à... son aîné.

— Il va mourir ? demande du fond de l'ombre une voix qui couvre le tambourinement de la pluie sur la bâche.

Son aîné s'est réveillé.

— Maman, mon petit frère, il va mourir aussi ?

Soudain, elle entend un bruit de pas qui approchent, des bottes piétinent la boue du camp, et, avant qu'ils aient compris ce qui se passe, elle voit que les Sankaris – les militaires français – sont dans la tente. Ils sont trois, debout, à l'entrée. Celui qui attire son regard, c'est l'homme aux yeux bleus.

Elle n'a jamais vu des yeux aussi bleus. Elle est terrifiée.

— C'est toi, Sublime ? demande-t-il à son aîné.

Elle a envie de répondre à sa place que non, que ce n'est pas lui, que ce n'est pas son fils. Elle a tellement peur. Mais son aîné a déjà répondu :

— Oui, c'est moi.

Elle sait pourquoi ils sont là. Ils vont punir son fils pour ce qu'il a raconté aux gens de l'ONG française.

— Ce que tu as dit aux personnes de Première urgence internationale, c'est vrai ?

— Oui, c'est vrai.

Sublime porte bien son nom. À treize ans, il défie les soldats français du regard. Et il parle d'une voix ferme, effrontée. Malgré ce que lui a fait l'un d'entre eux.

— Tu as des preuves ? demande l'homme. Tu pourrais le décrire ? Me dire quelque chose qui m'aiderait à l'identifier ?

Sublime sait à peine lire. Il n'a pu déchiffrer ce qu'il y avait d'écrit sur l'uniforme avant que le soldat ne se déshabille. Il pense à l'argent que le soldat lui a donné pour qu'il se taise. Il n'éprouve pour lui que le plus profond mépris. Mais le soldat aux yeux bleus est différent.

— Il avait un piercing, répond-il.

— Où ça ?

Il montre son téton gauche.

— Et c'est tout ?

Sublime est intelligent, il comprend la déception du soldat au regard bleu : ça ne prouve rien, il a pu voir l'homme torse nu.

— Et un tatouage... Là, dit-il en montrant son pubis. Un serpent. Dans son slip. Et aussi une cicatrice là, ajoute-t-il en montrant un endroit bas sur la hanche.

Cette fois, les yeux bleus se plissent et l'homme le fixe si sévèrement que, pendant un instant, Sublime a peur.

— Très bien, dit-il. Merci.

L'instant d'après, ils ont disparu.

37

En émergeant de l'ascenseur, Servaz entendit le violon. Une mélodie qu'il ne reconnut pas, mais qu'il accueillit néanmoins comme on accueille une trêve au milieu d'une bataille. Tant que Radomil jouait, cela signifiait que le monde tournait sur son axe.

Il avait la migraine. Il était fatigué. La filature de Lemarchand à 180 kilomètres/heure sur le périphérique, son altercation avec Raphaël, le confinement et le plan Vigipirate qui venait de passer au niveau le plus élevé, tout cela les épuisait nerveusement, ses collègues et lui.

Il n'aspirait qu'à la paix – mais il redoutait qu'une autre confrontation ne l'attendît si Léa avait pris sa décision.

Il n'avait pas eu le temps d'y penser dans la journée, mais à présent l'angoisse revenait. Allait-il se retrouver seul avec Gustav comme avant ? Quelle serait la réaction de son fils si tel était le cas ?

— Tu as dîné ? demanda-t-elle quand, débarrassé de son manteau, il fut entré dans le living.

Elle était assise sur le canapé, courbée sur sa tablette, et il retint son souffle. Eut l'impression, en se penchant pour l'embrasser, qu'une dalle de granite pesait sur son estomac.

— Non, pas eu le temps, dit-il.

— Il y a du *ramen* dans le frigo.

Il passa dans la cuisine, sortit le plat du réfrigérateur, le glissa dans le four à micro-ondes.

— Il faut qu'on parle, lança-t-elle du séjour au bout d'une minute.

Ça y est, le moment est arrivé, se dit-il. Il n'avait plus faim, tout à coup. Il posa le plat fumant sur la table de la cuisine, repassa dans le living.

— Tu as pris ta décision ?

— Oui.

— Et… ?

Avant même qu'elle eût ouvert la bouche, il sut ce qu'elle allait dire.

— Je vais accepter.

Oh, bon sang, Léa. Malgré lui, il sentit qu'il était furieux. Qu'il lui en voulait. À ses yeux son altruisme n'était en réalité que de l'égoïsme. C'était injuste, il le savait ; il n'en éprouvait pas moins un sentiment de trahison.

— Ça ne se fera pas dans l'immédiat, ajouta-t-elle. Pas tant qu'il y a ce virus qui circule. On a quelques enfants atteints du Covid qui sont hospitalisés, dont un en réa, même si ce sont des cas rares. De toute façon, les conditions sont loin d'être réunies pour que je parte maintenant. Compte tenu de la situation, ça ne se fera pas avant plusieurs mois.

— Maintenant, plus tard… Quelle différence ça fait ?

— Tu veux qu'on en parle ? dit-elle en le regardant droit dans les yeux.

Il détourna les siens. Il ne voulait pas qu'elle voie à quel point il était en colère.

— Non, je suis épuisé, la journée a été éprouvante. Je vais prendre une douche, fumer une cigarette sur le balcon et me coucher.

Il regretta la froideur de son ton, mais c'était plus fort que lui. Elle hocha la tête sans rien ajouter, lèvres pincées, visage fermé. Il sentit qu'un gouffre venait de s'ouvrir entre eux.

38

Il se leva – et tous les hommes présents baissèrent prudemment le regard. Il était le mâle alpha, le chef de meute. Aucun d'entre eux n'aurait songé, ne serait-ce qu'une seconde, à lui contester ce rang.

Les yeux dont le bleu était presque aussi pur et dur que l'azur au-dessus des nuages vu par le hublot d'un avion embrassèrent la petite assistance.

— Nous allons agir cette nuit. Nous allons montrer à ces chiens qui rend la justice ici.

Il leur exposa son plan en allant et venant devant eux. Les flammes dans la cheminée jetaient des lueurs vers le haut plafond, sur les tapisseries et les lourdes tentures.

— Ça va trop loin, dit celui qui s'appelait Meslif quand le général eut terminé. Tant que personne ne pouvait faire le lien entre ces disparitions, j'étais OK… Mais ça : en plein centre-ville et à la vue de tous, c'est une déclaration de guerre – non seulement aux dealers et aux criminels, mais à nos propres services.

— Je suis d'accord, intervint Stohr. Si nous faisons ça, nous aurons tous les services de police sur le dos : ils ne vont plus nous lâcher…

Le capitaine Lionel Meslif – le petit homme compact aux sourcils noirs et à l'air perpétuellement courroucé – était affecté à une brigade anticriminalité de Toulouse. Fabien Stohr, le grand au visage de lévrier afghan encadré d'une barbe clairsemée, était major à la CSI-31, la compagnie de sécurisation et d'intervention chargée du maintien de l'ordre en Haute-Garonne. Quatre autres individus se trouvaient ce soir-là dans la grande salle : Pascal Champetier, l'homme râblé, ventripotent et laid, le seul en costume-cravate, était substitut du procureur près le parquet de Toulouse. Les trois derniers étaient des militaires à la retraite qui avaient servi sous les ordres du général et qui en avaient gardé pour lui une loyauté indéfectible aussi bien qu'un amour quasi filial ou fraternel, selon l'âge.

Ces trois-là n'auraient pas hésité à se faire trouer la peau pour le général Thibault Donnadieu de Ribes, lequel, allant et venant les mains nouées dans le dos, posa sur les deux policiers ayant osé défier son autorité un regard à la dureté de silex.

— Il n'y a que des flics pour montrer si peu de courage, assena-t-il. Est-ce que par hasard vous auriez peur pour vos petites personnes ? Comme l'a dit Ernst Jünger : « Maudit soit le temps qui méprise le courage et les hommes courageux. »

Les militaires, tout comme le substitut, fixèrent les deux policiers récalcitrants, qui rentrèrent la tête dans les épaules.

— Vous croyez donc que nous ne sommes qu'une poignée ? Vous croyez que nous sommes à ce point isolés ? Cela fait des années que je tâte le terrain. Le pays est prêt. Notre vision politique et morale est partagée par le plus grand nombre. Pas par ces minorités qui accaparent les médias. Mais par le peuple silencieux. Et jusque dans nos propres rangs. Nous avons des dizaines de sympathisants dans l'armée, la police, la gendarmerie, prêts à nous suivre le moment venu. Ils n'attendent qu'un signe. Dès que nous nous mettrons en mouvement, ils seront des centaines, des milliers… Le gouvernement des juges a assez duré. Il faut maintenant passer à l'étape suivante.

Il s'arrêta de marcher, se tourna vers eux.

— Mais tout le monde ici comprend bien que précipiter les choses serait une erreur. L'idée, la possibilité d'un coup d'État, fait doucement son chemin. En attendant, nous allons marquer les esprits avec une action d'éclat. Que l'opinion publique comprenne que quelqu'un a enfin décidé de prendre le taureau par les cornes.

Il s'interrompit. Une froideur d'acier brilla dans ses yeux bleus.

— Je me permets d'insister, s'obstina l'ombrageux Meslif, l'air sombre. (Il n'avait pas aimé se faire rembarrer.) Je ne suis pas sûr que ce soit une bonne idée de provoquer la police et la préfète. On va les avoir sur le dos. Vous nous l'avez souvent dit : la discrétion et la clandestinité sont les meilleures armes en attendant que le pouvoir tombe comme un fruit mûr.

Le général le foudroya du regard.

— C'est maintenant qu'il faut une action d'éclat pour réveiller les consciences, répéta-t-il fermement. *Il est temps*… Une action qui sera suivie de beaucoup d'autres. Et, petit à petit, le peuple comprendra qu'une force nouvelle se lève et que cette force est *avec* lui, qu'elle est là *pour* lui.

Il se redressa, le menton haut, comme quand, en Afrique ou en ex-Yougoslavie, il donnait ses ordres à ses commandants en second.

— Nous allons montrer à cette engeance qu'il existe encore des hommes courageux dans ce pays. S'il y a un couard ici, le moment est venu pour lui de se retirer.

Ils passèrent leurs masques, même Meslif, que le sermon du général avait rendu blême de honte et de colère.

Le général enfila celui du grand coq à crête rouge, le symbole de la nation, apparu dès l'Antiquité sur les monnaies gauloises. Ses yeux bleus étincelaient de fureur à travers les trous du masque.

Ils émergèrent dans la nuit glaciale. Un guépard, un chimpanzé, un taureau, un loup, un renard et un hibou suivaient le coq dans le clair de lune. La sinistre ménagerie traversa le parc, sous les branches basses des chênes. Des lambeaux de brume flottaient autour d'elle.

Le général ouvrit la porte des écuries, tourna le commutateur. Une lumière vive jaillit, en même temps que l'odeur acide de purin et de crottin, si compacte qu'elle en paraissait solide.

Ils remontèrent l'allée centrale, piétinant la paille, provoquant une certaine agitation parmi les chevaux, dont ils apercevaient les croupes puissantes et musculeuses dans les box.

Il y avait une porte basse au bout de l'allée centrale. Donnadieu de Ribes l'atteignit. Il tourna la clé dans la serrure, poussa le battant qui résista légèrement, s'inclina pour entrer.

Une petite pièce aveugle derrière la porte, encombrée de matériel pour l'équitation : selles, mors, étriers, brides et bridons. Harnachements d'attelage, balais, fourches. Ils s'arrêtèrent en voyant la forme sur leur droite, recroquevillée en position fœtale dans ce qui ressemblait à une grande mangeoire d'angle. Le garçon était nu sous la lumière blafarde de l'ampoule, mais il régnait dans les écuries une température assez élevée. Il avait les poignets et les chevilles attachés avec des colliers de serrage en plastique, un bâillon-boule dans la bouche. Il ouvrit de grands yeux effrayés.

Kevin Debrandt contempla, terrifié, les têtes d'animaux qui se penchaient au-dessus de lui.

Avril 2014. Centrafrique. La nuit est tombée sur le camp. Sous une tente, le soldat joue aux cartes avec deux autres militaires français. Tandis que la pluie chaude et drue continue de crépiter sur les bâches de camouflage et les piles de sacs de sable dehors. Ils n'ont ni moustiquaires ni couchages. Ils dorment à même les cartons de rations. Ils manquent de munitions. D'eau potable. De tout.

C'est ça, l'armée française en Centrafrique : une armée fauchée, sous-équipée, qui se démerde avec les moyens du bord. Alors qu'à Paris le ministre de la Défense explique que l'opération Sangaris est un succès.

— Dassonville, dehors, dit une voix qu'il reconnaît à l'extérieur de la tente.

Il soupire. Pose les cartes sur le carton qui sert de table à jouer, se lève et sort. Il sursaute en voyant les trois hommes qui ont revêtu gilets pare-éclats et tenues de camouflage et qui l'attendent sous la pluie, visages peinturlurés.

— Mon colonel ? dit-il, surpris, en regardant celui qui a les yeux bleus.

— Suis-nous.

Ils s'enfoncent dans la forêt, aux abords du camp. Ils marchent un moment, se frayant un passage parmi les arbres et les taillis denses, dans la pénombre humide. On le conduit jusqu'à un petit ru boueux qui coule entre les arbres. La pluie a triplé son débit, mais ce n'est guère plus qu'une grosse rigole pleine d'eau sale. Soudain, il est empoigné, soulevé de terre et plaqué contre un gros arbre, de l'autre côté du ruisseau. Il sent qu'on attache ses bras autour du tronc.

— Qu'est-ce que vous faites ? dit-il, sans opposer de résistance : ce sont ses frères d'armes et son officier supérieur, après tout.

Il commence toutefois à paniquer quand on défait son ceinturon, qu'on baisse son pantalon et son slip sur ses genoux et qu'on déboutonne et ouvre sa chemise. Dans l'échancrure, le tatouage en forme de serpent apparaît, tout comme la cicatrice sur sa hanche.

— Hé ! Qu'est-ce que vous foutez ?

Il a crié d'une voix un peu trop aiguë, qui trahit sa peur maintenant.

— Tu te souviens de ce gamin que t'as violé ? demande le colonel aux yeux bleus.

Il a du mal à soutenir le regard incandescent.

— Je l'ai pas violé... il avait faim... je lui ai donné à manger...

Il tremble à présent. La pluie battante trempe ses cuisses et ruisselle au bout de son pénis.

— Il y a des milliers de viols et de meurtres qui sont perpétrés chaque mois dans cette région, dit l'homme aux yeux bleus, flegmatique. Mais tu sais de quoi ils se souviendront dans dix ans, dans vingt ans ? Ils auront oublié toutes les saloperies commises par les leurs. C'est de toi et de tes potes qu'ils se souviendront...

Le colonel crache avec dégoût sur le sol boueux.

— En commettant cet acte, tu as bousillé tout le boulot fait par mes gars qui risquent leur peau, sale petit merdeux. Sans parler de ce pauvre gosse et de sa mère... Tu savais qu'un de ses frères était mort du palu et que l'autre l'a chopé ?

— Je suis désolé... je suis désolé...

Le soldat tatoué sanglote à présent.

— Ta gueule, dit l'homme aux yeux bleus. Montre que tu es un homme, bordel. Arrête de chialer comme un enfant. Boris..., ajoute-t-il.

À côté de lui, ledit Boris plonge la main dans un sac en toile de jute qui gigote depuis un moment. La terreur agrandit les pupilles du soldat attaché quand il découvre le serpent.

— Putain, non ! Pas ça !

Le serpent ne mesure pas plus de quarante centimètres de long. Son corps cylindrique est couleur vert feuille, avec de petites écailles et un ventre plus pâle, tirant sur le jaune, des taches noires sur les côtés qui forment deux bandes transversales.

Il s'agite dans le poing serré de Boris.

Son œil est petit et vif, fendu par une pupille noire et verticale, sur une tête triangulaire. Boris serre la gorge du reptile et le maxillaire s'ouvre grand, révélant un seul crochet.

— Il est encore jeune, dit l'officier, mais sa morsure est déjà potentiellement mortelle. Les effets les plus spectaculaires concernent la coagulation sanguine, l'envenimation entraîne des nécroses et des gangrènes qui peuvent être dévastatrices. À vrai dire, j'ignore les effets d'une telle morsure au niveau du pénis, mais on va pas tarder à le savoir, pas vrai ?

— Non ! Je vous en supplie, non ! hurle le soldat. Ne faites pas ça ! Je jure que ça n'arrivera plus ! Putain, vous pouvez pas me faire ça, mon colonel !

Le soldat fixe le serpent, le regard exorbité.

— Ne t'inquiète pas : on t'emmènera en urgence à l'hosto. Il te faudra sans doute jusqu'à 100 ml d'immunoglobines et des doses massives d'analgésiques car, au cours des premières quarante-huit heures, tu vas sacrément déguster, crois-moi. Il faudra aussi opérer et cureter la plaie sur ton pénis, dans un deuxième temps...

— Tu vas avoir un putain d'œdème sur la bite, tu l'auras jamais eue aussi grosse ! rigole le dénommé Boris.

La gueule grande ouverte sur son unique crochet, le serpent semble impatient de mordre. Le soldat tatoué pleure, supplie.

— Si tu t'avises un jour de rapporter ce qui s'est passé ici à qui que ce soit, ou de vouloir nous faire un procès, mes gars et moi nous témoignerons contre toi dans cette histoire de viol, et on fera en sorte que tes

parents, ta sœur, tes amis, toute ta famille soient au courant de ce que tu as fait à ce gosse... Vas-y, Boris.

D'un seul pas, Boris a franchi le petit ruisseau. Il approche lentement la tête du serpent de sa cible. Le hurlement inhumain fait s'envoler tous les oiseaux de la forêt.

Samedi

39

Le jour allait se lever. Son approche ne se pressentait cependant qu'à une vague cendre grise à l'est et les éclairages publics n'étaient pas encore éteints. Les rues étaient désertes. Le confinement les avait vidées même si, à cette heure, il était rare qu'il y eût foule du côté de la place Esquirol.

Sur le Pont-Neuf, deux voies sur trois étaient fermées à la circulation à cause de travaux, mais la benne à ordures venue de la rue de Metz ralentit à peine en parvenant à hauteur des barrières orange. La lueur de son gyrophare se refléta dans les eaux sombres de la Garonne tandis qu'elle traversait le pont à vive allure. À l'arrière, les deux éboueurs se cramponnèrent, habitués aux prouesses du chauffeur.

Soudain, alors qu'ils filaient le long de l'unique voie disponible, ce dernier écrasa la pédale de frein et les deux hommes faillirent s'aplatir le nez contre le camion.

— Putain ! glapit João en sautant sur le trottoir, et en remontant vers la cabine à grands pas. Qu'est-ce qui te prend ? T'es malade ?

Quand il leva le regard vers son collègue là-haut, il ne reconnut pas l'expression sur son visage : il ne l'avait encore jamais vue. Le chauffeur fixait quelque chose à travers le pare-brise, les yeux écarquillés.

— Hé ! T'es sourd ou quoi ?

Son collègue tourna vers lui un visage cireux. Il montrait du doigt l'avant de son camion, sans articuler le moindre mot. João ne voyait pas ce que le chauffeur lui désignait, mais celui-ci paraissait drôlement secoué.

João fit donc quelques pas de plus, considéra la chaussée devant le véhicule. Il tressaillit, entendit ses poumons se vider et le son de sa propre voix :

— Sainte Mère de Dieu…

40

La farandole tournoyante des gyrophares et la clarté crue des puissants projecteurs qu'on allumait sur le pont firent pâlir ce qui restait de nuit.

Des rubalises furent tendues à la hâte à hauteur des quais de Tounis et de la Daurade sur la rive est, de la place Laganne sur l'autre rive, interdisant l'accès aux piétons ainsi qu'aux véhicules et surtout instaurant une distance suffisante pour que journalistes et simples curieux armés de téléphones ne puissent photographier ni filmer *ce qui se trouvait au milieu du pont.*

Des policiers usés par des mois de manifs, de crise sanitaire et de plan Vigipirate se déployèrent, dressant tentes et bâches pour dissimuler aux regards la scène de crime, déroulant des dizaines de mètres de câblage électrique, contrôlant les accès.

Guillaume Drecourt, le nouveau procureur, devait se dire que, pour sa première année à Toulouse, il était particulièrement gâté. Peut-être regrettait-il déjà Besançon. Chabrillac s'entretenait avec lui quand Servaz et son groupe débarquèrent rue de Metz et firent le reste du chemin à pied, se faufilant parmi la foule qui grossissait de minute en minute.

Le gardien de la paix qui jeta un coup d'œil à leurs cartes de police avant de soulever le ruban ne portait pas de casquette. Samira savait que la majorité des flics en uniforme répugnaient à porter ce qu'ils estimaient être une casquette de clown, dessinée par un grand couturier et qui leur donnait une dégaine ridicule mais aussi et surtout inoffensive.

Car c'était là l'objectif : contrairement à la plupart des forces de police du monde, les policiers français, eux, ne devaient pas faire peur. Comme avec le gilet pare-balles, qu'ils devaient porter tant bien que mal sous leurs vêtements afin de ne pas avoir une allure trop guerrière. On voulait qu'ils aient l'air d'agneaux, pas de loups. Samira se demanda si, dans un pays où on avait un refus d'obtempérer toutes les trente minutes, des dizaines d'agressions de flics chaque année, des policiers cramés ou traînés par des voitures et, en face, des manifestants éborgnés, mutilés, c'était vraiment une bonne idée.

Ça allait être un matin clair et lumineux, se dit-elle pour penser à autre chose, un limpide matin d'automne dans le Sud où, même en hiver, le printemps n'est jamais loin. Et ç'aurait pu être une belle journée, à vrai dire, et aussi une belle ville, sans ce morceau de nuit qui gisait au milieu du pont.

Elle regarda Martin.

Il était rentré en lui-même, fermé à double tour, comme chaque fois qu'il arrivait sur une scène de crime. Il salua Chabrillac et le proc d'un air absent, puis avança encore, suivant scrupuleusement le « chemin » qu'avaient délimité les techniciens. Samira, Vincent et Katz lui emboîtèrent le pas.

Ils virent tout de suite le mot sur la poitrine du mort. JUSTICE.

Cette fois, pas de doute : c'étaient les infos nationales assurées, la visite du ministre, le barnum médiatique. Elle reporta son attention sur la scène de crime. Comme Moussa, le gamin était nu. Ils reconnurent d'emblée le visage crayeux, les cheveux roux, l'étroit museau de renard.

Kevin Debrandt.

— Merde, fit simplement Samira.

Kevin Debrandt gisait la jambe droite grotesquement tordue – tibia et fémur formant un angle absurde – et son flanc gardait l'empreinte du bitume. Il avait été selon toute évidence jeté comme un sac, sans doute à la hâte, d'un véhicule, et Servaz pensa au van de Lemarchand, mais même Lemarchand n'était pas assez con pour utiliser son van quelques heures après ce qui s'était passé au bord du canal.

Fatiha Djellali était en train de procéder à la levée du corps, et ses cheveux noirs brillaient dans la lumière blanche d'un projecteur comme ceux d'une actrice sur les planches. Mais, ces temps-ci, les théâtres étaient vides, les acteurs au chômage. Seuls avaient droit d'entrer en scène les gens comme elle – et comme lui.

Servaz scanna les alentours.

Le photographe mitraillait chaque détail ; les techniciens effectuaient des prélèvements, posaient des cavaliers en plastique près de chaque trace ou indice ; l'un d'eux prenait des notes ; un autre faisait rouler sur le pont un odomètre, une roulette permettant de mesurer les longues distances.

La lumière de l'aube caressait chaque silhouette et donnait à la scène un relief irréel, l'intensité hallucinée d'une séquence de cinéma.

Il resta à un bon mètre de distance du corps.

— Bonjour, Martin, fit le Dr Fatiha Djellali.

— Bonjour, Fatiha. Je sais qui c'est, dit-il. C'est un gamin qu'on recherchait. Kevin Debrandt.

— Et il a ça sur la poitrine, comme l'autre, compléta-t-elle en montrant le mot JUSTICE.

Elle se releva.

— J'ai aussi trouvé de la paille sous la plante de ses pieds. À l'odeur, je dirais qu'elle pourrait provenir d'une étable ou d'une écurie, en tout cas d'un endroit où il y a du bétail ou des chevaux… On va l'analyser, bien sûr.

— Super, combien d'étables et d'écuries il y a dans la région ?

Par-dessus le masque, elle lui jeta un regard mi-figue mi-raisin, l'air de dire que ce n'était pas sa faute si le cadavre n'avait pas l'adresse de son meurtrier tatouée sur le front.

Servaz observa une fois encore le mot gravé sur la poitrine du gamin.

Justice…

Quelle justice ? Et rendue par qui ? Ce mot était un indice en soi.

Ils revinrent vers l'entrée du pont, où il y avait de plus en plus de monde et quantité de brassards portant le mot POLICE ainsi que le RIO, le référentiel des identités et de l'organisation – un exemple de plus de l'imbuvable jargon administratif –, en gros le matricule à sept chiffres de chaque fonctionnaire. Servaz ne remarqua pas le grand flic en civil au visage allongé ceint d'une barbe rousse qui traînait à portée d'oreille.

— Une racaille de moins, dit Raphaël beaucoup trop fort.

Servaz vit Chabrillac sursauter et se retourner, sourcils froncés. Samira fusilla Katz du regard.

— Ben quoi ? lui dit le blond. C'est pas vrai ? On va quand même pas pleurer !

— Parle moins fort, gronda Samira, furieuse.

— Si quelqu'un a décidé de faire le ménage à la place des juges, c'est pas moi qui vais m'en plaindre, lui rétorqua le jeune lieutenant sans baisser la voix.

Servaz se dirigea vers le divisionnaire. Chabrillac observait la petite foule :

— Dites à votre jeune lieutenant d'être plus discret. Et veillez à ce qu'aucun journaliste ne s'approche de lui. Les photos de sécurité sont terminées ?

Martin jeta un coup d'œil en direction du pont.

— Je ne vois plus le photographe, il a dû finir.

— Alors, couvrez-moi ce mot avec quelque chose, que personne d'autre ne le voie. Et assurez-vous qu'aucun de ces clichés ne sortira du SRPJ.

— Il faudra donner une conférence de presse cet après-midi, intervint le procureur, lugubre, à côté d'eux.

Soudain, il y eut un remue-ménage de l'autre côté du ruban antifranchissement. Une grande femme blonde dans la cinquantaine était en train de fendre la foule, escortée par deux gardiens de la paix. Elle s'inclina pour passer sous le ruban qu'un policier en uniforme lui souleva obligeamment. Puis elle se redressa de toute la hauteur de son mètre soixante-quinze augmenté de huit centimètres de talons, qui claquèrent comme des culasses sur le bitume du pont.

Incontestablement, elle avait de l'allure et du chien dans son uniforme de préfète qui mettait en valeur ses épaules charpentées, ses hanches larges, sa poitrine avançant comme la proue d'un navire, le navire amiral du département et de la région. Et, d'une manière plus contestable, mais qui n'était point pour lui déplaire, plus d'un flic présent se retourna sur son passage pour le constater.

Dans le privé, Michèle Saint-Hamon aimait les vins capiteux, les alcools forts, les cigares gros comme des barreaux de chaise, les voitures de sport et les jeunes amants fougueux – sur lesquels fermait les yeux un mari qu'elle avait forcé au divorce et aux épousailles trente-deux ans plus tôt, alors qu'elle n'en avait que vingt et lui quarante, et qui avait en outre quatre gosses d'un premier mariage et des jetons de présence dans un certain nombre de conseils d'administration – un conflit d'intérêts que personne n'avait pris la peine de souligner jusqu'ici.

Elle s'approcha d'eux comme en terrain conquis, recevant leurs salutations tel un hommage à la fois à son autorité et à sa prestance. Puis elle tourna son regard, qui s'attarda, une seconde de trop, sur Servaz.

— Madame la préfète, je vous présente le commandant Martin Servaz du SRPJ, s'empressa le divisionnaire. C'est lui qui dirige les investigations.

Les paupières fardées clignotèrent, et quelque chose dans l'inspiration qu'elle prit, soulevant sa poitrine sous l'uniforme, fit comprendre à tout le monde que le commandant ici présent avait toute son attention.

— Faites-moi un topo, commandant, dit-elle. Soyez concis, exhaustif et factuel.

Elle avait une voix grave, riche d'harmoniques profonds. Il avait lu quelque part que, signe des temps, au cours des dernières décennies les voix des femmes s'étaient faites de plus en plus graves. « Le grave, c'est le pouvoir », avait commenté la phoniatre interviewée.

Il s'exécuta. À mesure qu'il parlait, il vit le visage de la préfète se fermer. Elle hocha la tête à plusieurs reprises, l'air assombri, buvant ses paroles, mais c'était visiblement une potion amère.

— Messieurs, je veux une réunion à la préfecture en fin de matinée. 11 heures. Sans faute. (Elle dévisagea Martin.) Et je veux que vous soyez présent aussi, commandant. Ce qui se passe ici est très grave.

Ce n'était pas lui qui allait la contredire.

41

Ce matin-là, la rédaction de *La Garonne* ressemblait au volcan Kilauea à Hawaï en 2018 : tous les desks étaient en ébullition. Il faut dire qu'entre le confinement et la manifestation en centre-ville la veille, l'attentat de Nice, un ex-Premier ministre malaisien qui invitait les musulmans du monde entier à tuer des millions de Français, la fronde des maires qui voulaient rouvrir les petits commerces et maintenant ce cadavre sur le Pont-Neuf, il y en avait vraiment pour tous les goûts.

Esther Kopelman adorait ça. Quand la rédaction était en ordre de marche, quand même les plus récalcitrants et les plus dilettantes mettaient la main à la pâte, quand chacun se battait pour avoir la meilleure place dans le journal du lendemain. Elle avait alors l'impression de faire partie de l'équipe « Spotlight » du *Boston Globe* lorsque celle-ci avait mis au jour le scandale des prêtres pédophiles qui lui avait valu le prix Pulitzer.

Bref, c'était pour ce genre de journée qu'on se levait le matin et qu'on partait travailler.

— Kopelman, Chaumette veut te voir, dit un type entre deux âges arborant un nœud papillon à pois sous son masque – à pois également – et qui était le seul à se morfondre.

Il s'occupait des pages culture. Or théâtres, cinémas et librairies étaient fermés. Sans compter qu'avec une actualité aussi chargée, il n'y avait pas beaucoup de place pour l'introspection d'un auteur contant par le menu sa dépression, son adultère ou ses états d'âme. En traversant la salle et en observant la ruche bourdonnante, elle se demanda soudain où était passée la fameuse « distanciation sociale ».

Assis dans son fauteuil, les pieds sur le bureau, en Birkenstock deux lanières et chaussettes été comme hiver, Chaumette était en train de mordre dans un sandwich qu'en entrant Esther hésita à qualifier de petit déjeuner ou de déjeuner, étant donné qu'il était presque 11 heures du matin.

— Tu es au courant, je suppose, pour le cadavre trouvé sur le Pont-Neuf ? lui lança-t-il sans cesser de mastiquer.

— Il ne t'a pas coupé l'appétit, on dirait…

— J'ai passé la nuit au journal.

— Sérieux ?

C'est vrai qu'il avait l'air encore plus fripé, ébouriffé et transpirant que d'habitude. Et les valises sous ses yeux avaient, ce matin-là, la taille de malles-cabines.

— Est-ce que par hasard tu n'aurais pas remarqué tout ce qui se passe ces jours-ci ? lui demanda-t-il en haussant un sourcil étonné. Ce pays qui est en train de perdre la raison. Le monde entier qui est en train de devenir fou. On a des commerces, des artisans, des milliers de petites entreprises qui risquent de mettre la clé sous la porte. On a des hôpitaux au bord de l'asphyxie et des personnels de santé qui n'en peuvent plus. On a des policiers épuisés qui sont sur tous les fronts depuis des mois, et en face des individus qui ne rêvent que de semer la discorde et le chaos. On a des gens décapités, égorgés, des enfants qu'on tue dans les écoles, des professeurs qu'on assassine, et M. Trudeau du Canada qui nous explique qu'il faut respecter les autres, ne surtout pas les froisser. À ce degré de lâcheté, moi je dis bravo.

Il se redressa, mit pied à terre.

— Pour ta gouverne, ajouta-t-il, non seulement le gamin était nu, mais il avait le mot JUSTICE marqué sur la poitrine. Comme Moussa Sarr…

Elle sursauta :

— Et toi, comment tu le sais ?

— Qu'est-ce que tu crois ? Moi aussi, j'ai mes sources.

— C'est vrai qu'il y avait beaucoup de monde sur la scène de crime ce matin.

— Tu es toujours sur la piste de ces disparus ? voulut-il savoir.

Elle acquiesça. Il passa une main dans ses cheveux bouclés, lança un coup d'œil vers la porte.

— Laisse tomber tout ce que tu as d'autre et concentre-toi là-dessus…

Il avait adopté un timbre de conspirateur. Elle ne put s'empêcher de sourire derrière le masque.

— Je croyais que je n'avais pas d'article et qu'on publiait assez d'informations anxiogènes comme ça ?

Il grimaça.

— Fais pas chier, Kopelman. Tu n'as pas *encore* d'article mais c'est vrai, je l'admets volontiers, tu as eu du flair et tu étais sur la bonne piste : si ces disparitions sont liées entre elles et à ces deux morts, alors on tient peut-être un sacré scoop.

— Heureuse de te l'entendre dire.

— Si tu as besoin de quoi que ce soit, tu m'appelles. Au boulot !

Elle hocha la tête, gagna la porte.

— À vos ordres, patron.

42

Il était 10 h 55, et le même soleil indifférent aux affaires humaines qui brillait sur la place Saint-Étienne et sur les pavés devant la cathédrale brillait également sur la façade du palais archiépiscopal.

L'ancien palais de l'archevêque abritant les locaux de la préfecture, c'est entre ses murs que Michèle Saint-Hamon fit entendre sa voix sous les ors séculiers de la République :

— Dans la mesure où il me revient, en tant que représentante de l'État dans le département et la région, de coordonner et d'animer l'ensemble du dispositif de sécurité intérieure, je veux qu'à partir d'aujourd'hui toutes les informations concernant cette affaire, je dis bien *toutes*, remontent jusqu'à moi.

La préfète de Haute-Garonne et de la région Occitanie fit du regard le tour de la longue table. Étaient présents le ban et l'arrière-ban du département en matière de police et de sécurité publique : le chef de cabinet du maire, les patrons des services de gendarmerie et de la Sûreté départementale, Chabrillac, ainsi que le directeur de cabinet de la préfète, un ancien énarque qui avait travaillé au ministère de l'Intérieur et qui était son « M. Sécurité ».

— Nous devons trouver le ou les coupables le plus vite possible ou cette ville risque d'exploser. Cette situation est scrutée avec attention par le ministre. Je veux être avisée, jour après jour, des progrès de l'enquête.

Tous les regards se tournèrent vers le divisionnaire et son chef de groupe.

— Peut-être le commandant Servaz peut-il nous dire s'il a une piste ? ajouta-t-elle.

— *Suo tempore*, répondit celui-ci.

Un flic parlant latin : tout le monde fronça les sourcils. La préfète faillit sourire. Elle appréciait qu'on lui résiste – un peu –, même si pour rien au monde elle ne l'aurait avoué dans cette enceinte.

— Le commandant Servaz veut dire qu'il est prématuré d'en parler, intervint le divisionnaire après s'être éclairci la voix. Bien entendu, nous explorons toutes les pistes et il y en a une qui est d'ores et déjà privilégiée.

Servaz sentit que les hommes et la femme autour de la table brûlaient tout à coup d'en savoir plus. Il espéra que Chabrillac allait s'arrêter là, il en avait déjà trop dit.

— Le commandant est muet ou il ne s'exprime qu'en latin ? voulut savoir la préfète.

Il y eut quelques gloussements.

Martin se tourna vers la représentante de l'État. Elle le dévisagea comme s'il était la seule personne dans cette salle qui l'intéressait vraiment.

— Nous travaillons sans relâche, dit-il. Mon groupe est bien conscient des enjeux et rien ne nous importe davantage que de trouver les coupables et de les déférer. Je pense, madame la préfète, que vous préférez que nous consacrions l'essentiel de notre temps à la recherche de la vérité plutôt qu'à rédiger des rapports circonstanciés, je me trompe ?

Il devina que Chabrillac pâlissait à côté de lui. Il y eut trois secondes de silence qui durèrent une éternité. Tous savaient que la préfète avait un tempérament volcanique. Et si cela en faisait fantasmer plus d'un, tous ici présents avaient essuyé au moins une fois ses tonitruants accès de colère.

Aussi l'amusement qui perça dans la voix de Michèle Saint-Hamon fut-il un soulagement.

— Commandant, vous m'avez convaincue. Faisons un marché : vous me rendrez compte dans les quarante-huit heures, et ensuite deux fois par semaine si cette enquête se prolonge, en personne, après votre journée de travail, ici même, dans mon bureau, *à moi et à moi seule*...

Elle ne l'avait pas quitté des yeux une seconde en disant cela. Il inclina la tête.

— Comptez sur moi.

— Et croyez bien que je veillerai personnellement à ce que rien ne vienne entraver votre enquête, ajouta-t-elle. Pendant des années, je l'admets, l'État a donné des instructions pour qu'on aille le moins possible au contact dans ces quartiers tant qu'il n'y avait pas de mises en danger. Tout plutôt que de voir un accident arriver. Ou des émeutes, comme en 2005. C'était une erreur. En ce qui me concerne, ça ne se passera pas comme ça. La loi doit prévaloir. Partout. Tout le temps. En toutes circonstances et quelles que soient les conséquences.

Joli discours, songea-t-il. *On verra s'il est suivi d'effet*. Il en avait déjà tellement entendu de semblables.

— Il faut vérifier les enregistrements de toutes les caméras de surveillance que vous trouverez, dit-il à son groupe, place du Pont-Neuf, rue de Metz, place Esquirol, quai de la Daurade, rue Peyrolières, boulevard Lazare-Carnot, allées Forain-François-Verdier, rue du Languedoc, Grand-Rond, etc. Tous les axes qu'a pu emprunter pour se rendre jusqu'au Pont-Neuf le véhicule transportant Kevin Debrandt entre 2 heures et 6 h 30 du matin – une patrouille est passée sur le pont à 2 h 03 et il n'y avait rien… Élargissez le périmètre si nécessaire.

Il leva les yeux de ses notes.

— On cherche en priorité un fourgon, un van, voire un camion de livraison ou une grosse berline, avec au moins deux personnes à bord : il fallait être au moins deux pour transporter le corps et le balancer. Je sais, ça représente des milliers d'heures à visionner, mais c'est pour ça qu'on a demandé des renforts.

Quelqu'un leva la main.

— Il y a de fortes chances pour qu'ils aient roulé avec une fausse plaque, que l'immat ne soit pas visible ou que le véhicule ait été volé, fit observer l'intervenant.

— On sait tout ça, répondit Servaz. Mais on doit tout vérifier. Les types peuvent avoir fait une erreur, enlevé leurs cagoules ou leurs masques, passé un coup de fil… On va croiser ces infos avec les téléphones qui ont borné dans le secteur la nuit dernière. Ça nous permettra peut-être de reconstituer leur itinéraire.

Mais il n'y croyait guère. Il leva encore une fois les yeux de ses papiers. Le groupe d'enquête s'était sérieusement étoffé. Il y avait là des flics d'une bonne demi-douzaine de services. Instructions tombées d'en haut. Il fallait montrer qu'on ne ménageait pas sa peine. Il ne comptait pas partager toutes ses infos avec eux. Beaucoup trop de risques de fuite. Et pas seulement en direction de la presse…

— On a relevé les empreintes et les ADN des éboueurs et de toutes les personnes présentes sur le pont ? demanda-t-il.

— Il vous faut celles de la préfète aussi ? dit quelqu'un.

Rires autour de la table. Il vit Samira soupirer. Soudain, un brigadier entra en coup de vent.

— Les pompiers de Colomiers viennent de signaler un Renault Trafic cramé ce matin ! (Il consulta son papier.) Chemin de Selery. C'est assez isolé. Un riverain les a prévenus.

Encore une fois, ils effaçaient leurs traces.

Colomiers était une commune à l'ouest de Toulouse. La deuxième du département. Mi-urbaine, mi-rurale. Ils ne trouveraient rien. Ces types étaient des pros.

— Il y a des caméras de surveillance à Colomiers ? s'enquit-il néanmoins.

— J'ai déjà vérifié, répondit le brigadier. Sur le site de la police municipale, ils disent qu'il y a une trentaine de caméras de vidéoprotection sur la voie publique.

— Très bien. Vincent, appelle-les. Tu vas sur place et tu visionnes les images. Tu essayes de repérer ce Renault Trafic.

— Si c'est le nôtre, il venait de Toulouse, donc de l'est, fit remarquer Espérandieu. Il a dû emprunter l'A624 et la N124.

Servaz opina.

— Vois s'il y a des caméras sur le parcours. Fais-toi aider au besoin.

Il regarda le plan de la métropole épinglé sur le mur derrière lui.

— On doit aussi contrôler toutes les caméras qui pourraient se trouver sur leur axe de fuite, à savoir avenue Étienne-Billières, avenue de Grande-Bretagne et allées Maurice-Sarraut. Appelez Campus Trafic, conclut-il.

Planqué dans un immeuble anonyme de l'avenue d'Atlanta, Campus Trafic était le PC circulation de toute l'agglomération toulousaine, regroupant à la fois les services de la communauté d'agglomération, la régie publique des transports urbains, la direction des routes du Sud-Ouest et les services de police de la route, qui tous surveillaient, à travers plusieurs centaines de caméras, boulevard périphérique, rocades d'accès, avenues, places et rues principales.

— Dernière chose : prévenez la famille, nous allons lancer un appel à témoins avec le portrait de Kevin Debrandt dans les prochains flashes d'info.

— Merci, commandant, intervint Chabrillac en se levant de sa chaise. (Il tapa dans ses mains.) Bien, on va vous distribuer vos tâches du jour. Je compte sur chacun de vous.

Un léger brouhaha monta, signalant la fin de la réunion. Le divisionnaire éleva la voix :

— Et ce n'est pas parce que les deux victimes étaient des voyous qu'il ne faut pas mettre les bouchées doubles ! Je sais ce que tout le monde pense tout bas… mais cette enquête va être scrutée jusqu'au plus haut sommet de l'État.

— On va pas non plus pleurer sur leur sort, dit Raphaël à haute et trop intelligible voix.

Le brouhaha augmenta.

— Je n'ai rien entendu, fit le divisionnaire d'un ton brusque.

— Je dis juste tout haut ce que tout le monde pense tout bas, continua Katz. Ces deux types étaient des…

Samira jeta un regard surpris au jeune lieutenant. Quelle mouche le piquait ? Chabrillac perdit ses nerfs.

— Je veux que les choses soient bien claires, lieutenant, trancha-t-il avec une rage froide en pointant un doigt menaçant en direction de Katz, je ne tolérerai pas ce genre de commentaires ! Un mot de plus et je vous exclus de l'enquête. C'est assez clair pour vous, ou il y a quelque chose là-dedans que vous avez du mal à comprendre ?

Samira vit le jeune officier blond frémir sous l'humiliation et serrer la mâchoire, l'œil noir, en acquiesçant d'un signe de tête.

43

Du haut de son rocher, la forteresse médiévale écrasait la petite cité. Redoutable. Escarpée. Menaçante. Ses murailles crénelées et ses trois tours de guet dressées dans le brouillard et la pluie, à quatre-vingt-huit kilomètres au sud de Toulouse.

Elle n'était cependant pas visible des fenêtres du commissariat de Foix, pourtant à quelques centaines de mètres à peine, pour la bonne raison qu'il lui tournait le dos. À croire qu'on ne voulait pas distraire les fonctionnaires de police de leur tâche. Pas de danger avec le temps qu'il faisait dans le coin, et qui était rarement aussi clément qu'il pouvait l'être cent kilomètres plus au nord : la faute à ces fichues Pyrénées toutes proches.

Le major Lucas Galvan détestait les Pyrénées. Il détestait cette ville. Détestait cette foutue région où, quand il ne pleuvait pas, le ciel était gris et, quand le soleil brillait enfin, il manquait la mer, les voiles, les plages où les filles ont la peau dorée. Galvan était né à Béziers. Il avait passé son enfance et son adolescence dans la ville de Jean Moulin, entres les allées

Paul-Riquet et la cathédrale Saint-Nazaire, avant d'entrer dans la police et d'être muté en région parisienne.

Jeune flic de la BAC, il s'y était rapidement endurci au contact des cités avant de redescendre à Montpellier. Où il serait encore s'il n'avait pas déconné. Lors d'un contrôle, il avait frappé un type qui l'insultait, le provoquait et qui avait aussi insulté l'honneur de sa femme. Quelqu'un avait filmé la scène avec un téléphone. Résultat : conseil de discipline et, comme il n'en était pas à son coup d'essai, mutation disciplinaire. À Foix. En Ariège. Il y avait peut-être des gens qui aimaient ça : la nature sauvage, les montagnes, les vallées verdoyantes et les torrents – mais pas lui.

Son téléphone sonna sur le bureau. Il était en train de rêvasser à son dernier *date* Tinder. Une femme mariée du coin, qui s'ennuyait. Comme lui. À ses yeux, Tinder était une autre sorte de *chasse*. Une chasse où tout le monde était chasseur et proie en même temps…

— Galvan, dit-il.

— Euh… bonjour… c'est moi… vous vous souvenez de moi ? Vous m'avez laissé votre numéro.

La voix était celle d'un homme entre deux âges, peu sûr de lui ou effrayé. Il la reconnaissait, mais ne parvenait pas à se souvenir où ni quand il l'avait entendue.

— Roland Neveu, le représentant de commerce, vous vous rappelez ? L'autre nuit… je vous ai dit que j'avais vu quelque chose se passer dans ce château… Je vous y ai même conduits…

Merde. Le type qui avait surpris le général et ses hommes avec leurs masques à la con par une fenêtre du château. Il croyait pourtant avoir été clair l'autre soir en lui parlant de sa femme et de sa fille.

— Qu'est-ce qu'il y a, Neveu ?

La voix était de plus en plus geignarde :

— Je sais ce que vous m'avez dit, que ce n'était plus mon affaire… qu'il fallait que j'oublie tout ça… que c'était entre vos mains mais…

Où cet imbécile voulait-il en venir ? Qu'est-ce qui n'allait pas chez lui ? Pourquoi n'était-il pas tout bonnement passé à autre chose ? L'avait-il mal jaugé ? Le bon côté, c'était qu'il l'avait rappelé *lui*. Il n'avait donc pas jugé utile d'informer quelqu'un d'autre.

— Accouchez, Neveu.

— Vous avez vu ces infos à la télé ce matin ?… Ce gamin qu'on a trouvé sur ce pont ?… À Toulouse… Ils ont montré son portrait lors d'un appel à témoins.

— Oui, bien sûr. On est tous en état d'alerte.

— Je suis presque sûr que c'est lui que j'ai vu dans le château…

Nom de Dieu ! Galvan oublia illico son dernier *date* Tinder, oublia la pluie, le brouillard, oublia son humeur chagrine et se pencha en avant, le téléphone collé à l'oreille.

— Vous croyez que je devrais appeler la police de Toulouse ? continuait le représentant de commerce. Ils ont donné un numéro… Je me suis dit que, comme vous étiez déjà au courant, vous pourriez peut-être me conseiller…

Une sacrée chance que ce Neveu fût un idiot. Il ne lui en donnait pas moins des sueurs froides en cet instant. Les gens n'apprenaient jamais. Ils s'entêtaient à commettre encore et encore les mêmes erreurs.

— N'en faites rien, dit-il. Ils doivent recevoir des centaines d'appels bidon en ce moment même, ils mettront des jours à prendre en compte le vôtre.

Il fallait qu'il trouve une issue. Vite.

— En outre, ajouta-t-il, l'entrevoyant soudain, nous pensons avoir affaire à des gens puissants, avec de nombreuses connexions dans la police. Si votre appel tombe dans la mauvaise oreille, votre vie pourrait être en danger…

Il laissa le temps à ses paroles de bien pénétrer dans le cerveau du représentant de commerce.

— Même ici, je ne suis pas certain que ce soit très sûr pour parler. Ces gens ont vraiment des contacts partout, on ne sait plus à qui se fier. C'est effrayant, je sais. Voilà ce que nous allons faire, Neveu : vous allez me retrouver dans une heure à l'endroit que je vais vous indiquer et nous allons décider d'une stratégie. Vous avez raison : il faut agir. Et surtout ne parlez de ça à personne…

Il se demanda si, cette fois, Roland Neveu allait mordre à l'hameçon. Pas sûr. Il y avait des limites à la crédulité, même chez les poissons les mieux disposés à gober le moindre bobard.

— C'est vraiment nécessaire, tous ces secrets ?

Neveu hésitait.

— Pensez à votre fille et à votre femme. Vous ne voudriez pas qu'il leur arrive quelque chose…

Un silence.

— D'accord.

Galvan ne put s'empêcher de sourire.

44

La BMW X1 drive hybride noire se détachait au milieu de la clairière, sur le parking, près du ruisseau, du pont de bois pour piétons en forme d'arche et de l'aire de pique-nique sous les arbres.

Un timide soleil avait réussi à percer mais, malgré cela, Roland Neveu trouva le paysage passablement sinistre en conduisant sur la petite route qui se terminait en cul-de-sac à hauteur du parking.

Il vit que le policier était déjà là, en train de fumer, assis à l'une des trois tables de pique-nique – lesquelles, en cette saison, étaient inoccupées –, de l'autre côté du ruisseau.

Son cœur battait lourdement. Lentement. Comme s'il essayait de le freiner. Comme si quelque chose le retenait. Il se gara sur l'aire de stationnement déserte en dehors de la voiture du policier, descendit. L'endroit était niché au fond d'un vallon qui, comme la route, semblait sans issue.

Il faillit déraper en franchissant le petit pont. La pluie avait rendu le bois du dos-d'âne dangereusement glissant, et les feuilles mortes détrempées se dérobaient sous ses semelles comme un skateboard sous un pied inexpérimenté.

Il avait sa serviette en cuir à la main. Il se demandait pourquoi Galvan lui avait dit d'apporter son ordinateur perso. Le flic pensait-il que quelqu'un entrait dans son Mac pour l'espionner ? À cette idée, Neveu frissonna. Galvan lui-même multipliait les précautions, à l'image de cet endroit désert pour se rencontrer. Que le policier fût si inquiet augmentait sa propre peur.

La pluie avait couché l'herbe un peu trop longue comme des cheveux dissimulant une calvitie. De vagues sentiers à peine dessinés couraient à travers le terrain accidenté et se perdaient entre les arbres. Le ruisseau chantait en contrebas. Neveu grimpa la pente légère jusqu'à la table de pique-nique.

Galvan le regarda approcher, les paupières plissées, lui montra le banc de bois brut mouillé de l'autre côté de la table.

— Asseyez-vous, Neveu.

Le représentant de commerce s'exécuta, sentit l'humidité et le contact froid du banc à travers son pantalon. Il nota qu'à la lumière du jour et sans masque le flic de l'autre soir avait un visage assez séduisant, mais aussi les yeux injectés et la vilaine peau de ceux qui ont longtemps abusé du tabac et de l'alcool.

Il avait en outre quelque chose de désagréable dans le regard. Une lueur. *Malveillante*, se dit Neveu. *Oui, c'est ça.*

— Vous avez votre ordi ? demanda Galvan en écrasant sa cigarette sur le bois grossier de la table, y laissant une trace noire.

Le représentant de commerce acquiesça d'un signe de tête, sortit le portable de sa sacoche et le fit glisser entre eux.

— Allumez-le… Il y a un mot de passe ? Entrez-le…

Neveu s'exécuta.

— Il a assez de batterie ? Très bien…

Le flic tira ensuite l'ordinateur à lui, tourna l'écran du Mac dans sa direction et prit dans sa poche une clé USB qu'il inséra sur le côté. Puis il se mit à jouer du pavé tactile.

— Qu'est-ce que vous faites ? demanda Neveu qui ne voyait plus l'écran. Vous vérifiez si quelqu'un a piraté mon ordinateur, c'est ça ? Il n'y a aucune information intéressante là-dedans, de toute façon.

L'homme en face de lui ne prit pas la peine de répondre. Il pianotait sans plus prêter attention au représentant de commerce.

— Passez-moi votre sacoche, dit-il au bout de quelques minutes.

Roland Neveu la lui tendit par-dessus la table. Galvan la posa sur le banc à côté de lui, l'ouvrit et glissa à l'intérieur une chemise cartonnée.

— Qu'est-ce que vous faites ? répéta Neveu.

— Fermez-la.

Le représentant de commerce tressaillit. Le ton était dur et cassant. Comme si c'était après lui que le flic en avait.

Neveu suivit un instant du regard le cours du ruisseau en bas de la pente. En attendant que le policier eût terminé. Le silence alentour, seulement troublé par le bruit de l'eau, lui parut tout à coup très oppressant.

Le flic leva enfin les yeux vers lui. Ce que Roland Neveu y lut le fit frissonner des pieds à la tête.

— Vous êtes un pédophile, Neveu ? demanda la voix glacée comme l'eau du torrent.

Neveu se figea.

— Quoi ?

Galvan fit pivoter l'ordinateur. Le représentant de commerce sursauta, ouvrit de grands yeux horrifiés.

Sur l'écran s'affichait tout un éventail de photos qui présentaient – Neveu hoqueta – des enfants nus, garçons et filles, en compagnie d'adultes tout aussi déshabillés. Les poses étaient sans ambiguïté. Il n'y avait aucun doute possible sur la nature de ce qu'il voyait. Les visages des adultes étaient invisibles : hors champ ou floutés. Neveu sentit la tête lui tourner, la sueur jaillir de son front. Il étouffa un haut-le-cœur. Il se dégageait de ces images quelque chose de profondément, d'atrocement dérangeant. Ce qu'il y avait sur son propre ordinateur lui donnait la nausée. Il n'avait jamais rien contemplé d'aussi dégoûtant.

— Je vous demande si vous êtes une saloperie de pédophile, répéta Galvan d'un ton cinglant.

— Quoi ? Non ! Bien sûr que non ! Je ne sais même pas d'où sortent ces photos ! C'est… c'est ignoble ! Je ne veux pas voir ça ! dit-il en détournant le regard.

Galvan attrapa la sacoche, la retourna, déversant sur la table des clichés en noir et blanc format A4 qui s'éparpillèrent. Tout aussi abjects et insoutenables que ceux sur l'écran.

— Et ça alors, espèce de gros dégueulasse…, dit Galvan.

Neveu suffoqua.

— C'est vous... c'est vous qui venez de mettre ces photos dans ma serviette ! s'écria-t-il, paniqué. Qu'est-ce que ça signifie ?

Le flic planta son regard injecté dans le sien.

— Ça signifie que je vais t'envoyer en taule... Ta sacoche et ton ordi sont pleins de pornographie infantile ! Tu me donnes envie de gerber !

À sa grande horreur, Neveu comprit qu'il avait été piégé. Ses mains s'agitaient nerveusement sur le bois de la table. Soudain, il poussa un petit cri douloureux : il venait de s'enfoncer une écharde dans l'index. Il considéra la pulpe de son doigt où était fichée une minuscule épine et où perlait une goutte de sang.

— Tu sais ce qu'on fait en prison aux pédophiles comme toi, Neveu ?

Le représentant en produits phytosanitaires était au bord des larmes et de l'évanouissement.

— C'est vous ! C'est vous qui m'avez piégé !

— Tu sais ce qu'on leur fait... ?

Un cauchemar, c'était un cauchemar.

— Seigneur, je ne suis pas un pédophile : vous le savez bien ! Et je ne veux pas aller en prison ! Je vous en prie ! Je ne comprends rien... Qu'est-ce que vous attendez de moi ?

L'expression peinte sur le visage de Galvan était celle d'un manque d'empathie absolu.

— Que tu oublies ce que tu as vu au château, dit-il.

Le cœur de Neveu battait la chamade.

— Ce gamin dont tu parles, ce n'était qu'un vaurien, un salopard de plus qui choisissait ses victimes parmi les plus faibles, les plus vulnérables. Violent, haïssant les honnêtes gens comme toi. Il n'aurait pas hésité à entrer dans ta maison, à te voler ton argent, à te frapper, à violer ta fille… C'était ce genre de saloperie… Tu ne voudrais quand même pas aller en prison pour une merde pareille, pas vrai ? Il est mort maintenant, qu'est-ce que ça changerait ? *Pense à ta fille quand ses camarades lui diront que son père est un pédophile, qu'ils lui demanderont si tu lui as fait des choses : c'est ça que tu veux ?*

— Non, bien sûr que non ! hurla Neveu.

— Alors, tu vas oublier ce que tu as vu au château… tu vas reprendre ta petite vie bien tranquille… tu vas m'oublier aussi et je ne veux plus jamais entendre parler de toi, tu m'entends ? Et moi, en échange, je vais oublier ce que j'ai vu ici…

Galvan referma le Mac.

— Je garde ton appareil, au cas où…

Le flic se leva lentement, l'ordi sous le bras. Neveu le regarda descendre la pente en direction du petit pont et du parc de stationnement, monter dans sa voiture. Le ruisseau chantait. Le représentant de commerce était couvert d'une sueur glacée. Comme s'il avait parlé au diable lui-même. Dans le grand silence, il éclata soudain en sanglots.

45

Au commissariat, Espérandieu avait sous les yeux les listings des opérateurs téléphoniques. Seuls Martin, Samira, Katz et lui étaient présents dans la salle de réunion. Servaz avait envoyé tous les autres en mission. Ils avaient demandé au juge non seulement des réquisitions pour le téléphone officiel de Lemarchand mais aussi l'« extraction » des antennes-relais de son quartier.

— Hier, à l'heure où on planquait devant chez Lemarchand, était en train d'expliquer Vincent, un téléphone à carte prépayée a activé l'antenne-relais la plus proche de son domicile et a appelé un autre téléphone fantôme.

— OK, dit Samira, donc Lemarchand a appelé quelqu'un pour l'avertir qu'on était devant chez lui…

Espérandieu hocha la tête en signe de confirmation.

— Or, avant-hier, quand tu t'es rendue dans ce restaurant, continua-t-il, avant que Lemarchand ne sorte de chez lui, un autre téléphone à carte prépayée avait déjà borné près de son domicile en direction de ce même numéro.

— D'accord, Lemarchand a toute une collection de téléphones à carte prépayée, conclut Samira.

— Ce qui compte, c'est que, chaque fois, c'est le même numéro qu'il appelle, conclut Servaz.

Il pressentait au plus profond de lui-même que la personne appelée était quelqu'un d'important. Ce n'était pas un simple exécutant. Peut-être se trompait-il, mais selon lui le flic ripou avait appelé ce numéro chaque fois qu'il avait eu besoin de savoir comment il devait agir. De quelle façon remonter jusqu'à l'homme – ou la femme – à l'autre bout du fil ? se demanda-t-il. L'impatience le taraudait.

— Lemarchand ne t'a pas amenée dans ce restaurant uniquement pour te faire peur ensuite, dit-il soudain à Samira.

Elle plissa les yeux en se tournant vers lui.

— Il y avait *quelqu'un* dans ce restaurant qui voulait voir à quoi tu ressemblais, poursuivit-il. Et je mettrais ma main au feu que cette personne est celle que Lemarchand a appelée.

Un silence.

— Tu te souviens des clients dans la salle ?

Samira réfléchit.

— Oui. En dehors de Lemarchand, il y avait un couple dans la cinquantaine, un autre de retraités, un jeune couple avec des enfants et un vieux monsieur assis dans un coin…

Un vieux monsieur… Moussa Sarr avait parlé à Ariane Hambrelot d'un « homme âgé »…

— Il avait les yeux bleus, ton vieux ?

Samira tressaillit. Elle avait compris.

— J'en sais rien. Il les a gardés baissés sur un livre ou sur son assiette, dit-elle. Mais c'est possible… Je n'en suis pas certaine…

— Il faut qu'on interroge le restaurateur. Certains sont peut-être des clients réguliers. Ou bien ils habitent dans le coin. Lemarchand n'a pas choisi ce restau par hasard : *l'Ariège, une fois de plus…*

— Je vais déjà voir si le numéro du restau répond, dit Vincent, il est fermé avec le confinement.

Le confinement avait des conséquences jusque sur les enquêtes. Sur les trafics aussi. Avec les restrictions de circulation en vigueur en France comme en Espagne, les sources d'approvisionnement en provenance du Maroc s'asséchaient, les consommateurs se déplaçaient moins souvent, le cash diminuait et la frustration des trafiquants augmentait. Conséquence : les rivalités s'exacerbaient, la violence flambait, les bandes, de plus en plus nerveuses, s'en prenaient aux forces de l'ordre aussi bien qu'aux bandes rivales, et le nombre de règlements de comptes avait explosé en 2020.

— Trouve le propriétaire du restau et dis-lui qu'on va lui rendre une petite visite, dit Servaz à Vincent. Samira, tu appelles le magistrat de permanence et tu fais une réquise pour l'extraction de l'antenne la plus proche de l'établissement.

— Le restaurateur est chez lui, il habite au-dessus du restaurant, dit Vincent cinq minutes plus tard. Il « profite » du confinement pour faire quelques travaux de peinture. Bien qu'il ne soit pas sûr de rouvrir : il avait l'air plutôt abattu au téléphone.

Servaz attrapa son manteau.

— Tu m'étonnes. En route : je veux voir à quoi ressemblent les lieux, et ce qu'on peut tirer du bonhomme.

Esther kopelman enrageait. Plus de table chez Sami, plus de restaus ouverts, plus d'endroits où s'en jeter un derrière la cravate, plus de *happy hours*, de « dernier pour la route », plus de beuveries confraternelles, de frotti-frotta au bar à refaire le monde à grand renfort de shots et de mousses, d'allers-retours entre la salle et le trottoir pour en fumer une. Plus de brouhaha, de foules grégaires, bref, plus de chaleur humaine. Rien. La misère.

Elle en était réduite à glisser un plat préparé dans le micro-ondes. Tout en avalant son poulet tikka massala devant la télé, elle envoya un message à son nouveau contact : *Ce soir, au lieu convenu, 20 h 30.*

Encore heureux qu'avec sa carte de presse elle eût le droit de circuler sans encombre.

Au rendez-vous des chasseurs, lut-il. Décidément, on n'en sortait pas. *La chasse*, encore une fois… Samira engagea la voiture sur le parking. Les grands peupliers frémissaient au bord de la rivière, leurs petites feuilles scintillant comme des paillettes sur une robe de bal. Le paysage de montagnes basses tout autour avait l'air aussi désolé que s'ils s'étaient trouvés au fin fond du Texas.

À l'arrière de la voiture, le téléphone de Katz sonna, annonçant un message entrant.

Dès qu'ils furent garés, le proprio apparut. Barbu – cette espèce de barbe rustique qui mange les joues et le cou et qui débordait son masque –, l'œil noisette, il était peut-être jovial en temps normal, mais le confinement avait eu raison de son allant, et il affichait une mine lugubre.

Il les jaugea, et Servaz se dit qu'il ne devait pas être fan de la police ni de tout ce qui avait trait de près ou de loin à l'autorité en ce moment. D'ailleurs, qui l'était de nos jours ? Servaz sortit sa carte, se présenta. L'homme les précéda à l'intérieur, franchissant la porte vitrée barrée d'un écriteau : « FERMÉ ». Une petite réception avec un comptoir en bois blond, des murs lambrissés façon chalet, une guirlande comme si c'était Noël.

— Je vous reconnais, dit-il à Samira. Vous êtes venue l'autre soir…

Son regard la sonda.

— Exact, répondit-elle. Vous vous souvenez des autres clients qui étaient présents ce soir-là ?

Il hocha la tête.

— Très bien, dit-il, amer. C'était mon dernier service…

Il passa derrière le comptoir, en sortit un grand classeur à couverture noire dans lequel étaient rangés les additions et les récépissés des cartes de paiement.

— Est-ce qu'il y avait des habitués ? demanda Servaz.

L'homme réfléchit.

— Oui… Un couple de retraités. Et aussi le colonel…

Servaz tressaillit.

— *Le colonel* ?

— C’est ainsi que je l’appelle… Un ancien militaire, j’en mettrais ma main à couper…

Il ouvrit les bras.

— Je m’y connais : j’ai passé huit ans dans l’armée. 1er régiment de chasseurs parachutistes de Pamiers et 17e régiment du génie parachutiste de Montauban. Et, à mon humble avis, ça devait être un gradé, ça se voit à son maintien, à sa façon de s’exprimer, à son autorité. C’est le genre qui rigole pas, le colonel. C’est pour ça que je l’appelle comme ça. Il vient une fois par mois environ.

— Ses yeux, dit Servaz. Ils sont de quelle couleur ?

Le barbu le fixa :

— Bleus. Sacrément bleus même. Pourquoi ?

Servaz sentit son pouls s’accélérer.

— Vous avez son nom ?

— Il vient toujours à l’improviste, sans réservation. Et il ne s’est jamais présenté. Le colonel, c’est pas un bavard.

— Il habite dans le coin ?

— Ça m’étonnerait. S’il vivait dans le coin, je le saurais.

— Il paye comment ?

— Toujours en espèces.

— Il a quoi comme voiture ?

— Un Range Rover. Vert. Enfin kaki. Militaire, là aussi, vous voyez…

— Vous n’avez pas noté l’immatriculation, par hasard ?

— Pourquoi je l’aurais fait ?

Servaz commençait à s’impatienter.

— Mais je me souviens qu'elle se termine par XS…, ajouta l'homme.

— Vous en êtes sûr ?

— Oui.

— Vous avez des caméras de surveillance quelque part ?

— Non, pas besoin : avec ma femme on vit au-dessus. Mais j'ai fait installer une alarme.

— Ce client, vous l'avez déjà vu téléphoner ?

— Pas que je me souvienne.

Servaz émit un soupir.

— Et lui, vous savez qui c'est ? demanda à son tour Samira en dégainant la photo de Lemarchand.

Le patron acquiesça. Il la dévisageait intensément.

— Il était là l'autre soir, *en même temps que vous.*

Comme elle attendait la suite, il continua :

— Il est venu une demi-douzaine de fois. D'ailleurs, maintenant que vous en parlez, il s'est passé un truc bizarre ce soir-là…

Tous les regards se braquèrent sur lui.

— Quel truc bizarre ? dit Samira.

— Eh ben, d'habitude, quand ce type vient dîner, il partage la table du colonel justement. C'est la première fois que je les voyais dîner séparément.

Servaz le fixa.

— Vous êtes sûr que vous ne confondez pas avec quelqu'un d'autre ?

L'homme lui lança un coup d'œil agacé.

— Évidemment que j'en suis sûr. Vous me croyez gâteux ? J'ai voulu conduire celui-là (il désignait la photo de Lemarchand) à la table du colonel, mais il m'a arrêté en me disant : « Je vais m'asseoir là. » Ils ne se sont même pas salués. J'ai cru qu'ils étaient fâchés…

Martin et Samira échangèrent un regard.

Il sut qu'elle pensait la même chose que lui : *ils* l'avaient piégée. Le mystérieux colonel, « l'homme aux yeux bleus », voulait voir à quoi elle ressemblait. Il voulait voir « l'ennemi » par lui-même. C'était lui le chef. Un vrai meneur d'hommes, un individu qui ne déléguait rien, qui ne faisait confiance qu'à son instinct. Et ce fantôme qui, jusqu'à présent, se tenait dans l'ombre d'où il tirait les ficelles venait de tourner vers eux son attention. Le vrai combat allait commencer.

De chasseurs ils étaient devenus chassés…

46

Ils étaient assis dans la voiture, sur le parking du restaurant. Dehors, la lumière déclinait, les collines se voilaient d'ombre. L'atmosphère était lugubre, pourtant certains devaient trouver que ce calme et cette nature ressemblaient au paradis.

— Ton type, il avait quel âge d'après toi ? demanda Servaz.

— Plus de soixante, estima Samira.

— Tu en es sûre ?

— Certaine.

— D'accord. Attrape ton téléphone et connecte-toi au SIV.

Le système d'immatriculation des véhicules… Elle s'exécuta, *via* la connexion sécurisée de son téléphone NEO, qui permettait aux officiers de police judiciaire comme aux chefs de groupe d'accéder à une dizaine d'applications métiers.

— Tu nous sors tous les Range Rover immatriculés dans le département de l'Ariège dont l'immat se termine par XS, dit-il.

— OK.

Quelques minutes passèrent.

— Alors ?

— C'est fait.

— Combien ?

— Neuf…

Il se pencha.

— Regarde les dates de naissance des propriétaires. Ceux qui sont nés avant 1965.

Un silence.

— Il n'y en a que deux, répondit-elle.

Il sortit son carnet pour noter.

— Donne-moi les noms et les adresses.

— Le premier s'appelle Bastien Dewolf. Habite avenue Rhin-et-Danube à Saint-Girons.

Il fit courir son stylo sur le papier.

— OK. Suivant.

— Thibault Donnadieu de Ribes. Il habite…

— Une minute…, dit Vincent derrière eux, penché sur son téléphone.

Ils s'interrompirent, se retournèrent.

— Qu'est-ce que tu fous ? demanda Samira.

— Google, c'est pas fait pour les chiens, répliqua Espérandieu.

Ils attendirent une poignée de secondes.

— Bingo, dit-il en lisant ce qui s'affichait.

Il tourna l'écran vers eux.

— Général à la retraite Thibault Donnadieu de Ribes. Il a même sa fiche sur Wikipédia. Sacrés états de service. Ce type a plus de médailles qu'un ancien membre du Politburo. Et il a fait un paquet de guerres.

Bon sang, songea Servaz. Cette fois, ils tenaient leur homme.

L'homme aux yeux bleus...

Thibault Donnadieu de Ribes... Il essaya de se rappeler où il avait entendu ce nom. Car il était sûr de l'avoir déjà entendu. Soudain, ça lui revint : une histoire de militaires français en Afrique accusés de torture par d'autres militaires européens. Ils partageaient le même camp et les autres soldats avaient fait remonter les exactions dont ils accusaient les Français jusqu'à leur hiérarchie.

— C'est lui, dit-il.

Le silence qui suivit avait la densité de l'osmium et il leur sembla chargé d'une menace invisible mais palpable.

— Tu as l'adresse ? demanda-t-il.

Samira la lui donna.

La façade claire se détachait sur le crépuscule, lequel passait de l'orange au violet. Samira effectua une marche arrière sur le chemin creux qui s'enfonçait parmi les arbres et les fourrés, de l'autre côté de la route. Elle éteignit les feux, coupa le contact. Ils contemplèrent le château à travers la herse du portail.

— Sacrée bicoque, fit Vincent à l'arrière.

— On va entrer ? questionna Katz à côté de lui.

— Pas sans commission rogatoire.

Servaz ouvrit la portière.

— Restez ici...

Il descendit. La nuit allait être glaciale ; la température avait chuté, mais il gardait encore un peu sur lui de la chaleur de l'habitacle, et il eut juste la sensation d'une pellicule froide et humide sur son visage quand il remonta le sentier dans la pénombre. Il souleva le col de sa veste, émergea au bord de la route et se mit en devoir de longer l'accotement herbeux parallèlement au mur d'enceinte qui s'étirait de l'autre côté de la chaussée. Par endroits, le mur était effondré. Servaz se dit que ça devait coûter bonbon d'entretenir pareil domaine. Il marcha vers l'ouest un moment, avant que la route n'amorce un virage sans cesser d'épouser le tracé du mur d'enceinte.

Il continua sur une trentaine de mètres après le tournant. Jusqu'à l'endroit où le mur s'interrompait, remplacé par un grillage. Servaz stoppa. Il venait d'apercevoir, au travers du grillage et entre les troncs des chênes, ce qui ressemblait fort à des écuries. Plusieurs bâtiments dont les masses rougeoyaient dans le soir, avec autour d'eux des prés bordés de barrières blanches. Le crépuscule allongeait de grandes ombres mélancoliques. Son pouls se fit plus rapide. Il repensa à ce que Fatiha Djellali avait dit au sujet de la paille retrouvée sous les pieds de Kevin Debrandt…

Revenant sur ses pas, il reprit place sur le siège passager.

— T'as trouvé quelque chose ? demanda Samira qui s'impatientait.

— Des écuries…

Ils firent silence, méditant sa réponse.

— Ne tirons pas de conclusions hâtives, tempéra-t-il en devinant leurs pensées. Il y a beaucoup de centres équestres dans le secteur.

Mais, tout au fond de lui, il le savait : *c'était ici*. Il n'avait plus le moindre doute. Restait à convaincre le juge.

À travers ses jumelles de vision nocturne, Kievert les observait. Il compta quatre personnes dans la voiture. L'aide de camp du général enregistra mentalement le numéro de la plaque d'immatriculation. Mais il savait déjà qui ils étaient.

Il aurait pu les abattre tous les quatre avant qu'ils aient eu le temps de seulement comprendre ce qui leur arrivait. Il avait été *sniper* dans une autre vie. Sous les ordres du général. Il n'avait même pas vingt ans quand il avait commencé à le servir. À cette époque-là, le général était encore commandant. Le général avait été comme un second père pour lui. Un modèle. Un guide. La boussole de sa vie adulte.

Durant toute sa carrière militaire, Kievert avait été moins loyal à l'armée qu'à Thibault Donnadieu de Ribes. Il connaissait pas mal de soldats dans son cas, qui obéissaient en premier lieu à un chef, à un homme, avant d'obéir à l'institution.

Il releva le binoculaire de vision nocturne sur son front. Rebroussa chemin. Se coula entre les fourrés, traversa la route hors de la vue des policiers et retourna dans le domaine par une porte dérobée.

Ils rentrèrent à Toulouse. La nuit était tombée, les lumières se faisaient rares au bord de la route. Ils laissaient derrière eux une campagne désertique et des montagnes qui s'enfonçaient dans les ténèbres comme elles le faisaient depuis la nuit des temps.

Servaz regardait par la vitre sans rien voir d'autre que son propre reflet. Il n'éprouvait plus la moindre fatigue. Il pensait à l'homme aux yeux bleus qui vivait dans ce château. Pas de photo dans Wikipédia. À la place, la mention : « Toute illustration sous licence libre serait la bienvenue. » Mais Samira le lui avait décrit : visage émacié, maigre et sans doute grand – elle ne l'avait vu qu'assis –, et le restaurateur lui avait parlé de ses yeux, tout comme Moussa en avait parlé à Ariane.

Une image mentale s'était ainsi créée dans son esprit.

C'était lui *l'ennemi*. Car l'homme qui lui faisait face était plus qu'un simple suspect : c'était un adversaire. Redoutable. Un seigneur de guerre. Issu d'une vieille famille catholique, ayant grandi dans une France qui n'existait plus, mettant l'honneur et la patrie au-dessus de tout. Mais Servaz n'oubliait pas qu'il s'en était pris à Moussa Sarr et à Kevin Debrandt, qu'il avait chassé le premier comme une vulgaire pièce de gibier, jeté le cadavre du second sur un pont. Ce faisant, pour Martin, il avait renoncé à toutes les valeurs qui avaient guidé son existence. Mais peut-être n'en était-il pas à son coup d'essai.

Qui, en dehors de Lemarchand, était à ses côtés ? Combien étaient-ils dans la police, dans la gendarmerie, dans l'armée ? Combien de complicités passives et actives ? Il savait déjà qu'il y en avait à l'hôtel de police.

Les gens comme lui prospéraient sur les fractures de plus en plus béantes qui traversaient le pays. Ils étaient chaque jour plus nombreux à souhaiter le chaos, l'effondrement, pour ensuite, pensaient-ils, arracher par la force un pouvoir que les urnes leur refusaient obstinément, élection après élection. Cette société était sur le point de voler en éclats. Le ciment qui avait fait son unité se désagrégeait à vue d'œil, et des groupes en embuscade attendaient la première occasion pour mettre à bas les derniers murs. Des groupes qui poursuivaient des buts divergents mais qui avaient un projet commun : abattre le pouvoir en place en contournant la démocratie. C'était certes le problème de tous, mais le sien, en ce moment même, c'était que l'homme aux yeux bleus et ses sbires avaient provoqué la mort de Moussa Sarr, assassiné Kevin Debrandt et vraisemblablement Romain Heyman, Lahcene Kheniche et Nelson da Rocha. Son problème à lui, c'était de mettre la main sur des assassins. Tout le reste n'était pas de son ressort.

La lune disparut derrière les nuages. Samira conduisait. À l'arrière, Espérandieu et Katz étaient silencieux. Il se dit qu'ils approchaient du dénouement. Il le devinait au galop de son sang dans ses veines. À la façon dont le temps se dilatait et dont chacun, dans la voiture, rentrait peu à peu en lui-même.

Il était 8 heures du soir. Ce samedi 31 octobre.

47

Il pénétra dans l'appartement. Ôta son manteau. Écouta la rumeur de la ville qui parvenait jusqu'au vestibule : Léa avait dû ouvrir les portes-fenêtres pour aérer. Quand il entra dans le salon, il constata que c'était bien le cas, mais que cette rumeur n'avait rien à voir avec celle des autres soirs : on avait l'impression qu'il était 4 heures du matin, quand la nuit toulousaine s'apaisait enfin, tant les bruits étaient peu nombreux et lointains. Où étaient donc passés les cent mille étudiants qui, d'ordinaire, se déversaient à cette heure sur les quais et dans les rues ? Enfermés dans leurs piaules sans doute, à se morfondre et à essayer de ne pas devenir dingos à force de se cogner aux murs, pour la plupart loin de chez eux et livrés à eux-mêmes, fauchés et déprimés. À moins qu'ils ne fussent en vacances ?

— Tu as faim ? demanda Léa dans la cuisine.

Il s'avança. Elle était en train de remuer des légumes dans un wok et l'odeur le fit saliver.

— Il y a une enveloppe pour toi sur la table, dit-elle en tournant la tête.

Il la vit, l'attrapa. Elle était cachetée. Il n'y avait ni nom ni adresse.

— C'était dans la boîte aux lettres ?

Elle eut un geste de dénégation.

— C'est assez bizarre. Quelqu'un attendait dans une voiture en bas. Quand je suis arrivée à sa hauteur, il est sorti et il m'a dit de te la remettre.

Servaz se tendit aussitôt. Il n'aimait pas ça... que quelqu'un ait attendu Léa en bas de chez eux en ce moment. Il déchira l'enveloppe, déplia le feuillet qui se trouvait à l'intérieur.

Blanc...

Il n'y avait rien d'écrit dessus.

— C'est quoi ? demanda-t-elle.

Sans répondre, il prit son téléphone, appela le divisionnaire. En attendant que la communication s'établisse, il sentit que son sang pulsait lourdement.

— Servaz ? répondit Chabrillac, surpris. Qu'est-ce qu'il y a ?

— Je veux deux hommes en bas de chez moi tout de suite : une équipe de protection.

— Quoi ? Qu'est-ce qui se passe ?

Servaz lui parla de l'enveloppe et du type qui avait abordé Léa. Un silence.

— D'accord, je m'en occupe, réagit Chabrillac. On dirait que vous avez donné un sacré coup de pied dans la fourmilière, cette fois... Vous comptez me parler quand de vos dernières avancées ?

— Laissez-nous encore vingt-quatre heures, tenta-t-il.

— Pas question. Je vous veux demain à midi dans mon bureau.

20 h 43. Assise sur un banc du petit square triangulaire où est érigée la statue d'Hercule archer, œuvre du sculpteur Antoine Bourdelle, Esther Kopelman fumait une cigarette.

La statue en bronze – un archer qui bande son arc, un genou à terre, l'autre jambe tendue en avant, le pied appuyé sur un rocher – se dressait sous un temple de dimensions modestes, et la nuit l'enveloppait comme un linceul. Elle rappelait à Esther ses cahiers d'écolière de marque Héraklès.

Il est en retard... Il a peut-être pris peur...

En l'attendant, Esther Kopelman fumait et pensait à sa vie. Ou plutôt elle faisait le bilan de celle-ci depuis qu'elle avait été cette écolière en tablier gris qui ouvrait son cahier aux pages quadrillées, ses lunettes de myope sur le nez, assise derrière un pupitre en bois pourvu d'un encrier.

Dans sa jeunesse, des années plus tard, la timide chrysalide étant devenue un superbe papillon, elle était passée d'un homme à l'autre, avec pour seule préoccupation son bon plaisir, sans jamais se laisser mettre le grappin dessus, buvant trop, fumant cigarette sur cigarette (elle avait commencé à quinze ans et elle avait calculé qu'à raison de deux paquets quotidiens pendant trente-huit ans, cela faisait à présent plus d'un *demi-million de cibiches grillées*), s'essayant parfois à d'autres substances, jusqu'au jour où les amants s'étaient mis à l'appeler de moins en moins souvent et où ses « péchés » avaient commencé à se lire sur sa figure.

Aujourd'hui – en tout cas avant les confinements et les couvre-feux –, elle passait la plupart de ses soirées seule ou dans des bars avec des compagnons de boisson qui se transformaient parfois en amants d'une nuit. Elle ne voulait pas d'animal de compagnie : d'abord parce qu'elle avait horreur des chiens et des chats, ensuite parce que cela aurait fait un peu trop vieille fille. Elle n'avait pas d'enfants pour l'appeler ou lui rendre visite, à peine un vague neveu qui lui passait un coup de fil tous les six mois. Et ses parents étaient morts depuis belle lurette.

Malgré elle, sa gorge se serra. C'était donc là tout : voilà à quoi s'était résumée sa vie ? Heureusement qu'il y avait eu le boulot. Elle avait adoré ce métier. Mais qu'en restait-il à l'heure où n'importe qui s'improvisait journaliste, où de plus en plus de gens, devenus incapables de vérifier les informations qu'ils recevaient, nourrissaient leur vision du monde de *fake news*, de rumeurs et de contre-vérités ?

Elle regarda sa montre, elle commençait à s'impatienter. Qu'est-ce qu'il fichait, bon sang ?

Poursuivant sa mini-séance d'autoévaluation, elle se demanda si elle avait des regrets, si, à supposer qu'elle eût pu disposer d'une machine à voyager dans le temps, elle serait remontée dans le passé pour faire certaines choses différemment. La réponse était oui. Sans équivoque. Sans l'ombre d'un doute. Oui, oh, que oui. Et ceux qui prétendaient le contraire étaient pour une grande majorité d'entre eux des menteurs. Car combien étaient-ils à avoir la vie dont ils avaient rêvé dans leur jeunesse ?

Elle sursauta.

Il y avait eu un mouvement derrière elle : *derrière son banc*. Elle en était presque sûre. Elle se raidit. Elle tournait le dos aux platanes et aux eaux noires du canal de Brienne. Il y avait bien un lampadaire au-dessus d'elle qui, en temps normal, dispensait une clarté jaunâtre, mais il était en panne. C'est d'ailleurs pour ça qu'elle s'était assise là : pour passer inaperçue.

On bougea encore derrière le banc, un bruit de semelles furtif sur le gravier, et elle se retourna à temps pour voir une ombre disparaître sur sa gauche, hors de son champ de vision. Le cœur cognant, elle pivota dans l'autre sens, et son organe fit un triple lutz dans sa poitrine en découvrant le visage tout près du sien.

— Bon Dieu, c'est pas vrai ! s'exclama-t-elle. Ne me fais plus jamais ça ! Tu m'as fichu une de ces trouilles !

— On dit « foutu » de nos jours, fit-il remarquer.

— Ouais, ben, si les gens parlaient mieux, ça les rendrait peut-être un peu moins cons, rétorqua-t-elle.

— On croirait entendre ma mère…

— Ça prouve que c'est une femme intelligente.

— T'aimes bien avoir le dernier mot, hein, Kopelman ?

— J'ai l'impression qu'on est deux…

— D'accord, faisons une trêve, dit Raphaël Katz, qui s'était assis sur le banc à côté de la journaliste. Je peux te taxer une clope ?

Le jeune lieutenant avait retiré son masque. Elle avait le sien dans le cou, qui lui faisait comme un double menton. Elle sortit son paquet, il attrapa une cigarette.

— Tu as quelque chose pour moi ? demanda-t-elle.

Il haussa les épaules.

— Peut-être, peut-être pas…

— Si tu pouvais éviter de jouer aux devinettes, il est tard et je n'ai qu'une envie : être chez moi tranquillement assise sur mon canapé devant une série…

— Ariane Hambrelot, dit-il.

— La fille qui a été violée par Moussa Sarr… ?

— Justement, c'est ça le *hic* : elle n'a pas été violée par Sarr.

Esther Kopelman fronça les sourcils.

— Et comment tu le sais ?

— Elle a tout avoué à mes collègues… Moussa n'était pas présent quand on l'a violée.

Esther réfléchit.

— Ben, mince : ça veut dire que non seulement ce gamin a été assassiné par des gens qui l'ont chassé comme du gibier, mais qu'en plus il était innocent de ce dont on l'accusait ? Bordel de merde…

Il tira sur sa cigarette, dont le bout rougeoya dans l'obscurité. Quelqu'un passa derrière eux, longeant le canal, et ils firent silence.

— Et toi, tu as quelque chose pour moi ? dit-il.

Un temps.

— Ça se pourrait…

Il se tourna vers elle, scruta son profil.

— Accouche. Ceci est un échange, ça fonctionne dans les deux sens.

— Tu le sais, dit Esther, je n'ai pas que toi comme contact dans la police. J'en ai d'autres qui me lâchent des trucs à l'occasion. Il se dit qu'il y a dans la région un… hmm… tribunal de l'ombre, *un groupe secret de policiers, de juges et de militaires qui prétendent pallier les défaillances du système judiciaire en rendant eux-mêmes une autre justice…*

Elle le vit plisser les yeux, fixer la statue d'Héraklès archer droit devant, tout en esquissant le geste de tendre un arc invisible et de viser.

— Comment tu sais ça ? dit-il.

— Le bruit court, répondit-elle. Et il est parvenu jusqu'à mes oreilles…

— Qui te l'a rapporté ?

— Désolée, mon poussin, mais je protège mes sources. Je suppose que toi qui en es une désormais, tu comprendras ça… Comment pourrais-tu me faire confiance ensuite si je te la donnais ?

— Touché, concéda-t-il.

— Ce bruit, tu l'as entendu aussi ?

— Pas de commentaire.

— Ça veut dire oui ?

— Ça veut dire « pas de commentaire ».

— L'existence d'un tel groupe pourrait expliquer non seulement les morts de Moussa Sarr et de Kevin Debrandt, mais aussi les disparitions de Lahcene Kheniche, de Romain Heyman et de Nelson da Rocha, suggéra-t-elle. Et peut-être d'autres encore…

Il la dévisagea pensivement, les yeux perdus dans le vague, se leva.

— Faut que j'y aille, dit-il.

Elle hocha la tête, le suivit du regard tandis qu'il s'éloignait d'un pas pressé en direction du boulevard Lascrosses, le jeune lieutenant aux dents longues. Mi-Rastignac, mi-Rubempré. Elle se demanda de quel côté la pièce allait tomber : côté face, celui de la droiture, de l'intégrité, comme Servaz ; ou côté pile : celui des corruptibles, des violents, des enragés, de tous ceux qui franchissaient la ligne blanche.

Elle se dit que Raphaël Katz ne le savait sans doute pas lui-même à cet instant. Bien qu'il flirtât dangereusement avec la ligne en question. Elle se souvint de leur première rencontre, à peine trois jours auparavant. Dans un bar, comme de juste. Raphaël l'avait abordée et lui avait offert un verre peu de temps avant la fermeture prématurée de l'établissement due au couvre-feu. Elle avait d'abord cru qu'il cherchait, comme les autres, à noyer sa solitude dans le bruyant compagnonnage des soiffards et des âmes esseulées. Mais il lui avait très vite expliqué qu'il avait lu son dernier article, celui qui parlait de Moussa Sarr et qui était paru le matin même. Qu'il l'avait aimé. Il lui avait dit ensuite qu'il était évident qu'elle avait des informateurs à l'hôtel de police comme au parquet, mais qu'aucun d'eux, visiblement, n'était directement mêlé à l'enquête. Il lui avait déclaré qu'avec son salaire de lieutenant il avait du mal à joindre les deux bouts, qu'il ne tarderait pas à monter en grade mais qu'en attendant il avait besoin d'argent. Elle lui avait ri au nez, lui avait répondu, se souvenant de ce que lui avait dit Chaumette, que *La Garonne* n'était pas le *Washington Post*. Il avait répliqué que « Gorge profonde » était sans doute beaucoup plus cher, et qu'il ne demandait pas grand-chose : quelques centaines d'euros. Qu'en échange elle lui fournirait de temps en temps des informations qui pourraient peut-être, le moment venu, l'aider à booster sa carrière. Ce serait un *deal* gagnant-gagnant, en somme. Elle avait aimé son culot, en avait parlé – sans le nommer – à son rédac-chef. C'était comme ça qu'ils avaient commencé leur pas de deux.

Elle se leva à son tour. S'étira et se mit en marche. Ne remarqua pas la silhouette qui la suivait dans la nuit.

— Martin, si tu me disais ce qui se passe ?

Elle le regardait d'un air sévère. Une lueur d'irritation dans ses beaux yeux verts. Elle lui en voulait de ne pas l'avoir informée plus tôt et de les avoir mis en danger, Gustav et elle, d'avoir fait passer son métier avant eux – et il la comprenait.

— On est sur le point de démasquer des flics qui sont passés du côté obscur, dit-il. Des flics ripoux. Et, comme des fauves qui se sentent coincés, ils cherchent à blesser, ils cherchent à m'atteindre… à travers vous.

— Ça a un rapport avec le gamin trouvé sur le pont dont on parle aux infos ? demanda-t-elle.

Il hocha la tête. Il était secoué. Il pouvait faire face quand on le menaçait lui, il avait fait l'objet de menaces par le passé, affronté des individus suprêmement dangereux, mais il n'était pas sûr d'en être capable quand on s'en prenait à ceux qu'il aimait, à ce qu'il avait de plus cher.

— « Du côté obscur », ça veut dire quoi ?

— Qu'ils ne sont plus des flics, mais des justiciers, des assassins… Qu'ils ne sont plus si différents de ceux que nous pourchassons…

— Alors, ce type, en bas, qui m'a remis cette enveloppe, c'était une menace, c'est ça ? Une façon de te dire : on sait où tu habites, on sait qui est ta compagne… Comme la mafia…

Il eut le sentiment qu'ils devaient aller vite, que le temps pressait s'il ne voulait pas exposer davantage les siens. Il leva les mains en signe d'apaisement.

— Ces types seront bientôt hors d'état de nuire, Léa. En attendant, vous allez bénéficier d'une protection, Gustav et toi.

Il la vit renifler, ses narines frémirent, comme les naseaux d'un cheval rétif. La colère rosissait ses joues.

— Tu veux que j'aille au travail escortée par des flics, c'est ça ?

Il la considéra d'un regard admiratif. Il n'y avait rien chez cette femme qu'il n'aimât pas. Et il éprouva de nouveau la morsure de l'inquiétude à l'idée de la perdre.

— C'est juste pour quelques jours, dit-il.

— Il n'en est pas question !

— Léa…

— Tant que cette histoire n'est pas réglée, fais accompagner Gustav au centre de loisirs puis à l'école, je me sentirai plus tranquille. Mais pas question que ton métier interfère avec le mien. Ces flics me suivent en voiture si ça leur chante, mais ils n'entrent pas dans *mon* hôpital.

— Tu sais très bien qu'en temps normal n'importe qui peut entrer dans ce fichu CHU !

— Je m'en fous ! Ils ne mettront pas les pieds dans mon service !

Elle avait crié. Elle n'était pas d'humeur à faire des concessions. Il se dit qu'il valait mieux laisser couler pour l'instant : il reviendrait à la charge plus tard. Elle s'éloigna le long du couloir vers la chambre.

48

Appetite for destruction, chantait un groupe baptisé « Des flingues et des roses ». Rage. Cris. Projectiles. Incendies. La nuit brasillait, rugissait, tel un Vésuve crachant son feu au-dessus de Pompéi. Les CRS et les membres de la BAC gardaient leurs distances. *Ils attendaient les ordres*. Tant que la lave incandescente ne débordait pas du cratère pour se répandre tout autour, ils ne bougeraient pas. Quant aux habitants du quartier, tant pis pour eux. Il y avait toujours des civils sacrifiés dans un conflit. Et, pour les flics présents, c'en était un.

Samedi soir à la préfecture. Michèle Saint-Hamon aurait de loin préféré être en train de donner une de ces soirées où elle invitait tout ce que le département comptait de mandarins et de grosses légumes, une soirée qu'elle aurait peut-être mise à profit pour repérer quelque jeune extra, plateau en main, qu'elle aurait invité à rester une fois les invités partis, pour peu qu'il fût beau garçon, grand et pas trop regardant sur la différence d'âge. À cheval donné, on ne regarde pas les dents.

Mais la crise sanitaire l'avait privée de cette distraction et, ce soir-là, ce n'était pas un événement mondain qui avait conduit la préfète à troquer l'uniforme pour un tailleur, lequel moulait ses hanches larges et ses cuisses fermes, exercées quotidiennement sur son vélo elliptique. Elle s'inclinait sur une carte de l'agglomération toulousaine, tandis que des représentants de la maréchaussée et de la police lui exposaient la situation.

Le Mirail, les Izards, Bagatelle connaissaient une nouvelle flambée de violence. Elle craignait que cette colère ne s'étendît à d'autres communes. Elle se savait surveillée en haut lieu depuis l'affaire du pont.

Elle repensa à ce flic. Servaz. Il était droit dans ses bottes, mais elle avait senti que ce n'était qu'une façade. Elle s'était renseignée. C'était un flic intègre, mais un homme tourmenté, hanté par ses démons, toujours sur le fil du rasoir. Qui avait déjà eu maille à partir plusieurs fois avec sa hiérarchie. Un antihéros mais un héros quand même. Un mélange de force et de vulnérabilité. Un cocktail intéressant. Elle aurait bien aimé découvrir ce qu'il cachait sous sa cuirasse, dans l'intimité. Qui sait ? Peut-être que l'occasion se présenterait bientôt…

Elle se concentra sur les paroles de son directeur de cabinet. Comme d'habitude, celui-ci voyait tout en noir.

— Cette ville est au bord de la guerre civile, commenta-t-il.

Elle réprima un soupir.

— Bon sang, arrêtez de dramatiser. C'est fatigant.

Le flic au volant de la voiture banalisée garée le long du trottoir, boulevard de Strasbourg, regarda le jeune lieutenant approcher.

— Bouge pas, dit-il à son coéquipier.

Il descendit, marcha en direction du policier blond, qui était en train de taper le code d'entrée de son immeuble.

— Lieutenant…

Katz se retourna, considéra le gars en Perfecto et sweat à capuche noir. Un visage fatigué, des valises sous les yeux, bien qu'il eût à peine quelques années de plus que lui. Un air de dureté contrôlée. Il portait le mot *flic* sur le front.

— Je tenais à te saluer, dit le policier en civil. On nous a rapporté ta réaction sur le Pont-Neuf et pendant la réunion au SRPJ…

Katz ne dit rien, se contentant de laisser l'autre venir.

— On m'a chargé de te dire qu'on est nombreux à l'avoir appréciée. On a besoin de gens comme toi dans la police, ajouta l'homme en souriant sous le masque.

— *On*, c'est qui ? demanda Raphaël.

Il devina que le sourire s'élargissait.

— Chaque chose en son temps… On veut juste que tu saches qu'on est pas mal à être sur la même longueur d'onde que toi. *Tu n'es pas tout seul...*

— Je ne vois pas de quoi tu parles, répliqua Katz.

L'homme déplaça son poids d'un pied sur l'autre en regardant autour de lui avant de reporter son attention sur Raphaël.

— Je crois que si… Il y a un certain nombre de personnes au commissariat et au palais de justice qui pensent que ce pays va à vau-l'eau, que tout fout le camp, qu'il est temps d'agir. Et toi, tu en penses quoi ?

Raphaël sonda son vis-à-vis. Il acquiesça.

— Ce n'est pas moi qui vais dire le contraire, approuva-t-il prudemment. Mais qu'est-ce qu'on peut y faire ?

— Il semblerait que certaines personnes aient déjà commencé à faire quelque chose, tu ne crois pas ? dit l'autre flic.

— Tu les connais ?

L'homme lui fit un clin d'œil.

— Peut-être que oui, peut-être que non… On en reparlera. En attendant, je te souhaite une bonne soirée. Et encore merci pour tes paroles.

Raphaël regarda le flic s'éloigner dans la nuit toulousaine. Après quoi, il sortit son téléphone.

De la musique traversait la cloison, en provenance de la piaule voisine. Raphaël reconnut le morceau : Coldplay. Du son pour minettes, se dit-il. Pour sa part, il préférait *The New Abnormal*, le dernier album des Strokes, ou, mieux encore, une rareté : *Saturnalia*, des Gutter Twins.

Il repensa au flic qui l'avait abordé en bas.

Comme beaucoup de policiers, ce dernier considérait qu'un fossé infranchissable s'était creusé entre les juges et les flics, que les premiers avaient abandonné les seconds en rase campagne, au milieu d'une guerre qu'ils auraient dû mener conjointement.

Il se déshabilla. Passa sous la douche brûlante. Soudain, il se figea, ses cheveux se dressèrent sur sa nuque et, le souffle court, il eut l'impression que son palpitant cognait si fort dans sa cage thoracique qu'il allait la défoncer. Il venait d'avoir la vision d'un homme assis derrière un bureau, avec un trou dans la tête, et d'une flaque de sang sombre qui s'élargissait sur le mur. Il étouffa un hoquet, posa les deux mains à plat sur le carrelage ruisselant. Tremblant, assailli par le souvenir, il ferma les yeux. Il était en train de faire ses devoirs quand le coup de feu avait retenti dans le bureau de son père. Il avait jailli de sa chambre, remonté le couloir en courant. La fumée dérivait encore dans un rayon de lune provenant de la fenêtre, toutes les lumières étaient éteintes, mais la nuit suffisamment claire pour qu'il pût distinguer la face blafarde qui flottait, comme détachée du corps. Même dans la mort, son père le regardait, le toisait, le jugeait. C'était du moins ce qu'il s'était dit sur le moment, immobile, sur le seuil du bureau. Incapable de faire un pas de plus. Derrière lui, sa mère avait poussé un hurlement d'agonie. Il avait noté l'uniforme, le livre que son père avait posé devant lui : Sénèque, *De la brièveté de la vie*. « Espèce de vieux salaud, avait-il pensé, faut toujours que tu fasses ton cinoche, même pour ta sortie. »

Il laissa chaque goutte d'eau chaude rouler sur sa peau, sur ses joues, sur son crâne parmi ses cheveux blonds. Il inspira, expira. S'efforça de visualiser quelque chose de positif. Mais rien ne lui vint. Il attendit que, petit à petit, l'attaque de panique s'éloigne, comme un nuage noir qui a failli crever mais qui, finalement, s'en va.

L'incendie gagnait : Strasbourg, Rennes, Rouen, Nantes, Bordeaux, Lille, Soissons, Besançon, plusieurs communes de Seine-Saint-Denis, de l'Essonne, Lyon… On se serait cru revenu en 2005. Partout les voitures brûlaient ; à Bobigny, la gare routière fut ravagée ; à Bordeaux, le pronostic vital d'un adjoint de sécurité engagé. Au pied des paquebots sans âme, des hideuses ruches de béton, des monstres issus d'une architecture « quasi concentrationnaire dans sa nature et criminogène dans ses résultats », selon les mots d'un Premier ministre trente ans plus tôt (et pourtant, rien ou presque n'avait changé depuis), des jeunes qui n'avaient rien à perdre cherchaient l'affrontement avec la police, pendant que le reste des habitants se barricadaient, tout en désespérant d'une société qui les avait depuis longtemps abandonnés.

Il y eut des réunions. Beaucoup de réunions. À Beauvau, à la direction générale de la Police nationale, à celle de la Sécurité civile et de la gestion des crises à Asnières, dans les directions départementales de la Sécurité publique et les services régionaux de police judiciaire, et même à l'Élysée, des fenêtres brillèrent jusque tard dans la nuit. Partout, dans les couloirs, des fonctionnaires inquiets s'agitaient, couraient, allaient aux nouvelles – mais chacune de leurs décisions, chacun de leurs gestes était alourdi, alenti par la pesanteur d'une machine administrative peu préparée aux temps de crise. Cela faisait un moment déjà que l'État vacillait, qu'il montrait des signes de faiblesses. On redoutait un cocktail de crise sanitaire et de crise sécuritaire qui rendrait explosive une situation déjà instable. On redoutait que ces départs d'incendie ne se propagent à d'autres franges de la population, épuisées par les privations de liberté, la peur du lendemain. On redoutait que tout n'aille de mal en pis. On redoutait que ce pays, un jour prochain, n'échappât à tout contrôle.

Dans l'obscurité, Samira écarta doucement le rideau. Le type là-bas ne se cachait même pas. Pas plus qu'elle-même ne l'avait fait devant chez Lemarchand.

La voiture était garée au bout du champ. Elle en avait remplacé une autre deux heures plus tôt. Bien visible. Qui plus est, ce chemin-là ne desservait aucune autre maison.

Elle regarda le radio-réveil sur la table de nuit. Les bâtons rouges formèrent les chiffres 1 : 23.

Elle s'allongea dans le grand lit, sur la couette, contemplant le plafond révélé par la nuit claire. Un lustre baroque pendait à une poutre ; comme la plupart du mobilier, il avait été chiné dans des brocantes.

Elle était toujours habillée. Son prof était parti une demi-heure plus tôt après avoir voulu l'attacher et jouer avec ses pieds, mais elle n'était pas d'humeur. Elle se demanda s'ils allaient comprendre un jour, ceux d'en haut, ce qui se passait dehors, *dans la vie réelle*.

Que les flics de ce pays étaient désormais livrés à eux-mêmes. Qu'ils étaient à bout. Qu'ils étaient la dernière digue. Que cette digue était sur le point de rompre. Que si elle rompait, le crime organisé, les milices, les bandes, les pillards, les pourvoyeurs de chaos et de ténèbres régneraient comme à Rio de Janeiro, à Tijuana ou à Cape Town. Et qu'il n'y aurait plus de paix possible. Pour personne. Ni de justice. Nulle part.

La voix éthérée et mélancolique de Rosie Thomas s'éleva dans le noir, chantant *The One I Love*.

C'était étrange qu'elle aimât autant une chanson qui correspondait si peu à sa propre réalité. *The One I Love*… Elle se demanda si, de son côté, elle avait jamais aimé quelqu'un de cette manière-là.

Et si quelqu'un l'avait aimée en retour…

Elle connaissait la réponse.

Dimanche

49

Il gara la voiture à une centaine de mètres et fit le reste du chemin à pied. Dans le matin clair, la cité était tranquille. Il vit cependant qu'elle portait les stigmates de la nuit : abribus et mobilier urbain détruits, poubelles incendiées et deux carcasses de voitures calcinées.

En s'approchant des barres d'immeubles, Servaz se souvint des propos d'Émile Aillaud, l'architecte de la Grande Borne à Grigny et des tours Nuages à Nanterre. Dans une interview datant des années 80, celui-ci expliquait que la cité qu'il allait bâtir à Chanteloup-les-Vignes aurait une densité de population encore plus forte, avec soixante-dix logements à l'hectare. Et il s'en montrait satisfait. « Je suis pour les fortes concentrations urbaines », déclarait-il.

C'était effrayant, se dit Martin, la responsabilité de toute une génération d'architectes dans les maux actuels des villes.

En marchant, il songea qu'à l'époque des grandes cathédrales aussi on avait voulu que chaque édifice soit plus haut que le précédent : Chartres, Reims, Amiens, Metz, Beauvais. Beauvais voulait être plus haute qu'Amiens, mais sa voûte s'était effondrée par deux fois et elle était restée inachevée. Cet échec avait marqué en partie la fin du gothique. C'était toujours ainsi. Par idéologie, aveuglement ou *hubris*, on poussait jusqu'à l'absurde une civilisation au départ raisonnable.

Comme la fois précédente, la porte vitrée du hall était bloquée en position ouverte et, ce coup-ci, il n'attendit pas l'ascenseur.

Il regarda sa montre en appuyant sur la sonnette. 9 h 10. Un dimanche matin. Il espéra qu'elle était réveillée. Il avait dit à Katz de ne pas venir seul quand il l'avait envoyé poser les scellés chez Mme Sarr mais, après les émeutes de la nuit, n'importe quel arrivage de flics dans le quartier aurait provoqué une nouvelle explosion de violence, et il préférait la jouer discret.

— Qu'est-ce que c'est ? demanda une femme derrière le battant.

— Madame Sarr, c'est le commandant Servaz, dit-il à voix haute mais pas trop. (Il ne tenait pas à être surpris par les voisins.) J'ai du nouveau concernant l'enquête sur la mort de Moussa.

Il entendit une chaîne qu'on défaisait, puis la clé qu'on tournait. La porte s'entrebâilla, elle le scruta d'un air méfiant. Mais elle dut se souvenir qu'il l'avait aidée, car elle finit par ouvrir en grand et le conduisit au salon.

— Vous voulez boire quelque chose ?

— Un café, merci.

Elle disparut dans la cuisine. L'appartement était silencieux, l'immeuble aussi. Elle déposa devant lui la tasse dans sa soucoupe et le pot de sucre. S'assit de l'autre côté de la table basse.

— Madame Sarr, attaqua-t-il d'emblée, nous avons la preuve que votre fils était innocent, qu'il n'a pas violé cette jeune fille.

Il vit son visage se flétrir.

— Bien sûr qu'il ne l'a pas violée. Moussa n'aurait jamais fait ça…

Il hocha la tête.

— Je tenais quand même à vous le dire, insista-t-il doucement.

— Merci, commandant, de vous être déplacé. (Elle le fixa.) Je n'ai pas confiance dans la police en général. Mais j'ai… j'ai l'impression que vous êtes quelqu'un à qui on peut se fier… et je voudrais savoir…

Elle le sonda de ses yeux noirs brûlants. Et il sut ce qu'elle allait lui demander.

— Vous savez qui a tué mon fils ?

Il hésita.

— Ce que je vais vous dire est strictement confidentiel, lâcha-t-il. Est-ce que je peux avoir votre parole que ça ne sortira pas d'ici ?

— Allez-y, commandant.

— Nous savons qui a fait ça. En tout cas, nous avons retrouvé un des hommes qui l'ont traqué. Et nous aurons bientôt les autres… Nous sommes tout proches. Laissez-nous encore un peu de temps.

Elle acquiesça, baissa les yeux, les releva.

— Est-ce que ce sont des policiers ?

Il déglutit.

— Madame Sarr, je vous dirai tout le moment venu, vous avez ma parole. Sans rien omettre. Mais l'enquête n'est pas encore terminée.

— Vous allez faire éclater la vérité, n'est-ce pas ? demanda-t-elle, quasi suppliante.

Il allait répondre quand une voix s'éleva dans son dos :

— *Qu'est-ce qu'il fait ici ?*

La question avait été posée sur un ton belliqueux. Servaz se retourna. Chérif Sarr se tenait à l'entrée du salon. Il était en caleçon. Martin vit qu'il devait s'entraîner avec assiduité, car il était très musclé, les abdos creusés et dessinés, les pectoraux saillants.

— Du calme, Chérif, dit sa mère, le commandant est venu nous dire qu'il arrêterait bientôt les coupables et qu'il savait que Moussa était innocent…

— Dis-lui de se barrer d'ici.

La voix était toujours aussi combative.

— Vous, enculés de keufs, vous êtes tous les mêmes, cracha Chérif. Des racistes, des assassins, des nazis. Vous allez foutre le camp d'ici… Vous n'avez rien à faire chez moi… Vous avez pris un putain de risque en venant : vous ne savez pas que ça chauffe en ce moment ?

— Chérif, le tança sa mère, c'est aussi chez moi ! C'est moi qui l'ai laissé entrer. Et je ne veux pas de ce langage ici !

— Je m'en vais, madame Sarr, dit Servaz. Merci pour le café.

Il marcha d'un pas plus léger en regagnant sa voiture. Cette nuit, la mère de Moussa dormirait peut-être un peu mieux. Peut-être… Mais ça ne lui ramènerait pas son fils… En se mettant au volant, il perçut l'adrénaline qui fusait dans ses veines.

Il était temps d'affronter l'ennemi.

50

À 9 h 30, Esther Kopelman se réveilla dans son fauteuil. Elle fit la grimace. Grogna. Rota. Elle avait une migraine de tous les diables, les tempes coincées dans un étau, un goût de viande avariée dans la bouche.

Sitôt qu'elle bougea, elle eut la sensation qu'un acupuncteur fou lui plantait des milliers d'aiguilles dans les membres, les fesses, le dos. La veille au soir, elle s'était endormie devant la télé, qui s'était éteinte automatiquement au moment précis où, sur l'écran, Donald Trump déclarait que, s'il perdait l'élection, cela signifierait que le camp d'en face avait triché.

Avant cela, elle avait descendu la moitié d'une bouteille de Jack Daniel's Old n° 7, fumé un paquet entier, dont les mégots remplissaient à présent le cendrier sur la table basse, tandis que des relents de tabac froid infectaient le séjour.

La journaliste se leva, s'avança jusqu'à la fenêtre mansardée et l'ouvrit en grand pour renouveler l'air de la pièce. Elle entendit, montant du fond de la cour par une fenêtre ouverte, une chanson, par-dessus laquelle quelqu'un chantait faux en remuant de la vaisselle.

Plissant les yeux dans la lumière matinale, elle repensa à la façon dont, avant de s'endormir, elle avait ruminé le mot « justice » avec l'impression familière qu'elle était vraiment toute proche d'une avancée importante. Le mot lui avait soudain évoqué un article qu'elle avait écrit des années auparavant. Mais sa mémoire défaillante ne lui avait pas permis de se rappeler lequel. Là-dessus, l'alcool aidant, elle s'était mise à pioncer jusqu'au matin.

Elle alluma la cafetière, mit un vinyle des Ronettes sur la platine, passa sous la douche, fuma sa première cigarette de la journée en se maquillant. Elle s'aspergea d'un nuage de *La Petite Robe noire* de Guerlain avant de ressortir de la salle de bains.

Quand elle émergea dans la rue, l'air du dehors lui fit du bien. La ville était étonnamment calme : un dimanche confiné à Toulouse. Il n'y avait que trois personnes présentes à la rédaction de *La Garonne*. Elle les salua et traça à travers la salle. Elle avait la pépie, et aussi l'impression que sa peau, devenue trop petite, tirait sur son visage et que la muqueuse de sa gorge était irritée et gonflée. Elle alla remplir un gobelet – qu'elle but d'un trait – au château d'eau, puis se servit un deuxième expresso au distributeur avec double ration de sucre avant de gagner son bureau.

Une fois l'ordinateur allumé, elle se connecta à la base de données du journal, entra le mot « justice » et obtint quelques centaines de réponses. Esther Kopelman laissa échapper un soupir. Il fallait qu'elle trouve un autre terme en rapport avec cet article sans quoi autant chercher une toute petite aiguille dans une gigantesque meule de foin…

Soudain, ça lui revint. Oui ! Elle se pencha sur le clavier, entra le nom. Attendit. *Zéro résultat*... Ça n'était pas possible. Elle se rappelait parfaitement le jour où elle l'avait interviewé, elle se souvenait qu'il avait prononcé le mot « justice » à plusieurs reprises. Ça l'avait frappée à l'époque. Elle sentit la parano monter : *quelqu'un avait effacé son article de la base de données*...

Levant les yeux par-dessus les cloisons, elle balaya l'*open space* du regard. L'un des journalistes l'observait. *Ridicule, arrête ça, ma vieille*... Puis elle comprit. L'interview en question était sans doute plus ancienne qu'elle ne le pensait. On n'avait commencé à numériser le journal qu'en 2013. Son article devait être antérieur à cette date. Il devait remonter à une époque où le papier était roi, où des centaines de milliers de lecteurs s'arrachaient journaux et magazines dans les kiosques, où les gens avaient encore faim d'articles de fond, de signatures, d'analyses substantielles, d'informations vérifiées et certifiées. Une époque où on ne se méfiait pas encore des journalistes comme on le faisait aujourd'hui. Elle se souvint d'une image qu'elle avait lue dans un roman : pendant que certains journalistes déterraient la vérité, d'autres remettaient de la terre par-dessus pour l'enterrer. C'était peut-être ça qui avait causé leur perte. Ou bien c'était à cause de ce fichu *biais de confirmation* : un nombre croissant de gens ne supportaient plus les informations qui n'allaient pas dans leur sens, fussent-elles vraies.

Esther regretta de n'avoir pas conservé les fichiers Word de ses articles les plus anciens. Elle réfléchit. Les archives du journal étaient au rez-de-chaussée de l'immeuble. On était dimanche. Elle savait cependant où trouver une clé : il y en avait une dans le bureau de Chaumette, s'il n'avait pas verrouillé le sien.

Elle y entra sous le regard soupçonneux des trois personnes présentes, fouilla dans les tiroirs jusqu'à dénicher le trousseau, ressortit.

— Tu fais quoi ? s'enquit l'un des trois – un journaliste dans la vingtaine, avec des lunettes et un air de fouine.

— Il paraît que c'est ce que tu demandes dix fois par jour à ta copine, celle qui s'envoie en l'air quand tu es au journal, rétorqua-t-elle.

Elle referma la porte à clé derrière elle.

La salle des archives était silencieuse, éclairée par quatre fenêtres en hauteur qui donnaient sur la rue des Lois. La poussière s'accumulait, la moquette luisait à force d'usure et la pièce sentait le papier imprimé. Des étagères métalliques où s'alignaient des piles de vieux journaux occupaient presque tout l'espace, à l'exception d'un coin où se trouvait une table en bois supportant deux gros lecteurs de microfiches antédiluviens.

Le verre dépoli des fenêtres ne laissant passer qu'une faible luminosité, elle alluma les néons. Puis s'avança jusqu'à l'un des appareils. Pressa le bouton marche/arrêt. Rien ne se passa. Se baissant pour regarder sous la table, elle constata que les appareils n'étaient même pas branchés. Elle dut s'accroupir pour enfoncer la prise dans le mur. En se relevant, elle se cogna le crâne et proféra un juron. Puis elle s'approcha des boîtes de microfiches rangées par années sur une étagère.

Elle tabla sur 2011 et 2012. Les deux dernières années avant la numérisation. Il fallait bien commencer quelque part. Si ça ne donnait rien, elle remonterait plus avant dans le temps.

Une heure plus tard, elle s'attaquait à 2010. Glissant la première microfiche de la boîte sous la plaque de verre, elle fit avancer et reculer le plateau sous la lentille, passant rapidement sur les articles et les photos qui défilaient à l'écran.

Elle transpirait. Toutes ces vues se ressemblaient. Elle avait de plus en plus de mal à se concentrer.

Tout à coup, elle arrêta la course du chariot, revint en arrière. Braquant son regard sur l'écran par-dessus ses lunettes, elle se figea. Là ! « *Les lois inutiles affaiblissent les lois nécessaires, selon le général Thibault Donnadieu de Ribes.* » C'était là ! L'interview de l'homme qui avait tout le temps le mot « justice » à la bouche.

Le général Thibault Donnadieu de Ribes…

Avec la date, elle retrouva le journal dans les piles sur les rayonnages. Elle le déplia, crissant, jauni et sec, sur la table en bois. Tout lui revenait à présent, dans les moindres détails. Elle revoyait le grand militaire, avec ses yeux bleus qui lui avaient donné l'impression d'être transpercée, et cette autorité intimidante, ce charisme qui se dégageaient du personnage. Elle l'avait interviewé dans le cadre d'une galerie de portraits qu'elle rédigeait alors pour le journal : des acteurs de la vie locale et régionale – artistes, politiques, chercheurs, personnalités…

— Général, vous avez déclaré qu'il est temps de faire appel à l'armée pour mettre un terme au règne des caïds dans les cités, ne sortez-vous pas ici de votre rôle ?

— Soyons clairs. Seule la force fera reculer la violence. Il s'agit d'une guerre. Une guerre contre notre nation, contre notre civilisation. Il y a une alliance tacite entre les caïds et les islamistes. Tout le monde sait ça. Il faut arrêter d'être dans le déni. Ce n'est pas l'idéologie qui résoudra les problèmes, c'est le pragmatisme. La volonté. Il est temps d'agir. C'est une question de survie. Et c'est aussi une question de justice.

[...]

— Mais n'êtes-vous pas tenu par votre devoir de réserve ?

— Il arrive un moment où se taire n'est pas servir le pays, mais le trahir. Face à une justice laxiste, un pouvoir politique démissionnaire, des élus de terrain qui, pour certains, se compromettent avec les ennemis de la démocratie pour gagner les élections, il faut des hommes courageux. Sinon nous serons vaincus. Il faut agir avec courage, définir une stratégie claire et rétablir la justice.

[...]

— Mon général, vous parlez beaucoup de justice...

— Parce que tout commence là. Si la justice n'est pas véritablement rendue, si les criminels sont en liberté dans les rues, si ceux qui prêchent la haine et la violence ne sont pas inquiétés, si les crimes ne sont pas...

La suite était de la même veine. Elle compta. Treize fois. Le mot « justice » revenait treize fois au cours de l'interview.

Esther Kopelman remua sur sa chaise. Que lui avait dit son autre source ? La rumeur courait qu'il existait quelque part un groupe secret prétendant pallier les défaillances du système judiciaire en rendant lui-même la justice. Un groupe composé de policiers, de juges *et de militaires*...

C'est ce qu'il avait dit.

Est-ce qu'elle avait mis dans le mille ? Elle sentit au plus profond d'elle-même qu'elle était sur la bonne voie. Elle ne savait pas où ça la mènerait mais elle avait une piste. Dix minutes plus tard, elle éteignait la lumière, remontait à l'étage. Son palpitant galopait, comme chaque fois qu'elle tenait quelque chose. De retour à la rédaction, elle se débarrassa de ses chaussures et rouvrit la page Google. Entra « Thibault Donnadieu de Ribes » dans la barre de recherche en tapant beaucoup trop fort sur les touches de son clavier.

Sans s'attarder sur sa fiche Wikipédia, elle passa en revue les résultats suivants, parcourut les trois interviews qu'il avait données au cours des dix dernières années jusqu'à sa mise à la retraite. Dans chacune, le mot « justice » revenait.

Elle était de plus en plus perplexe. Que devait-elle faire de ça ? Il ne s'agissait pas seulement d'écrire un bon article – ça allait bien au-delà...

À cet instant, elle prit une décision : elle allait transmettre l'information à la police. Elle l'échangerait contre un bon scoop, mais quoi qu'il en soit ils devaient se pencher là-dessus. Avant qu'il n'y eût d'autres morts. Attrapant son téléphone, elle hésita. Si Raphaël refilait sa découverte à Servaz, il se démasquerait en tant que source et ce serait la fin de sa carrière.

Sauf s'il feignait d'avoir déniché lui-même l'information...

Elle lui envoya un message, lui demandant de la rappeler en urgence. Il mit cinq bonnes minutes à le faire.

— Qu'est-ce qu'il y a ? dit-il. J'ai rien de nouveau.

— Moi, si.

— Intéressant ?

— Pas par téléphone…

Il soupira :

— Je suis occupé là, Kopelman. Tu peux pas m'en dire plus ?

— *Je crois savoir qui est derrière tout ça...*

Un long silence au bout du fil.

— Sérieux ?… Et tu veux pas me le dire au téléphone, c'est ça ?

— C'est ça.

— C'est un flic… ?

— Pas celui qui dirige… Plutôt un militaire, ajouta-t-elle.

Nouveau silence.

— Un gradé ?

— Arrête de poser des questions. Je t'en dirai plus ce soir. Faut que je fasse encore quelques recherches. Ça serait bien que tu trouves le moyen d'orienter l'enquête de ton groupe sur cette personne, d'une manière ou d'une autre. Je veux vous aider : *ce qui se passe est beaucoup trop grave*. Sinon, je peux toujours en parler directement à Servaz…

— Non, non, c'est bon, je m'en occupe. Où et quand ?

— Devant *Sami Kebab*, ce soir à 20 heures.

— J'aime pas les kebabs, c'est trop gras, dit-il. Mais j'y serai.

51

10 h 45 du matin. Quinze degrés dans la voiture et dix de moins à l'extérieur. Pas de buée sur le pare-brise. Garé dans l'étroit chemin de l'autre côté de la route, entre les feuillages, il distinguait parfaitement la façade du château, au-delà de la herse rouillée.

Il perçut le stress qui montait. Tant mieux. Un niveau de stress approprié a un effet stimulant, augmente votre capacité de concentration, alors qu'un stress insuffisant provoque inertie et apathie et un stress trop important épuisement et désorganisation.

La vitre entrouverte, il allumait sa troisième cigarette quand il entendit un bruit de moteur sur la route.

Servaz vit les grilles s'ouvrir et une BMW gris métallisé ralentir avant de pénétrer lentement dans le parc du château. Téléphone levé, il zooma sur l'immat, prit une photo, sortit son téléphone NEO et se connecta au système d'immatriculation des véhicules. Puis il appela Vincent, qui, à l'heure qu'il était, devait assister à l'autopsie de Kevin Debrandt.

— Du nouveau ? demanda-t-il.

— On commence tout juste. Pour le moment, rien.

— Très bien. Quand tu auras fini, je veux que tu entres un nom dans la bécane. Lionel Meslif. Vérifie si c'est quelqu'un de chez nous… Tu veux que j'appelle Samira ?

— Non, c'est bon. Laisse-la souffler. Tu es où ?

— Devant le château…

Un silence.

— Bon Dieu, Martin, qu'est-ce que tu fous là-bas tout seul ?

— T'inquiète. Je suis juste en observation.

— Ouais… Bon dimanche à propos.

La deuxième voiture – une Toyota Prius bleue – apparut cinq minutes après la BMW. Il renouvela l'opération. Même chose avec un SUV, puis deux tout-terrain un peu plus tard. *Réunion au sommet*, se dit-il. Ils devaient commencer à être à cran, s'il en croyait leurs réactions de la veille : Samira l'avait appelé. Elle lui avait parlé des hommes en planque toute la nuit en bas de son immeuble.

Ils étaient aux abois…

— Lionel Meslif est bien de la maison, dit Espérandieu au téléphone. Capitaine à la brigade anti-criminalité de Toulouse. *Idem* pour Fabien Stohr, qui est major à la CSI-31. Pascal Champetier, lui, est substitut du procureur au parquet de Toulouse. Les deux autres sont des militaires : un officier du 8e RPIMA de Castres et un sous-officier de la 13e brigade de la Légion étrangère à La Cavalerie.

Cette fois, il avait au moins une partie du groupe. Et ses pires craintes se confirmaient. Des flics, des magistrats, des militaires. Ils auraient intérêt à présenter du solide quand ils les défèreraient, ça allait créer des remous jusqu'en haut lieu.

Il savait pertinemment que, pour l'instant, ce n'était pas le cas, qu'ils n'avaient rien de concret, que des éléments indirects : les coups de fil, le restau, le van de Lemarchand sur les vidéos de surveillance de la banque, la paille sous les pieds de Kevin Debrandt et « l'homme aux yeux bleus », selon le témoignage d'une gamine traumatisée qui ne l'avait pas vu elle-même mais qui avait entendu l'une des victimes en parler…

Trop léger. Insuffisant.

Deux autres véhicules firent leur apparition. Il les prit en photo. Le gars du département véhicules avait dit qu'il y avait deux berlines et un van dans la clairière la nuit où Moussa était mort, mais il avait été incapable d'en déterminer les marques. Là encore, ils manquaient de preuves directes…

Ils étaient tout près pourtant…

Pas assez cependant. Les types en face le savaient. C'est pourquoi ils avaient eu l'audace de chercher à les intimider. Il scruta les environs. Il était facilement repérable sur ce chemin, bien qu'il eût reculé dans l'ombre des feuillages qui griffaient les portières et les vitres. Il suffirait d'un reflet sur le pare-brise ou la carrosserie. Le soleil brillait trop fort. Il aurait préféré qu'il pleuve.

Soudain, son téléphone NEO retentit. C'était Katz.

— Ils m'ont contacté, dit celui-ci.

— Quand ?

— Hier soir.

— Qui ça ?

— L'un d'entre eux. Je ne sais pas son nom. Il ne s'est pas présenté. Quelqu'un de la maison, en tout cas.

— Qu'est-ce qu'il t'a dit ?

Raphaël lui rapporta les propos du flic au Perfecto. Sa voix était hachée. La connexion était mauvaise.

— Laisse-les revenir vers toi, dit Servaz. Ça ne devrait pas tarder. Ils vont vouloir savoir ce qu'on a… Ils vont remuer ciel et terre pour l'obtenir.

— Tu es où ? demanda le jeune lieutenant. Chez toi ? J'entends des oiseaux.

— Non. Devant le château…

— Et… ?

— Ça bouge. Je crois que j'ai identifié une partie du groupe.

Un silence.

— Tu veux que je vienne ?

— Merde ! s'écria soudain Servaz.

— Quoi ? Qu'est-ce qu'il y a ?

— Rien, je viens de faire tomber de la cendre sur mon pantalon. Tu as de quoi noter ?

— Oui.

— File au commissariat et vois tout ce que tu peux trouver sur Lionel Meslif, M-E-S-L-I-F, un flic de la BAC de Toulouse, Fabien Stohr, ça s'écrit S-T-O-H-R, affecté à la CSI-31, et Pascal Champetier, substitut.

— OK. T'es sûr qu'ils ne t'ont pas repéré ? C'est pas un peu risqué d'être là-bas sans appui ?

Mais Servaz avait déjà coupé la communication.

Il réfléchit un moment. Au loin, l'orage grondait. Autour de lui, c'était le silence. Aucun signe de vie du côté du château, mais il apercevait toujours leurs voitures dans le parc. Il appela le divisionnaire.

— Il faut que je vous voie.

— Je vous avais dit à midi dans mon bureau, Servaz, répliqua Chabrillac. Vous êtes où, bon Dieu ?

— En Ariège.

— Hein ? Qu'est-ce que vous foutez là-bas ? Je vous ai dit que je voulais savoir ce qui se passe ! Vous vous prenez pour qui ? Et vous me prenez pour qui ?

Servaz laissa le divisionnaire se soulager.

— *Je sais qui ils sont*..., déclara-t-il en fixant la façade du château entre les feuillages.

— Quoi ?!

Il devina la stupeur du commissaire. Il le laissa mariner une seconde.

— Mais c'est un terrain miné, ajouta-t-il. Il faut qu'on parle.

— Comment ça, « un terrain miné » ?

— Pas au téléphone...

Il entendit distinctement Chabrillac soupirer.

— Très bien. Vous pouvez être ici dans combien de temps ?

— Un peu plus d'une heure.

— D'accord. Je vous attends.

Servaz raccrocha.

Il était 12 h 15, ce dimanche 1er novembre. Il mit le contact sans quitter des yeux la façade du château. Là-bas, il le savait, quelque chose se préparait. Quelque chose qui les concernait sûrement, lui et son groupe.

52

Il mit *West Ryder Pauper Lunatic Asylum* de Kasabian très fort dans les enceintes. *Ça, c'est du lourd, hein ?* lança-t-il silencieusement à l'adresse de son voisin étudiant. Comme chaque fois qu'il était stressé, il sortit les pinces électriques du tiroir de la commode. Se déshabilla. Dès les premières décharges, il sentit la chaleur l'envahir, comme si on lui injectait de l'iode, ses muscles se contracter, la rigidité soudaine de son sexe, la sueur qui l'inondait. Il caressa sa chair gonflée, traversée par le courant. Il gémit longuement.

Quand il eut éjaculé dans une serviette de bain, il se doucha rapidement puis attrapa le téléphone fantôme planqué sous le linge et appela le numéro qu'on ne devait composer qu'en cas d'urgence.

— Raphaël ? dit la voix, surprise. Qu'est-ce qu'il y a ?

Il hésita.

— Mon général, dit-il en s'asseyant, nu, au bord du lit, je crois que vous devez savoir ce qui vient de se passer.

Raphaël lui rapporta les propos de la journaliste. Le général l'écouta en silence.

— Vous allez faire quoi ? osa demander le jeune flic quand il eut terminé.

— Ce n'est pas ton problème, répondit la voix. Moins tu en sais, mieux c'est. Tu es sûr que ton commandant ne soupçonne rien ?

— Certain. Depuis que l'un de vos hommes m'a approché, il croit au contraire que je suis en train de réussir à m'infiltrer dans votre groupe, répondit Katz.

Il eut l'impression que le général souriait à l'autre bout.

— Il est malin, dit ce dernier. Te demander de te faire remarquer en prononçant en public des phrases qui te font passer pour quelqu'un qui approuve notre action, c'était une idée plutôt astucieuse. Oui, je t'ai envoyé une personne qui ne sait pas que tu es déjà des nôtres…

Un silence.

— Mais toi, Raphaël, tu es la pièce maîtresse dans notre jeu, compléta le général, j'espère que tu en es conscient. Tu donnes à la presse les informations que nous voulons voir filtrer et tu es aussi notre cavalier : celui qui avance de biais et qui va mettre le roi noir en échec, avant que je lui fasse échec et mat. Beau travail. Ton père serait fier de toi…

Le général mit fin à la conversation. Katz reposa le téléphone, finit de s'essuyer – entre les cuisses, sous les aisselles, les bras, le torse. Un flamboiement dans sa mémoire. Son père et un officier supérieur aux yeux bleus devisant dans le parc de leur maison de campagne, perchée sur les collines du Tarn, là où celles-ci ressemblent à la Toscane. Son père disant, en ébouriffant les cheveux de Raphaël, à celui qui était alors le colonel Donnadieu de Ribes et aussi son parrain : « Raphaël veut entrer dans la police. » Un autre flamboiement : le général et lui au château, célébrant la fin de sa formation à l'école de police, le général plongeant ses yeux bleus dans les siens et déclarant : « Ton père était un grand flic, on lui a coupé les ailes. Des hommes comme lui, il y en a de moins en moins. Aujourd'hui, c'est le règne des hommes petits, des hommes faibles, à la cervelle pleine de fadaises, de songes creux. Tous leurs beaux discours débordant de bons sentiments ne servent qu'à masquer avec des mots leur faiblesse et leur inaptitude à l'action. Mais toi, Raphaël, tu es de la même trempe, du même acier que ton père… Il faut que je te parle de quelque chose. Mais avant, tu dois me donner ta parole d'honneur que cela restera entre nous. » C'était aussi le général qui l'avait incité à postuler pour la PJ de Toulouse, le général encore qui, quatre jours plus tôt, l'avait appelé en urgence pour lui demander d'entrer en contact avec cette journaliste qui avait écrit l'article sur Moussa. Comme toujours, en bon joueur d'échecs, le général avait un coup d'avance.

— Bon Dieu ! s'exclama Chabrillac à l'hôtel de police. Si c'est vrai, c'est énorme. Ça va être un cataclysme…

Il regardait Servaz sombrement, allant et venant dans le grand bureau. Martin avait fait le chemin du retour comme il avait fait celui de l'aller : sans être soumis au moindre contrôle d'une éventuelle attestation, ni de ses papiers d'identité ou de police, en dépit du confinement.

— On ne peut pas continuer comme ça, décida le divisionnaire. Il y a trop de policiers impliqués. On doit passer le dossier à l'IGPN, informer la hiérarchie…

Servaz se raidit.

— Laissez-nous au moins quelques jours, patron. Pour l'instant, on n'a que des éléments indirects. Pas de preuves. Mais on est vraiment tout près… On a leurs noms, on sait qui ils sont, qui dirige… Ce n'est qu'une question de temps. On les tient.

Chabrillac émit un puissant soupir de contrariété.

— Vous êtes bien conscient qu'on nage en eaux troubles là ? Il me faut du concret, commandant. Vite. Sinon on va se faire laminer.

Il pointa un doigt boudiné sur Servaz.

— D'accord, allez-y. Mais vous ne sortez pas des clous. Vous restez irréprochable question procédure. Je veux que tout soit propre, carré, net, précis : pas de coups tordus, pas d'écoutes illégales, pas d'entourloupes, c'est compris ?

Servaz acquiesça d'un signe de tête, soulagé. Chabrillac se rassit dans son fauteuil.

— Je vais informer le juge moi-même, dit-il en décrochant son téléphone. Ça aura plus de poids. Beau travail, ajouta-t-il. Vous pouvez m'appeler à n'importe quelle heure du jour et de la nuit. Et surtout, tenez-moi au courant.

Il avait rêvé ou le divisionnaire venait de lui faire un compliment ?

— Tu as trouvé quelque chose au sujet de Meslif, de Stohr et de Champetier ? demanda-t-il à Katz quand ils furent réunis.

Espérandieu était rentré de l'unité médico-judiciaire, Samira était encore en tenue de jogging, Katz avait une mine de déterré. Tous avaient des cernes sous les yeux.

— Pas grand-chose, répondit Raphaël. Sauf un truc… Il y a un peu plus d'un an, Fabien Stohr a eu des problèmes avec l'étudiante qui aidait ses gosses à faire leurs devoirs de maths. Elle l'a carrément accusé d'agression sexuelle…

— Et… ?

— Du jour au lendemain, elle a retiré sa plainte, elle a déclaré qu'elle avait tout inventé parce que Stohr refusait de l'augmenter.

— Tu crois qu'elle a subi des pressions, qu'elle s'est sentie menacée ?

— Possible…

— Rien d'autre ? Aucune connexion entre eux en dehors de leurs rendez-vous secrets ? Des activités communes le dimanche ? Des affectations dans le même service au cours de leurs carrières respectives ?

— Rien de rien. Si on ne les avait pas vus ensemble, je dirais qu'ils ne se connaissent même pas.

— Ils sont prudents, commenta Samira.

Servaz secoua la tête.

— Pas assez pourtant. L'idée de te faire venir dans ce restaurant était une erreur. Rentrez chez vous, conclut-il. Prenez un peu de repos. Oubliez tout ça. Demain, à la première heure, on se réunit et on définit une nouvelle stratégie. On est vraiment tout près.

Comme ils gardaient le silence, il ajouta :

— C'est maintenant qu'il faut pousser notre avantage. Avant qu'ils ne reprennent la main…

Il trouva léa en train de se maquiller. Se souvint qu'elle avait un roulement à effectuer à l'hôpital ce dimanche soir. Gustav était assis sur le tapis devant la table du salon, en pyjama, pieds nus et un stylo dans la bouche. En bas, Servaz avait salué les deux policiers ostensiblement garés devant la porte de leur immeuble en se demandant si leur présence était véritablement dissuasive.

— Tu rentres tard, dit-elle.

— Désolé.

— Je dois filer, je suis déjà à la bourre. Gustav a terminé ses devoirs de vacances, mais tu peux y jeter un coup d'œil si tu veux : ça lui fera plaisir de te montrer qu'il travaille bien.

Il rougit, saisissant l'allusion : il n'avait quasiment pas vu son fils de la semaine.

— Je m'en occupe, dit-il.

Elle déposa un baiser trop rapide sur ses lèvres. Il eut du mal à déchiffrer le regard qu'elle lui lança : scepticisme ou encouragement ?

53

Dimanche soir. Esther Kopelman continuait d'éplucher tout ce que les archives numérisées du journal et aussi Internet recelaient d'informations sur le général Thibault Donnadieu de Ribes. Il était 19 heures, ce 1er novembre. Un bloc ouvert sur son minuscule bureau encombré, au milieu de l'*open space* presque désert, elle prenait des notes. À l'ancienne.

Un événement en particulier avait retenu son attention. Plusieurs articles, ainsi qu'une vidéo de la télévision publique suédoise SVT, faisaient allusion à « l'incident » qui avait eu lieu en République démocratique du Congo, le 13 juillet 2003, sur la base franco-suédoise Chem-Chem. À l'époque, l'opération Artémis-Mamba, déployée par l'ONU et l'Eufor en RDC, avait pour mission de stopper les massacres interethniques perpétrés par les milices armées dans la province d'Ituri et de sécuriser la ville de Bunia, enjeu d'une lutte féroce et sanglante entre l'UPC, l'Union des patriotes congolais, d'ethnie Hema, et le FNI, le Front des nationalistes intégrationnistes, d'ethnie Lendu.

Selon les témoignages de militaires suédois présents, un Congolais d'une vingtaine d'années avait été arrêté par les soldats français et torturé dans la base, avant d'être relâché. Le jeune prisonnier avait été promené en public par l'aide de camp du commandant français. Puis il avait subi un interrogatoire. Selon plusieurs témoins, on pouvait entendre ses cris dans toute la base. Plus tard dans la soirée, il avait été conduit devant une tente de l'état-major où des officiers suédois venaient de se réunir et le commandant de l'opération lui avait braqué une arme sur la tempe. Vers minuit enfin, après des heures d'interrogatoire, le prisonnier avait quitté le camp, un capuchon sur la tête, à bord d'un véhicule.

Scandalisés, les militaires suédois s'étaient aussitôt plaints à leurs supérieurs, lesquels avaient informé jusqu'aux plus hauts échelons de la hiérarchie. Le chef des armées, Håkan Syrén, avait été à son tour averti et le porte-parole du ministère de la Défense de Suède, Roger Magneraad, avait publiquement accusé la France d'avoir « utilisé des méthodes s'apparentant à de la torture ». Les Français avaient répondu qu'une première enquête n'avait pas permis de corroborer ces allégations ; les Suédois avaient mené de leur côté leurs propres investigations et proposé de communiquer leurs conclusions à la France, si elle en faisait la demande – mais la France avait tardé à se manifester. En guise d'épilogue, l'officier qui commandait les forces spéciales suédoises en Ituri avait commenté : « *Nous avons appris l'Afrique auprès des Français.* »

Le commandant français qui avait braqué son arme sur la tête du prisonnier s'appelait Thibault Donnadieu de Ribes… Esther se souvenait à présent qu'elle avait déjà lu l'histoire du camp Chem-Chem quand elle l'avait interviewé, en 2010. Elle lui avait posé la question sur ce qui s'était passé. Il lui avait répondu avec un sourire énigmatique que les Suédois avaient beaucoup exagéré, mais aussi que « demander à la social-démocratie suédoise de produire de vrais soldats, c'était comme demander à des antilopes de se transformer en lions ».

Un article de *Jeune Afrique* soulignait quant à lui les dérives de certaines jeunes recrues de l'armée française dans cette même région dix ans plus tard, au cours d'une autre opération : Sangaris. « C'était un cauchemar, on ne savait plus où était le bien et le mal », témoignait l'une d'elles, engagée en Centrafrique en 2013. Pour ces nouveaux venus plongés dans l'enfer des haines interethniques, des massacres, des pillages, des viols et des meurtres de civils perpétrés par les bandes locales, c'était une version africaine de *Voyage au bout de l'enfer* et d'*Apocalypse Now* qui les attendait là-bas. Que certains y aient perdu leur âme n'avait rien d'étonnant… L'enfer a ses bourreaux, ses victimes aussi… Et parfois les deux se confondent…

En 2015, *The Guardian* avait également rapporté des viols d'enfants par des soldats français au cours de l'opération. Sur les trois enquêtes menées sur place, l'une n'avait débouché sur aucune mise en examen, l'autre avait été classée sans suite, tandis que la justice française avait de son côté prononcé un non-lieu, mais le haut responsable des Nations unies, un Suédois là encore, qui avait été le premier à alerter les autorités, avait donné sa démission pour protester contre l'impunité dont bénéficiaient les auteurs des viols.

Esther se souvenait de ces exactions qui auraient été commises pendant l'opération Sangaris. Il y avait eu quelques articles, vite remplacés par d'autres, dans la presse française. Jusqu'à ce jour, ces faits n'avaient été qu'une info lointaine, abstraite.

Sangaris… *Thibault Donnadieu de Ribes avait été l'un des colonels présents en Centrafrique…* Il avait été promu au grade de général peu après… En poursuivant ses lectures, la journaliste découvrit que ses hommes lui avaient attribué, longtemps auparavant, alors qu'il n'était encore que capitaine, un surnom : « le Lion ».

Dans le silence de la salle de rédaction, elle se demanda si Donnadieu de Ribes était un fauve et un prédateur, un psychopathe à qui sa longue carrière avait donné maintes fois l'occasion d'étancher sa soif de meurtre, ou bien un officier d'exception qui avait servi son pays avec bravoure mais qui pratiquait, à l'occasion, une justice expéditive.

Elle était elle-même fille d'officier. Et il y avait de nombreux militaires dans sa famille. Son père comme ses oncles avaient toujours été des modèles de probité et de discipline à ses yeux. Elle avait toujours été frappée par la façon dont ils avaient le sens de l'honneur et du devoir chevillé à l'âme.

C'était du reste contre cette discipline familiale trop rigide qu'elle s'était rebellée, adolescente. Elle gardait néanmoins le souvenir d'hommes plus tolérants qu'il n'y paraissait. Qui avaient accueilli sa révolte avec une certaine indulgence. Et à qui elle aurait confié sa vie sans hésiter. Les militaires de sa famille n'avaient rien à voir avec les brutes sanguinaires ou les racistes hors de contrôle qu'on décrivait ici, elle en était persuadée.

Quand elle les surprenait à discuter entre eux de leurs missions, elle comprenait que c'étaient des individus responsables, sérieux, avec une éthique – prêts à risquer leur vie au nom de quelque chose de plus grand qu'eux, y compris pour des populations lointaines si on leur en donnait l'ordre. Comme cette anecdote qu'ils lui avaient racontée, quand ils avaient secouru des noyés dans une rivière en crue, quelque part en Afghanistan. Et elle les croyait. Parce qu'elle les connaissait par cœur. Elle les croyait bien plus que tous les donneurs de leçons qui ne se les appliquent jamais à eux-mêmes.

Elle s'étira, les bras en croix.

Qui es-tu, général ?

Elle pensa au colonel Kurtz. À cet officier interprété par Marlon Brando, qui prononçait par trois fois le même mot : « L'horreur… l'horreur… l'horreur… » Comme Kurtz, le général avait, semblait-il, une nature duelle. Entre honneur et cruauté. Entre génie et folie. Comme Kurtz, il incarnait l'ambiguïté morale de toute guerre.

Elle se rappela ce vieux film des années 1930 : *Les Chasses du comte Zaroff*. « Le Lion » avait-il joué les comtes Zaroff en Afrique ? À l'abri des regards, loin de la France, protégé par son impunité ? Y avait-il pris goût, au sang et à la terreur absolue qu'il inspirait ? Rendait-il là-bas sa propre justice ?

Elle sursauta quand une porte se referma.

Tout à coup, elle fut parcourue d'un long frisson. Elle savait que c'était dû à ses propres frayeurs, à ses propres pensées sombres et vénéneuses : elle n'avait encore jamais travaillé sur un dossier aussi sinistre. Aussi empli de ténèbres. Elle avait affaire à des gens impitoyables. Et elle se demanda ce qui se passerait si elle s'approchait trop près…

Perdue dans ses pensées, elle n'avait pas vu la rédaction se vider. Il n'y avait plus personne dans l'*open space* illuminé par les rangées de néons. Rien d'autre que le silence.

Baissant les yeux vers son écran, elle réalisa que c'était presque l'heure de son rendez-vous. Elle jeta un dernier coup d'œil autour d'elle, éteignit sa lampe et se leva.

54

— Il va falloir régler le problème de ce commandant.

— On s'en occupe…

— Et la journaliste ?

— Ça aussi…

— Ils se rapprochent, mon général. Il faudrait peut-être envisager de ne plus se voir. Au moins pour un temps.

— Ne vous en faites pas, Meslif : tout est sous contrôle.

— Je n'en ai pas l'impression.

Une onde de stupeur parcourut l'assistance. Comment Meslif osait-il ? Tous se tendirent dans l'attente de la réaction. Il y eut un silence. À leur grande surprise, le général esquissa un sourire tout en se levant lentement de son siège.

— Qui commande ici ? dit l'homme aux yeux bleus, souriant, avec un calme qui n'annonçait rien de bon. C'est vous ou c'est moi, Meslif ?

Le général s'avança vers Meslif. Les lueurs du feu jouaient sur son visage émacié, creusé de profonds sillons. Ils s'affrontèrent du regard.

— Vous avez déjà entendu parler du crocodile du Nil, Meslif ? demanda-t-il doucement, mais chacun dans la salle comprit que cette douceur cachait une vraie menace.

— Quoi ?

— Le crocodile du Nil. C'est un des plus grands reptiles vivants. Environ quatre mètres, entre deux cents et cinq cents kilos. On le trouve sur presque tout le continent africain au sud du Sahara.

Meslif battit des paupières. Le général le fixait du haut de ses quasi deux mètres comme s'il voulait l'hypnotiser.

— Lorsqu'il chasse, le crocodile du Nil pratique l'affût. Comme la plupart des sauriens. Il attend le bon moment pour fondre sur sa proie. Immergé dans une rivière ou dans un lac, près de la berge, il passe inaperçu : seuls ses narines et ses yeux sortent de l'eau. Ses attaques sont si soudaines, si explosives qu'il ne laisse pratiquement aucune chance à sa proie.

Dans la lueur du feu, les pupilles noires du général avaient mangé presque tout le bleu des iris et, malgré lui, Meslif frissonna.

— Le plus grand spécimen connu s'appelait Gustave, c'était un crocodile géant qui hantait les rives du lac Tanganyika dans les années 1990 et 2000. On lui attribue – sans doute est-ce exagéré – plus de trois cents victimes. Sa réputation de mangeur d'hommes a fait de lui un mythe au Burundi. On a dans un premier temps cru que les disparitions causées par Gustave étaient dues au conflit entre Hutus et Tutsis. Gustave se déplaçait dans toute la province de Rumonge et il dévorait par dizaines les pêcheurs et les baigneurs qu'il trouvait sur les rives du lac. En 2004, un piège de dix mètres de long a même été tendu par un naturaliste français et une biologiste sud-africaine pour le capturer. La tentative a été filmée par la chaîne National Geographic. Elle a échoué. Gustave est aussi connu pour avoir dévoré un buffle. Il a cessé de faire parler de lui en 2014. Il est peut-être mort, car il devait déjà être très vieux pour avoir atteint une taille pareille. Un crocodile du Nil peut vivre jusqu'à cent ans.

Le général affichait toujours un large sourire. Mais son regard était de glace.

— Bref, imaginez une de ces bêtes, si vous le pouvez, Meslif. Imaginez que vous vous retrouviez un jour en face d'elle. Elles sont particulièrement nombreuses dans certains points d'eau du Tchad…

Lionel Meslif suait à grosses gouttes à présent. Il ne voyait pas où le général voulait en venir.

— En 83, au Tchad, continua ce dernier, il y avait ce chef du GUNT, une coalition de groupes armés, qui était l'un des principaux lieutenants de Goukouni Oueddei. Tous vantaient son incroyable courage au feu. Il était devenu une légende. Il nous défiait ouvertement. Et puis, un jour, nous l'avons capturé grâce à un traître dans leurs rangs…

Le général se rapprocha encore, si bien que les visages des deux hommes furent proches à se toucher. Meslif put sentir son souffle et son haleine. Il avala sa salive.

— Cet homme, il me fixait avec une lueur de défi chaque fois que je lui adressais la parole. Il était fier. Et je lisais dans ses yeux que c'était effectivement un homme courageux. Il n'avait pas peur de nous. Alors, j'ai fait venir une grande cage en métal pour les animaux sauvages, et on l'a enfermé dedans. Puis on a chargé la cage à l'arrière d'un pick-up et on a emprunté la piste jusqu'à une mare qu'on savait infestée de crocodiles. J'ai fait immerger la cage dans le petit lac jusqu'à ce qu'il ait de l'eau jusqu'au menton. Le soir tombait quand les crocodiles ont commencé à arriver et à tournicoter autour de la cage. Des dizaines de crocodiles… La surface du lac en était tout agitée, on aurait dit que ses eaux étaient en ébullition. C'était un spectacle grandiose, terrifiant. Je lui ai expliqué qu'on allait bientôt ouvrir la cage, sauf s'il acceptait de faire une déclaration où il reconnaîtrait notre victoire.

Il planta son regard dans celui du flic comme s'il voulait sonder le fond de son âme, et Meslif eut l'atroce sensation qu'il y parvenait.

— Vous avez déjà contemplé de près l'œil jaune et fendu d'un crocodile du Nil en train de vous fixer, Meslif ? Il y a peu de choses au monde plus effrayantes que celle-là, croyez-moi. Alors, imaginez des dizaines de ces créatures… J'ai vu que notre homme avait peur. Il était terrifié. Mais c'était aussi un homme vraiment valeureux. Il refusait d'abdiquer. Alors, j'ai fait amener son plus jeune fils au bord du lac…

Sa voix s'était refroidie de plusieurs degrés.

— Ne vous avisez plus jamais de remettre en cause mon autorité, Meslif. Si vous êtes ici, c'est parce que je l'ai voulu. Je sais que vous vous prenez pour un dur. Mais, croyez-moi, vous n'avez pas la moindre idée de ce qu'est le vrai courage… Et je connais vos états de service, ne l'oubliez pas. Vous êtes un gredin, mais un gredin utile. Rien de plus, Meslif. Rien de plus.

Meslif se tut. Il avait du mal à soutenir le regard bleu. Il transpirait. Le général se tourna vers Stohr, qui essayait de se faire oublier.

— Pareil pour vous, Stohr. Ne croyez pas que j'aie pour vous le moindre respect ou la moindre affection.

Kinshasa, Zaïre, juin 1997. Ils roulent à travers la jungle, dans la nuit chaude. Une nuit où chacun verra l'un des nombreux visages de l'enfer, mais ils ne le savent pas encore.

Minuit passé. La piste est déserte. Même à Kinshasa, qu'ils viennent de quitter, les rues et les avenues étaient vides. Pas de coups de klaxon, pas de deux-roues pétaradants, pas de semi-remorques rugissants en surrégime, pas de fourgons Volkswagen surchargés. À la place, le sourd grondement des tirs de mortiers, le staccato lointain des rafales d'armes automatiques et des fusils-mitrailleurs du côté de Brazzaville.

Mais ici, tout est nuit et bruits de la forêt, sur cette route en latérite où les nids-de-poule ont la taille de cratères et où l'alternance des pluies et de la sécheresse, ainsi que la noria des camions, a creusé une succession de vaguelettes qui donnent l'impression de rouler sur de la tôle ondulée.

Trempés de sueur, ils pointent leurs fusils Famas devant eux, baïonnette au canon pour le combat rapproché et chargeurs en place. C'est une nuit grouillante, vivante. Dangereuse. Mortelle.

Il lit dans les yeux exorbités de ses hommes secoués par les cahots la même fièvre qui doit être dans les siens. Ils ont tracé sur leurs visages des bandes à l'aide de bâtons de camouflage. En dessous, la peau luit, leurs pupilles sont noires et dilatées. C'est l'excitation de la chasse, mais aussi l'effet des amphètes.

Il fait nuit noire et les bruits de la forêt peuplent l'obscurité autour d'eux. Ils sont aux aguets. Dans cette région en proie à la folie meurtrière des milices baptisées « Ninjas », « Cobras », « Zoulous », et des enfants-soldats, le danger peut venir n'importe quand, de n'importe où. Là-bas, à Brazzaville, miliciens et soudards se livrent au pillage des maisons. Brutalisent, volent, violent et, le cas échéant, tuent.

En une semaine, des unités comme la sienne ont réussi à évacuer quelque 5 600 ressortissants étrangers de Brazzaville, dont 1 500 Français, menacés par des bandes de gamins souvent ivres et drogués. Mais surtout payés et nourris, dans un pays où seuls les enfants des coopérants étrangers et ceux de la caste au pouvoir mangent à leur faim. Pendant que les autres, sous-alimentés, peu ou pas éduqués, souffrent du palu, d'infections respiratoires aiguës, de diarrhées, de fièvres diverses, de tout un tas de maladies qu'ailleurs on guérit.

Il est peut-être un soldat mais il a lu Fanon et Césaire : « Et vous croyez que tout cela ne se paie pas ? »

Oui, se dit l'officier aux yeux bleus. Un jour, il faudra payer. Il est un soldat. Il sait que toutes les civilisations sont bâties sur la violence et la prédation. Et que toutes meurent un jour. La sienne ne fera pas exception. Mais il est un soldat. Il se battra aussi longtemps qu'il faudra.

Ces gosses en revanche... Pourquoi ne pas tuer pour vivre ? se disent-ils. D'ailleurs, ils ne se disent rien. Pour eux, c'est comme une évidence : tu tues ou tu meurs. *La morale, c'est un truc de gens qui ont le ventre plein.*

S'ils s'éloignent de la zone des combats, c'est que sa section a reçu l'ordre de récupérer deux coopérants isolés dans une exploitation d'hévéas à une trentaine de kilomètres de la capitale. En pleine forêt... Pas d'hélico disponible, il faut emprunter la piste. Ils pensent tous la même chose. Une heure aller, une heure retour. En pleine jungle. Risque d'embuscade élevé. Et ils sont moins de quarante hommes, répartis dans quatre véhicules.

Soudain, la plantation apparaît dans la lueur des phares, au cœur des ténèbres. Des barrières blanches, des prés au-delà, cernés par la forêt, des bâtiments en brique et tôle ondulée et une maison de style colonial, que les phares incendient.

Ils sautent à terre, courent vers la maison. La porte s'ouvre et le canon d'un fusil apparaît.

— Armée française ! lance-t-il. On vient vous chercher !

Le gros homme au tee-shirt trop petit s'encadre sur le seuil.

— Pas trop tôt, dit-il.

Ça pue dans la ferme : la sueur, la bière, la clope, la bouffe, le shit – et aussi autre chose qu'il n'arrive pas à identifier. Comme un évier plein de vaisselle sale qu'on n'aurait pas vidé depuis des lustres. Les deux types ont presque l'air de jumeaux : même peau crayeuse, même nez retroussé, mêmes petits yeux pâles et trop rapprochés, même bedaine proéminente, même calvitie.

Ou alors un père et un fils, car l'un a dans la cinquantaine, l'autre dans les trente ans.

— Vous êtes prêts ? demande-t-il. Vous avez rassemblé ce que vous voulez emporter ?

— À votre avis ? dit le plus âgé, celui qui leur a ouvert. Ça fait des plombes qu'on attend, putain. Qu'est-ce que vous foutiez ?

Il a dû prendre quelque chose, car ses pupilles sont dilatées. Il y a aussi dans son regard luisant une étincelle malveillante, agressive...

— Ça me fait mal de laisser la ferme à ces sauvages. On aurait dû la cramer, crache le gros homme. Ces enculés sont camés et ils bouffent de la chair humaine, vous le croyez, ça ? Putain de pays de merde !

Dans son talkie-walkie, ses hommes qui patrouillent à l'extérieur lui annoncent : « RAS. Tout est clair. »

Il va donner l'ordre de partir quand une silhouette apparaît, émergeant de la pièce voisine. Un enfant. Maigre. Chétif. En slip. Il a peut-être dix ans, ou douze, mais il en paraît huit. Il les observe de ses grands yeux tristes et inquiets. Le capitaine Donnadieu de Ribes tourne les siens vers les deux fermiers :

— C'est qui, lui ?

Le plus âgé des deux renifle, hausse les épaules.

— C'est rien... Il va retourner dans la forêt, avec les siens... Vous en faites pas.

Mais l'officier braque ses yeux bleus sur le gros homme.

— Qu'est-ce qu'il fait ici ?

— C'est rien, je vous dis... C'est pas vos oignons... Contentez-vous de faire votre boulot. Votre boulot, c'est de nous sortir de là. Point barre.

— Putain, ça craint ici, capitaine, commente l'un de ses hommes, un jeune sergent, derrière lui.

— Tu t'appelles comment ? demande Thibault Donnadieu de Ribes en anglais au gamin.

Mais le garçon ne répond pas. Peut-être qu'il ne comprend pas, tout simplement.

— Hé ! s'énerve le fermier. Qu'est-ce que vous faites ? Vous mêlez pas de ça ! C'est pas vos affaires, j'vous dis. C'est rien qu'un petit merdeux d'ici. Tout le monde s'en branle de lui.

— Fermez votre gueule, crache le capitaine aux yeux bleus.

Mais le gros homme n'en démord pas :

— J'aime pas trop le ton que vous employez, dit-il, de plus en plus furax.

Et le capitaine Thibault Donnadieu de Ribes se rend compte que le type a toujours son fusil à la main.

— Sergent, dit-il, prenez-lui son arme. Et vous, caporal, assurez-vous qu'il n'y a personne d'autre dans la maison...

Le fermier ricane.

— C'est ça, l'armée française ? Putain ! Bande de charlots. Vous savez ce qu'on leur fait à ces gamins, avec mon frangin ?

— Non, dites-moi...

Le ton de l'officier aux yeux bleus est de plus en plus froid. Le gros homme sourit à présent.

— On les chasse...

Un silence.

— Vous, quoi ?

— On les lâche dans la forêt et on les tire comme des lapins... On fait ça depuis que leurs sauvages de parents ont massacré les nôtres en 1991, pendant les émeutes de Kinshasa.

Le capitaine Donnadieu de Ribes fixe le fermier.

— C'est vrai ?

L'homme éclate de rire – un rire arrogant, méprisant, supérieur.

— Bien sûr que non ! Si c'était vrai, vous croyez que je vous le dirais ? Y en a marre... Allons-y, maintenant. Ou bien vous voulez attendre que les autres débarquent à trois cents, camés jusqu'aux cheveux et armés jusqu'aux dents ? Vous ferez pas le poids longtemps.

Mais le capitaine n'est pas décidé à les laisser s'en tirer comme ça. Il sait que tous les groupes armés de la région utilisent le viol comme arme de guerre : les rebelles hutus, les insurgés rwandais, les groupes armés Maï-Maï, les forces congolaises... Il sait que, quand on introduit des baïonnettes et d'autres objets coupants dans les organes génitaux des femmes, ou de l'essence à laquelle on met le feu, quand on viole les bébés et les grands-mères, quand des villages entiers sont violés collectivement par des groupes de combattants, ce n'est pas pour le plaisir, c'est pour détruire. Qu'il ne s'agit ni plus ni moins que de terroriser les populations.

Un soupçon énorme l'envahit, en même temps qu'une colère incontrôlable.

— Ce gosse, qu'est-ce qu'il fait ici ? répète-t-il.

Le gros homme le fixe avec une lueur de défi.

— À votre avis ?

Ce n'est pas de la bravade, cette fois. Le capitaine Donnadieu de Ribes sent monter la nausée et un liquide glacé couler dans ses veines, tandis qu'il promène son regard bleu sur les deux planteurs. C'est une nuit de tristesse, une nuit de péché, une nuit infernale.

— Sergent, dit-il soudain, vous aimez la chasse, vous ?

Le gros planteur fronce les sourcils, perplexe.

— J'adore ça, répond le jeune sergent derrière son capitaine.

— Quel genre de gibier vous chassez ? demande celui-ci sans se retourner, le regard toujours posé sur les deux hommes qui ne pipent mot.

— Tous les genres, répond le sous-officier dans son dos.

— Vous croyez qu'on a le temps de chasser ? dit le capitaine d'un ton léger, bien que son cœur soit lourd comme une pierre en cet instant.

Il voit que les deux planteurs sont inquiets à présent.

— Ça doit pouvoir se faire. Mais faudra pas trop traîner quand même, capitaine...

— Et quel genre de gibier vous avez envie de chasser, là, tout de suite, sergent ?

Un silence.

— Deux gros porcs, ça m'irait bien... On pourrait les lâcher dans la forêt... Qu'est-ce que vous en pensez, capitaine ?

55

Raphaël n'était pas encore arrivé. Presque 20 heures. Esther s'approcha du guichet de *Sami Kebab*.

— Kopelman, dit Sami. *Salam aleikoum*. Un *dürüm* avec du *ras el-hanout* maison et sans sauce aigre ?

— Comment ça se passe, Sami, le confinement ?

Elle le vit faire la grimace, penché derrière son comptoir.

— À ton avis, Kopelman ? Tu crois que c'est la joie ? Tu me prends un *dürüm* ou pas ?

— Prépare-moi ça, s'il te plaît.

— Tout de suite.

Elle regarda la rue du Taur. Pas de Katz en vue. La rue était déserte, hormis un type qui approchait, visage masqué.

— C'est vous, Esther Kopelman ? dit-il quand il fut à moins de deux mètres.

— Qui veut le savoir ?

L'homme s'inclina et jeta un coup d'œil par le guichet de vente à emporter, mais Sami était déjà reparti en cuisine.

— C'est Raphaël qui m'envoie. Il a eu une urgence. Il m'a dit que vous aviez un nom et des infos à lui donner. Je suis chargé de les lui transmettre.

La journaliste tiqua. Elle n'aimait pas trop ça. En même temps, l'homme connaissait l'heure et le lieu du rendez-vous. Et elle se fit fugitivement la réflexion que c'était le genre de spécimen masculin qui lui plaisait bien : la cinquantaine, pas beau, non, mais avec un je-ne-sais-quoi de solide qui le rendait attirant. Un blouson de motard au cuir râpé, des épaules larges, les tempes grisonnantes. Un regard chaleureux, qui ne cillait pas.

— Ça vous dérange pas si je vérifie ? dit-elle.

L'homme hocha la tête.

— Bien sûr que non.

Katz répondit dès la deuxième sonnerie.

— C'est Esther. Il y a un type qui prétend venir de ta part…

— Oui, c'est exact, mais là je suis occupé, je vous rappelle plus tard, dit le lieutenant comme s'il s'adressait à quelqu'un d'autre.

Elle comprit. Raphaël n'était pas seul. Elle raccrocha.

— D'accord, dit-elle à l'inconnu. Mais pas ici.

— J'ai ma voiture un peu plus loin, répondit-il.

Soudain, comme elle se penchait pour demander à Sami de s'activer, l'inconnu grommela un juron derrière elle puis dit, suffisamment fort pour être entendu :

— Ne vous retournez pas, ne me regardez pas. Il y a un type là-bas… Je le connais, c'est un flic… Parlez en direction du comptoir, faites semblant de commander votre kebab…

— Qu'est-ce qu'on fait ? demanda-t-elle comme si, en effet, elle s'adressait à Sami.

— Vous avez un endroit où on pourrait aller ? dit-il.

Elle vit dans le reflet de la vitrine qu'il feignait de parler dans son téléphone.

— Un endroit à l'abri des oreilles indiscrètes, ajouta-t-il, le téléphone toujours collé à l'oreille.

Elle hésita.

— Chez moi, répondit-elle finalement. J'habite au-dessus.

— Allez-y, dit l'homme. Tout de suite. Et gardez la porte en bas ouverte. Je fais le tour du pâté de maisons et je vous rejoins.

Il s'appelait Henri Loeven. Major à la Sûreté départementale. Plus la soirée avançait, plus Esther Kopelman le trouvait à son goût. Et, chose qui ne lui était pas arrivée depuis longtemps, elle avait la très nette impression que lui aussi la trouvait à son goût.

Elle en était à son troisième bourbon.

Il avait d'abord répondu qu'il était en service, puis il s'était finalement laissé convaincre, décidant que son service se terminait à cet instant précis. Ils avaient ri. Bu. Flirté. Elle lui avait fait part de ses soupçons, il était redevenu sérieux :

— Le général Thibault Donnadieu de Ribes ? avait-il dit. Connais pas. Qu'est-ce qui vous fait croire qu'il pourrait être derrière ces meurtres ?

— Je ne le crois pas, j'en suis sûre, avait-elle rétorqué.

Elle lui avait exposé ses arguments.

— En gros, c'est uniquement parce qu'il a prononcé plusieurs fois le mot « justice » dans des interviews, avait-il résumé, dubitatif.

— Oui, je sais que, vu comme ça, ça a l'air plutôt léger, mais mon instinct me trompe rarement et, selon une de mes sources, il y a des militaires dans le coup. Je vais fouiller de ce côté-là et, croyez-moi, j'aurai bientôt d'autres éléments mais, de votre côté, vous devriez vous intéresser à lui sans attendre…

Puis il était passé à autre chose et avait déclaré après un deuxième verre :

— Raphaël ne m'avait pas dit que vous étiez aussi… sympa.

Elle avait ri.

— Ce n'est pas le mot qui vient généralement à l'esprit de ceux qui me connaissent.

— Et quel est le mot qui leur vient à l'esprit : *mystérieuse* ?

— Irascible.

— *Piquante* ?

— Soupe au lait.

— *Troublante* ?

— Grossière, têtue… Vous me draguez, major ?

— C'est l'impression que ça donne ? avait-il demandé en la regardant droit dans les yeux.

Elle avait senti ses jambes flageoler… Depuis combien de temps un homme ne l'avait pas draguée ? Elle avait du mal à comprendre ce qu'il lui trouvait. S'il y avait un domaine dans lequel Esther Kopelman manquait d'assurance, c'était celui-là. Après approximativement trois ans d'abstinence – à part quelques moments d'égarement en compagnie de piliers de bar qui n'auraient jamais passé avec succès les épreuves de sélection si elle avait été à jeun –, elle n'était plus du tout sûre d'être encore dans la course.

— J'ai besoin d'une douche, dit-elle soudain. Vous n'allez pas en profiter pour déguerpir ?

— Pas avant d'avoir fini cette bouteille, la rassura-t-il en montrant le bourbon.

À 20 h 20, alors qu'aux urgences pédiatriques elle examinait un enfant de huit ans atteint d'intoxication alimentaire avec altération de l'état général, Léa vit un vigile de l'hôpital venir à elle.

— Il y a un policier dehors, dit-il. Il veut vous parler. Il dit que c'est urgent.

Elle fixa le vigile, perplexe.

— Il s'appelle Vincent Espérandieu, ajouta-t-il. Il vous attend devant l'entrée des urgences adultes.

Léa sentit le froid lui couler dans les veines. *Vincent... Il était arrivé quelque chose à Martin...* Paradoxalement, une bouffée de chaleur lui monta au visage.

— D'accord, j'arrive, répondit-elle aussi calmement que possible.

Sami lorgnait, agacé, l'horloge sur le mur carrelé. Il avait vu Kopelman parler avec cet homme dans la rue, devant le guichet. Puis elle avait disparu en oubliant son *dürüm* avec *ras el-hanout* maison. Il le lui avait gardé au chaud, mais elle n'était jamais revenue le chercher. Ça l'énervait de devoir le jeter. Ce n'était pas comme si les clients se bousculaient. Il songea à l'avenir sombre qui l'attendait. Malgré les 10 000 euros par mois promis par l'État, malgré l'aide forfaitaire supplémentaire de 1 500 euros qu'il était censé percevoir entre fin novembre et début décembre, malgré le report de remboursement des prêts, il était au bord du précipice. Il avait investi toutes ses économies dans ce restaurant, il s'était endetté, il n'avait pas ménagé ses efforts, mais il avait dû faire face à deux *cygnes noirs*, deux événements totalement imprévus, coup sur coup : d'abord, un an de manifestations en centre-ville tous les samedis, et puis *ça*… Et le proprio refusait de baisser le loyer ; les assurances, elles, parlaient carrément d'augmenter leurs tarifs. Ben voyons. Ce qu'il redoutait plus que tout, c'était d'avoir à annoncer à sa famille qu'il mettait la clé sous la porte. Et qu'ils devraient partir… À force de chercher des solutions, il n'en dormait plus la nuit.

Il regarda encore une fois l'horloge. Toujours pas de Kopelman. Il avait vaguement entendu ce que l'homme lui disait. Il n'avait pas tout compris, mais ça lui avait paru passablement louche. Et il n'avait pas non plus aimé l'allure du gars. Sami s'y entendait en sales types.

Et puis, ce n'était pas le genre d'Esther de partir avec un inconnu. Encore moins de le planter là avec son *dürüm*. Il se souvint qu'elle lui avait donné son numéro de téléphone une fois. Il se mit à chercher partout son appareil. Où est-ce qu'il l'avait mis ?

Léa surgit devant l'entrée des urgences adultes, où l'un des derniers tramways de la soirée repartait lentement après avoir marqué l'arrêt devant l'hôpital, et où deux personnes fumaient en silence.

Elle se souvint que la voiture de ses « gardes du corps », qui l'avaient suivie jusqu'ici, était garée à plusieurs dizaines de mètres de là, sur le parking réservé aux médecins des services d'urgence et de réanimation, et que, par conséquent, elle était hors de vue.

— Docteur Delambre ? dit une voix sur sa droite.

Elle se tourna vers l'origine de la voix, découvrit un grand type en blouson de cuir.

— Qu'est-ce qui se passe ? Où est Vincent ? demanda-t-elle.

Le grand gaillard lui montra le petit parking à quelques mètres de là.

— Il vous attend dans la voiture.

Elle fronça les sourcils. Quelque chose clochait. Pourquoi n'était-ce pas Vincent qui était là à l'attendre ? Elle se tendit comme la corde d'un arc.

— Qui êtes-vous ? attaqua-t-elle. Et où est Vincent ?

— Je vous l'ai dit, il…

— Je n'irai pas plus loin, déclara-t-elle fermement. Je vais appeler la sécurité…

— Pas si vous tenez à Gustav, souffla une voix dans son dos.

Au moment où elle allait faire volte-face, elle sentit qu'on appuyait quelque chose contre ses reins. Elle avait vu assez de séries télé pour savoir qu'il s'agissait du canon d'une arme à feu.

— Nous avons Gustav, dit l'homme derrière elle. Et ce que vous sentez, c'est bien un flingue…

La fumée de cigarette flottait comme un brouillard dans tout l'appartement ; elle dérivait des lumières tamisées du living vers l'entrée et la porte, où les verrous étaient tirés ; elle se mêlait à la vapeur savonneuse qui envahissait la minuscule salle de bains, où Esther Kopelman venait de prendre sa douche.

Assise sur la cuvette des W-C, son verre de bourbon posé sur le lavabo à côté d'elle, la journaliste urina. Puis elle passa dans la chambre s'habiller avant de franchir le seuil de la pièce.

Il était en train d'examiner les livres de sa bibliothèque. La rangée des Franck Thilliez. *Le Syndrome E. Gataca. Pandemia. Le Manuscrit inachevé. Il était deux fois.*

— Je vois qu'on a les mêmes saines lectures, dit-il d'un ton monocorde. J'adore cet auteur.

Elle sourit, reprit sa clope dans le cendrier. Mais, quand il pivota dans sa direction, elle fut soudain frappée par son brutal changement d'expression.

Esther se figea. Sentit le blast de l'inquiétude dans sa poitrine. Elle eut cette pensée saugrenue que ce regard nouveau, ce regard vide et en même temps d'une noirceur glaçante, évoquait davantage les lectures qu'il venait de citer qu'un rendez-vous galant. Elle se trouva ridicule, tout à coup, d'avoir cru qu'il la draguait. *Quelle conne elle avait été...* Des larmes se formèrent au bord de ses paupières, mais elles ne coulèrent pas. Et elle comprit la nature de cet horrible changement. *Comprit pourquoi il était là...*

56

Perplexe, Sami coupa l'appel. Elle ne répondait pas. Pourquoi elle ne répondait pas ? Qu'est-ce qu'ils fabriquaient ? Il avait entendu le type lui dire de laisser la porte d'en bas ouverte. *Il n'aimait pas ça...*

Bon sang, qu'est-ce qu'elle fichait ? Un doute lui vint. Est-ce qu'elle était en train de baiser avec ce type ? Sami devait bien admettre qu'Esther Kopelman n'était pas du genre à perdre son temps. Elle était toujours pressée. Elle lui mettait chaque fois la pression, comme si elle avait le monde à sauver et qu'elle n'avait même pas le loisir de manger.

Mais là, c'était trop bizarre. Carrément, même. D'abord parce que l'échange qu'il avait surpris entre eux ne ressemblait guère à une parade nuptiale. Et maintenant, elle ne répondait pas au téléphone. *Mon vieux Sami, ça craint, si tu veux mon avis...*

Il considéra l'étroite salle déserte, la rue du Taur tout aussi vide de l'autre côté de la vitrine, retira son tablier et l'accrocha à une patère. Ça ne lui coûtait rien d'aller frapper à sa porte et de s'assurer que ce type n'était pas en train de la détrousser. Ou pire. Dans cette ville, on vous surinait pour un téléphone ou un regard de travers, et il y avait des bêtes sauvages qui violaient même les grands-mères.

Sami secoua la tête. Il ne comprendrait jamais comment il pouvait exister des hommes capables de faire ça. C'était comme quand son fils Çetin, qui étudiait la physique à l'université Paul-Sabatier, lui avait un jour expliqué qu'avant le big bang il n'y avait rien et que, tout d'un coup, il y avait eu tout. « Comment peut-on fabriquer quelque chose à partir de rien ? s'était-il insurgé. C'est absurde, ton histoire ! Même un *çörek* ne peut pas être fabriqué sans farine et sans sucre, alors l'univers entier... C'est ça qu'on vous apprend à l'université ? » Son fils avait souri d'un air supérieur qui l'avait mis hors de lui. Il y avait un certain nombre de choses que son intellect n'arrivait tout simplement pas à appréhender. Que certains êtres soient dépourvus de tout sens moral et se comportent comme des animaux en faisait partie.

Il sortit de son échoppe, composa le code de la porte cochère voisine. Il habitait dans l'immeuble, juste au-dessus du magasin. Kopelman, elle, créchait tout en haut, un appartement sous les toits deux fois plus petit que le sien – qui n'était déjà pas grand.

Il grimpa les marches en hélice, qui gémirent sous son poids, la rampe en laiton vibrant sous sa main à chacun de ses pas. Reprenant son souffle sur le dernier palier, il tendit l'oreille. Pas un bruit. Elle était peut-être ailleurs. Chez ce type, par exemple. Non. Il avait entendu l'inconnu lui dire de laisser la porte d'en bas ouverte.

Il cogna.

Pas de réponse.

— Kopelman, tu es là ? lança-t-il. Kopelman, c'est Sami !

Il cogna de nouveau, au risque d'alerter les voisins. À l'étage en dessous, il y avait un vieux couple qui les regardait de travers, lui et sa famille, depuis le premier jour où ils avaient loué le fonds de commerce et s'étaient installés dans l'immeuble. La vieille bique ne manquait pas une occasion de lui faire des remontrances : sa télé faisait trop de bruit, il descendait les poubelles trop tard le soir ou ses enfants étaient mal élevés. Ce n'était pas vrai : *ses enfants n'étaient pas plus mal élevés que les autres enfants de l'immeuble.*

— Kopelman, c'est moi, Sami ! répéta-t-il en tournant la poignée, mais la porte était verrouillée.

Puis il sortit son téléphone. Lorsqu'il entendit celui de la journaliste sonner de l'autre côté, il comprit que quelque chose de grave était arrivé.

Il aurait pu défoncer la porte, le battant était mince, mais il n'avait pas envie d'avoir des ennuis : il fit le 17.

Elle avait l'impression d'étouffer. Que son cœur allait exploser. Couchée sur le canapé, sous l'homme qui pesait de tout son poids sur elle et qui bâillonnait sa bouche de sa grande main, elle sentait les doigts crispés près de ses narines. Une odeur de savon et de cigarette qu'elle aurait pu trouver agréable en d'autres circonstances, mais qui la terrifiait en cet instant – tout comme la terrifiait l'atroce obscurité qui s'était déposée, tel un précipité dans une expérience de chimie, au fond de ses prunelles. Et le métal de sa chevalière la blessait au menton. Elle saignait à coup sûr.

— Du calme, murmura-t-il dans son oreille d'une voix monotone et apaisante. Ton sauveur a déguerpi, on dirait.

Elle n'émit pas un son, elle ferma juste les yeux pour ne plus avoir à affronter les ténèbres dans ces pupilles, mais la voix monocorde n'en continua pas moins de chuchoter, lui arrachant un frisson de terreur pure :

— Tu vas gentiment faire tout ce que je te dis, la journaliste. Tu ne vas surtout pas jouer les héroïnes : ce genre de truc ne marche que dans les films. En parlant de ça, ne trouves-tu pas frappant que les brebis peureuses qui composent l'immense majorité de la population de ce pays adorent les films de superhéros ?

Soudain, il passa une langue chaude sur les gouttes de sueur qui humectaient le front d'Esther, puis sa langue descendit lécher le coin rose de son œil, et elle serra les paupières de toutes ses forces, grimaçante, croyant pendant une seconde qu'elle allait se faire pipi dessus. Heureusement qu'elle était sortie des toilettes quelques minutes plus tôt.

— Ils rêvent sans doute que des superhéros costumés viennent à leur secours chaque fois qu'ils sont en fâcheuse posture, ajouta-t-il. Qu'est-ce que tu en penses ? Le problème, c'est que les superhéros n'existent pas. J'ai jamais compris comment on peut aimer des films aussi débiles.

Elle avait entendu Sami redescendre les marches de l'autre côté de la porte. Et appeler la police. Combien de temps mettrait-elle à venir ? Et que faisait Sami à présent : attendait-il en bas ou allait-il remonter ?

— Il y a une autre sortie ? demanda l'homme dans son oreille.

Si elle parvenait à le convaincre de sortir par-devant, Sami le verrait peut-être.

— Mmm.

Elle avait bougé la tête négativement.

— Ouvre les yeux, chuchota-t-il.

Elle le fit. Tressaillit quand le regard noir plongea dans le sien, en quête de vérité ou de mensonge.

— Tu mens, grinça-t-il.

Elle eut l'impression que son cœur se décrochait. Ce type-là en savait plus sur l'âme humaine que n'importe quel psychanalyste formé à l'école freudienne ou lacanienne. Elle devina qu'il cherchait quelque chose dans ses poches et, avant qu'elle ait pu comprendre de quoi il s'agissait, il y eut la flamme jaune d'un briquet devant ses yeux, si proche qu'elle en sentit la chaleur sur sa cornée.

— Il y a une autre sortie ?

Elle acquiesça, la cornée larmoyante.

— Très bien, je vais enlever ma main, on va redescendre en silence et sortir par-derrière. Si tu tentes quoi que ce soit, je te fume. Ne crois pas que j'hésiterai une seconde. Tu as pigé ?

Il retira sa main. Elle retrouva aussitôt un peu de son mordant.

— Allez vous faire foutre, cracha Esther Kopelman en reprenant sa respiration tandis qu'un semblant de couleur revenait sur ses joues. Je vous suis. Je ne tiens pas à mettre en danger qui que ce soit.

Il lui décocha un sourire.

— Mince ! Une véritable héroïne. Ça alors, ça existe encore…

57

Noir. Combien de temps ? Une heure ? Deux ? La peur lui fouettait les sangs. Ils retirèrent le capuchon de toile. Elle cligna des yeux quand l'étoile très brillante, en face d'elle, l'aveugla. Elle mit sa main en écran entre la torche électrique et elle. Sentit, dans l'obscurité tout autour, l'odeur acide, fermentée, du crottin et des chevaux.

— Pas la peine de crier, personne ne t'entendra, dit la voix derrière l'étoile.

— J'ai besoin d'aller aux toilettes.

— On va t'apporter un seau et une bouteille d'eau… La torche se déplaça. Un interrupteur dut être actionné, car une ampoule anémique creusa soudain un puits de lumière dans la pénombre de la pièce. Avant qu'on ne referme la porte et qu'on ne la verrouille.

Se tournant de tous côtés, Léa scruta les murs sans fenêtres, le sol de terre battue recouvert de paille, le plafond bas. Sentit de nouveau l'odeur azotée : *il y avait une écurie pas loin.*

Elle avait le vertige et la nausée après être restée allongée pendant un temps indéterminé sur le plancher vibrant de la camionnette, respirant un fumet de diesel et d'huile de moteur à travers le capuchon de toile.

Elle s'efforça de respirer calmement. Cinq secondes d'inspiration, respiration bloquée, expiration… Elle entendait par instants de l'eau couler dans des canalisations, derrière les murs épais. Mais c'était le seul bruit et – en dehors de la peur violente qui l'étreignait – elle fut saisie par un poignant sentiment de solitude et d'abandon.

Le général prit son téléphone. Il pensa aux mots de Dostoïevski : « On compare parfois la cruauté de l'homme à celle des fauves, c'est faire injure à ces derniers. » Il se demanda s'il était lui-même devenu un fauve à force d'en côtoyer. Avait-il seulement gardé une part suffisante d'humanité ?

Puis une autre phrase du génie russe lui vint à l'esprit : « Imagine-toi que les destinées de l'humanité sont entre tes mains, et que pour rendre définitivement les gens heureux, pour leur procurer enfin la paix et le repos, il soit indispensable de mettre à la torture ne fût-ce qu'un seul être. »

Il fit le numéro.

— Oui ? dit une voix inquiète à l'autre bout.

— Commandant, fit Thibault Donnadieu de Ribes.

Un silence.

— Général…

Le militaire sourit. Cet homme-là était intelligent. Un seul mot prononcé par lui avait suffi à le démontrer.

— Où est Léa ? demanda Servaz.

Bien que le policier ne pût le voir, le général aux yeux bleus hocha la tête : l'hôpital avait dû donner l'alerte. Cela faisait deux bonnes heures à présent que Léa Delambre avait quitté son service.

— En lieu sûr, dit-il. Ne vous inquiétez pas : elle va bien. On ne lui a rien fait.

L'homme de haute stature s'attendait à des menaces, à des insultes, mais ce policier-là était trop rusé pour perdre son temps avec des enfantillages.

— Qu'est-ce que vous attendez de moi ? fusa-t-il.

— Je me réjouis de voir que vous êtes quelqu'un de raisonnable, commandant. Donc, gardez en tête que votre compagne est ici, avec moi, et qu'il ne lui arrivera rien tant que vous jouerez le jeu. Mais ne vous y trompez pas : je suis comme le lion ou le crocodile, *je ne connais pas la pitié*. Et j'ai la redoutable faculté de deviner les faiblesses de mes adversaires. Je connais les vôtres, n'en doutez pas une seconde.

Un silence.

— Comprenez bien que je n'ai rien contre vous, commandant. Mais notre cause est juste, nous nous battons pour la justice, l'honneur de ce pays, et pour sauver notre civilisation. Nous ne permettrons à personne de se mettre en travers de notre chemin.

Martin le laissa s'épancher avant de dire :

— Accouchez, général. Je n'ai pas de temps à perdre.

— Moi non plus. Voici ce que vous allez faire…

Servaz raccrocha. Les dernières paroles du général Donnadieu de Ribes l'avaient glacé. Il venait de comprendre à quel point cet homme était fou. Mais sa folie le rendait d'autant plus dangereux. *Et il avait Léa...* L'angoisse qui lui dévorait l'estomac était comme une chose vivante, remuante.

Ne vous avisez pas de prévenir qui que ce soit, venez seul...

Il regarda Gustav en train de jouer sur le canapé, inconscient de ce qui se passait et du danger que courait sa « maman ». Se leva. Alla sonner chez Radomil. Le violon s'interrompit. En dépit de la confusion qui régnait dans ses pensées, il avait reconnu le morceau : Schubert, *La Jeune Fille et la Mort*, premier mouvement. Des mesures qui collaient assez bien avec son état d'esprit.

— Martin ? Qu'est-ce qui se passe ? dit le musicien chevelu et barbu en le voyant. Tu as une mine à faire peur...

— Est-ce qu'Anastasia est là ? Est-ce que tu pourrais garder Gustav chez toi ? *Tout de suite* ?

Le Bulgare à l'allure de Christ tsigane le sonda de ses yeux sagaces.

— Oui... oui... bien sûr, si c'est urgent... Mais tu as l'air bouleversé : tu ne veux pas me dire ce qui se passe ?

— Plus tard, Radomil, dit-il en appelant l'ascenseur. Gustav joue dans le salon... Ne laisse pas Anastasia seule avec lui. Prends-le avec vous ! Je t'expliquerai... Merci.

— Ne t'inquiète pas, on veillera sur lui, lança le musicien alors que, déjà, la cabine se hissait en grinçant jusqu'à l'étage. « Celui qui demande si tu en as besoin ne donne pas de bon cœur » : proverbe bulgare !

— Voilà, c'est ici, dit Sami aux policiers.

Les deux gardiens de la paix en uniforme considérèrent la porte fermée, sous le toit en pente. L'un d'eux cogna.

Une fois. Deux fois.

— Il n'y a personne, dit-il en regardant Sami.

Celui-ci fit une grimace.

— Elle est là, j'en suis sûr. Et elle est en danger. Elle attendait devant mon restaurant, et puis elle a disparu. Elle a laissé son *dürüm*… Et il y avait cet homme…

— Son *dürüm* ?

— Oui. Elle ne ferait jamais ça.

Les deux gardiens de la paix échangèrent un regard.

— Elle a peut-être changé d'avis, elle est peut-être allée ailleurs, dit l'un d'eux.

Sami tourna de nouveau la poignée. À sa grande surprise, la porte n'était plus verrouillée.

— Vous voyez ! dit-il. Tout à l'heure, c'était fermé !

Il entra.

— Hé ! Qu'est-ce que vous faites ? s'exclama l'autre policier. Vous n'avez pas le droit d'entrer !

Mais Sami était déjà à l'intérieur. La fumée de cigarette lui piqua les yeux. Il toussa. Avisa la bouteille de bourbon à moitié vide, le cendrier plein et les deux verres sur la table basse, dont l'un portait une trace de rouge à lèvres.

— Vous voyez, dit l'un des gardiens de la paix derrière lui. Elle n'est pas là… Vous devez sortir maintenant, monsieur. *Vous n'avez pas le droit d'être ici…*

— Elle est en danger, je vous dis…

— Monsieur, sortez, s'il vous plaît… TOUT DE SUITE.

— Pas tant que je ne saurai pas ce qui lui est arrivé…

— Monsieur, on ne vous le répétera pas : IL FAUT QUE VOUS SORTIEZ…

— Je ne bougerai pas d'ici tant que… Hé ! Ne me touchez pas ! Je vous interdis de me toucher ! C'est la France ici, le pays des droits de l'homme : vous ne pouvez pas… Aïe ! Vous me faites mal ! Vous me tordez le bras, merde ! Lâchez-moi !

— Monsieur… !

58

La pluie.

Des trombes d'eau sur l'autoroute. Un rideau liquide qui ne s'ouvrait qu'à contrecœur et qui scintillait en gerbes d'étincelles dans le pinceau des phares. La nuit n'était que lueurs, reflets, zébrures, ténèbres.

Cerné par l'averse, plongé dans ce milieu semi-aquatique, il avait l'impression d'avancer à bord d'un sous-marin. Il n'avait pas allumé la radio et il roulait dans un silence peuplé par le martèlement de la pluie sur le toit, le va-et-vient des essuie-glaces et le chuintement des grandes corolles d'eau sale soulevées chaque fois qu'il passait dans un creux.

Il roulait aussi vite que le lui permettait la pluie battante malgré le risque d'aquaplaning. Mais son cerveau ne cessait pas de raisonner. *Ce serait stupide d'avoir un accident maintenant*... Il leva le pied.

Une image prenait forme dans son esprit. Celle de l'homme aux yeux bleus. L'adversaire. Le roi noir. Qui avait maintenant un coup d'avance depuis qu'il lui avait pris sa dame blanche.

Il avait été frappé par les mots que le général avait employés : « cause juste », « justice », « honneur », « civilisation »… Cet homme se croyait investi d'une mission. Il faisait de son parcours sanglant un combat. Servaz savait d'expérience que, quand le Mal se déguise en Bien, quand le Mal se prend pour le Bien, c'est là qu'il est le plus dangereux. Aucun criminel ne fait montre de plus de cruauté que celui qui se croit d'avance absous de ses crimes par une cause qu'il pense juste. Le XXe siècle en avait été le plus sinistre exemple : les mêmes qui avaient dénoncé à juste titre les crimes commis au nom du libre-échange, la montée du fascisme et la misère ouvrière avaient aussi embrassé joyeusement des causes en fermant les yeux sur les massacres, les tortures, les camps, les grandes purges, les famines, les déportations en masse, les millions de Chinois victimes de la Révolution culturelle, les millions de *zeks* gelés dans l'enfer soviétique de la Kolyma – toutes ces monstruosités que leurs « nobles » causes avaient rendues possibles.

Parce que la cause était juste, disaient-ils. Combien s'étaient repentis ? Combien avaient demandé pardon aux victimes pour leur irrémissible aveuglement ?

Il se passa une main sur le visage. Il était épuisé. Et cette nuit déchirée de lueurs et d'averses, ajoutée au manque de visibilité, lui fatiguait les yeux. Il était sans arrêt en train de se frotter les paupières.

Quittant la N20 à la hauteur de Foix, il traversa la petite cité médiévale vers l'ouest, emprunta une route qui grimpa aussitôt dans les collines. Bientôt, il n'y eut plus une seule maison en vue. Rien que des bois noirs et des virages. La pluie avait cessé et la lune apparaissait par intermittence entre les déchirures des nuages, au-dessus des arbres. Il se souvint d'une nuit semblable : celle où avec son équipe ils avaient découvert le corps de Moussa Sarr, la tête de cerf dans un sac transparent.

Allait-il être chassé à son tour ? Non, ils avaient pour lui d'autres projets, il en était sûr.

Cinq minutes plus tard, il entra dans un village qu'il traversa en remontant la rue principale, passant devant une gendarmerie et une église, ressortit par une longue ligne droite sous une voûte de platanes. *Il était tout près...* Trois kilomètres, selon son GPS.

Suivant les instructions que lui avait données le général au téléphone, il avait éteint le sien, afin qu'on ne puisse pas le géolocaliser. Il grimpa les derniers virages, émergea sur le plateau couvert de lande et le vit, sous la lune. *Le château.* Il reconnut le mur d'enceinte. La grille était ouverte. Son pouls s'accéléra lorsqu'il ralentit pour tourner et pénétrer dans le parc, roulant sur le gravier, franchissant les flaques, scrutant à travers le pare-brise la façade qui approchait en un lent travelling avant. De fait, il se sentait curieusement étranger à la scène qui était en train de se jouer. Comme si une partie de lui-même se détachait pour observer les événements avec recul, évaluer, calculer.

Il freina brutalement devant le perron. Descendit. Claqua la portière sans cesser de regarder la façade qui se dressait dans la nuit comme une montagne, mais il ne vit personne. Aucune lueur derrière les rangées de fenêtres éteintes. Plusieurs voitures étaient cependant garées sur le gravier. Le silence qui s'abattit fut seulement troublé par les gouttes lourdes qui, après l'averse, tombaient des branches et, quand une rafale de vent agita ces dernières, en un frémissement bruissant et mouillé, il eut l'impression que les arbres du parc partageaient son inquiétude.

Il monta les marches du perron sous la lune, qui ressemblait à une hostie dans son ciboire de nuit. Comme il s'y attendait, la grande porte n'était pas verrouillée.

Poussant l'un des lourds battants, il pénétra dans un couloir obscur aussi large et haut que long, au bout duquel une clarté jaune filtrait par une porte entrouverte et étirait un mince chemin de lumière sur le sol.

Ses pas résonnant sur le dallage eurent en cet instant quelque chose de théâtral, d'encore une fois un tout petit peu trop *cinématographique*, comme si – là aussi – son esprit observait tout avec ce détachement qu'on prête aux gens à l'article de la mort.

Il tira le battant. Un grand salon faiblement éclairé. Un feu dans la cheminée. Des trophées de gibiers empaillés et des tapisseries sur les murs, des tentures et des tableaux de maîtres dans l'ombre. Il sursauta en découvrant les hommes à têtes d'animaux en demi-cercle. Chimpanzé, renard, loup, ours, guépard, taureau…

— Bienvenue, commandant, dit le grand coq à crête rouge et à l'œil bleu vif qui se tenait au centre.

59

Il a beau savoir que c'est une mise en scène, il n'en sent pas moins les poils de ses avant-bras se dresser. Les grands masques d'animaux sont tous tournés vers lui et, dans les trous, des yeux luisants l'observent.

Un silence pesant, perturbant, s'est installé, que personne ne cherche à briser.

Comme ils gardent le silence, il parcourt du regard la pièce pleine d'ombres fantastiques puis revient sur les faces animales et, malgré lui, cette vision le fait une fois de plus frissonner.

Il écoute – en quête d'autres sons, d'une présence, d'un signe que Léa est là, pas loin –, mais n'entend rien d'autre que les craquements du feu dans la cheminée et le bruit de son propre sang battant à ses tempes.

Non. Il entend autre chose… *De la musique…* Lointaine. Étouffée. Elle doit provenir de la pièce derrière la porte qu'il aperçoit sur sa gauche. Beethoven. *Symphonie n° 7.* L'*allegretto*, qui lui a toujours paru funèbre. Sinistre. Il tressaille. Est-ce un indice sur ce qui le guette ? Et Léa… ?

— Libérez-la maintenant, dit-il au grand coq à crête rouge.

— Quand nous aurons fini. Vous avez ma parole, commandant.

Il regarde l'homme de haute stature retirer son masque et c'est comme si, tout à coup, il n'y avait plus que lui dans la pièce. Son attention est aussitôt happée par le bleu perçant, hivernal, des iris. Le général Thibault Donnadieu de Ribes s'avance lentement vers lui dans la lueur du feu.

— Avant toute chose, comprenez-nous bien, commandant : ce que nous faisons ici est éminemment politique. Aristote disait que la politique est la science maîtresse. Il avait raison. Nous faisons ça pour vous, pour vos enfants, pour les citoyens de ce pays. C'est pour eux que nous nous battons. Contre les dictatures invisibles qui étendent un peu plus chaque jour leur emprise sur lui : l'emprise du crime organisé qui veut faire de lui un narco-État à l'image du Mexique ou de la Colombie, l'emprise des juges qui se placent au-dessus de la République et appliquent les lois comme bon leur semble, l'emprise des minorités qui veulent imposer par l'intimidation, la force ou le chaos leurs diktats à la majorité, l'emprise des géants d'Internet qui veulent modeler nos vies comme ils l'entendent. Nous nous battons pour l'honneur, la patrie, la justice, la liberté, commandant : la vôtre, celle des générations futures, celle de tous ceux qui n'ont pas la force ou les moyens de se défendre. Pas pour nous-mêmes…

La voix est grave, pleine de conviction et de promesses, une voix capable d'entraîner l'adhésion.

— Vous et moi, commandant, continue-t-il, nous sommes des gens respectables. Ni saints ni héros. Mais respectables, honorables…

— Nous n'avons rien en commun, réplique Servaz.

Le général plisse un instant ses yeux bleus. Un instant seulement.

— Et pourtant, on voudrait nous faire passer pour des coupables, poursuit-il, ignorant l'interruption. Coupables de défendre notre pays, coupables d'user de la violence légale et légitime pour protéger ses honnêtes citoyens, coupables d'être nés sur ce continent, coupables de vouloir préserver notre civilisation, coupables d'aimer notre façon de vivre, coupables de manger de la viande, de fumer, de boire de l'alcool… Comme chez Kafka, on doit expier on ne sait quelle faute qu'on ignorait avoir commise. Comme chez Nietzsche, toutes les valeurs sont inversées : la victime devient coupable et le coupable victime.

— « La violence légale et légitime », c'est comme ça que vous appelez le fait de chasser des êtres humains ?

Le général évacue la question d'un geste.

— Ceux que nous avons chassés étaient des criminels ayant échappé à un châtiment qui aurait dû être proportionné à la souffrance de leurs victimes, répond à sa place l'énorme tête de taureau noire et luisante. Les juges de ce pays n'appliquent pas le Code pénal : je n'ai jamais vu quelqu'un écoper de la peine prévue par la loi, la réponse judiciaire n'est jamais à la hauteur du préjudice subi par les victimes. *Jamais*… C'est une justice factice qui est rendue dans nos tribunaux, commandant, comme vous le savez : une fausse justice qui produit de l'injustice à la pelle…

Un juge, songe immédiatement Servaz. C'est un magistrat qui se cache sous ce masque-là. Champetier. Le substitut. Le grand mufle de taureau a quelque chose de véritablement intimidant.

— Sauf que, indépendamment du fait que tuer ne me paraît pas non plus un châtiment si *proportionné* que ça, répond-il, *Moussa Sarr était innocent…*

— Que ce soit vrai ou pas, dans toute guerre il y a des dommages collatéraux, rétorque le général aux yeux bleus.

— Parce que c'est une guerre… ?

— Bien entendu. C'est une guerre de civilisation, c'est une guerre pour la préservation de notre mode de vie, c'est une guerre pour sauver ce pays du chaos et de la barbarie qui le guettent. Tant qu'il est encore temps…

22 h 52. Ils sonnèrent au grand portail peint en noir et hérissé de pointes, dans un des quartiers les plus rupins de Toulouse. Deux piliers blancs l'encadraient – dont l'un supportait une caméra et un interphone.

— Oui ? dit une voix d'homme âgé et haut perchée.

— Désolée de vous déranger, monsieur : je sais qu'on est dimanche et qu'il est tard, mais nous avons besoin de parler à Mme la préfète de toute urgence. Dites-lui que c'est le lieutenant Samira Cheung de la police judiciaire de Toulouse.

— Qui ça ?

— Lieutenant Cheung ! PJ de Toulouse ! C'est important et urgent !

— Ne bougez pas.

Comme s'ils allaient filer... Samira, Vincent et le lieutenant de l'IGPN qui les accompagnait attendirent trois bonnes minutes. Puis un bourdonnement électrique s'éleva, suivi d'un déclic, et le portail métallique s'entrouvrit très légèrement. Samira le poussa. Mazette... Le petit jardin japonais qu'abritait le haut mur blanc, tout de quiétude, évoquait un tableau intemporel. Ils remontèrent l'allée dallée et sinueuse entre des lampes disposées au ras du sol, des buis taillés en forme de boules, des pins frémissant sous l'averse et de grands bonsaïs d'un mètre de haut. Un bassin chantait quelque part dans l'obscurité. Un bouddha souriant les accueillit au bout de l'allée, éclairé par un spot.

Pourtant, la maîtresse de maison qui les attendait sur le perron était tout sauf zen et elle ne souriait pas.

— J'espère que c'est important, leur lança d'emblée la préfète d'un ton qui disait que, si ça ne l'était pas, mieux valait repartir sur-le-champ.

Elle était vêtue d'un pull à col roulé qui moulait sa poitrine et d'un pantalon de jogging informe mais sans doute confortable, des mules de velours aux pieds. Samira se fit la réflexion que, même ainsi, elle dégageait une aura d'autorité et une assurance irréfutables. Mais elle avait d'autres soucis que la préfète et elle n'avait pas l'intention non plus de faire preuve d'obséquiosité.

— Lieutenant Samira Cheung, du groupe d'enquête du commandant Servaz, dit-elle. Et voici le capitaine Espérandieu et le lieutenant Frémont, de l'IGPN. Désolés de vous déranger un dimanche soir, mais il s'agit d'une extrême urgence, et nous n'avons pas réussi à joindre le commissaire divisionnaire Chabrillac.

Michèle Saint-Hamon la fusilla du regard :

— Puisque c'est tellement urgent, je vous conseille d'être aussi concise et claire que possible, si c'est dans vos cordes, lieutenant.

— Ça fait un moment déjà que ce pays est au bord du gouffre, dit le général, qu'autorité, ordre et lois y sont piétinés. L'universalisme et l'humanisme, qui étaient le ciment de notre société, sont combattus par des gens qui veulent imposer par la force et contre la volonté majoritaire leurs idéologies mortifères en profitant de la faiblesse de nos gouvernements, pendant que, dans l'ombre, des oligarchies dont la cupidité paraît sans limites accaparent toujours plus de privilèges et de richesses.

Il plongea son regard bleu dans celui de Servaz.

— Le résultat, c'est que la menace est devenue multiforme : elle prend aussi bien le visage du terroriste que celui des trafiquants, des braqueurs que de tous ceux qui s'attaquent aux symboles de l'État. Le résultat, c'est que les narcos font la loi dans les quartiers, que les armes y circulent librement, que l'économie criminelle gangrène le pays, que les caïds qui tiennent les trafics de drogue, d'armes et d'êtres humains financent l'intégrisme, lequel étend chaque jour un peu plus son influence. Le résultat, c'est que les criminels, les ordures de tout poil n'ont plus peur de la police, que même les centres-villes se transforment en champs de bataille, qu'on tue des enfants, des profs à la sortie des écoles, des prêtres dans leurs églises, des policiers et des gendarmes… Combien de victimes vous faudra-t-il encore pour réagir ?… Pour sortir la tête du sable ?…

Le résultat, c'est que ce pays est au bord de la guerre civile – et que les politiques ne font rien.

Sa voix était froide, contrôlée, ses yeux plus bleus que jamais. Son ton faisait vibrer le plexus de Servaz.

— La vie est une lutte, commandant. Nous l'avons oublié. Aveuglés par nos idéologies, par les idées folles de nos sciences humaines et par notre vision occidentale dégoulinante de bons sentiments, nous avons oublié que le monde est dur, nous avons renoncé à nous défendre, au juste châtiment, à la rétribution des crimes, et ce faisant nous avons laissé les monstres croître et se multiplier sur notre sol.

De nouveau, il riva son regard à celui de Servaz :

— Il faut en finir avec cette lâcheté, il faut arrêter de se voiler la face… Il faut regarder la réalité telle qu'elle est et non telle qu'on voudrait qu'elle fût : *nous sommes en guerre*…

Les lueurs du feu dansaient dans les yeux bleus. Le général dominait la pièce telle la statue du Commandeur.

— Et la seule solution que vous avez trouvée pour la gagner, c'est de chasser comme du gibier des petits délinquants sans envergure ? dit le flic d'un ton provocant.

— Vous n'y êtes pas, commandant. Ce n'est qu'un début… Un entraînement… Un signal envoyé… Une manière de faire savoir qu'on est là, qu'on reprend le contrôle, qu'on viendra les chercher quand on aura décidé de le faire. Une fois que les quartiers se seront enflammés, que l'anarchie se sera installée, nous passerons à la phase 2. Il y a des gens dans l'armée, dans la police, prêts à chasser de leurs palais les lâches qui nous gouvernent. Nous ne sommes pas seuls. D'autres viendront. Ils sont déjà recrutés, un peu partout. Et puis, nous avions besoin d'argent pour financer le mouvement.

Le général se tut. Et, tout à coup, Servaz comprit.

— *On vous a payés*, dit-il. Pour pouvoir chasser ce… *gibier*. Bien sûr. À quoi servirait la chasse, sinon… Combien ? Vous avez vendu très cher ce *privilège*, je parie.

— Suffisamment.

Hambrelot, Lantenais, d'autres sans doute : des parents de victimes *riches*… des nantis qui avaient soif de vengeance, qui étaient déçus par la justice, prêts à payer le prix fort pour qu'elle soit rendue… œil pour œil… L'Ancien Testament plutôt que le Nouveau… Plus question de tendre l'autre joue.

Combien avaient-ils versé pour participer à la chasse ? Combien d'autres avaient payé ? Combien de délinquants au total disparus sans laisser de trace – et, putain, qui, à part leurs familles, s'en souciait ? Depuis combien de temps cela durait ?

Et, chaque fois, les caisses du mouvement qui se remplissaient. Sans cet accident stupide, cela aurait pu durer encore longtemps… Tout était clair à présent.

60

Une clé dans la serrure. On la tourna. La porte s'ouvrit en grinçant et Léa fut de nouveau aveuglée par l'étoile de la torche électrique, mais elle eut néanmoins le temps de voir qu'on poussait quelqu'un dans la pièce. Une femme. La porte se referma aussitôt et la femme se redressa, posa sur Léa un regard dur.

— Où est-ce qu'on est ? lança-t-elle d'une voix recouverte d'un voile rauque. Et vous êtes qui… ?

La cinquantaine, grosse fumeuse, fut la première réflexion que se fit Léa. Mauvaise hygiène de vie, candidate aux maladies cardiovasculaires, neurologiques, au cancer, à la perte de cheveux, de mémoire, à l'hypertension artérielle, fut la deuxième. Un caractère de cochon, la troisième. Mais Léa préférait ça à la solitude de sa captivité.

— Je m'appelle Léa Delambre, dit-elle doucement au cas où quelqu'un, derrière la porte, aurait écouté. Je suis médecin. J'ignore où on est : on m'a mis une cagoule sur la tête et on m'a emmenée ici.

— Alors, on est dans la même galère… Je m'appelle Esther Kopelman, répondit la nouvelle venue beaucoup trop fort, comme si elle se moquait d'être entendue. Je suis journaliste. Pourquoi vous êtes là ?

— Vous d'abord, dit Léa, soudain méfiante.

Esther hésita.

— J'enquête sur une série de crimes, sur ceux qui les ont commis et sur leurs motivations, et il semble que je me sois… un peu trop approchée de la vérité… et que ces gens-là n'aient pas envie qu'elle sorte.

— Quels crimes ?

La soudaine curiosité de Léa n'échappa pas à la journaliste.

— Le gamin trouvé sur le pont, entre autres… Celui qui avait le mot JUSTICE sur la poitrine. Pourquoi ? *Vous avez un rapport avec ça ?*

— C'est mon compagnon qui enquête sur cette affaire.

Esther Kopelman se raidit.

— Il s'appelle comment ?

— Servaz. Le commandant Servaz…

22 h 20. Les deux hélicoptères EC-145 de la Sécurité civile transportant les hommes de l'antenne toulousaine du RAID filaient au ras des collines – beaucoup trop proches au goût de Samira et de Vincent assis à côté d'eux. Les appareils étaient parmi les plus silencieux de leur catégorie, mais il faudrait quand même se poser à distance. Les membres de l'unité avaient été bipés et mobilisés en moins de vingt minutes, conformément au cahier des charges. Il n'y avait aucune femme parmi eux, nota Samira.

Sur le ruban de l'autoroute, en bas à gauche, une kyrielle de gyrophares peuplaient la nuit d'éclairs bleus : les fourgons sérigraphiés transportant le matériel d'appoint, les renforts de la brigade de recherche et d'intervention et le commissaire à la tête de la Sûreté départementale, tous fonçant bien au-dessus de la vitesse autorisée.

Samira nota que la nuit s'était encore obscurcie. Sans doute parce que la lune s'était de nouveau cachée derrière les nuages. Au moins, il ne pleuvait plus.

Elle observa les hommes lourdement armés et casqués à côté d'elle. Le briefing avait été réduit à sa plus simple expression. Le temps pressait. Des ordres brefs. Chacun savait ce qu'il avait à faire. Ces hommes étaient des professionnels aguerris, ultra-entraînés.

Mais ils allaient faire face à des policiers et à des militaires presque aussi expérimentés qu'eux. Elle avait vu les visages se fermer quand on leur avait annoncé la nouvelle. Ils ne connaissaient ni la disposition des lieux ni le nombre exact des ennemis. Ça s'annonçait coton. *Et Martin est au milieu d'eux*... À cette idée, elle éprouva une sensation de picotement dans la nuque et de sécheresse dans la bouche.

Mauvaise mayonnaise, se dit-elle, en sentant les vibrations de l'appareil sous ses fesses et en prenant la Thermos de café qu'on lui tendait.

— Allons-y, dit le général.

Il se dirigea vers la porte sur la gauche. Poussa en grand, bras tendus, les deux battants et lui fit signe d'approcher. La musique avait cessé. Servaz découvrit une chaise solitaire au milieu d'une grande pièce haute de plafond aux murs ornés de tapisseries, comme celle dont il venait. La chaise était éclairée par un projecteur puissant. Elle faisait face à une caméra posée sur un trépied.

Il y avait un drap blanc tendu derrière, de sorte qu'on ne pût rien voir de la pièce hormis la chaise dans le champ de la caméra.

— Asseyez-vous, commandant.

Il obéit, les têtes d'animaux en demi-cercle devant lui. Leurs silhouettes ridicules se découpaient en ombres chinoises sur la lueur aveuglante du projecteur qui était derrière elles.

— Regardez la caméra, dit le général, ses yeux bleus réduits à deux fentes, il y a un prompteur, vous allez lire le texte qui va défiler. Soyez naturel, parlez lentement. On fera autant de prises que nécessaire.

Il tourna son regard vers les premières lignes du texte qui s'affichaient. Tressaillit. Un liquide glacé coula dans ses veines.

« *Par cette vidéo/je veux rétablir la vérité/je suis...* »

Il déglutit, la sueur jaillissant de chaque pore de son front.

— Personne ne va croire ça, dit-il. C'est grotesque…

Le général secoua la tête, l'air faussement contrarié.

— Pensez à Léa, s'il vous plaît, commandant. Et à Gustav… C'est pour eux que vous le faites… *Vous voulez qu'ils vivent, non ?...* Les gens le croiront parce que nous avons laissé des choses dans votre bureau qui viendront confirmer que vous étiez dépressif, au bout du rouleau, suicidaire…

Servaz fronça les sourcils :

— Comment ça ? Quelles choses ?

— Deux tubes d'antidépresseurs vides, une photo de ta chérie déchirée, le mot « justice » gribouillé des dizaines de fois dans un carnet : je les ai déposés dans ton tiroir fermé à clé il y a quelques heures, dit Raphaël Katz en retirant sa tête d'ours rigolard. Tu devrais faire ce qu'on te dit, Martin. Pour le bien et la sécurité de Gustav et de Léa…

Il fixa le jeune lieutenant blond, sentit la fureur monter.

— Espèce de salopard…, cracha-t-il.

— C'est vraiment dommage, commandant, dit le général. Il me faudrait plus d'hommes comme vous.

— Je veux la voir, déclara-t-il. Léa…

— L'enregistrement d'abord. Vous avez ma parole d'honneur que vous la verrez et qu'elle sera libérée, commandant. *Ma parole d'officier…*

Lemarchand soupira. Il leva la tête. Regarda les trois policiers. Il l'éprouvait de nouveau. L'humiliation. La trahison… La potion amère qu'il avait avalée durant toute sa jeunesse. À l'âge où ces choses-là vous marquent pour le restant de votre vie, telle l'infamante fleur de lys de l'Ancien Régime : ça faisait un bail qu'il n'avait pas eu son goût doux-amer sur le bout de la langue.

Mais ce soir, face à ces trois-là, il redevenait cet ado complexé qu'il croyait avoir laissé derrière lui, enfoui dans un passé à jamais disparu. Cet ado qu'il croyait avoir cessé d'être. Seulement voilà, l'enfance est une maladie dont on guérit rarement, elle n'attend qu'un moment de faiblesse pour ressurgir : il le comprenait à présent, tandis qu'assis sur la chaise il appuyait le canon du Smith & Wesson.357 Magnum sur sa tempe en imaginant les dégâts que pareil calibre allait bientôt faire dans sa boîte crânienne.

Il s'était rendu une fois sur une scène de crime où un collègue avait mis fin à ses jours avec une arme semblable. D'un côté du crâne, il y avait un bel orifice rond, net, au niveau de la tempe ; de l'autre il n'y avait plus rien : sous la puissance des gaz de combustion de la cartouche, la moitié opposée du crâne avait explosé, celui-ci avait été entièrement vidé de sa substance, l'encéphale vaporisé, littéralement – et on avait une vue directe sur l'orifice d'entrée de la balle, mais *de l'intérieur*.

Il croyait pourtant l'avoir tué depuis longtemps, cet ado dont le trait de caractère le plus navrant était la gentillesse. Il était devenu ce policier dur, violent, corrompu. Un salopard. Une ordure. Un vrai mâle… Dont on se méfiait et qu'on craignait. Oui, putain… Pas ce *loser* pathétique qui, à quinze ans, était amoureux de Marie-Élisabeth Di Antonio. La plus jolie fille du bahut. Et l'une des plus sympas. Il était follement amoureux d'elle, mais il savait qu'avec son physique il n'avait aucune chance. Contrairement à Luc, ce petit con prétentieux et frimeur qui venait d'arriver dans le lycée et qui n'avait qu'à se baisser. C'était écrit sur sa figure qu'avec sa gueule d'ange c'était un connard, et que le seul amour dont il serait jamais capable serait pour sa propre personne. Et le jeune Serge Lemarchand avait enragé que la douce, d'ordinaire si futée Marie-Élisabeth, fût pour une fois à ce point aveugle.

Alors, quand il l'avait récupérée en larmes après que ce salaud eut couché avec elle et l'eut aussitôt larguée en disant que les filles vierges l'ennuyaient, il l'avait consolée comme il avait pu, pas comme il aurait voulu, non, mais comme le bon copain, le meilleur ami qu'il était : celui sur qui on pouvait toujours compter, celui qui serait toujours là.

Et il avait passé de sacrés bons moments, à vrai dire, à la serrer dans ses bras, à sentir l'odeur de shampoing à la pomme de ses cheveux, le parfum de fraise de son haleine, à prendre sa main douce dans la sienne, à l'emmener au cinéma voir les films qui passaient cette année-là : *Excalibur*, *Les Aventuriers de l'Arche perdue* et *Mad Max 2*. Ou dans de longues balades à vélo à travers la campagne, où ils refaisaient le monde et où elle lui faisait jurer qu'ils seraient amis pour la vie. Bon Dieu, comme il y croyait alors, quel imbécile il avait fait… Heureusement, c'était Marie-Élisabeth elle-même qui s'était chargée de lui déciller les yeux.

— Pourquoi moi ? demanda-t-il aux trois faux jetons qui lui faisaient face.

— Parce que t'as un cancer, Lemarchand… Parce que tu vas bientôt crever de toute façon. Et parce que tout le monde sait que tu es dépressif… Le général a besoin que tu le fasses : *que tu te sacrifies pour la cause*…

— Et pourquoi il vient pas me le dire lui-même ?

Merde, comment étaient-ils au courant pour le crabe ? Il n'en avait parlé à personne. Et pour en revenir à Marie-Élisabeth, dont il était étonné qu'en ces ultimes instants elle occupât à ce point ses pensées, elle avait été incontestablement le grand amour de sa vie. *Amour*… Rien que le mot lui flanquait la nausée. Un jour, n'y tenant plus, s'étant persuadé, à divers petits signes qu'il interprétait d'une manière – il l'avait compris par la suite – horriblement erronée, que ce sentiment était réciproque, il avait pris son courage à deux mains et tout avoué à Marie-Élisabeth. Laquelle avait aussitôt regardé avec une grimace de dégoût cet amour si pur qu'il lui offrait, l'avait soudain regardé *lui* comme quelque chose d'absolument répugnant. Une limace, un insecte. Et la jeune fille qui lui avait fait jurer une amitié *éternelle* s'était empressée d'aller partager ce dégoût avec ses meilleures amies. *Trahison...* Un mot qu'il comprenait parfaitement, celui-là.

— Bande d'enculés, dit-il sans pour autant écarter de sa tempe le canon de l'arme.

Le gentil et attentionné Lemarchand de quinze ans, celui qui avait arraché une grimace de dégoût à la merveilleuse Marie-Élisabeth Di Antonio, était mort ce jour-là. Pour laisser la place au Lemarchand bagarreur, coriace, méchant, qu'on n'aimait pas mais qu'au moins on respectait. Plus tard, il était entré dans la police pour canaliser cette violence, en faire une violence d'État, une saloperie légale.

— Réfléchis, il te reste six mois à vivre tout au plus. Si tu ne le fais pas toi-même, c'est nous qui le ferons.

Il les examina. Ils avaient leurs trois armes pointées vers le sol, bras le long du corps, et bien sûr il n'y avait qu'une seule munition dans la sienne. Et puis, ils avaient raison : le psy lui avait diagnostiqué une dépression à tendance suicidaire. Il ne tenait pas tant que ça à la vie de toute façon. Il n'avait jamais été vraiment dans la course. Il n'avait jamais vraiment eu l'occasion de vivre une vie qui vaille le coup. À la loterie du bonheur, il n'avait tiré que des lots de consolation.

Et, du reste, le flic coriace, le salopard qu'il était devenu s'était fait avoir une deuxième fois, lorsqu'il avait rencontré son ex-femme… Elle avait trente ans, lui quarante-trois. Elle était brune, jolie, solide, intelligente, drôle. Mariée aussi – mais le coup de foudre avait été immédiat et, cette fois, réciproque. Quand ils étaient ensemble, elle oubliait tous ceux qui se trouvaient autour, elle n'avait d'yeux que pour lui, elle le faisait se sentir *important*. Il adorait ça, ce sentiment. Pour elle, l'enfoiré qu'il était avait baissé la garde. Il l'avait convaincue de divorcer. Les premiers temps avaient été idylliques. Et puis, petit à petit, il avait compris que ce qu'elle avait fait avec lui, elle pouvait le faire avec d'autres. Y compris devant lui. Quand il y avait un homme qui lui plaisait dans la pièce, elle changeait du tout au tout et, quand elle était en grande conversation avec cet homme, Lemarchand devenait invisible, il cessait d'exister. *Il redevenait l'adolescent humilié…* Elle l'oubliait complètement pour concentrer toute son attention et ses regards sur le nouveau venu, fût-il accompagné, ça ne l'arrêtait pas… Ça semblait pour elle une question de vie ou de mort. Combien de fois avait-il vécu cette scène ? Avec combien d'hommes l'avait-elle humilié ainsi ? *Trahison. Humiliation…* Comme une malédiction qui revenait, encore et encore…

Et, bien sûr, il avait découvert qu'elle couchait. Pas une fois, mais dès que l'occasion se présentait. Ils avaient eu de violentes disputes à ce sujet. Il lui reprochait ses infidélités, elle ne tolérait pas sa jalousie. Il avait utilisé son métier comme exutoire à sa rage. Et puis, elle l'avait quitté. Et il était devenu de plus en plus enragé à mesure que les années passaient.

À la dérive était le terme. Cela faisait une décennie qu'il l'était. Et aussi alcoolique, névrosé, dépressif. Pour finir, le cancer était venu récompenser tous ces efforts pour descendre toujours plus bas. Comme une conclusion logique. *Trahison. Humiliation.* Et voilà qu'il était trahi, humilié par les siens. Même s'ils le présentaient autrement, bien entendu. Même si l'ordre venait du général lui-même, c'était encore et toujours lui qu'on sacrifiait… C'était écrit depuis l'enfance.

— Fais-le pour le général, fais-le pour toi, fais-le pour la cause, dit l'un des trois hommes.

Il les sentit, les larmes chaudes et salées qui roulaient sur ses joues. Ces larmes qui disaient que la vie l'avait baisé une dernière fois. Les joues mouillées, il afficha un grand sourire, un sourire à cette chienne de vie. Un sourire à tous ces cons. Un sourire à la mort… Le sourire béat du pauvre couillon qu'il n'avait jamais cessé d'être.

— Tu ne voudrais quand même pas que ces salopards gagnent la guerre, pas vrai, Lemarchand ?

Non, ça, pas question. Sa pomme d'Adam monta et descendit une dernière fois. Il pressa la détente. Un grand blanc dans sa tête. La première lumière depuis bien longtemps…

— Allez-y, commandant, lisez le prompteur…

[Par cette vidéo]

[Je veux rétablir la vérité]

[Je suis l'assassin de Kevin Debrandt]

[Et la personne qui a poursuivi]
[Moussa Sarr dans les bois]
[Mon complice s'appelle]
[Serge Lemarchand]
[Maintenant que justice est faite]
[Je peux partir en paix]
[Je veux dire à ceux que j'aime]
[Que...

61

— Personne ne gobera ça.

— Pourquoi pas ? dit Raphaël Katz. Tu crois qu'une fois qu'ils auront deux coupables, une vidéo où tu confesses tes crimes et qu'ils apprendront que Léa voulait te quitter pour partir en Afrique, ils iront chercher ailleurs ? Tu devrais savoir comment ça fonctionne pourtant.

Merde, ils avaient sonorisé l'appartement.

— Deux coupables ?

— Serge Lemarchand, il vient de mettre fin à ses jours.

Bon Dieu…

Une goutte de pluie tomba sur son crâne, pendant qu'ils marchaient à travers le parc. Puis une autre. Grosse et froide. Il se remettait à pleuvoir. Les arbres s'agitèrent, des nuages plus clairs que la nuit voguaient au-dessus des branches. On aurait dit des vaisseaux fantômes sur une mer d'encre.

— Mon groupe ne se contentera pas de cette version. Il y a d'autres personnes qui ont participé à la chasse.

— Qui ne seront jamais retrouvées, vu que les deux seules qui auraient pu parler seront mortes… Quant à ton groupe, il sera dessaisi. Tu es le coupable, je te rappelle.

Il dévisagea Katz dans la nuit pluvieuse.

— Pourquoi ? dit-il. Pourquoi tu fais ça ?

— Parce que c'est la chose à faire…

C'était donc ainsi que ça allait finir. Un suicide… Ses collègues, ses amis penseraient qu'il avait fini par craquer. Que la pression était trop forte. Tout le monde savait que l'état psychologique de la police était affreux. Que des policiers se suicidaient toutes les semaines. Alors, pourquoi pas lui ?

Soudain, le général, qui marchait en tête, s'arrêta. Servaz le vit s'immobiliser. Il leva le nez et renifla l'air humide comme un chien d'arrêt qui, vent de face, a senti une émanation. Il se retourna.

— Continuez, dit-il, j'ai oublié quelque chose. Je vous rejoins…

— Bordel ! murmura Samira.

Elle fusilla du regard le membre de la BRI qui venait de s'allonger à ses côtés.

— Vous auriez pas pu mettre une eau de toilette un peu plus discrète ?

Samira jeta un coup d'œil entre les haies. Vit Martin au milieu du cortège qui avançait vers les trois dépendances disposées en U. Une haute silhouette à la tête coiffée d'un masque de coq ou de poule se détacha du groupe et repartit en sens inverse, retournant vers le manoir. Il y avait quelque chose de surréaliste dans cette vision, quelque chose dans cette scène, dans ces énormes et ridicules têtes d'animaux, dans leur façon d'avancer à la queue leu leu – comme dans ce célèbre plan du *Septième Sceau* –, qui lui arracha un frisson. *Mauvaise mayonnaise...*, se répéta-t-elle. Une soudaine rafale agita la haie derrière laquelle ils se tenaient, les aspergeant d'une douche glacée de gouttelettes.

Elle s'essuya les yeux, s'empara des jumelles, les braqua vers le château : là-bas, le premier groupe des hommes du RAID avançait lentement, longeant l'aile gauche de l'édifice en file indienne. Puis elle déplaça le binoculaire vers les dépendances, à l'opposé, à cent cinquante mètres de là, où le deuxième groupe progressait de la même manière, le long de la dépendance la plus proche du mur d'enceinte.

Elle sentit sa gorge s'assécher encore plus : si jamais ça se mettait à canarder, Martin serait aux premières loges pour ramasser une balle perdue. Puis elle dirigea les jumelles vers le grand coq qui avait atteint la façade du château.

Où va-t-il, celui-là ?

Elle se redressa et, sous le couvert des haies et des arbustes, penchée en avant, elle décrivit un large arc de cercle, progressant vers les dépendances, où les hommes du RAID étaient en train de pénétrer dans l'un des bâtiments après avoir enfoncé la porte latérale à l'aide d'un vérin hydraulique. Le groupe disparut à l'intérieur, tandis qu'un membre de l'unité lourdement armé montait la garde dehors. Samira courut, tête baissée, dans sa direction.

23 h 50. La tête de renard tourna le commutateur et le grand hangar s'illumina dans le clignotement des néons accrochés aux entretoises de la charpente métallique, révélant les box vides. Cette partie des écuries n'était plus occupée depuis que le général avait vendu la moitié de ses chevaux pour faire face aux dépenses courantes, celles que générait l'entretien du domaine et celles que son projet occasionnait.

Il avait aussi vendu, pour les mêmes raisons, sa résidence secondaire en Bretagne, une très jolie maison du XIXe nichée parmi les pins de la pointe de la Malouine à Dinard, ainsi que sa collection de voitures anciennes. Mais désormais les contributions commençaient à affluer de partout. *Ils n'étaient plus seuls...*

— Va la chercher, dit le Renard à Katz en lui tendant une clé et un capuchon noir. N'oublie pas qu'elle ne doit absolument rien voir.

En captant ces mots, Martin eut l'impression qu'on lui ôtait un énorme poids de la poitrine : cela signifiait tout bonnement que le général avait vraiment l'intention de tenir sa promesse : *libérer Léa.*

Katz remit son masque, attrapa le capuchon de toile noire et se dirigea vers la porte du fond, piétinant la paille qui subsistait sur le sol de ciment. Il déverrouilla la porte basse, la poussa, jeta un coup d'œil à l'intérieur. Fit volte-face. Ôtant son masque, Raphaël se tourna vers le reste du groupe, en proie à une immense perplexité.

— Il n'y a personne...

— Quoi ?

Un silence. Puis, soudain, un objet lancé de l'un des box rebondit sur le ciment de l'allée centrale avec un tintement métallique. L'univers explosa. Une énorme déflagration fit trembler les murs, accompagnée d'un nuage de fumée corrosif. Servaz eut l'impression que sa tête éclatait. Ses tympans sifflèrent. On cria des ordres – des voix dures, gutturales – et des silhouettes surgirent des box, les entourant, casquées, armes pointées. Les cris redoublèrent :

— Police ! Police !

— Montrez vos mains ! Montrez vos mains !

— Levez les mains ! C'est bon ! Interpellé !

— C'est bon ici aussi !

— Interpellé !

— Lève les mains ! Lève les mains ! C'est bon : interpellé !

Les cris se turent brusquement. Martin avait levé les mains comme les autres. Il toussait à cause de la fumée qui lui piquait la gorge, il était pris d'un vertige. Il se laissa passer les pinces.

— Pas celui-là, dit une voix dans son dos, alors que des pas résonnaient sur le ciment.

Une voix familière… Il se retourna, découvrit Espérandieu et Samira qui s'avançaient dans l'allée centrale, sous les néons.

— Léa est en lieu sûr, lui annonça-t-elle d'emblée.

Il respira. Bon Dieu, *Léa était vivante, libre…* Ses oreilles bourdonnaient comme s'il avait un essaim dans chaque pavillon. Il avait mal au crâne. Il contempla Raphaël et, tout à coup, la colère revint. Une fureur incontrôlée. Il fit un pas vers le jeune lieutenant, mais Samira le retint par le bras.

— C'est grâce à lui qu'on est ici, dit-elle. C'est Katz qui nous a prévenus…

— Il semble qu'au dernier moment il ait été pris de remords…, dit Vincent. Ou alors il a soudain eu peur des conséquences…

Samira lorgna Katz d'un air accusateur.

— Il n'était pas infiltré dans le groupe, dit-elle. *Il en faisait partie…* C'est chez nous qu'il était infiltré…

Servaz vrilla un regard sévère dans les yeux du policier blond. Il lut une note de tristesse, mais aussi de défi, dans celui que Raphaël Katz, silhouette affaissée, poignets menottés, lui renvoya.

— Non, dit ce dernier, c'était un coup de bol. Le général est mon parrain. C'est lui qui souhaitait que j'intègre les rangs de la police de Toulouse, comme mon père l'avait fait avant moi. Et, comme je l'ai dit, j'avais entendu parler de vous à l'école de police, commandant. Ensuite, hasard ou chance, on nous a confié cette enquête, et j'ai découvert qui était derrière cet accident quand le général m'a contacté. J'ai fait ça pour lui… Parce que c'est d'hommes comme lui qu'on a besoin aujourd'hui. Parce qu'il n'y a plus de justice, et qu'il faut bien que quelqu'un fasse le boulot. Parce qu'on ne peut plus laisser les salauds gagner tout le temps, le chaos s'installer, l'iniquité régner… Mais cette histoire de chantage et de suicide, commandant, ça non, je n'étais pas d'accord…

Sa voix s'éteignit. Servaz étudia le visage de son enquêteur, incertain sur ce qu'il pensait vraiment de Raphaël Katz.

— Le juge tiendra sans doute compte de son revirement de dernière minute, commenta Vincent en haussant les épaules, mais ça n'effacera pas tout ce qui précède…

— OK, on leur retire ces trucs grotesques ! lança Samira à la ronde. Enlevez-moi tous ces masques ! Déplumez-moi cette basse-cour !

Un par un, des visages hagards, pathétiques, livides, défaits, apparurent. Ceux d'hommes vaincus… Servaz se souvint de la leçon de Katz sur les homards, la première fois qu'il était entré dans son bureau : « Chez les homards, la chimie du cerveau diffère considérablement entre un homard vaincu et un homard vainqueur. C'est la même chose chez les humains… »

Il semblait bien que Raphaël Katz avait eu raison sur ce coup-là…

Un des membres du RAID retira le dernier masque. C'est alors qu'Espérandieu, Samira et Martin se figèrent.

62

Le général s'immobilisa. Une déflagration. Comme un gros pétard le 14-Juillet. Faisant vaciller la nuit. Du côté des dépendances. Il savait ce que c'était : grenade incapacitante. *Ils* étaient entrés en action. Il ne lui restait plus beaucoup de temps : dans quelques secondes, *ils* pénétreraient dans le château.

Mais c'était une chose d'investir un pavillon de banlieue tenu par un forcené, c'en était une autre de s'orienter dans le dédale d'un bâtiment comme celui-là.

Il ne s'était pas trompé quand il avait humé cette eau de toilette trop masculine portée par le vent qui n'appartenait à aucun des hommes qui l'accompagnaient. Tel le fauve qu'il était, tout au long de sa carrière il avait développé ses cinq sens sur les théâtres d'opération. Dans la forêt congolaise comme dans les montagnes d'Afghanistan, dans les rues de Beyrouth comme dans la nuit de Côte d'Ivoire.

— Il faut y aller, dit Kievert.

Son fidèle Kievert…

Il regarda une dernière fois la pièce. Les globes terrestres qu'il collectionnait, les livres anciens dont les reliures luisaient sourdement à la clarté des lampes. Plutarque voisinait avec Homère, Chateaubriand avec Montherlant, Kessel avec Malaparte, Gramsci avec Weber. Il dirigea son regard vers le bas de la bibliothèque. Délicatement, il effleura le bois, appuya sur une étagère en dessous d'une vieille édition de *Technique du coup d'État*. Une lumière verte pas plus grosse qu'une tête d'épingle s'alluma et s'éteignit, un déclic se fit entendre. Thibault Donnadieu de Ribes fit pivoter le pan de bibliothèque libéré. Des marches apparurent, s'enfonçant dans le sol. Un escalier faiblement éclairé. Il s'y engagea, suivi de Kievert, qui referma derrière lui et bloqua le passage secret.

— Ils mettront du temps avant de le trouver, mon général, dit ce dernier.

Les pupilles du général s'étrécirent en sondant le bas des marches et le tunnel qui s'enfonçait sous le parc.

— Ils ont sûrement fermé toutes les routes, dit-il. Le seul moyen de fuir, c'est par les collines. À cheval…

Il promena sa main sur sa hanche, passant le doigt sur la lame du « poignard Légion » – en réalité une baïonnette de fusil US 17 transformée en poignard – qui le suivait depuis les années 80. Il était en tenue de combat camouflée, les pieds dans des chaussures de brousse. Son bon vieux Glock 17 à la ceinture.

Il consulta sa montre. 0 h 12. Ses pas se répercutaient dans le long tunnel humide. Kievert devait presque trottiner pour le suivre. Il observait la haute silhouette qui marchait devant lui en se disant que cet homme appartenait à une autre époque, à une autre espèce. Comme il l'admirait. De loin en loin, une lampe dans son logement grillagé jetait un halo vaporeux sur le couloir. Des gouttes tombaient du plafond.

Ils atteignirent un deuxième escalier qui remontait vers la surface. Le général pressa un interrupteur. Un rai de lumière horizontal apparut sous une porte, là-haut, dans la pénombre. Il grimpa les marches. Fit signe à Kievert d'attendre. Prêta l'oreille. Rien. Il tira le battant. Le passage donnait sur les écuries. Une forte odeur de chevaux, de crottin et de détergent les assaillit. Kievert transpirait. Ses yeux le brûlaient. Il faisait chaud là-dedans. Il était presque sûr que le général n'avait pas une goutte de sueur sur le front. Il se mit en marche derrière lui. De chaque côté de l'allée, dans les box, les puissantes croupes des chevaux formaient comme une haie d'honneur, leurs longues queues soyeuses s'agitant doucement. Kievert entendit un hélicoptère quelque part. Et des sirènes en approche. Le général avançait dans l'allée, ouvrait les box les uns après les autres. Les portillons rebondissaient, les chevaux commençaient à s'agiter. Le général émettait des sifflements et des claquements de langue en avançant. Des hennissements lui répondirent. Des sabots frappèrent le sol. Kievert le vit atteindre la double porte à l'entrée des écuries, repousser les battants qui s'ouvrirent en grand sur la nuit pluvieuse. Kievert se figea. Des cris à l'extérieur. Des appels. Mais assez lointains. Ils devaient le croire dans le château. Revenant en arrière, le général entra dans les box, en chassa les animaux un par un en faisant claquer sa langue comme un berger. Les chevaux se mirent à hennir de plus belle, nerveusement. Rendus fous d'excitation et de peur, ils se précipitaient hors des stalles. Kievert avait le cœur qui battait à l'unisson de celui des chevaux ; la peur des animaux le contaminait, entrait en lui. Il étouffa un juron quand l'une des grandes et nobles bêtes le frôla. Il faillit perdre l'équilibre, s'écarta brusquement. Il avait la tête qui tournait. Toutes ces bêtes affolées qui se ruaient vers la sortie, se poussaient les unes les autres dans une mêlée furieuse, un grondement de sabots trépidant, un concert de hennissements énervés, et lui au milieu. Il se plaqua contre la paroi de bois pour éviter d'être renversé, piétiné. Vit le général marcher derrière la horde. Ses yeux bleus étincelaient. Il semblait en transe, en proie à une fureur démente. Kievert ne l'avait jamais vu ainsi.

— Rendez-vous à la police, Kievert, dit le général d'une voix impérieuse en passant devant lui. Vous n'avez pas assisté aux réunions, vous n'avez jamais participé à la chasse, vous n'étiez pas au courant… Les autres témoigneront, les petits juges vous rendront votre liberté… Merci, Kievert ! Allez rejoindre votre épouse. Elle doit être morte de peur. Vous avez été le plus fidèle, le plus loyal de mes soldats, je ne l'oublierai jamais… Vous êtes un homme d'honneur.

Kievert sentit les larmes monter. Alors c'était ici que ça s'arrêtait ? Toutes ces années. Tous ces combats partagés. La camaraderie, l'esprit, les valeurs. Tout ça pour ça ? Où étaient les valeurs aujourd'hui ? Dans quel monde vivaient-ils ? Le général était celui qui lui avait rendu cette époque supportable. *Il était seul maintenant.* Si seul… Qu'allait-il devenir ? Son cerveau refusait de l'admettre. Il essaya de réfléchir, mais sa tête était vide.

Les larmes aux yeux, il vit le général empoigner la crinière du dernier cheval et se hisser dessus d'un bond, avec une souplesse sidérante pour son âge.

Samira, Vincent et Martin regardaient celui qui leur faisait face. La bande du général avait à l'évidence infiltré jusqu'aux plus hauts échelons de la hiérarchie policière. Combien d'autres flics, officiers, gardiens de la paix, gendarmes, militaires étaient dans le coup ? se demanda Servaz.

Le colérique commissaire divisionnaire Chabrillac avait perdu de sa superbe. Il était pâle et défait dans la lueur des néons.

— Patron, lui dit Samira avec un timbre cruel, est-ce qu'on s'est assez démenés à votre goût, cette fois ?

Le divisionnaire eut l'air de vouloir l'étrangler de ses propres mains.

— Vous voulez toujours qu'on passe le dossier à l'IGPN ? lui demanda Vincent sur le même ton.

— Vous ne comprenez pas, gronda le divisionnaire, tout ça vous dépasse… Vous êtes tous si naïfs ! Vous croyez que vous travaillez pour le bien public en nous arrêtant ? Regardez autour de vous ! Les béances de la loi et les failles de nos démocraties sont devenues les boulevards dans lesquels s'engouffrent nos ennemis, tous ceux qui veulent nous détruire de l'intérieur ! Seuls des hommes comme le général peuvent encore nous sauver. Il n'y a pas d'autre choix dans une société que la résistance à ce qui veut la détruire ! Vous devriez nous rejoindre… Vous devriez…

— Où est Léa ? le coupa Servaz en se tournant vers Samira. Je veux la voir…

Soudain, des cris et des hennissements s'élevèrent à l'extérieur et ils se ruèrent vers la sortie, abandonnant

Chabrillac et les autres aux hommes du RAID. Servaz jaillit sous la pluie. Des chevaux couraient dans tous les sens, le poil luisant d'humidité, le regard fou, les crinières au vent, et les membres de la BRI et ceux de la Division des affaires criminelles essayaient en vain de les arrêter, de les maîtriser. La nuit résonnait de cris, de hennissements, de cavalcades, dans le chaos le plus total. Les chevaux galopaient, s'arrêtaient, repartaient en sens inverse, se heurtaient les uns aux autres. Servaz vit un des hommes être jeté dans la boue par une bête, rouler sur lui-même pour éviter ses sabots et être heurté par ceux d'une deuxième. Le policier, toujours à terre, poussa un cri de douleur.

— Bon Dieu ! s'exclama Samira.

— Où est le général ? hurla-t-il.

La pluie lui martelait le crâne, coulait dans son col et sa nuque. Il essuya l'eau dans ses yeux.

— Les types du RAID sont là-bas. On dirait qu'ils ne l'ont pas trouvé…

Il comprit que les chevaux faisaient diversion. Balaya la propriété du regard. L'aperçut. Le cavalier. Il dévalait la colline sur leur droite. Il était déjà à plusieurs centaines de mètres. Il s'approchait d'une haie vive et d'arbres clôturant la prairie en contrebas ; des silhouettes couraient à sa poursuite dans la pente.

— File-moi ton arme ! lança-t-il à Vincent.

Espérandieu hésita, la lui tendit.

— Martin, le RAID doit être entré en action ! s'écria Samira. C'est dangereux !

Le général sauta à bas de sa monture, la calma d'une tape. Il courut jusqu'au portail de bois dans la haie, entre deux acacias, souleva la clenche, tira le loquet. Puis il remonta sur son cheval, franchit le portail et s'élança dans la pente au-delà. La pluie lui coulait sur le visage, et il plissa ses yeux bleus tout en serrant ses genoux autour des flancs de sa monture. L'herbe détrempée et glissante et la terre spongieuse sous les sabots de Baron Nishi, son cheval préféré, l'inquiétaient davantage que les flics derrière lui, qui étaient à pied et qui n'oseraient pas tirer, sauf en cas de légitime défense. À moins que l'un d'eux n'ait assez de tripes. Il essuya son visage, agrippant la crinière du cheval de l'autre main. Soudain, une paire de phares apparut sur sa droite. *Merde !* Un de leurs Toyota Land Cruiser roulait en cahotant le long du petit sentier qui débouchait sur la prairie en pente ; la pluie zébrait d'étincelles le tunnel tressautant de ses phares. La trajectoire du tout-terrain était perpendiculaire à la sienne.

Il encouragea Baron Nishi, dépassant le Land Cruiser, le laissant derrière lui, mais nul doute que celui-ci allait incurver sa trajectoire pour le suivre sur la pente. Il étreignit plus fort les flancs du cheval, sur lesquels l'averse ruisselait. Sa tenue de combat était trempée mais il n'y prêtait pas attention. Il avait connu tellement de situations semblables au cours de sa carrière.

Le Toyota Land Cruiser était juste derrière eux. Il le savait au faisceau lumineux bondissant qui, par moments, projetait l'ombre du cheval devant lui et faisait briller à la fois l'herbe mouillée et la pluie. Ils approchaient du bas de la colline – là où se trouvait le principal obstacle. Une clôture de fil de fer barbelé qui longeait un ruisseau. Il n'avait plus le temps de chercher une autre issue. Pas avec ce foutu Land Cruiser collé à ses basques. *Il n'y avait qu'un moyen de le semer...* Baron Nishi en était capable. Il donna à sa monture une dernière impulsion. Le cheval fonçait vers la clôture. Il soupçonna que le Land Cruiser avait ralenti. *C'était maintenant...* Il avait lui-même choisi cette ronce de barbelé. Il savait à quel point elle était coupante.

Vas-y, mon beau, saute...

Le cheval se rua sur les barbelés. Le général cria. Son cœur se mit à battre au même rythme fébrile que celui de l'animal. Baron Nishi allait s'élancer quand, soudain, au dernier moment, l'animal refusa l'obstacle et freina des quatre fers. Passant par-dessus la nuque et les oreilles du cheval en vol plané, Thibault Donnadieu de Ribes fut projeté dans les airs. Il sentit les pointes traverser le tissu et pénétrer dans sa chair quand il atterrit dans la clôture.

Il eut l'impression qu'une créature vicieuse et dentue refermait ses tentacules sur lui. Puis il ne bougea plus. Le cul dans la boue du ruisseau, les joues et le front sanguinolents, il était captif d'une prison d'acier galvanisé.

Il ne crie pas. La bouche ouverte, il respire calmement. La pluie tombe sur lui ; elle coule dans ses yeux, sur sa nuque, le long de son dos, sous la tenue de combat. Il sent les mille petites coupures dues aux pointes acérées qui entrent dans sa chair, la déchirent millimètre par millimètre. Il a le cou, les joues, les bras et le torse emprisonnés dans le fil de fer barbelé. Son pouls bat tout contre une des pointes, qui appuie à son tour sur sa carotide. Le lacis des pointes en acier galvanisé forme une prison redoutable.

Sans bouger, il les regarde descendre la colline. Marcher vers lui. C'est étonnant à quel point on peut avoir les idées claires dans ces moments-là. Comme quand, en Afghanistan ou dans la forêt congolaise, avec ses hommes il était cerné par des ennemis plus nombreux, drogués et prêts à mourir. Ceux qui s'approchent ne sont pas drogués, ni prêts à mourir, c'est leur civilisation qui se meurt. Celle qu'il a défendue toute sa vie. Il est du mauvais côté de l'Histoire, il le sait, mais ça n'a plus aucune espèce d'importance à présent. Il a son destin en main – c'est le cas de le dire : il sent les pointes s'enfonçant dans ses paumes, le sang qui goutte. Il lui suffira de tirer d'un coup sec et tout sera fini. À quoi pense-t-il en cet instant ? Il pense que cette époque n'était plus la sienne, de toute façon...

63

Il descendit en courant la colline, dérapa sur l'herbe aussi glissante que la glace d'une patinoire, récupéra son arme, se releva, repartit. Quand Servaz parvint à la hauteur des autres, ils s'écartèrent et il put voir. Il fixa la forme illuminée par les phares du Land Cruiser, prise dans l'inextricable écheveau des spires d'acier et des pointes acérées. Les joues du général saignaient. Ses yeux bleus les ignoraient, braqués droit devant.

— Général, dit Servaz. Nous allons vous sortir de là.

Dans la lumière violente et striée de pluie, les yeux très bleus bougèrent lentement, comme ceux d'une poupée, pour venir se poser sur lui.

— Je ne vous le conseille pas…

— Quoi ?

— Vous voyez ces deux pointes contre mon cou, commandant ? Elles appuient très exactement à hauteur de ma carotide. Croyez-moi, je sais de quoi je parle. Il suffit que je tire d'un coup sec sur ce fil. Le temps qu'il vous faudra pour me dégager, je me serai vidé de mon sang.

Servaz regardait le général, qui le fixait en retour.

— Qu'est-ce qu'on fait alors ?

— Vous rien, commandant, répondit le général en cillant à cause de la pluie mais aussi à cause du sang qui coulait de son front ouvert comme d'une couronne d'épines. Si ce n'est m'écouter…

Servaz devina qu'un des hommes repartait chercher du secours – sans doute une ambulance et une civière. Il doutait qu'il revînt à temps.

— Vous avez déjà été à Hong Kong, commandant ? demanda doucement Thibault Donnadieu de Ribes. Vous avez déjà vu les merveilles du pays dogon ? La nuit tomber sur Le Cap ? Vous connaissez le parc de Namib-Naukluft ? Et la mosquée bleue de Mazâr-e Charîf ? La grande migration des gnous au Serengeti ? Il y a tant de choses à voir dans ce monde, commandant. Mais figurez-vous que c'est ici que je suis né et c'est sur ce sol que je veux mourir.

— Vous n'allez pas mourir, général… Vous allez être jugé pour avoir causé la mort d'un gosse innocent et assassiné Kevin Debrandt – en attendant d'autres inculpations.

— Ce n'étaient pas des gosses, et ils n'étaient pas si innocents que ça… Pas de sentimentalisme, commandant. S'il vous plaît, j'en ai assez d'entendre gémir toutes ces belles âmes. Vous croyez que notre ennemi a ce genre de scrupules ?

— De quel ennemi parlez-vous, général ?

Il vit une écharde de fureur s'allumer fugitivement dans le regard bleu. De nouveaux nuages crevèrent et la pluie redoubla. Le visage ruisselant, Thibault Donnadieu de Ribes le dévisagea.

— Adieu, commandant…

— Général !

Servaz bondit. Trop tard. Le visage de son vis-à-vis était calme, empreint d'une sorte de paix intérieure, quand il tira d'un coup sec sur le fil de fer barbelé qu'il empoignait. Servaz vit les pointes entrer dans le cou, percer le gonflement cylindrique et pulsatile de la carotide. Pendant une fraction de seconde, il crut qu'il n'allait rien se passer. Qu'on allait en rester là. Pas d'hémorragie. Pas de geyser de sang. Rien de spectaculaire ni de trop théâtral. Puis, d'un coup, le sang jaillit, tel le pétrole d'un puits au temps de la ruée vers l'or noir, un jet puissant et sombre. Qui éclaboussa le métal, la boue, l'herbe, leurs mains qui se démenaient sous la pluie battante pour entrouvrir la prison d'acier. Servaz sentait les pointes mordre ses paumes, les déchirer, mais il n'en continuait pas moins de secouer furieusement les spires, à genoux dans la boue, comme les autres.

Le cœur du général continua de pomper quand lui-même, indifférent aux efforts de ces hommes pour le libérer, contemplait déjà la mort qui approchait. Et cela arriva : il revint au manoir de son enfance. Aux grands chênes du parc et au verger inondé par le soleil de juin. Un dimanche à la campagne. Son père en uniforme de capitaine d'infanterie plein de boutons qui brillent dans la lumière et son grand-père – qui a connu l'affaire Dreyfus et la Grande Guerre –, assis sur une chaise sous le tilleul, un chapeau de paille mêlant son ombre à celle des feuillages. Le vrombissement des insectes, la chaleur estivale, les cygnes sur l'étang, le parfum de glycine et la douce odeur de maman en robe d'été à volants. Il a dix ans. À la radio, dont l'écho lointain leur parvient de l'intérieur de la maison, Sheila chante *L'Heure de la sortie* et Polnareff *La Poupée qui fait non*. Pendant qu'un garçon en culottes courtes – qui a toute la vie devant lui – court à travers le parc, un bâton en forme de fusil dans les mains, et crie : « Pan ! Pan ! »

Progressivement, ses yeux lavés par la pluie, ses yeux qui regardaient l'enfance, qui regardaient le passé, qui savaient que le seul combat qu'on ne gagne pas est celui-là, se firent opaques. Fixes et mats comme des billes bleues.

Ils mirent un temps fou à couper les liens d'acier à l'aide de cisailles et à l'extirper de sa prison. Sa tenue de combat gorgée d'eau de pluie avait été aspergée de son sang. Ils l'ouvrirent avec une paire de ciseaux, l'allongèrent sur l'herbe. Mais il avait déjà cessé de respirer.

Épilogue

Les dernières gouttes de pluie tombèrent et l'averse cessa. Les lueurs colorées des gyrophares virevoltaient dans les flaques d'eau et faisaient reluire le gravier détrempé. Le dense tissu sonore – voix, appels, crachotement des talkies-walkies – qui les entourait était cependant amorti par leur indifférence.

Adossé à l'arrière de l'ambulance ouverte, Servaz se doutait que derrière ce chaos apparent une organisation se mettait en place. Debout à côté de lui, Léa avait quitté le brancard qu'on lui avait assigné et buvait un café en suivant pareillement les opérations.

— On dirait qu'ils ont enfin réussi à rentrer tous les chevaux, commenta-t-elle.

Cela leur arracha un sourire. Assister au spectacle d'hommes du RAID lourdement harnachés et bottés courant après ces élégantes créatures les avait divertis un moment.

— Comment tu te sens ?

— Un peu secouée…

Elle tourna son regard vers lui.

— Ça m'a au moins permis de prendre conscience d'une chose…, ajouta-t-elle.

Il lui lança un coup d'œil interrogateur.

— … de ce qu'est ton métier.

Il secoua la tête.

— Ah non, non : ça, c'était une journée pas comme les autres… C'est beaucoup plus ennuyeux et routinier d'habitude.

Il hésita, saisit la main de Léa. Elle le laissa faire, tenant son gobelet fumant de l'autre ; la couverture de survie métallisée sur ses épaules brasillait en reflétant les lueurs des gyrophares.

Un homme fumait plus loin, et Servaz résista à l'envie de sortir son paquet de cigarettes.

Il regarda sa montre. 3 heures du matin. Chercha des yeux Samira et Vincent pour leur dire qu'avec Léa ils rentraient, mais il ne les vit pas. Esther Kopelman était partie en ambulance une heure plus tôt, en pestant et en protestant que « ça allait très bien comme ça, merci ». Elle en avait sa claque de voir des médecins, ils étaient déjà sur toutes les chaînes de télé ; elle préférait rentrer en taxi, si ça ne les dérangeait pas. Mais ça les dérangeait, visiblement.

— J'ai pris ma décision, dit soudain Léa à côté de lui.

Il reporta son attention sur elle en levant légèrement la tête : elle était un peu plus grande que lui.

— À propos de quoi ?

— De Médecins sans frontières…

Une boule de ciment lui obstrua la gorge. Un talkie-walkie crachota tout près et le juge Nogaret passa à côté d'eux d'un pas rapide, accompagné d'un policier.

Il jouait les chefs d'orchestre en essuyant régulièrement les verres de ses lunettes.

— Je croyais que tu l'avais déjà prise ? dit Martin.

— Justement…

Il s'efforça de garder son sang-froid, passant malgré lui en revue les possibilités.

— … j'ai changé d'avis.

Il sentit son cœur battre plus fort. Mais il secoua la tête, prit une longue inspiration avant de parler :

— Je te demande pardon de ne pas t'avoir appuyée. D'avoir été égoïste. D'avoir pensé d'abord à moi. Je sais que c'est important pour toi. *Tu devrais le faire…* Je ne veux pas que tu me reproches un jour de t'avoir retenue.

Elle eut un geste de dénégation.

— Tu n'y es pas. Ce n'est pas pour toi que je reste, Martin. Ou plutôt si : c'est pour toi, pour moi, pour Gustav et aussi pour le nouveau membre de la famille. *Pour tous les quatre…*

Il eut un mouvement de déglutition involontaire.

— De quoi tu parles ?

Elle lâcha la main de Martin, posa la sienne sur son ventre.

— Je suis enceinte.

Il la regarda, incrédule.

— Je suis enceinte, répéta-t-elle.

À aucun moment depuis qu'ils se connaissaient l'idée d'avoir un enfant n'avait été évoquée. Léa avait quarante-cinq ans, il en aurait bientôt cinquante-deux. Et il se sentait parfois trop vieux pour élever un enfant de neuf ans, *alors ça…*

— Tu en es sûre ?

Question stupide, il s'en rendit compte. Elle acquiesça.

— Combien de semaines ?

— Cinq.

Il ne dit rien de plus. Un enfant. *Leur* enfant… Il se demanda s'il avait envie d'être papa une nouvelle fois. Il leva la tête et observa une poignée d'étoiles qui s'étaient mises à briller après la pluie dans une échancrure des nuages. Comme un sable d'or. Son sourire s'élargit.

— Pourquoi tu souris ? demanda Léa, en souriant à son tour.

Le policier consulta sa montre. 7 h 30 du matin. La nuit avait été longue. Elle commençait tout juste à pâlir derrière les grandes fenêtres de l'hôpital. Il se tourna vers l'infirmière.

— Il est réveillé ?

Elle lui fit signe que oui, s'éloigna sans un mot le long du couloir encombré de brancards vides, en faisant claquer les talons de ses Crocs. Il attendit que la silhouette en blouse blanche eût disparu dans un bureau plus loin.

Se levant, il posa son gobelet de café sur sa chaise, près de la porte fermée, cogna doucement sur celle-ci, tourna la poignée sans attendre de réponse.

Dans la chambre faiblement éclairée montait le bruit rythmique, assourdi, de la machine d'assistance respiratoire et des moniteurs, comme le souffle d'un énorme animal. L'homme allongé dans le lit médicalisé était intubé. Il avait aussi un gros pansement à hauteur de la carotide et un autre autour du front. Comme il gardait les paupières closes, le policier crut d'abord qu'il dormait, mais quand les yeux bleus s'ouvrirent d'un coup et se tournèrent vers lui, il sursauta violemment.

Le patient aux yeux bleus – celui que ses soldats appelaient « le Lion », l'homme que les secouristes avaient « ressuscité » *in extremis* grâce à leurs défibrillateurs et à leurs mains expertes – le fixait en silence et le gardien de la paix eut du mal à soutenir son regard. Il avala sa salive.

— Mon général, commença-t-il timidement, je veux que vous sachiez que vous ne manquerez jamais de rien ici. Ni en cellule. S'il y a quoi que ce soit que je puisse faire, appelez-moi : je suis dans le couloir. Le collègue qui prendra ma relève est aussi des nôtres, il s'occupera bien de vous.

— Tu le veux avec du *ras el-hanout* ? demanda Sami.

— Évidemment. Et sans sauce aigre… Alors, comme ça, ils t'ont mis en garde à vue ?

Le visage si expressif de Sami s'assombrit brusquement.

— Oui. N'est-ce pas insultant ? Quand on n'a rien fait, qu'on est un honnête citoyen respectueux des lois, ça ne devrait pas se passer comme ça…

Elle examina l'étroite salle déserte derrière eux, les chaises retournées sur les tables, puis son assiette.

— Il me semble que tu viens juste d'en enfreindre une, de loi, commenta-t-elle.

— Tu n'es pas une cliente, dit-il en secouant la tête et en souriant. Tu es mon amie, la grande Esther Kopelman, défenseuse des causes justes et des déshérités…

— Plutôt des causes perdues et de la cuisine orientale, rectifia-t-elle.

Il rit de bon cœur, de son rire si communicatif, mais elle garda son sérieux.

— Merci, dit-elle.

— De quoi ? rétorqua-t-il. Tu aurais fait pareil pour moi, non ?

Il vit qu'elle avait les yeux embués.

— Kopelman, je préfère quand tu te mets en colère. Ça ne te va pas d'être aussi sentimentale.

Mais il sentit qu'il avait lui-même les yeux humides, et il retourna tout penaud dans sa cuisine pour qu'elle ne le voie pas.

— Merci d'être passé me rendre compte, commandant, dit une préfète fort aimable le lendemain.

— Je n'avais pas trop le choix, il me semble, répondit-il en évitant de reluquer les jambes croisées et gainées de nylon blanc.

Elle s'était assise au bord du bureau, devant lui. Comme il avait lui-même le séant posé sur un fauteuil bien plus bas, il devait faire un effort et lever le menton pour la regarder.

— Vous êtes un mystère, commandant. Je n'arrive toujours pas à décider si vous êtes un alpha ou un bêta, un carnivore ou un herbivore. Tout milite pourtant pour la première option. En tout cas, vous n'êtes pas un de ces hipsters émasculés qui sont devenus la norme ces temps-ci : ceux qui cachent derrière leurs barbes leur absence de… *pilosité mentale*, pour le dire ainsi.

Elle décroisa les jambes et, l'espace d'un instant, il entrevit un triangle de dentelle blanche.

— Est-ce que ça a une quelconque importance, ce que je suis ? dit-il.

Elle lui décocha son sourire le plus convaincant.

— Ça en a pour moi, répondit-elle. Toujours aucune trace des autres disparus ?

— Aucune.

Ils avaient mis le château sens dessus dessous, utilisé des chiens et des géoradars, creusé des trous de toutes les tailles et transformé la propriété du général en taupinière. Sans résultat.

— Et concernant MM. Lantenais et Hambrelot ?

— Ils affirment que le général a menti, dit-il. Que cette histoire de chasse payante est du délire. Le juge veut confronter les différents acteurs de la procédure pour aider à la… *manifestation de la vérité*.

— Je vois.

Tel Ponce Pilate, Michèle Saint-Hamon fit signe qu'elle s'en lavait les mains.

— Votre téléphone clignote, dit-il. Je crois qu'on essaie de vous joindre…

— Il ou elle attendra. À cette heure-ci, c'est sans doute mon mari.

— Héphaïstos…

Elle fronça les sourcils, perplexe.

— Pas le genre à rallumer le feu…, commenta-t-elle. Mais si vous faites allusion à la tradition selon laquelle Héphaïstos, dieu du feu, aurait été l'infortuné époux d'Aphrodite, laquelle multipliait les infidélités, méfiez-vous, commandant : je connais ma mythologie grecque, et je pourrais y voir un manque de respect…

En revanche, si vous faites allusion à la beauté de ladite déesse, j'accepte bien volontiers le compliment.

Elle éclata de rire, sauta du bureau, et un parfum frais et poivré parvint jusqu'aux narines de Servaz.

— Je croyais que tous les flics avaient des maîtresses, dit-elle. Il semblerait que je me sois trompée. Dommage. Je ne vous retiens pas, commandant.

Un rayon de soleil matinal tombait sur le lit et caressait le visage endormi de Léa. Ses cheveux fauves brillaient dans la lumière en provenance de la fenêtre, ses lèvres entrouvertes exhalaient un souffle mystérieux. Il imprima cette image en lui, comme ces photos que nos parents et nos grands-parents chérissaient et qu'ils conservaient dans de petits coffrets ouvragés.

La femme qu'il aimait dormait à ses côtés. Elle portait leur enfant dans son ventre.

Ce fut comme si, en se réveillant, il s'était aussi éveillé à la beauté du monde. Il en fut bouleversé. Il fut un temps, pas si lointain, où il était rempli de douleur et de mélancolie. Il suffisait de peu de chose pour passer du découragement à l'espoir, des larmes au rire, de la défaite à la victoire. Quelques points par-ci, par-là, comme au tennis. Car tout est possible. Toujours. Hors des limites de la maladie, de la peur et de la mort.

L'espace d'un instant, il pensa à ce jeune homme dans cette forêt – celui avec qui tout avait commencé –, à la vie qu'il aurait pu avoir, à l'adulte qu'il aurait pu devenir s'il n'avait pas été fauché par cette voiture lors d'une glaciale nuit d'octobre. Puis cette pensée s'enfuit comme elle était venue et il regarda Léa.

Sans cesser de la contempler, il se demanda dans quel monde leur enfant allait grandir. Car, tout autour d'eux, ce pays s'effondrait. Ça ne datait pas de la pandémie, ça avait commencé bien avant. Mais il ne doutait pas qu'avec une mère comme Léa leur enfant grandirait en sécurité, deviendrait fort et apte à trouver sa place. Il constata que, près de sa joue, le drap était mouillé. Et que sa vue s'était brouillée. Il pleurait. Des larmes de joie, certainement.

Il n'était pas dupe cependant. Il savait que cette émotivité était inhérente à ce qu'il était en train de vivre. Que c'était un des nombreux tours que Dame Nature lui jouait pour l'attendrir, le préparer à son rôle de père. Et que derrière nos parades nuptiales, les élans de nos cœurs, nos promesses et nos engagements, il ne s'agit pour elle que d'une seule chose : assurer la survie de l'espèce, le cycle infini de la reproduction, de la naissance et de la mort.

Sur cette terre obscure, sans péché,
sans rédemption, où le Mal n'est pas
un fait moral mais une douleur terrestre.

Le Christ s'est arrêté à Eboli

SOURCES ET REMERCIEMENTS

Ce roman évolue en permanence à la frontière entre réalité et fiction. Ce qui est réel a bénéficié de l'aide et de l'expertise de nombreuses personnes, qui n'ont pas toutes souhaité être citées, raison pour laquelle je n'en citerai aucune. Je veux cependant les remercier chaleureusement. Ce roman leur doit beaucoup. Aucune d'elles ne peut cependant être tenue pour responsable de ses erreurs ni des points de vue exprimés par les personnages, qui ne sont pas forcément – j'insiste là-dessus – ceux de l'auteur.

Ce roman s'est aussi nourri d'un certain nombre de lectures. Parmi celles-ci, et cette liste est loin d'être exhaustive, on trouvera *L'Archipel français* de Jérôme Fourquet (Seuil), *Les Territoires perdus de la république*, sous la direction d'Emmanuel Brenner (Pluriel), *Le Maire et les Barbares* d'Eve Szeftel (Albin Michel), *Les Ingouvernables* d'Éric Delbecque (Grasset), *Le Viol de l'imaginaire* d'Aminata Traoré (Pluriel), *Opération Licorne 2003* du général Nicolas Casanova (Éditions du Signe), *Dictionnaire des opérations extérieures de l'armée française, de 1963 à nos jours*, sous la direction de Philippe Chapleau et Jean-Marc Marill (Nouveau Monde), *Impunité zéro, violences sexuelles en temps de guerre*, sous la direction de Justine Brabant, Leïla Miñano et Anne-Laure Pineau (Autrement), *La Haine dans les yeux* de David Le Bars (Albin Michel), *Colère de flic* de Guillaume Lebeau (Flammarion), *Toulouse, art de vivre* de Greg Lamazères et Arnaud Späni (Privat), « Toulouse, le caractère d'une ville » (*La Revue des vieilles maisons françaises*, n° 231), *Preuve par l'ADN, la génétique au service de la justice* de Raphaël Coquoz, Jennifer Comte, Diana Hall, Tacha Hicks et Franco Taroni (Presses polytechniques et universitaires romandes), *Sur les traces de la police technique et scientifique* de François Daoust (Puf), *Manuel de criminalistique moderne et de police scientifique* d'Alain Buquet (Puf), *Police scientifique* de Benoit de Maillard et Sébastien Aguilar (Hachette).

Enfin, il me faut remercier une fois de plus toute l'équipe des éditions XO, à commencer par Bernard Fixot et Édith Leblond pour leur soutien indéfectible et leur amitié, mais aussi Sarah Hirsch pour son travail exceptionnel sur le texte (que d'âpres discussions nous avons autour d'un mot, où il m'arrive parfois d'appeler, mais oui, Flaubert à la rescousse !), Bruno Barbette pour avoir illustré mon idée de départ et en avoir fait autre chose, Stéphanie Le Foll pour parler inlassablement – et si bien – de l'auteur, Renaud Leblond, Catherine de Larouzière, David Strepenne, Roxana Zaharia, Isabelle de Charon, Marie Salle,

Pascale Vachon et tous les autres pour le cœur qu'ils mettent à l'ouvrage.

Je souhaite également saluer toute l'équipe des éditions Pocket pour la passion avec laquelle elle me porte longtemps après que les feux se sont éteints.

Quant à Laura, un simple merci n'y suffirait pas.

Cet ouvrage a été composé et mis en page
par Nord Compo à Villeneuve-d'Ascq

Imprimé en France par CPI
en mars 2023
N° d'impression : 3051678

Pour plus d'information :
www.lisez.com
Imprimé sur du papier issu de forêts gérées durablement.

Pocket – 92 avenue de France, 75013 PARIS

S32290/02